CHRISTINE RIMMER

Mariés jusqu'à Noël

Traduction française de
SOPHIE LECOQ

Passions

HARLEQUIN

Collection : PASSIONS

Titre original :
MARRIED TILL CHRISTMAS

HARPERCOLLINS FRANCE
83-85, boulevard Vincent-Auriol, 75646 PARIS CEDEX 13
Service Lectrices — Tél. : 01 45 82 47 47

www.harlequin.fr

ISBN 978-2-2804-1668-9 — ISSN 1950-2761

- 1 -

— Tu es vraiment canon ! Cette chevelure incendiaire, ces grands yeux verts… Et ce corps ! On n'a qu'une envie, ma beauté, c'est de mordre tes lèvres. Je peux te dire un secret ?

La réponse de Nell Bravo tenait en un mot : *Non.*

Mais le type en costume, plutôt bel homme par ailleurs, n'écoutait pas. Il s'approcha un peu plus d'elle : il sentait le whisky. Il n'était pas vraiment ivre, mais suffisamment éméché pour devenir insistant.

— Les tatouages, d'habitude, ce n'est pas mon truc, dit-il en examinant la manchette qui s'enroulait autour de son bras gauche, du coude à l'épaule. Mais sur toi, c'est différent. Je te prendrais bien sur le bar, là, tout de suite.

Nell hésita à trouver un peu d'énergie pour se montrer offusquée, par principe surtout. Être draguée de la sorte ne la dérangeait pas plus que ça… Quand elle était intéressée. Malheureusement, à cet instant précis, c'était loin d'être le cas. Depuis longtemps à vrai dire.

À une exception près.

Une exception qui, depuis quelques semaines, apparaissait comme par magie dès qu'elle se retournait. Un homme dont elle ne voulait pourtant plus jamais entendre parler. Jamais.

Nell perdit soudainement patience. Elle en avait assez de cet individu dans son costume hors de prix. Il restait là, sans vouloir comprendre le message. Et à cause de lui, la voilà qui pensait à l'unique personne qu'elle voulait rayer de sa vie.

Passer au Tipp-Ex, même. Y compris dans ses pensées.

Derrière elle, une sirène annonça un jackpot aux machines à sous. Nell prit sa pochette, sortit un billet de 20 dollars et le glissa sous sa serviette à cocktail à l'intention du barman.

— C'est pour moi.

— Non mais attends ! Range-moi cet argent.

— Ravie de vous avoir rencontré, Ron, mentit Nell. J'ai votre carte, je reviens vers vous.

Il était grossiste en carrelage et possédait cinq magasins à San Francisco et Los Angeles. Pour Bravo Construction, son entreprise, Nell achetait du carrelage en gros. Ils auraient pu faire affaire ensemble, quoique pas dans ces conditions. Ron n'en avait que pour son décolleté.

— Bonne soirée, Ron.

Elle fit tourner le tabouret de bar et posa la pointe de sa Jimmy Choo au sol, direction l'ascenseur, là-bas, dans le hall d'entrée de l'hôtel.

Mais Ron n'était apparemment pas du genre à s'avouer vaincu.

— Non mais ne pars pas ! Allez ma beauté, reste…

Nell s'arrêta net et se retourna. Ron manqua lui rentrer dedans.

— Écoutez, dit-elle en lui lançant un regard glacial. Je ne vois pas comment être plus claire : je n'ai aucune envie de faire des galipettes avec vous – ni sur le bar ni ailleurs dans cet hôtel. Cette fois-ci, bonne soirée, Ron.

Il ouvrit la bouche, mais elle lui avait déjà tourné le dos. Elle accéléra le pas. Le bruit incessant du casino l'assaillait de toutes parts. L'endroit était immense, un labyrinthe de machines à sous, tables de jeu, bars et restaurants. Ses talons claquaient sur le parquet lustré. Elle guettait les bruits de pas derrière elle. Elle l'aurait parié : cet idiot la suivait encore. Il pouvait toujours essayer, elle ne comptait pas se laisser rattraper. Elle fila tout droit sans se retourner.

Elle arriva enfin dans le hall de l'hôtel : éclairage bleu, cascade scintillante, murs en marbre et épaisse moquette turquoise. Elle passa devant la réception et sortit de sa pochette la carte magnétique de sa porte de chambre. Elle se posta face aux ascenseurs et pressa le bouton pour monter à l'étage.

Ils étaient tous occupés.

Et mince… Elle pouvait toujours faire le tour de la pièce pour revenir à son point de départ, en essayant de distancer Ron au passage. Ou tout simplement attendre.

Voilà : elle en avait marre de fuir ! Elle attendit donc et fut bientôt rejointe par monsieur Carrelage. C'était prévisible. Lorsqu'il arriva à sa hauteur, elle détourna le regard. Peut-être qu'en l'ignorant…

Raté. Il lui prit le bras et la fit tourner pour lui faire face.

— Attends un peu, toi.

— Cet air hargneux ne vous va pas du tout, Ron.

— Mais je veux juste…

— Non, Ron. J'ai dit non !

— Pas la peine d'être malpolie.

Il avait la mâchoire serrée et lui tenait le bras un peu trop fermement.

Nell eu l'envie soudaine de lui coller le bon coup de genou qu'il méritait entre les jambes. Elle préféra garder son calme.

— Vous plaisantez, j'espère ? Dans le cas contraire, vous allez vous attirer de sérieux problèmes. Je vous rappelle que nous sommes dans un casino.

Du menton, elle désigna la caméra au-dessus d'eux.

— Souriez, vous êtes filmé. Il me suffit de crier pour faire de votre soirée, déjà assez mal partie avouons-le, un vrai cauchemar.

Nell sentit qu'il relâchait sa poigne. Prête à se féliciter intérieurement de cette petite victoire, elle vit le visage rageur de Ron se transformer en une moue intriguée. Elle dégagea son bras et tourna la tête pour suivre son regard.

— Deck ?

C'était impossible !

Et pourtant. Declan McGrath, avec son mètre quatre-vingt-dix et ses quatre-vingt-dix kilos de muscles. À Las Vegas, dans cet hôtel.

— C'est dingue de tomber sur toi ! Quelle coïncidence…

Sa délicieuse voix grave emplit l'espace.

Levant les yeux au ciel, Nell faillit perdre l'équilibre.

— Une coïncidence, mais bien sûr… N'essaie même pas de me faire croire que tu es venu ici pour le fameux Salon du revêtement de sol.

— Démasqué…

Sa bouche s'ouvrit lentement sur l'irrésistible sourire pour lequel Nell avait un jour été prête à se damner. Il y avait bien longtemps de cela. À une époque où elle était jeune et confiante. Avant qu'il ne la plaque sèchement – à deux reprises.

— Sparky, tu es sublime.

Elle lui lança le même regard qu'à Ron un peu plus tôt.

— Combien de fois dois-je te le répéter ? Ne m'appelle pas Sparky.

— Je ne peux pas m'en empêcher.

— Tu ne *veux* pas t'en empêcher.

— Tout juste. Je n'abandonne jamais. Et tu sais comme moi que ce n'est qu'une question de temps avant que tu ne cèdes toi aussi.

— Tu nages en plein délire.

— Disons plutôt que je suis de nature optimiste.

— Non mais attendez, siffla Ron. C'est quoi, ce petit jeu ?

Nell se retourna pour suggérer à M. Carrelage d'aller – une nouvelle fois – se faire voir.

Mais Deck lui passa devant et saisit à son tour Ron par le bras.

L'homme essaya de se libérer.

— Vous faites quoi, là ? Lâchez-moi tout de suite.

— Dans une minute.

Deck se retourna et fixa Nell.

— Pas. Un. Mot.

Il attira Ron un peu plus loin et lui murmura quelque chose à l'oreille. Ron pâlit.

L'ascenseur le plus proche sonna et les portes s'ouvrirent. Plusieurs personnes en sortirent. Nell les regarda partir. Elle envisagea d'y monter et de s'éclipser avant que Deck ne revienne.

Mais en fait non. Elle l'esquivait depuis des mois. Ce soir, elle allait lui dire stop pour de bon : il était allé trop loin.

La suivre jusqu'à Las Vegas. Mais qui faisait une chose pareille ?

Hors de question qu'elle file en douce. Pas avant de lui avoir dit le fond de sa pensée, quitte à faire passer le message avec le coup de genou bien placé auquel Ron avait échappé.

D'autres ascenseurs, pleins à craquer, s'ouvrirent sur le lobby.

— C'est bon, j'ai compris, dit enfin Ron, hochant nerveusement la tête. Tout est clair.

— Parfait.

Deck libéra son bras.

Ron recula, les deux mains levées au-dessus des épaules.

— Mais comme je vous l'ai dit, elle ne portait pas d'alliance.

— Une alliance ? répéta Nell, mais aucun des hommes ne lui prêta attention.

— Elle aime jouer avec le feu, parfois, répondit Deck dans un haussement d'épaules.

— Maintenant tirez-vous.

Ron fila sans demander son reste. Nell s'appuya contre une colonne en marbre, les bras croisés, toisant Deck qui se tournait à présent vers elle.

— Super, tu es encore là.

Elle ne savait même pas par où commencer.

— Il faut arrêter ça, Deck.

Il s'avança, grand et fort, tout en grâce masculine indolente. Son jean moulait ses cuisses musclées, son T-shirt vert clair faisait ressortir ses yeux – des yeux de caméléon, comme elle aimait les appeler à l'époque. Ils semblaient changer de couleur en fonction de la lumière et de son humeur. Il remonta ses manches, exposant des avant-bras puissants, tout en muscles et veines, recouverts d'un léger duvet blond.

Mais pourquoi ? C'était un crime d'être si beau. Elle serra plus fermement ses bras autour d'elle pour s'empêcher d'aller toucher ce corps vigoureux.

Plus jamais, lui rappela une petite voix sombre, plus jamais se laisser aller à toucher les muscles de Deck – ou toute autre partie de son corps d'ailleurs. Fin du débat.

Il s'approchait de plus en plus. Elle l'arrêta d'un geste de la main.

— Tu es très bien là où tu es.

— J'adore ta robe. Le rouge te va si bien.

— Je sais, le rouge va bien avec mes cheveux, bla, bla, bla. Tu as dit à Ron qu'on était mariés ?

Il eut un petit rictus.

— Ça a marché, non ?

— Certes, cependant ça fait de moi le genre de femme qui planque son alliance et va draguer tout ce qui bouge pour prendre du plaisir en douce.

Deck prit une moue dégoûtée.

— Du plaisir, avec ce Ron ?

— C'est une image, Deck. On s'en fiche de ce type.

— Tu n'es pas du tout ce genre de femme, Sparky. Je sais bien que ce petit jeu avec Ron, c'était juste pour me rendre jaloux.

Deux ascenseurs s'ouvrirent simultanément. Des clients en sortirent, remplacés par d'autres.

Nell attendit que les portes se ferment.

— Il n'y a pas eu de *jeu* avec Ron. Et comment ça, pour te rendre jaloux ? Je ne savais même pas que tu étais à Las Vegas. Et quand bien même ! Tu t'accordes bien trop d'importance.

— En tout cas c'est réussi, je suis jaloux. Mais je ne t'en veux pas. Tu as toujours eu cette fougue en toi, il faut bien que tu t'amuses.

Tout cela partait dans une très mauvaise direction. Une fois de plus, Nell ne parvenait pas à formuler clairement les choses. Pourtant il n'arriverait à rien avec elle – certainement pas lui.

— Il y a quelque chose qui ne tourne pas rond chez toi, Deck.

Il frappa son torse de ses mains.

— Vas-y, fais-moi mal. Insulte-moi. Je peux encaisser.

D'autres ascenseurs s'ouvrirent. Elle pouvait y monter, mais il ne manquerait pas de la suivre. Elle remit sa carte magnétique dans sa pochette, se redressa et partit dans la direction opposée. Deck lui emboîta le pas. Ils se retrouvèrent face à face devant un grand ficus, juste à l'écart du ballet incessant des clients de l'hôtel.

— Qu'est-ce qu'il y a, Nellie ? demanda-t-il d'une voix soudainement douce.

Une mélodie intime qui fit flancher quelque chose au fond d'elle. Une sensation qu'elle pensait avoir étouffée pour de bon.

Pourquoi en était-elle encore là ? Avec cette… émotion qu'il déclenchait encore en elle. Ce désir impossible et stupide, face à un homme qui lui avait tourné le dos à deux reprises après lui avoir juré qu'elle serait pour toujours l'unique.

Il était là devant elle. Elle n'avait qu'à tendre le bras pour le toucher. Il attendait qu'elle fasse le pas suivant. Tout ce que Nell voulait, c'était lui hurler de débarrasser le plancher, de la laisser enfin tranquille. Mais cela ne ferait qu'attirer l'attention de l'agent de sécurité… Et trahir son agitation.

Nell ne pouvait la nier. Et Deck la sentait lui aussi. Elle le voyait dans l'éclat de ses yeux, à l'affût de ses moindres gestes.

Il en savait déjà trop. Si elle perdait son calme, elle perdait la partie.

— Qui t'as dit que j'étais ici ?

— Viens dîner avec moi et je te dirai tout.

Il s'approcha un peu plus d'elle.

— Jamais de la vie.

Elle recula. Une branche du ficus lui caressa l'épaule.

— Et je connais déjà la réponse. Tu l'as su par Garrett, n'est-ce pas ?

Son frère et associé chez Bravo Construction aimait beaucoup Deck. Et, pour couronner le tout, ce dernier avait décidé de passer par eux pour faire construire sa prochaine maison. Se plier en quatre pour un client : très bien. Mais pas pour l'aider à reconquérir sa propre sœur, bon sang ! Il n'avait pas le droit de lui faire ça.

— Je vais le tuer.

Deck enfonça ses mains dans ses poches, comme pour se donner l'air innocent de celui qui n'a rien à se reprocher. Très convaincant…

— Ce n'est pas Garrett.

— Qui alors ?

— C'est ta mère qui m'a vendu la mèche.

Cette fois-ci, Nell eut vraiment envie de hurler. Depuis quelques années, Willow Bravo jouait les entremetteuses. Elle était insupportable ! Sa mère n'avait qu'une obsession : caser ses enfants. Jusque-là, elle avait eu le bon sens de ne pas se mêler des histoires de Nell.

Mais l'un après l'autre, les quatre grands enfants de Willow avaient trouvé chaussure à leur pied. Seule Nell restait célibataire et sa mère ne la lâchait plus.

— Tu es allé soutirer des informations à ma mère ?

Elle parvenait à peine à se contenir.

— Respire, tout va bien.

— Mais c'est grave !

— Vrai, admit-il sans aucun signe de remords. Mais quand il s'agit de toi, je suis prêt à tout. Cela dit, je ne suis pas allé voir ta mère. C'est elle qui m'a appelé. Elle m'a dit qu'elle n'avait pas oublié à quel point tu m'avais aimé.

Nell se mordit les lèvres. Elle fulminait.

— Admettons. Elle t'a appelé parce qu'elle sait que tu cherches vainement à recoller les morceaux avec moi. Et elle le sait car tu le lui as dit.

— Pas besoin de lui dire, Nellie.

Il eut un petit air d'autosatisfaction qui irrita Nell.

— Je te cours après depuis des mois, tout le monde le sait.

Un point pour lui.

Deck s'était clairement fait remarquer à Justice Creek, où ils habitaient… Il faisait tout pour croiser son chemin et avait commencé par se rendre partout où elle allait : la salle de gym de son frère Quinn, la boulangerie de sa demi-sœur Elise pour son café du matin, le pub de son ami Rye McKellan. Il était toujours là, surtout au pub. Sa présence là-bas lui pesait : elle aimait y passer du temps et surtout elle habitait juste au-dessus, dans un appartement sous les combles, en face de celui de Rye !

Un mois après avoir commencé à la suivre ainsi, il l'avait appelée pour lui proposer une soirée à deux.

Nell avait répondu sans détour : « Certainement pas. Et ne m'appelle plus. »

Il n'avait plus appelé. Mais il avait poussé la porte de Bravo Construction et lui avait demandé de construire sa maison. Elle avait alors passé le relais à Garrett.

Il était ensuite passé aux fleurs et aux cadeaux. Qu'elle avait systématiquement refusés. Il avait payé un pilote d'avion pour tracer un cœur dans le ciel au-dessus de la ville. Elle avait fait semblant de ne rien voir.

Dès qu'il trouvait un nouveau moyen d'attirer son attention, elle l'arrêtait net. Elle n'aurait jamais cru qu'il irait jusqu'à Las Vegas pour elle.

Et pourtant…

— Ma mère va en entendre parler, je te le garantis. Et toi, tu devrais avoir honte d'être allé lui tirer les vers du nez ! Je t'ai dit je ne sais combien de fois que tu pouvais tirer une croix sur nous. Une troisième croix, si je peux me permettre. Parce que je te rappelle que tu es revenu vers moi après avoir rompu, pour me laisser de nouveau en plan la minute d'après.

— Je te le répète : je ne suis pas allé voir ta mère. Elle m'a appelé de son plein gré – c'est le moins qu'on puisse dire. Et pour ce qui est d'avoir rompu avec toi, c'était il y a plus de dix ans. On était encore au lycée, des gamins. J'étais paumé, pas prêt pour tout ça. C'est différent aujourd'hui.

— Non, ça ne l'est pas. Je suis toujours la fille qui aurait tout donné pour toi. Et tu restes celui qui m'a prise et jetée, à deux reprises. Ça fait deux fois de trop.

Et pourtant elle était là, collée à ce ficus, argumentant alors qu'elle était censée ne plus rien avoir à lui dire.

Il ne baissait pas les bras.

— Si tu ne veux pas dîner avec moi, que dirais-tu

d'un verre ? Nous pourrons tranquillement évoquer tout le mépris que tu as pour moi.

— Je n'ai jamais dit que je te méprisais, grogna-t-elle.

Était-elle en train de faiblir ? Bon, d'accord, peut-être un peu.

— Ce que tu vas faire, c'est reprendre l'avion pour Justice Creek et me lâcher pour de bon, poursuivit-elle plus fermement.

— Un verre, Nell, dit-il, comme s'il lisait dans ses pensées, décelait les brèches en elle. Juste un verre. Et j'ai bien compris : tu ne veux pas qu'on nous voie ensemble, ni que quiconque puisse croire qu'on a remis ça, toi et moi.

— Parce que ce n'est certainement pas ce qui va arriver.

— Vois-le différemment, dit-il en baissant encore un peu plus la voix, une voix de velours, et il poursuivit dans un souffle rauque : On est à Vegas, et tu sais ce qu'on dit. Personne n'en saura rien…

Tout cela prenait décidément une très mauvaise direction. Il fallait qu'elle s'en aille. Mais elle ne pouvait s'empêcher de le comparer à Ron, le type du carrelage – à tous ceux qu'elle avait rencontrés, à vrai dire. Deck n'était pas le bon, mais il restait sa référence en matière d'hommes – exception faite de la façon dont il lui avait brisé le cœur.

Elle ne pouvait pas lui faire confiance. Mais il était tellement sexy… et drôle, et intelligent. Il avait tout – tout pour lui plaire : un tempérament de bosseur, les pieds sur terre, une tête bien faite. Et cela faisait des mois qu'il lui courait après.

Elle détestait l'admettre, mais il lui prenait depuis quelque temps l'envie irraisonnée de se laisser rattraper…

Ce qui était hors de question, bien entendu. Il pouvait toujours rêver.

Mais on était vendredi soir, à Las Vegas. L'idée d'aller se coucher lui collait un épouvantable cafard. Une veille de week-end en cette mi-novembre et personne pour l'accompagner. Pendant ce temps, ses frères et sœurs – ses demi-frères et sœurs, même – étaient tous heureux en couple, mariés. Les quatre.

Elle était la seule de la famille Bravo à n'avoir personne. Bientôt arriveraient Thanksgiving puis Noël, avec leurs traditionnelles réunions de famille. Tout le monde viendrait en couple, sauf elle. Même son insupportable mère quittait son veuvage pour se remarier.

Et Nell voulait elle aussi se marier, un jour…

Malheureusement, elle n'avait qu'une seule fois trouvé le bonheur auprès d'un homme : celui qui se tenait face à elle. Il paraissait déterminé, revenant sans cesse à elle. Comment arrêter de comparer tous les autres hommes à celui-là ?

Tout cela était de la pure folie. Il fallait que ça cesse.

Mais la fuite ne l'avait menée nulle part.

— Juste un verre, Nellie.

Sa voix grave et douce à la fois sonnait comme une invitation. Il la dévorait des yeux et la défiait en même temps de détourner le regard.

Elle ne risquait pas grand-chose en acceptant. Peut-être pourrait-elle enfin lui faire entendre raison ?

Ils allaient pouvoir se parler calmement, elle pourrait le convaincre de cesser tout ce manège. En y repensant, elle n'avait jamais vraiment essayé la méthode douce, de femme à homme. Sa stratégie d'évitement à tout prix n'avait pas été payante.

Elle prit une profonde inspiration.

— Un seul verre.

Un éclair de surprise passa dans les yeux de Deck. Le même que lorsqu'elle s'était assise devant lui en cours d'anglais au lycée et qu'elle s'était retournée pour lui sourire. Il avait eu l'air hébété, comme sous le choc. Puis il avait rapidement regardé dans une autre direction. Elle se souvenait avoir fixé sa pomme d'Adam de profil, le trouvant tellement attirant, même avec ses baskets trouées, son T-shirt fatigué et sa coupe de cheveux qui ne ressemblait à rien.

Il avait une silhouette moins solide à l'époque, de larges épaules mais pas de carrure, l'air affamé d'un animal sur le qui-vive. Il avait mis des semaines à oser lui parler. Elle avait déjà complètement craqué pour lui. Elle savait que c'était le bon.

Elle avait eu tort.

Deck n'avait à présent plus rien de cet ado mal dans sa peau. Il était plein d'aplomb et ne doutait plus.

— Impeccable. Je sais où t'emmener.

- 2 -

Declan McGrath avait atteint l'objectif qu'il s'était fixé. Il avait réussi.

Cette année, Justice Creek Barrels venait d'être classée 245e sur les 5 000 entreprises montantes aux USA. Un business qu'il avait façonné à la force du poignet. Le garçon fauché né du mauvais côté de la barrière venait de la franchir haut la main.

Il avait tout pour lui. Tout sauf Nell, bornée, fière, décidée à vivre dans le passé et à refuser l'évidence.

Mais qu'importe. Elle pouvait bien le rejeter, il ne renoncerait pas.

Il allait parvenir à ses fins, ce n'était qu'une question de temps.

Ce soir n'était qu'un premier pas, mais déjà un grand. Elle lui avait dit oui, même si ce n'était que pour un verre. Il ne devait surtout pas la brusquer. S'enflammer ou devenir pressant, c'était risquer de la voir s'enfuir aussitôt.

Il dut se faire violence, tandis qu'il la conduisait vers une table au calme, pour ne pas crier victoire ni même faire un geste de triomphe.

Elle se glissa sur la banquette, il s'installa en face d'elle. La lumière sublimait le roux incandescent de ses cheveux. Nell l'examinait d'un air méfiant. Ses yeux verts lui faisaient l'effet un lagon secret au milieu de la jungle.

Dieu qu'elle était belle. Plus encore que lorsqu'ils s'étaient rencontrés. À l'époque, elle était déjà la fille la plus éblouissante du monde. Tous les garçons lui couraient après.

Mais elle ne voulait que lui.

Il l'avait jetée comme un vulgaire mouchoir. Parfois, même les plus avisés des hommes font les mauvais choix.

Il lui avait fallu onze ans, et l'échec d'un mariage avec une autre, pour comprendre qu'il était de ceux-là. Il ne tombait pas facilement amoureux, mais quand son cœur était pris, c'était pour toujours. Elle était faite pour lui, il le savait. Il lui courait après depuis quatre longs mois déjà. Et rien n'avait bougé entre eux.

Jusqu'à ce soir.

La mère de Nell avait raison. Il devait l'emmener loin de Justice Creek. Loin des mauvais souvenirs… Las Vegas était l'endroit idéal pour reprendre là où ils s'étaient arrêtés bien des années plus tôt.

Il ne devait pas ruiner cette occasion unique…

La serveuse arriva alors que Nell cherchait les bons mots pour s'adresser à lui. La jeune femme prit leur commande et leur apporta les verres. Quand elle fut partie, Nell avala une gorgée de son cocktail et se lança.

— Pourquoi moi ? Pourquoi ne veux-tu pas entendre que je ne suis tout simplement pas intéressée ?

Il fixait le fond de son verre, comme si la réponse se trouvait dans les reflets ambrés du whisky.

— Je crois que ce n'est pas la question. C'est juste que tu ne me fais pas confiance.

— Sans blague ? dit-elle en tapotant ostensiblement son menton avec son index. Je me demande bien pourquoi !

— Combien de fois dois-je le dire ? Oui, j'ai tout gâché ! Deux fois. Je suis vraiment désolé, j'ai besoin que tu me pardonnes. Tu es la meilleure chose qui me soit jamais arrivée. Et…

Il secoua la tête.

— J'ai compris. D'accord. Je t'ai fait mal comme jamais. J'ai eu tort, je m'en veux à mort, ça te va ?

Nell ne s'attendait pas à ça. Elle sentit son armure se fissurer. Elle fut tentée de tendre le bras pour poser sa main sur le poing serré de Deck. C'était si dur de résister.

— Alors écoute, j'accepte tes excuses. Tout cela appartient au passé... Tu peux regarder vers l'avenir désormais.

Il l'étudia d'un œil interrogateur, ses sourcils foncés tournant à l'auburn sous la lumière.

— Vraiment ?

— Vraiment.

— Cela signifie qu'on peut réessayer, toi et moi ?

Elle aurait dû s'en douter.

— Ce n'est pas ce que j'ai dit.

— Accorde-moi cette seconde chance.

— Cette *troisième* chance tu veux dire ? Jamais.

— Ne jamais dire jamais. Enfin si : le jour venu, je ne te laisserai plus jamais t'en aller. La prochaine fois sera la bonne.

Nell faillit sourire. C'était tellement typique de lui. Cet homme était taillé comme un dieu et malin comme un singe. Mais sûr de lui – beaucoup trop sûr de lui.

Elle buvait du petit-lait. C'était tellement amusant de croiser le fer avec lui. Ça l'avait toujours été. Et aujourd'hui, la balle était enfin dans son camp.

Lorsqu'ils étaient ensemble, lui était le gamin pauvre et elle était une Bravo – ou plutôt une demi-Bravo, comme les appelaient les gens derrière leurs dos. Mais une Bravo quand même. Son père avait beaucoup d'argent et subvenait aux besoins de ses enfants. Ceux qu'il avait eus avec son épouse et ceux qu'il avait eus avec la mère de Nell, sa maîtresse pendant des années. Nell portait toujours de beaux vêtements et affichait une certaine assurance, une audace qui faisait d'elle une fille que tout le monde regardait. Elle n'était pas heureuse chez elle, loin de là, mais les garçons lui tournaient autour et les filles l'enviaient un peu.

Mais tout ce qu'elle voulait, c'était Deck. À cette époque, la balle – toutes les balles de l'univers à vrai dire – était dans son camp à lui.

Aujourd'hui, pour une raison qui échappait à Nell, il voulait une seconde chance.

Aujourd'hui, c'est elle qui disait non. La vengeance est un plat qui se mange froid. Glacé même.

Lentement, il finit par avaler une première gorgée de whisky.

— Écoute, j'ai cru mourir quand je t'ai perdue. Mais je n'avais pas les moyens de sortir avec toi. Tu dois le savoir. J'avais une ambition sourde, des projets à concrétiser.

Elle lut de la sincérité dans ses yeux marron, de la douceur…

— Je n'avais rien à t'offrir.

— Je ne réclamais rien. Tu dois certainement le savoir aussi. Je ne demandais que ton amour.

Il détourna le regard. Elle fixa sa pomme d'Adam de profil. Comme avant.

— Comprends-moi, Nellie, j'avais trop de choses à prouver. Ça n'aurait jamais pu marcher entre nous.

Il avait certainement raison.

— Et ça ne marcherait pas plus aujourd'hui, Deck.

Elle se pencha au-dessus de la table et planta son regard dans le sien, cherchant à toucher son âme.

— Je n'ai aucune confiance en toi. Je suis *incapable* de te faire confiance. Je ne te déteste pas. Vraiment. Je ne te méprise pas non plus. Je veux juste que tu renonces à ton idée. Laisse-moi vivre ma vie et vis la tienne.

Il porta de nouveau son verre à ses lèvres.

— Dîne avec moi.

Nell ouvrit la bouche pour refuser. Deck tendit alors

le bras et posa sa main sur la sienne. Les mots restèrent coincés dans sa gorge.

— Juste ce soir, juste un dîner.

L'étreinte de sa main était chaude, légèrement brusque. Une sensation qui résonnait loin en elle.

Nell nageait en pleine confusion. Ses mots, son souffle et même son cœur semblaient s'entrechoquer au fond de sa gorge, dans un élan brûlant, délicieux, douloureux… Elle allait lui dire non quand il glissa le pouce sous ses doigts et pressa imperceptiblement le creux secret et vulnérable de sa paume.

Imperceptiblement, elle répondit. La lumière se reflétait dans ses yeux, elle y brûlait même.

Nell cessa un instant de respirer.

— Ce serait… juste le temps d'un dîner.

Dans les yeux de Deck, les flammes dansaient à présent. Mais que venait-elle de dire ? Elle devait faire marche arrière, tout de suite. Elle dégagea sa main.

Ne cherchant pas à la retenir, il retira la sienne et la reposa près de son verre. D'un ton neutre, il répéta :

— Juste un dîner, c'est parfait.

Et après tout, quel mal à ça ? ne put s'empêcher de penser Nell.

Ici, dans la ville des strass et de la démesure, au beau milieu du désert, où personne ne les connaissait. Le cadre idéal pour se dire définitivement, *élégamment*, au revoir.

Deck l'emmena au Quatre Trêfles, un restaurant où l'on servait de la cuisine française. Les plats étaient succulents, avec plusieurs services et de délicieux accords mets-vins.

Elle ne toucha toutefois presque pas à son verre. Une journée bien remplie l'attendait le lendemain sur le salon, elle ne voulait pas se réveiller avec un mal de crâne. Et il lui fallait surtout garder l'esprit clair pour parler avec son impossible voisin de table.

La lumière des bougies sublimait les traits de Deck.

Elle se reflétait dans ses épais cheveux bruns et révélait une lueur espiègle dans ses yeux. Nell devait se surveiller. Tout sauf baisser la garde. Ce dîner d'au revoir était placé sous le signe de l'élégance, elle ne devait pas l'oublier.

La discussion s'était engagée spontanément. Deck lui posa des questions sur la société qu'elle avait montée avec son frère. Elle lui expliqua en avoir eu assez de la fac. Garrett, de son côté, connaissait un petit succès avec son entreprise de construction. Elle avait commencé à l'assister sur divers dossiers. Ils s'entendaient bien tous les deux.

Nell rigola :

— Il me dit sans arrêt que je suis son poil à gratter.

— Mais il ne s'en sortirait pas sans toi…

— Ce n'est pas faux… Il y a quelques années, il a voulu commercialiser des maisons clé en main. J'ai investi une partie de mon héritage dans le projet et nous sommes devenus associés.

Deck lui parla de son activité. Il s'était lancé huit ans plus tôt, au début dans le garage de sa maison. Il travaillait alors comme serveur dans un bar de Justice Creek. Aujourd'hui, il dénichait et négociait des lots de tonneaux qu'il revendait à des viticulteurs, des brasseries et des distilleries. Justice Creek Barrels fabriquait également du mobilier, des accessoires et bibelots à partir des fûts. Pendant qu'il faisait prospérer JC Barrels, Deck avait aussi suivi des cours de commerce et de gestion à l'université.

Nell prit des nouvelles de sa sœur, Marty.

— On m'a dit qu'elle s'était mariée ?

— On t'a bien renseignée. Il s'appelle Hank Jackson. C'est un type bien.

— Je suis contente pour elle.

— Ils vivent dans le Colorado eux aussi. Et… je suis tonton depuis trois semaines !

— Félicitations !

Dans les souvenirs de Nell, la sœur de Deck était une

jeune fille maigre et effacée, qui s'efforçait de se rendre invisible.

— Garçon ou fille ?

— Un petit garçon.

— Tu as fait sa connaissance ?

Il hocha la tête.

— Hank m'a appelé quand Marty a eu ses premières contractions. J'ai filé à la maternité.

— Tu étais là quand il est né ?

Pour une raison qui lui échappait, l'imaginer au volant de son SUV noir en train de foncer vers l'hôpital pour assister à la naissance de son neveu lui faisait quelque chose.

— Disons plutôt que j'ai fait les cent pas dans la salle d'attente pendant quatre heures, jusqu'à ce que le bébé arrive. Les infirmières ont fini par me laisser entrer. Marty était épuisée mais radieuse. J'ai pu prendre Henry dans mes bras.

— Tu la féliciteras aussi de ma part ?

— Je n'y manquerai pas.

— Et… ton père ?

La question était sensible : Keith McGrath avait été un vrai sujet de discorde entre eux, au moment où leur relation avait basculé. Peut-être était-ce maladroit de l'évoquer ? Mais éviter le sujet n'était pas non plus une solution. Et l'idée de ce dîner était justement de faire la paix avec leur passé commun.

— Je ne le vois pas souvent.

Deck avait parlé sur un ton neutre. Il semblait être dans la retenue. Marcher sur des œufs, même.

— Mais il va bien. Il s'occupe d'un ensemble d'appartements à Fort Collins et fait des travaux de menuiserie à côté. Ça… Ça va plutôt pas mal pour lui, depuis quelques années.

— Ravie de l'entendre, vraiment.

Elle s'autorisa à boire une petite gorgée de vin.

Deck la regarda d'un air absent pendant quelques secondes. Un ange passa. Il changea brusquement de sujet, ce qui fut un soulagement pour Nell aussi. C'était mieux ainsi. Ils n'allaient partager qu'une seule soirée, pas le reste de leur vie. Certes, elle voulait que chacun puisse s'ouvrir à l'autre, mais il était inutile de réveiller certains souvenirs…

Après le dîner, ils allèrent jouer au casino.

Vers 22 heures, Deck se tourna vers elle :

— On va faire un tour dehors ?

Nell était tentée. Fortement tentée. Mais il faisait froid et il était raisonnablement temps de lui souhaiter bonne nuit.

— Il y a du vent et il ne fait vraiment pas chaud, je ne suis pas habillée pour sortir.

— Aucun souci, allons chercher nos manteaux dans nos chambres. Tu peux aussi changer de chaussures si tu veux.

Elle ne dit rien quand il lui prit le bras et l'emmena jusqu'aux ascenseurs.

Ils s'arrêtèrent d'abord à son étage. Elle le fit entrer dans sa chambre : le faire attendre dehors aurait laissé penser qu'être avec lui près d'un lit la mettait mal à l'aise. Le temps de mettre des chaussures plates et d'enfiler son manteau et elle fut prête.

Ils remontèrent dans l'ascenseur. Deck avait pris une suite au dernier étage. Depuis la fenêtre du petit salon, elle admira la cascade en contrebas, son bassin façon lagon et, au-delà, les lumières de la grande avenue de Las Vegas. Deck disparut dans sa chambre.

— Tu regardes quoi ?

Elle se retourna et lui sourit.

— Toutes ces lumières…

Il avait enfilé un beau blouson en cuir. Nell ne put

s'empêcher de repenser aux vieux T-shirts et aux Vans trouées qu'il portait au lycée.

Ils redescendirent dans le hall d'entrée, franchirent le porche de l'hôtel, contournèrent la cascade et les eaux bleues du lac miniature dans lequel elle se jetait. Sous l'allée de palmiers, Nell remonta son col pour se protéger du vent.

Et quand il prit sa main ?

Elle le laissa faire. Car c'était, enfin, un au revoir dans les règles. Elle savourait le fait de pouvoir être ainsi à ses côtés, détendue, dans une ambiance joyeuse et apaisée. Et qu'importe si la sensation de sa peau contre la sienne ne la laissait pas indifférente.

Elle n'en ferait rien. Elle voulait juste profiter de ces derniers instants partagés avec un ex-petit copain, réconciliée avec le passé, mettant un point final à tout cela avec élégance.

Peu après minuit, il la raccompagna à sa chambre. Il se tint à distance, ce qui était parfait. Échanger une bise aurait été trop intime, elle aurait esquivé son geste.

— Au revoir, Deck, dit-elle tout bas avant de refermer sa porte.

Le lendemain matin, elle s'attendait presque à le trouver dans le couloir, proposant de se joindre à elle pour le petit déjeuner.

Il n'était pas là. Et elle n'était *pas* déçue. Leur soirée avait été parfaite. Elle avait passé un chouette moment avec lui, mais c'était bel et bien fini entre eux. Fini depuis onze ans, à vrai dire. Deck était vraisemblablement déjà sur le chemin du retour.

Elle quitta l'hôtel pour se rendre au salon, où elle passa la matinée entre démonstrations en tout genre et grossistes en granit, marbre, carrelage, béton et quartz. Vers 11 heures, elle retrouva Sherry Tisbeau. Cette dernière vivait à Seattle, où elle gérait une entreprise de BTP avec son mari, Zach. Nell s'était liée d'amitié avec elle quelques années plus tôt lors d'un grand salon professionnel à Los Angeles. Elle était aujourd'hui accompagnée de sa directrice administrative et financière, Alice Bates.

Vers 12 h 30, alors que Sherry leur proposait de trouver une table pour le déjeuner, Nell aperçu un homme qui ressemblait beaucoup à Deck. Il était adossé au mur face au stand d'un revendeur de matériaux de construction, à moins de dix mètres d'elle. La brochure qu'il consultait masquait son visage. Nell sentit son pouls s'accélérer et son estomac se nouer.

Tandis qu'elle restait figée, osant à peine respirer, l'homme releva la tête. Ce sourire… Un sourire qui prenait son temps, enivrant et… dangereux. Nell fut parcourue d'un frisson nerveux qui se transforma en un délicieux raz-de-marée. Une énergie monta en elle, bientôt suivie par de l'angoisse.

Elle se tourna vers Sherry et Alice :

— Je viens d'apercevoir un vieil ami, je dois passer un peu de temps avec lui. Je vais vous faire faux bond pour le déjeuner, désolée.

Sherry l'embrassa et lui demanda de vite lui donner des nouvelles. À peine furent-elles parties que Nell sentit Deck à ses côtés.

Leurs regards se croisèrent. Elle se sentit soudainement aussi légère et pétillante qu'une bulle de champagne dans une flûte en cristal. Stop ! Devait-elle lui rappeler qu'ils s'étaient dit au revoir la veille ? En courant un peu, elle pouvait encore rattraper Sherry et Alice.

Elle aperçut autour de son cou un cordon avec le badge du salon.

— Tu as piqué le badge de quelqu'un ! accusa-t-elle.

Il ne fit que sourire un peu plus, creusant la fossette sur sa joue gauche.

— Sans ça, ils ne voulaient pas me laisser entrer.

Combien de fois l'avait-elle guettée, cette fossette ? Elle ne se dessinait que lorsque Deck se détendait vraiment. Ce qui était rare à l'époque. Il était en permanence sur ses gardes.

Les choses avaient décidément bien changé…

Il fit glisser le badge entre ses doigts.

— Par chance, celui-ci traînait là… Trouver n'est pas voler !

Pars. Tourne les talons et pars. Ne dis pas un mot, ne te retourne pas.

Mais elle ne bougea pas. Pire, elle ouvrit la bouche :

— On est à Vegas. Ça arrive tout le temps, rien n'a d'importance ici.

Il souleva un sourcil.

— Rien n'a d'importance, dis-tu ?

— Exactement. On est dans l'ici et maintenant. Tout s'efface dès qu'on rentre chez soi. Dès qu'on rentrera chez nous. J'ai ma vie, tu as la tienne.

Leurs regards se croisèrent le temps d'une éblouissante parenthèse. Une parenthèse bien trop longue. Une sensation enfouie en elle refit surface : celle d'être seule sur terre avec lui.

Nell brisa le silence :

— Tu as faim ?

Elle glissa son bras sous celui de Deck. C'était comme une évidence.

— Je suis affamé.

Nell ne remit plus un pied au salon.

Ils déjeunèrent ensemble avant d'aller jouer aux machines à sous. Nell passait un vrai bon moment.

Manquait-elle de discernement ?

Oh que oui. Alors même qu'elle savait pertinemment qu'il ne fallait pas céder un centimètre de terrain à Deck.

Mais elle s'amusait tellement avec lui – il était bien plus joyeux qu'avant, son succès professionnel avait apaisé l'homme qu'il était devenu. Tout paraissait facile à présent. L'assurance qu'il dégageait lui donnait encore plus de charme, alors qu'il en débordait déjà. Être à ses côtés était déjà un plaisir en soi.

Pourquoi aurait-elle dû se priver ? Cela n'avait aucune incidence – juste le temps de ce court séjour à Las Vegas.

La chance fut de son côté : elle remporta le jackpot à mille dollars. Elle empocha son gain et Deck lui proposa d'aller faire un tour au spa de l'hôtel pour un soin à deux. Une offre plus qu'alléchante qu'elle n'envisagea même pas de refuser.

Ils se plongèrent côte à côte dans un bain de boue. Deck lui raconta tout ce qu'on pouvait faire avec le bois des tonneaux : des boutons de manchette, des horloges, des luminaires, de la déco de jardin… Ils se firent masser, leurs tables collées l'une contre l'autre. Un moment de luxe et de détente incroyable, d'une intimité absolue. Nell baissa les armes et en savoura chaque seconde.

Ils s'offrirent ensuite un soin du visage, puis des mains et des pieds. Étrangement, être ainsi installé dans un fauteuil moelleux, une blonde sexy à ses pieds, lime à la main, le rendait encore plus viril.

Il était un peu plus de 18 heures lorsqu'il la raccompagna à la porte de sa chambre.

— Je repasse te prendre dans une heure et demie, annonça-t-il d'un air mystérieux, sans lui laisser le choix. Sois prête.

Pour être prête, elle l'était : elle portait sa robe noire préférée, bras et dos nus, courbes sublimées. Elle avait relevé sa chevelure rousse sur un côté, retenue par un peigne en strass. Elle portait des talons noirs vertigineux, qui laissaient voir une semelle rouge quand elle marchait. Lorsqu'elle ouvrit la porte, le sourire de Deck s'effaça. Il la dévora du regard, partant de son visage puis glissant le long de son corps. Elle l'examina à son tour dans son beau costume gris foncé et se demanda comment elle en était arrivée là, prête à passer une soirée de toute évidence romantique avec ce garçon anciennement sans le sou, l'écorché vif qu'elle avait tant aimé. Cet adolescent devenu homme, aujourd'hui à la tête de son propre business, portant des vêtements de boutiques de luxe.

Elle prit sa pochette décorée de perles, son étole argentée, claqua sa porte et le suivit.

Une limousine les attendait devant l'entrée de l'hôtel. Elle se glissa à ses côtés sur le cuir confortable de la banquette. À travers les vitres teintées défilaient les lumières des casinos et grands complexes de cette ville de tous les excès. Les lumières se brouillaient en un tableau mouvant, tour à tour bleu, rouge, violet, vert et doré. Le chauffeur tourna dans une petite allée et s'arrêta devant un restaurant tout simple, dont l'entrée était surmontée d'un auvent rayé rouge et blanc.

Ils prirent place à table, sous un plafond décoré de vitraux, éclairés par des lampes en forme d'étoiles. La soirée commença par du champagne et du caviar et se poursuivit avec de la bisque de homard et le meilleur filet mignon que Nell avait jamais goûté. La viande fondait dans sa bouche.

Elle était sur une pente dangereuse, elle le savait. Chaque minute qui passait la rapprochait d'un point de non-retour. Sa carapace se fendait… suffisamment pour que Deck puisse y glisser la main.

Il se pencha un peu en avant et elle l'imita. Elle savait que c'était une mauvaise idée, mais elle était portée par une curiosité joyeuse et étourdissante – l'envie de savourer chaque instant, d'être près de lui.

Un peu plus près encore.

Il la toucha en premier. Posant un doigt délicat sur sa main, il descendit doucement vers son poignet, en caressa les os qui affleuraient, puis s'aventura jusqu'au creux de son bras, électrisant chaque centimètre de peau, prenant tout son temps. Nell sentit un frisson la parcourir, porteur de promesses et de plaisirs défendus.

— On ne peut pas faire ça.

— Et pourquoi pas ?

Sa voix, rêche et sensuelle à la fois, lui faisait perdre pied.

Elle se sentait coincée. Et elle aimait ça.

— Pour des tas de raisons. Nous deux, c'est de l'histoire ancienne. Tu le sais aussi bien que moi.

— Nellie…

De son doigt, il effleura son coude et grimpa le long de son bras, dessinant les courbes de son tatouage, souvenir de ce qu'il avait représenté pour elle.

— Tout cela me semble bien vivant, au contraire… C'est tout ce que je sais. Et toi aussi, quels que soient les mensonges que tu te racontes.

D'un geste calme, elle prit sa main et la retira de son bras. Elle but un peu de champagne et fit danser ses papilles avec de la viande. *J'ai l'impression d'être dans un rêve, et il est grand temps que je me réveille.*

L'instant d'après, sa main était dans celle de Deck. Il la retourna, écarta délicatement les doigts de Nell et posa ses lèvres douces et chaudes au creux de sa paume. Sa peau était caressée par son souffle, légèrement griffée par sa barbe naissante.

— Tu te rappelles notre première fois ?

— Mon Dieu, dans cette tente !

Ils avaient dix-sept ans. C'était l'été avant la Terminale. Ils étaient partis randonner en forêt et avaient planté une tente rapiécée au milieu d'une petite clairière, près d'une cascade.

Nell avait raconté à sa mère qu'elle partait camper avec un groupe de copines. Frank Bravo avait trompé sa femme Sondra avec elle pendant plus de vingt ans, mais

Willow avait certains principes quand il s'agissait de ses filles. Interdiction de passer la nuit avec un garçon avant leur majorité. Nell avait donc inventé une histoire de tente partagée avec une fille de l'école. Deck, lui, n'avait pas eu besoin de mentir. Son père était toujours occupé et laissait son fils faire à peu près ce qu'il voulait.

Sans lâcher la main de Nell, ouverte, offerte, Deck se souvint :

— Je n'arrivais pas à y croire ! J'allais passer toute une nuit avec toi.

— On parle des fourmis ?

Ils éclatèrent d'un seul rire. Puis leurs voix s'éteignirent. Ils se regardèrent dans les yeux, partageant soudainement le souvenir de ces moments de tendresse. Ils s'étaient presque entièrement déshabillés avant de comprendre qu'ils avaient planté leur tente sur une fourmilière.

— J'ai pas mal hurlé, si je me souviens bien.

— Tu en avais partout sur toi.

Elle avait foncé hors de la tente et s'était retrouvée au clair de lune, en culotte et soutien-gorge de coton blancs, à essayer de se débarrasser des fourmis. Deck l'avait rejointe dehors. Il lui avait mis la main sur l'épaule et demandé de ne plus bouger. Elle s'était arrêtée net – pour lui. Il avait passé ses mains sur tout son corps, en commençant par ses cheveux, puis sa nuque, ses épaules, progressant vers le bas. À la fin, il ne restait plus de fourmis, uniquement la délicieuse sensation de ses mains sur sa peau.

Puis il l'avait attirée contre lui, avait embrassé son front, sa tempe, ses lèvres. Elle lui avait rendu ses baisers, enroulant ses bras autour de son cou, lui murmurant des mots d'amour.

Il faisait froid la nuit là-haut, même en été. Ils avaient secoué leurs vêtements, s'étaient rhabillés et avaient déplacé leur tente de l'autre côté de la clairière.

Puis ils étaient rentrés à l'intérieur. Débutants tous les

deux, ils s'étaient donnés l'un à l'autre. Nell se souvenait d'un moment un peu maladroit mais intense. Et d'une grande beauté.

Même après qu'il lui eut brisé le cœur, elle ne regretta pas d'avoir choisi Deck pour sa première fois.

Ils quittèrent le restaurant. La limousine les attendait devant.

Nell se sentait apaisée, d'humeur suiveuse. Le champagne lui était légèrement monté à la tête, elle était enivrée par le succulent repas, le souvenir de ces précieux moments – et par lui, Deck, riant de bon cœur avec elle, effleurant sa peau, lui rappelant à quel point c'était bon.

Elle se laissa faire lorsqu'il la souleva et l'assit sur lui. D'un geste rapide, elle retira ses chaussures et plia les genoux sur le cuir de la banquette. Elle caressa des yeux son irrésistible physique qu'éclairaient les néons multicolores de Las Vegas. Il avait une odeur d'épices boisées qu'elle connaissait encore par cœur.

La voiture passa bientôt le porche de l'hôtel et s'arrêta. Nell se redressa, arrangea ses cheveux et remit ses talons hauts.

Deck prit sa main alors qu'ils entraient dans l'hôtel. Elle le laissa faire. Sans dire un mot, il l'emmena vers les ascenseurs. Elle n'émit aucune objection lorsqu'ils dépassèrent son étage sans s'arrêter.

Devant la porte de la suite, elle hésita.

— On va devoir…

Elle n'eut pas l'occasion de poursuivre. Deck avait déjà enroulé ses bras autour d'elle.

— Écoute, commença-t-il.

— Oui ?

Et il l'embrassa pour la première fois depuis plus de dix ans.

Elle ne put réprimer le long soupir de plaisir qui la traversa lorsqu'elle sentit ses lèvres contre les siennes.

C'était si bon. Elle en avait tellement envie : ses lèvres, ses bras musclés la serrant fort. Elle le laissa poursuivre et l'attira même un peu plus fort contre elle. Elle passa la main sur ce torse solide comme un roc, sur ces épaules carrées et s'accrocha à son cou. Sa langue gardait le goût de la cannelle du dessert qu'il avait choisi. Une moiteur épicée qui lui allait si bien.

Son étole glissa par terre, mais elle n'y prêta aucune attention.

Il était plus… imposant. Plus carré et enveloppant qu'avant. Elle l'avait remarqué. Elle avait des yeux. Mais rien ne valait la sensation de son corps sous ses mains, de ses bras autour d'elle. Elle sentait une chaleur monter en lui. Comme avant. Et son odeur était plus délicieuse encore que dans son souvenir. Cette indéfinissable senteur d'épices, mâtinée d'un peu d'eau de Cologne, un parfum pour lequel il avait certainement déboursé une fortune.

Il releva enfin la tête.

— Il faut qu'on parle, Deck.

— C'est une très mauvaise idée.

Il passa ses mains le long des bras de Nell, cherchant, elle le savait, à l'apaiser. À l'amadouer, même. Un geste qui aurait dû l'agacer… Mais les mains de Deck parlaient si bien à son corps, à son intimité la plus profonde.

Depuis quand n'avait-elle pas ressenti une telle sensation ? Une envie si pleine et entière qu'il était inenvisageable pour elle de laisser partir Deck, de rester seule avec son désir.

Un désir au goût d'éternité…

Cela faisait onze ans, très exactement. Deck avait cet effet sur elle.

Aucun autre homme n'y parvenait.

Mais il était hors de question qu'il le sache.

Elle parvint à articuler les quelques mots qui lui semblaient nécessaires.

— Il faut qu'on pose des limites dès maintenant.

Il ne put s'empêcher de pester.

Elle posa son index sur ses divines lèvres. Il le lécha avec la pointe de sa langue. Elle faillit envoyer valser tous ses principes, se coller à lui, se jeter sur sa bouche et le supplier de la conduire jusqu'à son lit.

Mais non, pas avant d'avoir formulé quelques règles. C'était un minimum. Elle faisait n'importe quoi, cédant à un désir bien trop violent face à ses vaines levées de boucliers. À cet instant précis, elle était incapable de résister à Deck.

Il fallait toutefois que les choses soient claires entre eux.

— On se met d'accord avant.

— Nellie…

— On parle d'abord sinon je m'en vais.

— Tu ne peux pas t'en aller maintenant.

— On parie ?

Elle fit semblant de reculer.

Il ne bougea pas. Mais il avait entendu sa demande. Il prit une moue dépitée et hocha la tête.

— OK, parlons.

Il se pencha pour ramasser son étole et la lui rendit. Elle la saisit d'un geste léger, s'enroulant dans l'étoffe lisse et brillante tandis qu'il sortait sa carte magnétique. La serrure s'ouvrit.

Deck poussa la porte de sa suite.

- 3 -

Il l’emmena au salon.

— Je te sers un verre ?

— Non, je te remercie.

Elle passa nerveusement la main sur son étole. Elle l’avait posée sur le dossier du canapé. La situation lui parut étrange tout à coup. Elle n’aurait jamais dû en arriver là.

Elle n’avait aucune excuse, elle avait cédé, bêtement, complètement lâché les rênes.

Il ôta sa veste, la déposa nonchalamment dans un fauteuil et desserra le nœud de son élégante cravate bleue. Sa chemise grise était soyeuse, impeccablement taillée. À son poignet, une montre suisse de luxe. Elle reconnaissait la marque. Son père en avait possédé une, qu’elle avait rêvé de porter. Elle aurait été fière de l’avoir à son poignet. Mais c’est son demi-frère, Darius, qui en avait hérité. Il était l’aîné des neuf enfants et Nell avait fini par accepter le choix somme toute juste de son père.

— Alors ?

Deck la fixait avec un mélange de désir et d’impatience.

Elle se tenait derrière le canapé, les mains posées sur le cuir.

— Je veux qu’on soit bien d’accord : cette histoire n’ira pas plus loin que Las Vegas.

Il s’affala dans un grand fauteuil blanc. Jambes écartées, les bras sur les accoudoirs, il ressemblait à un roi viking recevant sa cour.

— Combien de fois va-t-il falloir qu'on revienne là-dessus ?

— Jusqu'à ce que je sois certaine que tu as bien compris et accepté mes… comment dire… conditions.

— Tes conditions.

Il sembla peser le mot, ne le trouvant pas du tout à son goût.

— On n'a pas besoin de signer un contrat. Tu fais ce que tu penses devoir faire. Et je fais pareil de mon côté.

Elle se sentit d'un coup pleine de reconnaissance envers le canapé, comme s'il était un garde-fou, une protection contre ce qu'elle s'apprêtait à faire avec Deck ce soir.

— Je veux juste que tu ne te fasses pas d'idées sur un quelconque après entre nous. Quand nous serons rentrés à Justice Creek, je ne veux plus entendre parler de toi. Tout cela n'aura jamais existé.

Elle se tut, attendant une réponse quelconque.

Enfoncé dans son fauteuil, il la fixait du regard. Elle sentit la température monter en elle, sa détermination fondre comme neige au soleil. C'était absurde – *elle* était absurde. Un verrou avait sauté la veille au soir, lorsqu'elle avait accepté de prendre un verre puis de dîner avec lui. Un autre avait cédé au cours de leur journée, puis de leur soirée. Elle avait encore la main il y a peu.

Mais plus maintenant. Les choses lui échappaient, elle aurait dû s'en émouvoir davantage. Mais non.

Deck n'avait toujours pas ouvert la bouche.

Une tactique vieille comme le monde : celui qui parle en premier a perdu.

Elle prit la parole :

— D'accord, je l'admets. J'ai envie de toi, Deck. Très envie, même. Et je commence à comprendre que c'est d'ailleurs la chose à faire. Passer à l'acte une bonne fois pour toutes, puis faire notre travail de deuil…

Au secours. Mais pourquoi avait-elle besoin de sortir

ce charabia pseudo-psychologique ? « Passer à l'acte ». Comme s'ils allaient commettre un crime ! « Faire notre deuil » : personne n'était mort.

Son discours n'avait aucun sens. Le genre d'excuses que l'on se raconte avant de faire une bêtise.

Et debout face à lui, protégée par un ridicule canapé, elle savait pertinemment qu'avoir une aventure avec Deck ici, à Las Vegas, en était une énorme.

Mais elle allait la faire quand même, qu'il accepte ou non ses conditions. Parce qu'elle n'était plus en mesure d'arrêter la machine, parce qu'elle allait avoir trente ans et était en présence du seul homme qu'elle avait jamais aimé, parce qu'une chose était sûre : les mains de Deck semblaient faites pour elle, même après tant d'années.

— Moi aussi j'ai envie de toi, Nell. Depuis toujours.

Ses paroles avaient un goût amer. *Pas de chance pour moi, cela ne t'a pas empêché de me jeter comme un vieux chiffon.*

Deck lui tendit la main. Son regard était doux et plein de désir. Le même désir que celui qui avait pris possession de Nell. L'amertume se transforma soudain en une douce invitation. Rien, pas même le canapé, ne pouvait plus la retenir à cet instant. Elle s'avança vers lui.

Deck lui prit les mains et les tint fermement. D'un geste sûr, il l'attira entre ses cuisses ouvertes. Il était déjà dur, son désir visible sous la couture de son pantalon. Enchantée par cette vision, elle eut l'envie presque insoutenable de s'agenouiller pour défaire sa ceinture, sa braguette et libérer son ardeur, la caresser, la prendre en bouche…

Il amena les mains de Nell à ses lèvres et passa sa langue sur ses doigts repliés. Elle tressaillit, traversée par une lame de fond.

— J'ai une condition moi aussi.

— Laquelle ? demanda-t-elle dans un soupir.

— Enlève tout. Je veux te voir. J'attends depuis si longtemps.

Elle retint son souffle en se déshabillant. Elle se tint bientôt face à lui, ne portant plus que son peigne à strass dans les cheveux.

— Nellie, souffla-t-il d'une voix délicieusement rauque. Tu es encore plus belle que dans mon souvenir. J'aurais cru ça impossible, mais c'est pourtant le cas.

Il changea de ton :

— Approche.

Elle s'assit doucement sur lui. Quel bonheur d'obéir à sa demande, de venir à lui. Une nuit et un jour durant lesquels elle ne lutterait pas. Ensuite elle partirait. Elle prendrait l'avion et laisserait tout ça derrière elle.

Menteuse, lâche et inconsciente, elle ?

Indubitablement.

Sa chevelure rousse frottait les joues de Deck. Il prit son visage entre ses mains fermes.

— Embrasse-moi.

Elle s'exécuta docilement. La rencontre de leurs lèvres fit chavirer son for intérieur. La langue de Deck se fit pressante et Nell se laissa parcourir par toute une gamme de sensations. Ses tendres assauts tendirent un peu plus les cordes de son désir. Nell sentit les pointes de ses seins, dures et endolories avant même qu'il ne les ait touchées.

Tout en continuant de l'embrasser, Deck retira le petit peigne de ses cheveux et le déposa sur la table à côté du fauteuil. Il enfonça ses doigts dans la splendide masse rousse qu'il venait ainsi de libérer. Il lui massa longuement le cuir chevelu avant de refermer ses doigts dans un mouvement plus sec, tirant doucement pour l'attirer un peu plus près de sa bouche, ses gestes à présent fermes et avides.

Lorsqu'il relâcha son étreinte, elle pensa enfin à respirer. Se redressant légèrement, elle plongea le regard dans le sien, fébrile et désirante. Elle crut se perdre dans ses yeux dont les pupilles avaient grossi en même temps que son désir.

Seul le bruit de leur respiration saccadée rompait le silence. Immobile, elle se sentit s'abandonner à lui, se laisser envahir par sa chaleur et son appétit vorace. Tous deux jouaient la même partition.

— Tu ne partiras pas, Nellie, murmura-t-il. Je ne vais pas tout gâcher cette fois. Toi et moi, c'est écrit.

— Arrête tout de suite.

Elle prit une voix aussi grave et ferme que celle de Deck :

— Arrête ou je m'en vais.

Il soutint son regard. Il était prêt à livrer bataille.

Puis sa bouche s'ouvrit lentement sur ce sourire doux comme un piège de velours.

Ils éclatèrent d'un seul rire.

Deck saisit Nell par les hanches et se leva. Ce geste soudain lui coupa le souffle, elle recula pour l'éviter et lâcha un cri de surprise lorsqu'il la souleva et la prit sur son épaule.

— Deck !

Mais il n'écoutait pas. Il mit sa main sur sa fesse nue et écarta les doigts, s'aventurant là où il souhaitait plus que tout aller.

— Pas un geste, mademoiselle, je vous tiens !

Il avança d'un pas sûr en direction de la chambre, dont la porte était entrouverte.

Il la déposa sur le lit.

— Ne bouge pas.

Elle rigola et, tout sourire, leva les bras pour les glisser sous l'oreiller.

Le regard de Deck était un brasier. D'une voix basse, il lui montra la pleine mesure de son désir en évoquant tout ce qu'il allait lui arriver, comment il allait délicieusement lui faire perdre pied.

Et il retira ses vêtements. Il les lança au hasard en direction du fauteuil à côté du lit. Il jeta sa montre sur la table de nuit. Elle glissa et tomba sur la moquette. Il n'alla pas la ramasser.

Lorsqu'il s'approcha enfin d'elle, Nell l'attira contre lui. Elle n'avait jamais été aussi prête pour lui, corps et âme. Plus de passé, plus de futur.

Un seul temps, celui du présent.

Il posa ses lèvres sur sa peau, une fois, vingt fois, mille fois. Il voulait en couvrir le moindre fragment.

Elle l'y autorisa. Joyeusement, elle le guida. Les mains sur ses épaules, elle lui indiquait d'une voix lourde de désir les zones qu'il avait oubliées.

Était-ce aussi bon que dans les scènes interdites qu'elle avait imaginées en secret ?

Oh que oui. Bien mieux.

Après ce prélude vinrent le temps des lèvres brûlantes et fiévreuses, des doigts savamment glissés en elle, si habiles que Nell eut le souffle coupé par l'onde de choc qu'ils provoquèrent.

Deck ne s'arrêta pas en si bon chemin. À ses caresses incessantes, il joignit une langue gourmande. Il poursuivit tant et si bien qu'elle poussa un cri tendu, serra sa tête entre ses mains et supplia :

— Vas-y, Deck, ne t'arrête pas. Comme ça, oui…

Par trois fois il lui fit dépasser les frontières du plaisir. Puis ce fut au tour de Nell de s'occuper de lui. Prenant le contrôle de la situation, elle partit à la conquête de chaque centimètre de ce corps dur, de cette peau chaude. Du bout des doigts, elle dessina les tendons et les veines qui affleuraient sur ses bras aux muscles saillants. Devenus plus pressants, ses gestes glissèrent le long du sillon de poils qui parcourait son large torse.

Et descendirent un peu loin…

Elle le prit à deux mains et se baissa vers lui, lèvres

ouvertes. Il accepta momentanément de se soumettre, renonçant à son habituelle volonté de mener le jeu. Elle avait l'ascendant et en savourait chaque seconde, le prenant tout entier en bouche, gorge détendue.

Toujours plus loin, plus profondément.

Il ne tint bientôt plus et reprit les rênes. De ses grandes mains fermes, il bloqua sa tête là où elle était et œuvra avec elle à son propre plaisir.

Nell se laissa faire, s'en remettant à l'unique volonté de Deck. C'était tellement bon. Divin. Il finit à son tour par rendre les armes et se laissa emporter aux confins du plaisir. Elle leva les yeux et le vit, agenouillé devant elle, basculer la tête en arrière, détruisant son ultime rempart dans un râle libérateur.

Elle but sa jouissance jusqu'à la dernière goutte, nectar velouté et légèrement salé.

Il l'attira à lui, l'allongea et l'enveloppa de ses bras au creux des draps et de la couverture emmêlés. Il caressa ses cheveux, descendit le long de son dos et posa sa main dans le creux de sa hanche découverte.

S'endormit-elle, ainsi lovée contre lui ? Il lui sembla que oui.

Des images d'eux défilèrent, au bon vieux temps, riant de bon cœur devant un feu de camp, partageant une complicité d'un simple regard pendant les cours, le bras de Deck autour de ses épaules quand ils marchaient dans les couloirs du lycée, son corps contre le sien, exactement là où il devait être…

Elle se sentait invincible à ses côtés. Tant qu'ils étaient ensemble, rien de grave ne pouvait vraiment arriver. Ils étaient la reine et le roi de leur propre royaume.

Deck ne savait jamais ce qui l'attendait chez lui. Son père montait toujours des plans sur la comète, qui venait immanquablement s'écraser à ses pieds. Il ne s'en ouvrait pas beaucoup auprès de Nell, mais elle savait que tout n'était pas rose pour lui et sa sœur. Keith McGrath aimait ses enfants, à n'en pas douter, mais il semblait avoir toujours mieux à faire. Il papillonnait constamment, incapable de garder un travail. La famille devait compter chaque sou, et cela ne suffisait souvent pas.

En comparaison, Nell vivait une vie plutôt facile. Mais certainement pas joyeuse. Lorsque la première épouse de son père était morte, il avait demandé sa main à Willow et l'avait installée dans la maison qu'il avait fait construire pour Sondra. Nell habitait encore chez sa mère à l'époque et avait dû déménager elle aussi. Elle avait très mal vécu de devoir rentrer chaque soir dans une maison qui avait appartenu à cette femme et où vivait encore sa fille, Elise, et la meilleure amie de celle-ci, Tracy, que Sondra avait pris sous aile à la mort de ses parents. Les deux jeunes filles étaient pleines de rancœur. Sous ses airs précieux et affectés, Elise ne manquait pas d'idées pour harceler Nell. C'était la guerre dans la demeure des Bravo et tous les coups étaient permis.

Mais parfois, alors qu'on croit que rien ne changera jamais, la roue tourne et les choses s'arrangent. Ce fut le cas pour Nell et Elise. Elles étaient proches à présent et prêtes à tout l'une pour l'autre. Dommage qu'elles n'aient pas su plus tôt qu'elles pouvaient si bien s'entendre.

Il en allait de même au sujet de son amour pour Deck. Elle était tellement bien auprès de lui. Avec le recul, elle était heureuse de ne pas avoir su alors ce qui l'attendait. Elle ne se doutait pas un instant qu'il allait la faire souffrir à ce point et qu'il lui faudrait des mois, des années pour s'en remettre.

Comme dans cette chanson folklorique que sa mère adorait, dont les paroles disaient, en substance, que la vie était une danse et que si on savait d'avance ce qu'elle nous réserve, on préférerait passer à côté plutôt que d'avoir le cœur brisé en bout de course.

Mais ne pas aimer, c'était rater le bal, la première et la dernière danse.

Et maintenant qu'elle avait tourné la page, qu'elle avait tiré un trait sur lui, elle pouvait s'autoriser à l'admettre : la danse de leur amour avait été magique.

Après toutes ces années, Nell pouvait enfin s'avouer à elle-même la vérité, à savoir que pour rien au monde elle ne serait passée à côté de son histoire avec Deck.

Et ces retrouvailles fugaces qu'ils s'offraient à Las Vegas ? Elle n'aurait pas échangé sa place avec une autre pour tout l'or du monde.

Elle leva la tête pour le voir.

Les yeux grands ouverts, il observait, attendait.

Elle lui tendit ses lèvres, il ne se fit pas prier pour l'embrasser.

La magie repartit de plus belle.

Il se pencha pour prendre un préservatif dans le tiroir de la table de chevet. Elle le lui prit des mains et se chargea elle-même de le dérouler tout entier. Deck se plaça au-dessus d'elle. La lumière de la lampe à côté d'eux donnait à ses yeux un éclat presque doré.

Il entra en elle. Elle l'accueillit avec avidité, loin, toujours plus loin. Elle enroula son corps autour de lui, balançant son bassin en rythme. Leurs corps à l'unisson rejoignirent les astres avant de plonger ensemble vers un abîme délicieux.

Elle cria son nom, et d'autres choses encore. Elle ne réalisait même pas ce qu'elle disait, son corps en transe autour de lui.

L'instant était céleste, absolu. Une dernière danse avec le garçon qu'elle avait aimé à en perdre la tête.

Deck n'était plus ce garçon. Et elle n'était plus cette fille qui avait déposé son cœur entre ses mains.

C'était très bien ainsi.

Cette soirée était tout ce dont elle avait besoin : une

aventure d'un soir à Las Vegas avec Deck McGrath devenu homme.

Aux premières lueurs de l'aube, il s'approcha d'elle. Elle se blottit au creux de lui. Ils s'unirent une nouvelle fois, doucement, tendrement.

Après l'amour, ils appelèrent le room service et prirent leur petit déjeuner au lit. Et comblèrent de nouveau leur appétit l'un de l'autre. Ils prirent un long bain chaud, ensemble.

La journée était déjà bien entamée et ils avaient tout juste pris leur petit déjeuner et un bain. Oh ! et fait l'amour aussi. Encore une fois. Puis une autre. Nell en tremblait, transportée par cet exquis vertige de sensations, ce monde sensuel et secret dont eux seuls avaient la clé.

En fin d'après-midi, il l'autorisa à retourner dans sa chambre, mais seulement pour prendre une douche, se maquiller rapidement et s'habiller. Une demi-heure plus tard, il était à sa porte.

Il commença par l'embrasser. Une chose en entraînant une autre, ils durent se rhabiller pour sortir. Il fallait bien prendre un peu l'air. Le grand lit attendrait leur retour.

Elle enfila sa robe pour la deuxième fois. Deck commanda une limousine et ils partirent dîner dans un restaurant italien qu'il connaissait. Les plats étaient exquis, tout comme le chianti, auquel Nell revint peut-être un peu trop souvent.

De retour dans leur voiture de luxe, Deck ferma la vitre entre eux et le chauffeur. Ils firent l'amour tandis que défilaient autour d'eux les lumières de la ville, imprimant, malgré les vitres teintées, des couleurs en kaléidoscope sur leurs peaux nues.

Une bouteille les attendait. Du Dom Pérignon.

— D'où sort ce champagne ? s'enquit Nell.

Elle était nue sur le cuir, pleinement comblée, rayonnante. Elle se sentait si bien.

— Tu es si belle, Sparky. Courageuse. Forte et tellement intelligente. Au-delà de ce qu'un homme peut mériter. Tu es vraiment unique.

Il avait parlé sans brider ses mots. Ils résonnaient en elle comme un souffle de vie. Elle se sentait précieuse. Aimée.

Il ne répondit pas au sujet du champagne. Elle avait déjà oublié. Il fit sauter le bouchon et, délicatement, allongea Nell sur la banquette afin de pouvoir boire à même sa peau. Elle glissa sa main dans les cheveux de Deck et soupira de plaisir.

Il lui souffla d'autres mots doux, des paroles mélodieuses murmurées au creux de son corps. Il lui disait qu'il l'aimait, qu'elle était et avait toujours été la seule femme au monde.

Elle prit ses mots pour ce qu'ils étaient à ses yeux : des choses qu'il se racontait pour donner vie à un fantasme, rien de plus. C'était du vent, ses promesses d'amour éternel ne valaient rien. Nell ne leur accordait aucun crédit.

Mais cela restait agréable à entendre. Ils allaient très bien avec le champagne, ce beau corps chaud et musclé, le plaisir qu'il lui donnait, encore et encore.

Elle était au paradis, purement et simplement, quand elle était dans ses bras.

Elle fut coupée dans ses pensées par l'arrêt du moteur. Elle ouvrit les yeux :

— Où sommes-nous ?

Il rigola.

— Remets ta robe. On va aller voir ça.

— Tu m'as prévu une nouvelle aventure ?

Elle avait hâte de la découvrir.

— Exactement. La grande aventure de Nell et Deck.

Il l'aida à se rhabiller. Elle s'assit, aux anges, le regardant remettre sa chemise, son boxer et son pantalon. Elle n'était pas ivre… mais un peu émoustillée sous l'effet du plaisir et de la pleine satisfaction sexuelle.

Il était prêt. Il lui présenta son manteau et elle l'enfila. Joyeusement étourdie, rayonnante, elle accepta le bras qu'il lui tendit pour sortir de la voiture.

Ils étaient devant le bureau des affaires matrimoniales du comté de Clark. Elle trouva cela très drôle.

— Arrête, tu me fais marcher !

Il la prit par la main.

— Viens, on entre, juste pour rigoler.

— Mais… Il est 21 heures et on est dimanche.

— Sparky, ici c'est Las Vegas. Cette ville ne dort jamais.

Il guetta sa réaction.

Elle pensa aux délicieux moments qu'ils étaient en train de vivre, combien elle savourait chaque minute avec lui, dans une légère brume provoquée par l'alcool, détendue, pleinement nourrie par leurs corps à corps amoureux. Tout cela était si agréable. Elle était prête à le suivre n'importe où.

— Allez d'accord, allons voir à l'intérieur.

Elle lui emboîta le pas.

Après cela, elle lui dit oui à tout, sans réfléchir. Elle le laissa prendre un numéro et lorsque vint leur tour, elle sortit sa carte d'identité et signa quand on lui demanda de le faire. Un jeu d'enfant. Rien de plus facile.

Ils retournèrent dans la limousine avec un acte de mariage sous le bras.

Mais qu'est-ce qui lui prenait ? Elle n'avait pas bu à ce point. Quelque chose lui échappait. Il fallait qu'elle…

Deck reprit là où ils s'étaient arrêtés un peu plus tôt. Ils ne faisaient que jouer à un jeu. Un jeu exquis, enchanteur. Elle vivait tout cela comme un rêve. Voilà : son rêve à elle… venu de très loin. Un rêve qui n'était pas fait pour devenir réalité.

Il semblait pourtant étrangement en train de se réaliser en cet instant.

Deck et Nell venaient en quelque sorte de sortir de la mairie – une rangée de bâtiments roses avec un grand parking bordé de palmiers et de cactus.

La limousine s'arrêta et Deck sortit de sa poche un petit écrin en velours sombre.

À l'intérieur se trouvait une splendide bague. Il la lui passa au doigt : elle lui allait parfaitement. *Il a tout planifié.*

Cela aurait au moins dû l'alerter.

Certainement, oui.

Mais la bague était si belle, un diamant carré entouré d'autres plus petits, sertis sur un anneau de platine. Et tout semblait tellement… évident. Ce soir, Nell vivait son rêve d'adolescente, celui auquel elle avait tant cru – Deck et elle vivant-heureux-et-ayant-beaucoup-d'enfants.

Les années semblaient s'être repliées sur elles-mêmes. Il ne lui avait jamais brisé le cœur, il n'en avait jamais épousé une autre.

Sa vie avec lui, l'amour qu'il lui avait toujours promis… Une éternité qui n'appartenait qu'à eux.

Elle touchait enfin son rêve du doigt.

Dans ce temple du mariage, on trouvait tout le nécessaire pour le « grand jour », façon Las Vegas.

La femme qui les accueillit salua Deck par son nom.

— Monsieur McGrath.

Elle était mielleuse à souhait.

— Bienvenue chez Maintenant et Pour Toujours.

Elle lança son plus beau sourire en direction de Nell.

— C'est un plaisir de rencontrer la mariée.

L'hôtesse prit la carte bancaire prestige de Deck et lui indiqua la boutique pour hommes.

Une vendeuse vint chercher Nell.

— Je m'appelle Anita, et je suis ravie que vous nous ayez choisis pour cette soirée hors du commun. Suivez-moi.

Parmi les robes du magasin, Nell trouva la sienne. Elle était parfaite, avec un dos nu et de longues manches en dentelle – une robe de sirène, qui moulait son corps jusqu'aux genoux et s'évasait sur sa « queue de poisson » tout en dentelle et perles nacrées. Une couturière vint l'ajuster par quelques gestes rapides et l'emporta pour effectuer sans attendre le travail de retouche.

Nell craqua pour des chaussures à bout ouvert et nœud en strass. La robe offrait un soutien pour la poitrine mais pour le bas, Anita lui présenta une culotte en satin et dentelle qui ne manquerait pas de faire son petit effet. Nell acquiesça.

Elle enfila le joli dessous et les chaussures de ses rêves. Tandis qu'Anita l'aidait à passer la robe désormais à sa taille, le charme sensuel qui l'enveloppait après ces heures passées au lit, à boire du champagne, à réaliser ses désirs les plus enfouis, se rompit un instant et laissa place à une pensée bien plus terre à terre.

Elle devait payer sa part ! Elle avait toujours été une femme autonome, après tout.

— Je veux payer ma tenue, confirma-t-elle à l'attention d'Anita.

La vendeuse sourit :

— Je ne crois pas, madame. Monsieur McGrath a été très clair sur ce sujet : il souhaite régler la note.

— Mais je…

— Laissez-lui le plaisir de se sentir homme, coupa Anita d'une voix douce, comme s'il s'agissait d'une faveur faite à Deck.

Nell eut envie de répondre. La facture allait être astronomique. Mais poursuivre dans cette direction risquait de gâcher l'esprit du moment.

Elle lâcha prise. S'il voulait dépenser son argent, pourquoi s'y opposer ?

— Très bien, allons-y.

— Excellent.

Le sourire d'Anita se fit encore plus large.

— Les chaussures et la lingerie sont à la vente uniquement. Pour la robe en revanche, vous avez le choix. Il est possible de la louer. Mais si elle vous plaît, elle est à vous. Monsieur McGrath a bien insisté sur ce point.

Monsieur McGrath. Il savourait à n'en pas douter toute cette attention. Le gamin pauvre qui ne savait pas toujours s'il y aurait à manger chez lui sortant aujourd'hui sa carte de crédit pour dévaliser une boutique de mariage à Las Vegas.

Nell se regarda dans le miroir sur pied. Sa robe était splendide.

— C'est un peu trop, non ?

Anita réagit immédiatement :

— Nell, il s'agit de votre mariage.

Elle se baissa pour arranger le bas de la robe.

— Cela n'arrive qu'une fois dans une vie. Si elle vous plaît, prenez-la.

Nell sourit à son reflet. Un sourire qui ne tremblait qu'un tout petit peu.

— Entendu, je vais la garder.

— C'est une très bonne idée.

Anita avait préparé son voile. Il était très long : autant faire les choses en grand. La vendeuse le plaça sur sa tête et le fixa avec un bandeau de strass.

Nell se décida pour un bouquet de roses rouges et lys blancs, à la fois festif et dans l'esprit de Noël. C'était tout à fait approprié : la fin d'année approchait à grands pas. Pour la boutonnière de Deck, elle choisit une rose et des baies rouges. Une autre vendeuse se présenta immédiatement et repartit dans la seconde pour l'apporter au marié.

Anita déplia le voile sur le visage de Nell et la conduisit à la chapelle. L'autel, d'une grande simplicité, était décoré de grandes bougies argentées disposées de part et d'autre.

Derrière, un mur argenté lui aussi, que recouvrait un rideau de perles de cristal. La marche nuptiale résonna et Nell fit quelques pas en direction de Deck, à qui son costume allait à ravir. À côté du pasteur, il l'attendait, elle, sa fiancée.

Elle fut soudainement prise de panique. Que faisait-elle entre ces murs argentés, habillée en mariée ?

Mais Deck attendait. Elle voulait le rejoindre. Son cœur se laissa aller à ces pensées joyeuses et, lentement, les yeux rivés sur lui à travers la délicate brume de son voile, elle s'avança vers lui. Il la couvait des yeux, affichant ce si dangereux sourire. Dans ses yeux brûlaient la tendresse et le désir.

Anita était là, elle tenait le bouquet de la mariée. Deck prit les mains de Nell dans les siennes et ils énoncèrent leurs vœux. Naturellement, il avait une alliance pour elle. Deux épais anneaux de diamants tressés. Il la glissa à son doigt, où brillait déjà la somptueuse bague de fiançailles.

Enfin, dans un mouvement d'une douceur extrême, il souleva son voile et posa les lèvres sur les siennes. Elle soupira contre sa bouche entrouverte, savourant ce mariage comme un songe, avec lui, le seul homme qu'elle avait jamais aimé.

Enfin.

Ils signèrent le registre et quelques papiers. Deck recevrait l'acte officiel par courrier sous dix jours. Elle se demanda pourquoi lui et pas elle aussi ?

Mais quelle importance finalement ? Deck pouvait bien prendre en charge tous ces aspects pratiques. Il avait géré la situation d'une main de maître jusqu'ici. L'heure était à la magie, penser à autre chose ne ferait que gâcher la fête.

Un photographe fit son entrée. Nell embrassa de nouveau Deck pour la photo, souhaitant que cette parenthèse enchantée ne s'achève jamais.

Du champagne les attendait dans la limousine. Elle

but un verre, pour prolonger un peu encore la sensation de joyeux vertige.

De retour dans la suite de l'hôtel, il lui ôta entièrement sa tenue de mariée. Ils firent l'amour pendant des heures.

Plus tard, il la serra contre lui et dessina le tatouage caché sous les libellules et les fleurs sur son bras gauche : son prénom à lui.

Elle venait d'avoir dix-sept ans lorsqu'elle le grava sur sa peau, *Declan*, avec le symbole de l'infini. Elle était allée jusqu'à Denver, loin de chez eux, pour le faire, munie d'une fausse pièce d'identité. Parce qu'elle l'aimait et que lui aussi. Leur amour devait durer toujours.

Jusqu'à ce qu'il prenne fin.

Après qu'il eut rompu avec elle pour la deuxième fois, elle l'avait masqué sous une manchette. Elle ne le supportait plus. La tatoueuse vers laquelle Nell s'était tournée avait fait des miracles. Elle avait fondu le nom de Deck dans un motif riche et coloré. Son nom n'était désormais qu'un entrelacs dans l'aile translucide d'une libellule. Il était impossible à deviner.

Sauf pour lui. Il savait exactement où regarder. Il l'avait toujours su.

Il remonta les couvertures. Nell se blottit contre lui, ferma les yeux et se laissa glisser vers le sommeil.

Lorsqu'elle rouvrit les yeux, la lumière du jour pointait faiblement entre les rideaux.

Le matin d'un nouveau jour. Déjà… Elle rentrait chez elle aujourd'hui.

Deck dormait à ses côtés, le visage détendu par un profond sommeil. Elle le contempla quelques instants, le cœur empli de ce qui ressemblait fortement à du bonheur. Le réveil indiquait 8 h 10.

Elle se sentait… comblée. Son corps était repu, satisfait jusque dans ses moindres cellules. Un peu endolori peut-être, mais d'une agréable façon. Le champagne lui pesait sur le crâne, juste un peu. Son avion décollait à 11 h 15. Il était temps qu'elle s'active. Retourner à sa chambre, se doucher, faire son sac.

Mais quelque chose la travaillait, une légère crainte nichée loin dans ses pensées. Elle leva les yeux au plafond, fronçant les sourcils.

Il y avait un hic quelque part.

Une chose qu'elle avait faite alors qu'elle n'aurait pas dû.

Une chose qui…

Attends une minute.

Des images de la veille lui revinrent en mémoire.

Le restaurant italien. Elle avait un peu forcé sur le chianti, non ? Et l'amour, un long va-et-vient en limousine le long de la grande avenue. Tout ce champagne…

Mais les bulles n'excusaient pas tout. Elle n'était pas ivre, pas à ce point. Elle était tout à fait consciente de ses faits et gestes.

Elle avait pris part à tout cela de son plein gré.

Lorsque, soudainement, la voiture avait fait halte devant ce temple du mariage, qu'avait-elle fait ? Elle avait suivi Deck comme une brebis que l'on mène à l'abattoir.

Lorsqu'il avait comme par magie sorti la bague de sa poche, avait-elle demandé des explications ? Avait-elle tenté de le dissuader ?

Pas plus.

Elle n'avait rien dit.

Pas même émis une objection.

Elle lui avait tendu son annulaire pour qu'il y glisse l'alliance. Puis elle s'était accrochée à lui comme un koala à sa branche. Elle lui avait remis sa bouche et son corps sur un plateau, avec une insatiable faim de lui, tandis que la limousine les conduisait à ce complexe, Maintenant et Pour Toujours.

Maintenant et Pour Toujours. Au se-cours…

La robe de mariée sirène. Les fleurs. La chapelle. L'alliance…

Celle qui attendait sagement dans la poche de Deck.

À contrecœur, sachant déjà ce qu'elle allait y trouver, consciente de l'impossible vérité qu'elle portait au doigt, Nell releva les draps et leva sa main gauche.

Des diamants. Furieusement étincelants.

Dieu du ciel !

Qu'avait-elle fait ?

- 4 -

Un chapelet d'injures lui échappa dans un long grognement sourd.

Et Deck ? Un petit ange endormi, l'air totalement serein et pas le moins du monde coupable. Alors même qu'il l'avait séduite de façon ignoble.

Il l'avait poussée au mariage. Mais quelle vermine !

Comment osait-il dormir après ce qu'il avait fait ?

— Deck !

Elle passait sa main sous son épaule puissante et le secoua.

— Réveille-toi bon sang !

Il gcignit dans son sommeil et, entre deux bruits sourds, ouvrit un œil.

— Nellie. Mon cœur.

Il souriait, à moitié endormi.

— Viens par-là.

Il tendit le bras.

Oh ! dans tes rêves, l'ami.

D'un coup de pied, elle se dégagea des draps et bondit hors du lit.

— Bas les pattes !

Ses lèvres dessinèrent son implacable sourire et il posa sur elle un regard langoureux plein de désir.

Nell réalisa qu'elle était nue.

— Je t'interdis de me regarder comme ça.

Elle arracha un oreiller et le colla contre elle à deux

mains. Il était suffisamment grand pour couvrir les zones sensibles.

— Il faut qu'on parle ?

— De quoi ?

— Allô, il y a quelqu'un ? On doit parler, non ?

Il se redressa. Le drap glissa sur son large torse, exposant ses abdominaux parfaitement dessinés. Indolent et tranquille, il s'étira dans un long bâillement. Nell serra un peu plus fort l'oreiller contre elle et attendit qu'il arrête d'exposer ainsi tous ses muscles, comme si tout était normal.

— Bon, je t'écoute, finit-il par dire, calant son oreiller derrière lui, mains croisées derrière la tête.

— Qu'est-ce qui ne va pas ?

— Qu'est-ce qui ne va pas ? répéta Nell d'une voix stridente.

Il laissa retomber ses bras.

— Tu hurles, là.

Elle reprit sur un ton plus bas :

— Rien ne va, Deck. Tout ça…

Elle appuya sur chacun de ses mots d'une voix grave et rageuse.

— On s'était mis d'accord sur une aventure de passage. C'était Las Vegas et basta. On devait rentrer chez nous comme si de rien n'était et reprendre nos vies respectives. Tu devais arrêter de me courir après. Tu étais d'accord, Deck.

Il la regarda avec tendresse. De la *tendresse*, bon sang !

— Souviens-toi, Nellie. À aucun moment je ne t'ai dit que j'étais d'accord.

— Mais tu as dit oui.

Il répondit le plus calmement du monde :

— Non.

— Si.

La colère de Nell ne tenait plus qu'à un fil.

— Tu étais d'accord et je te faisais confiance, alors que tu étais en train de tramer notre… mariage, derrière mon dos. Mais qui fait une chose pareille ? Il faut avoir l'esprit tordu. Comment peux-tu nier les faits ?

Elle tendit son annulaire et lui agita sous le nez.

— À quel moment avons-nous décidé qu'il se passerait ça ?

— Écoute, Sparky…

— Ne prends pas ce chemin-là. Ce n'est pas du tout le moment de m'appeler comme ça.

— Est-ce qu'on peut reprendre calmement ?

— Comme il est mignon.

Elle sentait son sang bouillonner.

— C'est toi qui joues au raisonnable, là ? C'est un comble !

— S'il te plaît, sois un peu honnête. Tu étais là. Personne ne t'a forcée à signer les papiers, à enfiler la robe, les chaussures et la bague. Tu es entrée dans cette chapelle, tu as dit *Je le veux*. Je ne t'ai pas droguée pour t'épouser contre ton gré.

Bon, certes. Il n'avait pas complètement tort.

Mais quand même. Il avait tout prévu, tout calculé. Il avait très bien orchestré son petit jeu avec elle.

D'un geste sec, elle repoussa la mèche rebelle qui lui barrait le front et se mit en position de tir :

— Oh si, c'est tout comme. Tu le sais très bien. Tu m'as suivie jusqu'ici et tu as joué sur la corde sensible. Et lorsque je suis tombée dans tes filets, tu m'as bien dit que tu comprenais que ce n'était qu'une aventure – enfin si tu ne l'as pas dit, tu l'as largement sous-entendu ! Puis tu m'as endormie avec du champagne, tu m'as fait l'amour dans la limousine et m'as conduite à cette chapelle et je… je…

Sa furie la fit bafouiller.

Parce que je n'ai aucune excuse pour mon propre comportement.

C'était bien là le problème. Elle était folle de rage contre elle-même. Elle avait joyeusement pris part à tout ce petit manège, elle en avait même savouré chaque seconde. Elle était complice sur toute la ligne.

Sa colère redoubla. Dans un mouvement de rage pure, elle leva son oreiller au-dessus de sa tête et le lui lança en pleine figure. Dans le mille ! Il cligna des yeux et la fixa. Elle recommença.

— Mais arrête !

Il attrapa l'oreiller et Nell se retrouva les mains vides *et* toute nue.

Elle émit un long grognement d'exaspération et masqua ce qu'elle pouvait avec ses bras.

— Ça ne va pas du tout, Deck. On a vraiment fait n'importe quoi.

Deck installa le deuxième oreiller derrière lui :

— Écoute, je sais que tu as peur. Mais c'est inutile. Parce que ça va aller. Même mieux que ça encore.

Ses yeux brillaient, débordants de tendresse et d'espoir.

— On va réussir, tu verras. Nellie, nous en avons autant envie l'un que l'autre, tu le sais au fond. C'est ce qu'on aurait dû faire à l'époque. Parce que tu avais vu juste et que je l'ai compris à présent. Il m'a fallu passer plus de dix ans loin de toi. J'ai même épousé la mauvaise personne. Elle savait que je ne l'aimais pas comme j'aurais dû. Elle savait qu'il y avait une autre femme. Et c'était toi, Nellie. Ça l'a toujours été. Je veux fonder une famille avec toi. Parce qu'on est faits l'un pour l'autre. Ce mariage est d'une logique évidente. Il faut que nous rentrions chez nous, que nous pensions à notre vie à deux.

Elle ne savait plus quoi penser. Son cœur, cet imbécile, n'avait qu'une envie : croire Deck, croire qu'elle était la seule pour lui, qu'il ne voulait et n'avait toujours voulu qu'elle. Que cette relation pouvait réellement fonctionner aujourd'hui, après la douleur du passé.

Elle ne désirait que lui. Elle avait mal pour lui. Et pour elle. Et même pour son ex-femme, déçue dans son mariage et son amour pour Deck. Nell brûlait d'en savoir plus à son sujet.

Mais il avait mal agi. Ce n'était pas ça, se marier. Il fallait au moins admettre cette vérité.

— Bon écoute, ce n'est pas la fin du monde.

Elle avait retrouvé une voix calme et posée.

— Je peux reporter mon vol de retour pour qu'on prenne le temps de régler ça. On s'habille, on trouve un avocat. Enfin, on fait ce qu'il faut. On divorce et ça s'arrête là.

— Mais Sparky, répondit Deck avec une extrême douceur. Je ne peux pas faire ça.

— Comment ça, tu ne peux pas ? Ce n'est pas la question. Allez, on y va.

— Non. C'est la vérité, je ne peux pas.

— Et pourquoi donc ?

— Pour deux raisons. La première, c'est que je t'aime. La seconde, c'est que je ne veux pas divorcer.

Elle leva la main pour l'arrêter. Elle plaqua ses poings contre ses hanches et cria en direction du plafond – Soudainement tu es amoureux de moi !

Il était assis là, tout simplement irrésistible avec ses cheveux en bataille, sa mâchoire carrée mal rasée, son torse musclé et cette bouche qui savait l'embrasser comme aucune autre. Et tout aussi simplement il avoua :

— Je t'ai toujours aimée.

Elle ne trouva rien à lui envoyer au visage. Sans blague !

— Eh bien, siffla-t-elle en serrant des dents, tu aimes d'une drôle de manière toi, en brisant le cœur des gens.

— Nell. Arrête, veux-tu.

Il tendit le bras. Elle esquiva sa main.

— Tu ne veux pas te détendre un peu ? On peut en parler calmement, comme deux adultes.

— Apparemment, tu as les oreilles bouchées. Je te

dis qu'on arrête là, fin de la discussion. Mais j'ai quand même une question.

— Je t'écoute.

Elle lui mit de nouveau son annulaire sous le nez.

— Depuis quand as-tu ces deux bagues en ta possession ?

— Nellie…

— Réponds simplement à ma question, veux-tu.

Il toussota.

— Quelques mois.

Nell sentit monter en elle la fureur d'un volcan juste avant l'éruption.

— Tu as tout manigancé, n'est-ce pas ? Ton plan était bien ficelé. Ils te connaissaient bien, apparemment, chez Maintenant et Pour Toujours. Notre venue n'a pas été une surprise pour eux.

— Si tu veux bien prendre une grande inspiration et…

— Non, Deck. Arrête avec ça.

— Je ne veux pas divorcer.

— Tu te répètes. Mais pas de chance, parce que *moi* je le veux, ce divorce. Et tu ne seras pas mon mari si je ne veux pas être ta femme. C'est plus clair comme ça ?

— Je n'en serais pas si sûr à ta place.

— Tiens donc ! Déroule ta pensée.

— Nous *sommes* mariés, Nell. Et avant que j'envisage le divorce, je veux que tu me, que tu *nous* donnes un peu de temps pour voir si ça peut fonctionner.

— Dans tes rêves ! Tu n'as pas idée à quel point c'est hors de question.

Nell balaya rapidement la chambre du regard, à la recherche de ses vêtements. Pas les jolis souliers, ni la culotte sexy ou la robe de sirène, jetées nonchalamment la veille dans le fauteuil près du lit. Les autres. Il lui fallait les sous-vêtements, la robe et les chaussures qu'elle portait quand ils avaient quitté l'hôtel en début de soirée. Ne les voyant pas, elle contourna le lit et partit en direction du salon.

— Où vas-tu ? demanda-t-il dans son dos.

Elle ne lui prêta pas attention.

Sa robe et ses sous-vêtements étaient en boule sur le canapé, ses chaussures sous la table basse. Elle attrapa sa culotte, l'enfila, passa son soutien-gorge et sa robe, se tortillant pour en remonter la fermeture Éclair. Elle s'échinait à lisser le tissu sa robe lorsque Deck apparut à la porte de la chambre.

Toujours nu. Toujours aussi parfaitement parfait. À l'exception de son comportement, hier comme aujourd'hui. Il l'avait manipulée.

— Parle-moi, Nellie.

Il avait soufflé ces mots d'une voix si douce que Nell eut envie de casser quelque chose – idéalement sur sa tête à lui.

Elle mit ses chaussures.

— Laisse tomber.

Elle prit son sac à main.

— Je veux divorcer.

— S'il te plaît… Ne pars pas. Prenons le temps de discuter.

— Il avait l'air tellement sincère.

Nell sentit son ventre se nouer un peu plus encore.

Ils étaient dans l'impasse. Elle était incapable de résister à Deck. Toujours ce même effet qu'il avait sur elle…

De l'espace. C'est qu'il lui fallait. Et tout de suite.

Elle retira les deux splendides bagues qu'il lui avait passées au doigt et les posa délicatement sur la table basse. Elle se redressa et lui fit face.

— Avoue-le, Deck. Tu m'as bernée.

— Sparky…

— Stop. C'est non. Je rentre chez moi. Je suis incapable

de parler avec toi à cet instant. J'ai trop envie de te réduire en bouillie.

— J'étais complètement désemparé. Dès que je tentais un geste vers toi, tu m'envoyais valser. J'ai essayé de t'oublier. Pendant des années. Mais je n'y suis pas arrivé. Et tu peux toujours me regarder dans les yeux en me disant que ça ne te fait rien, nous savons tous les deux que c'est faux.

Il se tenait face à elle, nu et sans masque.

Et Nell le savait sincère. Elle était tout aussi responsable que lui. Il l'avait peut-être habilement séduite, mais c'est bien elle qui avait dit « Je le veux », joyeusement, délibérément. Et il avait raison… Elle ne l'avait jamais oublié non plus. Aucun autre ne lui arrivait à la cheville.

Si elle restait, qu'allait-il parvenir à lui faire dire ou faire ?

Elle devait… se protéger. Partir, réfléchir, décider de ce qu'*elle* voulait pour la suite.

La veille, il était parvenu à la faire flancher. Elle n'y voyait plus clair. Il avait même réussi à lui faire ravaler sa fierté et jeter au feu sa détermination.

Il lui avait dit ce qu'elle voulait entendre et doucement, sournoisement, l'avait conduite dans ses filets.

De la séduction pure. Voilà ce qu'il avait fait. Un envoûtement qui avait perduré tout le week-end. Cela avait commencé par un verre, puis un dîner, le vendredi, pour terminer en apothéose avec un diamant, une robe blanche et la marche nuptiale.

Il avait pris le contrôle de sa volonté.

Eh bien c'était l'heure de la douche froide pour lui. Cadeau !

D'un geste vif, elle prit sa pochette de soirée et quitta la suite.

- 5 -

Plus tard ce jour-là, Nell gara son pick-up sous le porche du parking derrière le pub de son ami à Justice Creek.

Ryan McKellan, qui était aussi son voisin, sortit par la porte de derrière et fit le tour de la voiture pour l'accueillir. Il ouvrit le coffre et en sortit les bagages.

— C'était bien ? demanda-t-il en refermant le coffre.

— Les mots me manquent…

Rye était un ami de longue date.

— Quelque chose me dit que cela s'est mal passé.

Il ouvrit grand ses bras.

C'était exactement ce dont Nell avait besoin.

— Je m'en tiendrai pour le moment à : que c'est bon d'être rentrée !

Rye relâcha son étreinte.

— Tu sais en tout cas que tu peux tout nous dire.

« Nous », c'était lui et sa fiancée, Meg Cartwell, qui tenait le pub avec lui et partageait son appartement. Leur mariage était prévu pour le mois suivant.

— Merci. Il n'est pas exclu que je le fasse. Mais pour le moment, je vais remonter mes affaires et passer un coup de fil à ma mère.

— Appeler ta mère à peine rentrée chez toi ? Ce n'est pas bon signe.

— Tu n'as pas idée…

***

Une heure plus tard, Nell se tenait sur le perron de la grande demeure des Bravo. Thanksgiving approchait à grands pas et une immense couronne de Noël ornait déjà la porte.

Sa mère avait dû prévenir Estrella de la venue de sa fille. À peine Nell était-elle arrivée aux grandes colonnes de l'entrée que la porte s'ouvrit.

— Nell ! Sois la bienvenue.

Estrella Watson gérait la maison depuis quarante ans. Elle était adorable et s'entendait même avec Willow Bravo, ce qui restait un mystère pour tous.

— Quel bon vent t'amène ?

— C'est une longue histoire et mieux vaut que tu restes en dehors, maugréa Nell, avant d'ajouter plus doucement : Je suis contente de te voir, Estrella.

— Entre, entre. Ta mère t'attend.

Estrella la conduisit dans le vaste hall d'entrée, déjà orné de branchages, de luminaires et de jolis objets en verre. Même les voûtes du haut plafond étaient déjà décorées pour les fêtes de fin d'année. Nell retira son manteau et le remit à Estrella.

— En voilà une ambiance festive.

— Je sais que c'est étrange de faire la déco de Noël avant même que Thanksgiving soit passé, mais ta mère m'a donné son feu vert, alors je m'y suis mise de bonne heure cette année. J'adore m'en occuper, tu le sais, et je voulais terminer en beauté.

Nell sentit de la nostalgie dans sa voix d'Estrella. Leur gouvernante avait annoncé son départ en retraite pour le mois de janvier suivant.

Willow convolait en secondes noces au mois de décembre – le week-end qui suivait le mariage de Rye et Meg. Elle devait ensuite déménager en Californie avec son nouvel époux, Griffin Masters. Elle s'était organisée pour que la maison revienne aux demi-frères et sœurs de

Nell, les enfants de Sondra. Un geste que tout le monde avait jugé juste et équitable, puisque Frank Bravo avait fait construire la demeure pour sa première femme.

La démarche de Willow avant cependant pris tout le monde par surprise. « Juste » et « équitable » n'étaient pas les qualificatifs qui lui convenaient le mieux, du moins jusqu'alors.

— Ma chérie.

Willow apparut dans le couloir. Elle portait un pull en cachemire et un pantalon en laine impeccablement ajusté. Ses cheveux d'un joli blond, coupés court, encadraient un visage toujours aussi séduisant.

— Quelle merveilleuse surprise ! J'aurais été déçue de rater ton appel.

— Maman.

— Efface-moi cet air renfrogné, Nellie. Tu auras des rides avant l'heure sinon. C'était bien Las Vegas ?

Était-ce un petit air satisfait que Nell lisait sur son visage ? Willow n'avait honte de rien, ni de voler le mari de Sondra Bravo, ni de manipuler ses enfants.

— Suis-moi, je vais te préparer un martini et on s'installera dans la bibliothèque.

Après ce qu'elle venait de vivre, la dernière chose dont Nell avait envie était de boire un verre.

Un café plutôt.

— Aussitôt demandé, aussitôt fait, réagit Estrella.

Willow ouvrit le bras élégamment :

— La bibliothèque, mon cœur.

Elles traversèrent le salon et entrèrent dans la pièce, dont les grands meubles vitrés accueillaient des centaines de livres. Un sapin de Noël y trônait déjà, guirlandes allumées, à côté d'un feu de bois. La cheminée était décorée de branchages.

Nell s'installa sur la soie tendue de l'un des fauteuils au centre de la pièce, tandis que sa mère préparait un martini devant la petite desserte vitrée où l'on gardait les alcools forts.

— Griffin est là ?

Autant ne pas crier après elle devant son futur époux… Si jamais elle en venait à crier, bien sûr.

Elle ne le souhaitait pas. Elle n'avait aucune envie de perdre ses nerfs devant sa mère, qui savait pourtant très bien les lui mettre à vif.

Willow lui fit son plus charmant sourire.

— Griff est parti rejoindre Carter à l'atelier.

Carter était l'aîné de la fratrie illégitime. Il avait une entreprise de restauration et personnalisation de voitures.

— Il lui a confié une Bentley. Ah, les hommes et leurs voitures… Il sera de retour pour le dîner.

Willow mélangea délicatement la boisson et la servit dans un verre à cocktail en cristal. Elle planta une olive dans un cure-dents et le déposa avec amour dans le martini.

Estrella arriva avec le café. Elle déposa le plateau sur la table basse devant Nell et repartit.

Willow s'assit à son tour confortablement et but une gorgée de son verre.

— Exquis. Raconte-moi à présent ton séjour à Sin City, comme on appelle Las Vegas. Tu y étais pour un salon professionnel, si je ne me trompe pas ?

Nell prit le temps de se verser un café dans la tasse en porcelaine apportée par Estrella. Elle y ajouta un peu de crème liquide et un sucre.

— Tu sais très bien pourquoi je suis là, maman. Ne fais pas l'innocente, ça ne te va pas. Deck m'a dit qu'il t'avait parlé.

Sa mère reprit une délicate gorgée, tenant son verre d'une main gracieuse.

— Il s'avère que j'apprécie énormément ce jeune homme. Qui plus est, *tu* l'apprécies au-delà de tout. Tu es une femme forte, intelligente et tu as vraiment bon cœur, ma chérie. Mais tu es aussi fière, bornée et quelque peu rancunière. Je voulais juste te donner un petit coup de pouce, voilà tout.

— Ne te mêle pas de mes histoires, maman.

— Ne t'en fais pas, bientôt je serai loin et tu n'auras plus à te soucier de mes intrusions dans ta vie privée. Si tu choisis de tirer un trait sur ce dont tu as le plus envie au monde, je serai au moins ravie de ne plus être là pour y assister.

Nell se rappela la promesse qu'elle s'était faite de ne surtout pas se mettre en colère.

— Tu sais pertinemment que je ne veux rien avoir à faire avec lui.

— Ma chérie, ce n'est pas beau de mentir. Il est celui qu'il te faut et plus tôt tu l'admettras, plus tôt vous serez heureux, l'un comme l'autre.

Nell plongea les yeux dans le café auquel elle n'avait pas touché. Elle secoua la tête.

— Pourquoi suis-je venue ici ? Je ne sais pas ce que j'espérais. Tu savais que c'était mal de lui dire où j'étais, et tu l'as quand même fait.

— Et si c'était à refaire…

Willow leva son verre.

— À l'amour et au bonheur.

Elle but une nouvelle petite gorgée, tout en délicatesse.

— Maintenant raconte-moi comment cela s'est passé. Je suis sûre que c'était divin. Toi et l'homme que tu as toujours aimé, seuls à Las Vegas.

Nell était prête à tout nier en bloc. Elle se mordit les lèvres pour ne pas les ouvrir. Paraître sur la défensive ne la mènerait nulle part, si ce n'est à se faire traiter de menteuse une seconde fois.

— À vrai dire, je pense que ce serait bien plus sympa que *tu* me dises que *tu* es désolée.

— Mais quel intérêt ? Nous savons toutes deux que ce n'est pas le cas.

— Eh bien ce n'est pas normal. Tu as eu tort de lui dire où j'étais.

— Cela m'est égal. Il faut parfois faire un pas de côté pour aider le destin.

— Même tes platitudes sont tordues, tu le réalises ?

— Tout à fait. Je n'ai jamais laissé quiconque me dire ce qui est bien ou mal. Je fais ce que j'ai à faire. Oui, j'ai commis des erreurs, parfois terribles. Mais dire à Declan que tu étais à Vegas ? Rien de mal à cela, au contraire. Je voulais te donner la chance de pouvoir enfin retrouver l'homme que tu aimes. L'occasion de commencer à guérir d'une blessure très ancienne, qui vous empêche tous deux d'être heureux alors que vous le méritez.

Ses yeux d'un bleu turquoise intense brillaient. Elle reposa son verre, croisa les jambes et se pencha.

— Allez, raconte. Vous avez passé du temps ensemble, n'est-ce pas ?

— Je ne te dirai plus rien, crois-moi. Jamais plus.

Willow se contenta de sourire.

— Cela veut dire oui. Et tu ne t'en remets pas.

— Je n'ai rien dit de tel.

— Ma puce, cela se voit comme le nez au milieu de ta jolie frimousse.

Le lundi était souvent calme au pub, Meg et Ryan en profitaient pour prendre leur soirée.

Meg frappa à la porte de Nell un peu après 19 heures. Elle avait une belle crinière bouclée, des courbes généreuses et un sourire à redonner foi en l'humanité.

— Tu as faim ? J'ai fait des lasagnes.

— Mets-moi un couvert !

Nell la suivit dans leur appartement où elle refusa le

verre de vin que Rye lui tendait et le remplaça par un verre d'eau bien fraîche. Elle se régala de la salade César et du pain à l'ail de Meg, puis de ses imbattables lasagnes aux quatre fromages.

— Alors, explique-nous ce qu'il s'est passé à Las Vegas, invita Rye.

Nell dut faire une grimace car Meg l'arrêta :

— Laisse-la tranquille un peu.

Rye tendit le bras et serra celui de Nell.

— Allez, tu peux nous parler. On ne dira rien, promis !

Nell réalisa à quel point elle avait besoin de se confier à de vrais amis.

— Je ne me sens pas prête à en parler avec ma famille.

Pourtant ses sœurs étaient fiables et savaient garder un secret, Nell le savait. Elle se sentait un peu ridicule.

Mais elle s'était beaucoup rapprochée de Meg et Rye au cours des derniers mois. Peut-être était-ce le simple fait d'être voisins. Ou bien grâce à Meg, qui avait, comme toutes les serveuses de bar du monde, ce talent pour écouter sans juger, pour trouver les bons mots à chaque fois.

Meg insista :

— Tu ne parles que si tu as envie, Nell. Personne ne te met de couteau sous la gorge.

— Parle pour toi ! plaisanta Rye en tirant la langue à Meg tandis qu'elle lui tapait l'épaule.

Ils formaient un si joli couple… Nell eut un pincement au cœur.

Les voir ainsi délia sa langue.

— Ma mère a dit à Deck que je partais seule à Las Vegas.

Rye ne put s'empêcher de grogner, par simple empathie.

— Et il s'est pointé là-bas ?

— À ton avis ?

— Ce n'est pas possible !

— Eh si… Au début j'étais dingue de rage, mais après

je lui ai dit OK pour un verre… Puis pour un dîner et ensuite…

— D'accord…

Rye posa sa fourchette et s'affala contre le dossier de sa chaise.

— Vous avez remis le couvert à Vegas ?

— Un peu plus que ça…

Meg tendit la main et serra le bras de Nell. Un geste rassurant, plein de bienveillance.

D'une voix douce, Rye se renseigna.

— Un peu plus dans quel sens ?

Nell avoua sans plus de détour.

— Je l'ai épousé hier soir.

Un épais silence envahit soudainement l'espace.

Rye reprit la parole le premier :

— Mais… pourquoi, comment ?

Elle leur raconta tout. Enfin presque – elle garda pour elle les moments les plus… intimes. Ils avaient passé la nuit du samedi et du dimanche ensemble, il l'avait conduite à l'église où ils avaient échangé leurs vœux.

Meg ne put s'empêcher de faire remarquer l'évidence :

— Mais… il n'est pas ici avec toi.

— On s'est disputés ce matin.

— À quel sujet ? voulut savoir Rye.

— Il avait tout organisé derrière mon dos. Il m'a tendu un piège et j'ai sauté dedans à pieds joints. Samedi soir, on a décidé que ce serait juste une aventure, la toute dernière. Mais hier soir, quand on s'est mariés, il a sorti une alliance. Il l'avait déjà sur lui ! Depuis des mois d'ailleurs, il me l'a avoué ce matin. Ce qui ressemblait à un coup de tête était en fait un coup monté par lui. Ce matin, quand j'ai reconstitué le puzzle, j'ai compris qu'il m'avait bien eue et j'ai immédiatement parlé divorce. Il refuse tant que nous n'aurons pas essayé la vie à deux. Je l'ai planté là. Je voulais rentrer chez moi.

Sans savoir pourquoi, elle avait un peu honte de son comportement.

Tout bas, Meg demanda :

— Il t'a appelée ou essayé de te contacter d'une manière ou d'une autre ?

— Aucune idée, j'ai éteint mon téléphone.

Avec une extrême délicatesse, Meg poursuivit :

— Est-ce que tu aurais *envie* qu'il te contacte ?

— C'est un cauchemar.

Nell enfouit son visage dans ses mains, comme si se cacher allait lui permettre d'échapper à la vérité.

— Oui, avoua-t-elle, baissant les mains pour les regarder, l'air affligé. Et puis mince : oui, j'en ai envie ! Je lui demande de me laisser en paix depuis des mois, mais petit à petit il a réussi à me toucher. Et aujourd'hui c'est plus fort que moi. Je n'ai plus envie que ça s'arrête.

Nell resta chez ses amis jusque 23 heures. Ils la prirent dans leurs bras et la rassurèrent : elle n'était pas seule, ces choses-là étaient fréquentes à Las Vegas.

Ils lui jurèrent que les choses allaient s'arranger et lui conseillèrent de s'accorder le temps de la réflexion : que voulait-elle vraiment ? Quelle était selon elle la prochaine étape ? Lorsqu'elle ouvrit la porte pour rentrer, ils lui rappelèrent qu'ils seraient toujours là pour elle.

Chez elle, Nell ralluma son téléphone. Deck lui avait laissé deux messages. Un premier dans l'après-midi : « Décroche, Sparky. On ne peut pas rester comme ça. Bon sang, Nell, arrête ! » et le suivant pendant qu'elle était chez Meg et Rye : « Je n'abandonnerai pas. Ça va marcher entre nous. Rappelle-moi. J'attends ton coup de fil. »

Nell commença à composer son numéro mais raccrocha aussitôt.

*
* *

Le lendemain matin, dans les locaux de Bravo Construction, Nell passa en revue les dossiers en cours. Elle entendit soudain la voix de Deck à la réception.

— Je viens voir Nell, dit-il d'une voix qui se voulait aussi assurée que possible. Elle m'attend.

Nell avait mis son assistante, Ruby, dans la confidence.

— Désolée, monsieur, vous savez bien que je ne peux pas vous laisser entrer. Mais attendez, vous n'avez pas… Stop !

Stop ? C'était Deck : un tel mot n'appartenait même pas à son vocabulaire. Il débarqua dans le bureau de Nell, sexy comme jamais avec son jean, sa chemise blanche et sa veste grise qui mettait en valeur sa taille fuselée et ses larges épaules.

— J'ai essayé, lança Ruby depuis son poste.

— Merci, Ruby, je m'en charge.

Deck entra et referma la porte derrière lui.

Nell ferma son ordinateur portable pour voir Deck dans son entier.

— Tu es sur mon lieu de travail. Je ne t'y ai pas convié et je souhaite que tu t'en ailles.

Il repoussa sa veste et posa ses poings sur ses hanches.

— Quand seras-tu décidée à me parler ?

— Bientôt.

— Bientôt quand ? Je veux un jour, une heure et un lieu.

— Pas maintenant. Ce n'est justement ni l'heure ni l'endroit.

— Quand ?

Le cœur de Nell battait à tout rompre et respirer lui fut soudainement difficile. Elle avait envie de le tuer – ou de le prendre par les épaules pour l'embrasser comme si sa vie en dépendait, lui faisant jurer que tout irait bien.

— J'ai besoin d'une semaine.

Il tourna les talons, marcha jusqu'à la fenêtre et revint à son point de départ.

— Une semaine.

— C'est bien ce que je viens de dire. Mardi prochain, chez moi, 19 heures. Jusque-là, si tu veux bien m'oublier…

Durant dix longues secondes, elle se sentit comme transpercée par son regard.

— Entendu, marmonna-t-il.

Il avança jusqu'à la porte et l'ouvrit d'un geste ferme.

— À très vite, donc.

Et il disparut.

Nell se leva, referma la porte et se rassit à son bureau. Elle appela son demi-frère James chez Calder & Bravo, son cabinet d'avocats.

Il la reçut à 14 heures le jour même. La secrétaire la fit entrer dans le bureau de James.

Il se leva, la prit dans ses bras et l'invita à s'asseoir. Elle s'installa dans l'un des fauteuils face à son bureau. Il lui donna des nouvelles de sa femme, Addie, et de sa belle-fille d'un an qui était en pleine forme.

Puis il reprit sa posture d'avocat :

— Qu'est-ce que je peux faire pour toi ?

Nell se sentit soudainement abattue. James était pourtant un très bon avocat et quelqu'un de confiance.

— J'ai une question d'ordre légal… Mais avant je dois m'assurer que notre conversation sera bien confidentielle. C'est… un peu embarrassant et je n'ai pas envie d'en parler avec le reste de la famille.

James hocha la tête. Ses yeux bleus ne mentaient pas :

— Je comprends ton inquiétude. Je suis ton avocat et à ce titre soumis au secret professionnel. Ce que tu me diras ne sortira pas de cette pièce.

Elle lui expliqua alors qu'elle avait épousé Deck dans un élan de folie.

— Une erreur. Et maintenant je veux divorcer.

— Tu es sûre de toi ?

Voyons… Peut-être pas autant qu'elle le disait. Mais

les choses ne pouvaient pas rester ainsi. Elle devait prendre position.

— Absolument.

— Et Declan ?

— Il ne veut rien entendre. Jusqu'ici en tout cas. Il veut qu'on se laisse une chance.

James lui confirma qu'il ferait préparer les papiers du divorce et l'aiderait à les remplir.

— Je me chargerai ensuite de suivre le dossier auprès du tribunal et m'arrangerai pour que Declan soit mis en demeure.

Tout cela avait l'air si compliqué.

— Notre mariage est tout récent, on ne peut pas régler cela plus simplement ? Je ne veux pas avoir à lui demander quoi que ce soit. Je ne peux pas remplir les papiers moi-même et les lui faire signer ?

— Il est préférable de passer par une assignation officielle. Tu peux toutefois lui poster un exemplaire du dossier et un formulaire à remplir qu'il pourra renvoyer au tribunal – mais cela n'est possible que si vous consentez mutuellement au divorce. Et tu viens de me dire que lui veut à tout prix faire marcher votre mariage.

— Mais pas moi ! C'était une énorme bêtise. Il doit le comprendre une bonne fois pour toutes, non ?

Elle se sentit bête de chercher confirmation auprès de son demi-frère. Deck lui courait après depuis des mois et n'avait jamais jeté l'éponge. Il ne risquait pas de le faire à présent qu'il avait réussi à l'attirer jusqu'à l'autel.

James la considéra d'un air patient.

— S'il y a un risque qu'il refuse le divorce ou qu'il fasse traîner la procédure, il est impératif que cela passe par un tribunal. Et il te faut une preuve écrite. Ce sera alors à lui de répondre, d'accepter ou non tes conditions, et d'ajouter éventuellement les siennes.

— À t'écouter on croirait que cela peut prendre des siècles.

— C'est malheureusement une éventualité.

— Mais c'est tellement…

Elle chercha ses mots et soupira lorsqu'elle les trouva.

— C'est triste, James. Triste et compliqué.

— Ça l'est toujours un peu dans le cas d'un divorce.

Nell se leva.

Il lui sourit doucement.

— J'ai le sentiment que tu as encore besoin d'un peu de temps de réflexion.

— Oui, je crois aussi.

Deck n'était pas du tout satisfait de la tournure que prenaient les choses avec Nell. Ou, plutôt, qu'elles ne prenaient pas.

Il lui restait heureusement une entreprise à gérer, de quoi penser à autre chose. Oublier un instant cette femme qui le rendait dingue et dont il n'avait jamais cessé d'être amoureux. Et qui voulait à tout prix divorcer.

Il parvint à s'occuper l'esprit toute la journée. Il mit la main sur cinq cents tonneaux de rhum en République dominicaine, une quantité pour laquelle il avait déjà preneurs. Les fabricants de bière artisanale en étaient très demandeurs. Les fûts de rhum donnaient plus de corps, de parfum et de caractère à leurs boissons.

Il eut un long échange avec son directeur financier puis avec le directeur de l'atelier. Il alla ensuite faire le point avec les commerciaux.

Il quitta le bureau à 18 heures et se rendit à la salle de sport, face au pub de Rye. Elle était tenue par Quinn, l'un des frères de Nell. Deck se dépensa pendant une demi-heure sur le vélo elliptique puis passa à la fonte. Il guettait Nell, qui en était membre comme lui. Elle ne vint pas.

Mais il y croisa Quinn, qui proposa de l'aider à faire ses exercices de musculation. Il était comme à son habitude, calme, décontracté et serviable. S'il était au courant du mariage de Deck et de sa sœur, il n'en laissait rien paraître.

Le mercredi, Deck tomba sur Clara Ames, une demi-sœur de Nell, dans la rue commerçante. Elle s'arrêta quelques instants pour discuter avec lui et se renseigner au sujet d'un possible achat d'étagères pour ses propres fûts, dans le restaurant qu'elle tenait. Ils convinrent d'un rendez-vous au magasin le lendemain. Elle s'éloigna en le saluant d'un geste de la main. Deck fut convaincu que Nell n'avait rien raconté de leur séjour à Las Vegas. Quand elle vint passer sa commande, elle ne mentionna pas Nell, ne lui jeta aucun regard en coin : elle n'avait aucune idée de ce qui se tramait entre lui et sa demi-sœur.

Le samedi, il poussa la porte de la boulangerie d'Elise Walsh, l'autre demi-sœur de Nell, pour y commander un café et un muffin à la myrtille. Elle était à la caisse et se montra souriante et avenante. Elle non plus ne semblait pas être au courant…

Il décida de passer chez la fleuriste, juste à côté, qui n'était autre que Jody, la sœur de Nell. Il y reçut le même accueil chaleureux qu'à chaque fois. Il acheta un énorme bouquet composé d'un nombre invraisemblable de fleurs et suggéra :

— Et si tu le faisais livrer chez Nell ?

Jody sourit :

— Bien tenté !

Quatre mois plus tôt, il lui avait commandé un bouquet pour Nell, qui s'était empressée de le refuser et avait fait jurer à Jody ne plus jamais céder.

Deck quitta la boutique tout sourire. Nell n'avait donc rien dit à sa famille de leur mariage à Las Vegas.

Avait-il du souci à se faire ? Probablement.

Il ne pouvait cependant pas s'empêcher d'imaginer comment tourner la situation à son avantage.

Des choses qu'un homme respectable se garderait bien de faire.

Mais qui avait dit qu'il était un saint ? Sa mère avait toujours été fragile et malheureuse. Lurline McGrath n'avait pas eu beaucoup de temps à consacrer à ses enfants, un jour alitée, l'autre en train de se tuer à la tâche pour rembourser les dettes de leur père. Elle était morte quand Deck venait de fêter ses onze ans. Marty en avait huit. Tous devenaient dépendants d'un père qui n'était pas méchant, mais tout bonnement irresponsable. Keith McGrath était toujours sur un « super plan pour gagner un petit pactole », qui se soldait invariablement par un échec et une nouvelle dette.

Deck s'était juré de ne jamais devenir comme son père. Il s'était battu pour imposer ses règles et veillait à ne jamais devoir d'argent à quiconque. Mais il n'était pas un ange pour autant. Il savait s'arranger pour obtenir ce qu'il voulait.

Il était parvenu à conduire Nell devant l'autel, face au pasteur. Et il allait tout faire pour la garder. Oui, il l'avait manipulée pour qu'elle l'épouse. Mais il savait aussi qu'elle n'aurait jamais signé ces papiers si elle n'en avait pas eu l'envie au fond d'elle.

Il suffisait qu'il trouve comment la persuader que le divorce n'était pas vraiment ce qu'elle voulait. Pour cela, il avait besoin d'être auprès d'elle, bon sang ! Et s'il devait la menacer de tout révéler à sa famille pour obtenir un peu de son temps, il n'hésiterait pas.

Il arriva au bureau et offrit les fleurs à sa meilleure commerciale, Eden. Elle arrangea le bouquet dans un vase fabriqué avec du bois de fût et le disposa sur un tonneau transformé en table, près de l'entrée.

Il passa ensuite un coup de fil à Garrett Bravo, le frère

et associé de Nell chez Bravo Construction. Ils eurent un long échange au sujet du chantier de sa future maison. Deck n'eut bientôt plus de doute : Garrett non plus ne savait rien de leur aventure à Las Vegas.

Ce soir-là, il fut tenté de pousser la porte du McKellan, le pub de Ryan et Meg. Il aimait beaucoup l'endroit et la bière à la pression y était vraiment bonne, sans parler de leurs burgers. Mais Nell y serait certainement et risquait d'être furieuse de le voir dans les parages. Il ne voulait rien faire qui puisse compromettre leur rendez-vous le mardi suivant.

Il prit son mal en patience et le moment arriva enfin. Il frappa à la porte. Nell ouvrit rapidement, comme si elle avait attendu tout ce temps derrière la porte. Elle portait un pantalon de yoga et un immense pull à capuche sur lequel était inscrit « En souvenir de quand j'en avais quelque chose à faire ». Ses yeux vert émeraude étaient cernés. Elle était suffisamment proche de lui pour qu'il sente son odeur, celle qu'il avait dans la peau, propre et envoûtante à la fois.

— Tu veux boire quelque chose ? Du café, une bière ?

Juste toi.

— Non, je te remercie.

Son grand salon était ultramoderne, avec une cheminée au bioéthanol, un canapé, une table basse et des fauteuils contemporains. Derrière les grandes fenêtres s'étendait un magnifique paysage de montagnes. Elle fit un geste vague en direction de l'élégant canapé.

— Assieds-toi.

Il avança vers l'endroit qu'elle avait désigné.

Elle s'assit dans le fauteuil en face de lui, releva les jambes et plia ses genoux sur le côté.

— J'avais pensé que ce serait mieux si je préparais les papiers du divorce pour que tu n'aies plus qu'à les signer ici.

S'il essayait de l'embrasser, risquait-il de prendre un coup ?

— Je ne veux pas divorcer, Nellie.

Dans une moue peu convaincante, elle leva les yeux au ciel.

— Oui, je l'ai bien compris, merci.

Elle soupira.

— Je suis allée voir mon frère James à son cabinet. Il m'a expliqué qu'on ne peut pas divorcer d'un claquement de doigts. En résumé, je lui ai dit qu'il fallait que j'y réfléchisse un peu.

Deck resta impassible, mais il avait le cœur lourd de déception. Elle était allée voir un avocat ! Et pas n'importe lequel : son demi-frère. À qui d'autre en avait-elle parlé ? Menacer de tout dire à sa famille n'allait pas servir à grand-chose si tout le monde était déjà au courant.

— J'en conclus que tu as dit à tes proches qu'on s'était mariés tous les deux ?

Elle secoua la tête.

— Juste à James. Il est tenu au secret professionnel, car c'est à l'avocat que je me suis adressée, pas au demi-frère. J'en ai aussi parlé avec Rye et Meg. Mais ils ont promis de garder ça pour eux.

Pouvait-il donc envisager de mettre en œuvre son plan un brin machiavélique ?

— Tu ne souhaites donc vraiment pas que ta famille soit au courant ?

Elle le scruta en plissant des yeux.

— Tu as une idée derrière la tête. Je le sens d'ici. À quoi tu joues, Deck ?

Les mots sortirent de sa bouche avant même qu'il ne puisse réfléchir à sa réponse.

— Je me suis dit que si tu n'acceptais pas mes règles du jeu, je menacerais de raconter à tout le monde comment tu m'as épousé à Las Vegas.

Nell grogna :

— Très bien. Tu ne te refuses rien ! Du chantage émotionnel… Tu as un vrai problème, tu sais ça ?

— Je n'ai jamais dit que j'étais parfait. Je veux rester marié à toi et je suis prêt à tout. Je ne m'en suis jamais caché, tu peux au moins m'accorder ça.

— Donc ta super idée est de me faire passer pour l'imbécile de la famille si jamais je refuse de me plier à tes conditions ?

— Je n'ai pas dit ça.

— C'est tout comme. Et tu veux savoir ?

— Elle eut un mouvement de dépit.

— Je t'en prie, vas-y. Dis-leur. Raconte à mes frères, à mes sœurs et à ma pénible entremetteuse de mère que nous nous sommes mariés. On verra comment les choses tournent lorsque j'admettrai que oui, j'ai déconné plein pot, abusé du champagne et fini par te jurer fidélité dans une chapelle de Las Vegas. Quand je leur dirai que je ne veux pas de ce mariage. Tu auras à peine pu rêver des matins qui chantent que j'aurai déjà divorcé, bye-bye !

Tout cela ne prenait pas du tout la tournure qu'il avait imaginée. Il tenta un ton enjôleur :

— Tu n'as pas toujours dit ça. À une époque, tu mourais d'envie de m'épouser.

— Épargne-moi ça. J'avais dix-huit ans et j'étais dingue de toi. Je ne connaissais rien de la vie. Je rentrais tous les soirs dans une maison que ma mère avait volée à une autre. Ma demi-sœur prenait à malin plaisir à me pourrir la vie, à découper mes vêtements, à mettre de la teinture noire dans mon shampoing. Je t'aimais sincèrement, tu étais la meilleure chose qui m'était jamais arrivée. Je me sentais enfin comprise, j'avais trouvé ma place. À tes côtés, pour toujours. Enfin, c'est ce que je pensais avant que tu ne me poignardes dans le dos à deux reprises. Donc oui, avant que tu ne viennes tout gâcher, je voulais me marier avec toi. Et je ne m'en cachais pas.

Une fois de plus, Deck s'échina à lui faire voir les choses à sa manière.

— C'était l'année de la Terminale. Je n'avais pas un sou en poche et toi tu étais une Bravo. Qu'est-ce que je pouvais bien faire ?

— Je t'avais répété que l'argent n'était pas un problème. Je pouvais gérer pour deux.

— Nellie, dis-moi au moins qu'aujourd'hui tu me connais mieux que ça.

Elle jouait avec un fil de sa chaussette, évitant à tout prix son regard.

— Je t'ai blessé dans ta fierté, dit-elle d'une voix plus douce à présent. J'ai compris. C'est ce que tu m'as dit la dernière fois à Vegas. Tu avais des choses à prouver.

Elle lui lança un regard de biais.

— Et je me suis empressée de prêter de l'argent à ton père derrière ton dos.

Ce sacré Keith. Il savait reconnaître un pigeon quand il en voyait un. Il lui avait soutiré cinq mille dollars. Pour pourvoir mettre un toit au-dessus de la tête de ses enfants, avait-il promis. Elle devait bien sûr garder le secret car Deck était trop fier pour demander de l'argent à quiconque et n'avait de toute façon pas besoin d'être au courant. Nell avait tenu sa langue pendant des semaines avant de craquer et de tout lui avouer. Elle avait pleuré et supplié Deck de lui pardonner. Elle voulait juste aider. Il avait alors compris qu'il fallait qu'il la quitte. Elle ne comprenait pas qu'elle avait franchi la ligne rouge. La honte cuisante que ressentait Deck lui échappait. Une honte qui le rongeait de l'intérieur, entamait un peu plus chaque jour son estime de lui.

Onze ans plus tard, c'était à son tour d'être mal à l'aise, s'agitant dans son fauteuil, dépliant et repliant ses jambes sous elle. L'unique chose dont il avait envie à présent était de pouvoir l'approcher.

Mais comment s'y prendre ?

— Avec tout cet argent que tu lui avais prêté, il m'était impossible de rester avec toi.

— Je me fichais de cet argent.

— Mais pas moi, Nellie. Je n'étais pas en mesure de comprendre que tu voulais simplement nous aider. Je me suis dit que notre histoire allait dans le mur, qu'il était hors de question que j'épouse une fille riche avant de réussir par mes propres moyens – une fille riche à qui je devais de l'argent, en plus.

— Cette dette ne t'appartenait pas.

— Si, d'une certaine manière. C'est pour moi que tu l'as fait.

Nell croisa les mains sur ses genoux, les fixa un instant puis leva les yeux sur Deck. Ses lèvres tremblaient légèrement. Il voulait la consoler mais il était certain qu'elle allait le rejeter.

— Alors tu m'as laissée tomber.

Il hocha la tête.

— J'étais dévasté, j'ai cru mourir.

— Donc ça excuse ton comportement ?

— Je n'ai rien dit de tel. Ce que j'essaie de dire, c'est que tu n'es pas la seule à avoir souffert dans l'histoire.

— Ne mélange pas tout, veux-tu ? C'est *toi* qui as tiré une croix sur moi. *Tu* as fait ton choix. Si tu as souffert, c'est par ton unique faute.

— Est-ce que tu m'as entendu t'accuser une seule fois ?

— Parfait. Alors arrête de te chercher des excuses. Tu m'as jetée, tu es revenu, et tu m'as jetée une deuxième fois…

C'était la vérité, pure et simple. Il ne pouvait pas le nier. Il l'avait quittée au printemps, juste avant la fin du lycée.

Et lorsque Nell était revenue vers lui durant l'été, il

souffrait tant de son absence qu'il l'avait emmenée faire un tour dans son 4×4 tout terrain – pour discuter.

Ils n'avaient pas discuté une seule seconde. Il avait conduit jusqu'à leur lieu secret où, le moteur à peine éteint, ils s'étaient jetés l'un sur l'autre.

Son comportement avait été inexcusable. Lui faire l'amour alors qu'il ne comptait pas rester.

La pluie avait commencé à tomber pendant qu'ils s'embrassaient et s'était transformée en orage d'été. L'eau battait le toit et les vitres de la voiture dans un vacarme furieux et assourdissant.

Plus tard, Nell avait renfilé son short en jean et rentré son T-shirt dedans après avoir remis son soutien-gorge en place. Et elle avait posé les yeux sur lui au moment où il lançait vers elle un regard coupable.

Nell n'avait pas eu besoin de plus pour comprendre. Ce qui venait de se passer n'était qu'une simple rechute pour lui, loin du nouveau départ qu'elle avait appelé, supplié même, de ses vœux.

Mais pas question de réclamer ce jour-là. Oh non, la colère avait remplacé le besoin. « Espèce de salaud, comment as-tu osé me faire ça ? »

Elle avait eu droit au discours habituel – ça ne pouvait pas marcher entre eux, il était désolé, il allait la ramener chez elle.

Les insultes avaient alors fusé. « Laisse tomber, avait-elle hurlé, je n'ai pas besoin que tu me reconduises chez moi. Je n'ai pas besoin de toi, plus jamais. Je me tire. » D'un coup d'épaule, elle avait ouvert la porte pour sauter hors du 4×4, sous une pluie battante.

Deck s'était penché pour baisser la vitre côté passager. « Nellie, ne fais pas ça. Allez, remonte s'il te plaît. »

Mais elle était restée là, la pluie dégoulinant sur son visage et ses cheveux. Elle s'était tournée vers lui et avait hurlé. « Barre-toi, Declan, dégage ! »

Il ne pouvait pas s'en aller. Il lui était impossible de rester avec elle, mais il se devait de veiller à ce qu'elle rentre chez elle, au moins. Il était resté là, attendant qu'elle se calme et monte dans le pick-up.

Sans bouger d'un centimètre, elle avait sorti son téléphone et lui avait tourné le dos. Elle s'était ensuite mise en chemin, courbée sous la pluie diluvienne, les pieds s'enfonçant dans la boue.

Il l'avait suivie en roulant au pas jusqu'à la quatre-voies, espérant qu'elle allait changer d'avis.

Mais c'était peine perdue. Pas avec Nell. Elle avait continué tête baissée, sans regarder une seule fois en arrière.

Il avait alors su que c'était fini. Pour toujours. À aucun prix elle ne reviendrait vers lui. Il l'avait perdue à jamais.

C'était mieux ainsi, avait-il pensé à l'époque. La chose à faire. Il avait besoin que cela vienne d'elle. Cela ne pouvait pas marcher entre eux. Ils vivaient dans des univers bien trop différents.

Son frère Carter avait fini par arriver dans un bolide jaune. Elle s'était engouffrée dans la voiture et avait disparu la seconde d'après.

Deux ans plus tard, il lui avait envoyé un chèque pour lui rembourser, avec les intérêts, la somme « empruntée » par son père. Elle l'avait encaissé et cela avait scellé leur histoire pour de bon.

Du moins c'est ce qu'il avait cru alors.

Mais les années avaient passé et elle était toujours restée quelque part en lui. Aucune autre femme n'avait pu la remplacer. Il la voyait de temps à autre, dans la rue, dans un magasin. Toujours de loin. Tous deux prenaient grand soin de ne jamais se croiser.

Chaque fois qu'il apercevait sa chevelure rousse, sa démarche confiante, le menton légèrement relevé, il se sentait invariablement attiré par elle. Mais une ligne infranchissable les séparait désormais.

Six ans après l'épisode du 4×4, il avait entamé une relation avec une certaine Kristy Brice. Un an plus tard, ils avaient emménagé ensemble, puis s'étaient mariés l'année suivante.

Une très mauvaise idée. Kristy se démenait pour son couple, mais quelle femme accepterait d'être un second choix ? Elle avait laissé passer une autre année avant de le confronter : il ne l'aimait pas et elle en avait assez des non-dits. Une partie de Deck lui demeurait secrète. À plusieurs reprises, elle l'avait entendu prononcer le nom d'une femme dans son sommeil. N'apprenant rien de plus de la part de son mari, Kristy s'était tournée vers ses amis, qui lui avaient raconté son histoire avec Nell.

Kristy avait alors confronté Deck.

— Tu es toujours amoureux de Nell Bravo !

L'entendre dire haut et fort par son épouse avait été un déclic. Comme un coup de poing, la vérité lui avait sauté au visage.

Le souvenir de Nell était toujours vivace, enfoui loin au fond de lui.

Kristy avait demandé le divorce. Il se sentait si désolé de l'avoir blessée, d'avoir failli en tant qu'époux. Il s'était fourvoyé, il le savait. Un an et demi plus tard, il s'était enfin résolu à admettre les faits : il aimait encore Nell et voulait la reconquérir. Il était prêt à tout pour qu'elle accepte de lui donner une seconde chance. Il voulait à présent réparer ce qu'il avait cassé.

Mais Nell ne l'entendait pas de cette oreille.

— C'est trop tard, Deck.

— Il n'est jamais trop tard.

— Oublie tout ça, je t'assure.

Il était en train de la perdre, encore… Leur relation sombrait pour la troisième fois. Jamais plus il n'aurait une telle occasion, il ne pouvait pas abandonner maintenant. Il devait réagir s'il ne voulait pas que leur histoire s'achève là.

Il se sentait perdu.

Une idée lui vint – un mince fil auquel se raccrocher encore un peu.

Il se lança :

— Donne-moi jusqu'à Noël. Si tu en es toujours au même point le 26 décembre, si tu ne crois toujours pas en notre histoire, je prendrai rendez-vous avec mon avocat le jour même. Ce sera rapide, tu seras libérée pour le nouvel an.

— Tu peux tirer une croix dessus. Je ne changerai pas d'avis, ni maintenant ni dans un mois.

En disant ces mots, Nell s'était redressée dans son fauteuil et avait relevé le menton. Mais ses lèvres tremblaient encore imperceptiblement. Se donnait-elle faussement l'air assuré ?

Ou bien cherchait-il à se persuader de quelque chose qui n'existait pas ?

Qu'importe. Il ne devait pas baisser les bras.

— Laisse-moi, laisse-*nous* jusqu'à Noël. Offre-nous au moins cette petite chance.

Nell ne pouvait pas se permettre de considérer une telle proposition. Savourer le moindre instant de plus avec lui signifiait prendre un gros risque. Elle avait fait n'importe quoi à Las Vegas. Cela ne devait plus se reproduire.

— Comment veux-tu que je te fasse confiance ?

— Je te le promets, Nellie. Si tu veux toujours divorcer le lendemain de Noël, je signerai les papiers.

Elle sentait sa détermination se craqueler, doucement.

Mais réellement, comment pouvait-elle le croire après tout ce qu'il lui avait fait subir ? C'était tendre le bâton pour se faire battre une nouvelle fois.

— Ton idée ne tient pas debout.

— Mais si, au contraire.

— Notre histoire s'est mal terminée au lycée, je ne vois pas comment il en serait autrement aujourd'hui.

— Mais bon sang, Nellie !

Il se leva si brusquement qu'elle sursauta. Il contourna la barrière virtuelle que constituait la table basse. Nell se raidit.

— Laisse-nous juste une chance. Je sais que j'ai tout fichu en l'air à l'époque, je sais que je t'ai fait souffrir comme jamais, et que j'ai recommencé. Mais Nellie, je n'avais rien et j'avais l'impression que toi tu avais tout. J'avais besoin de prouver que je pouvais m'en tirer seul, sans l'aide de personne. Je… Il était hors de question que je te fasse subir ce que ma mère a subi au quotidien avec mon père. Être ton loser de mari, gâcher ta vie. Je t'aimais et je voulais vraiment être avec toi, mais cela ne suffit pas toujours. J'allais te tirer vers le bas, c'était écrit. Donc oui, je t'ai laissée. J'en suis désolé, si tu savais. Mais Nellie, moi aussi j'ai dû encaisser le fait de te perdre alors que tu étais la personne qui comptait le plus pour moi.

Elle leva les yeux vers lui. Il avait les mains enfoncées dans les poches, les yeux lourds d'une supplication désolée.

Cela faisait si mal de le voir souffrir. Nell devait lutter pour rester assise ainsi. Elle voulait le prendre dans ses bras, le couvrir de baisers et de promesses d'un avenir radieux.

Elle mourait d'envie de le consoler – parce qu'il comptait pour elle. Beaucoup. Beaucoup trop.

La réalité des choses lui apparut enfin, implacable, irrésistible.

Si elle n'avait plus voulu de Deck, elle ne serait pas là, face à lui. Si cela avait été le cas, rien n'aurait pu l'inciter à porter cette alliance, ni le meilleur champagne du restaurant ni les caresses les plus sensuelles du monde.

Nell posa le regard sur l'homme qui lui courait après depuis des mois maintenant. Celui à qui elle s'était promis de ne plus jamais adresser la parole – et regarda enfin la vérité en face.

Elle aussi voulait donner une nouvelle chance à leur histoire.

- 6 -

Deck s'était lancé :

— Très bien, je l'admets, je ne sais pas comment t'aimer à la hauteur de ce que tu mérites. Je suis ambitieux, je veux toujours qu'on fasse les choses à ma façon et je ne suis pas un ange de patience. Peut-être que si on était restés ensemble toutes ces années, j'aurais appris à bien faire. Je suis nul en amour, je ne me raconte pas autre chose. Mais je veux apprendre, Nellie. Et c'est avec toi que je veux le faire.

Le cœur de Nell battait la chamade. Vraiment, il pensait qu'elle avait quelque chose à lui apprendre ? Était-elle plus experte que lui en la matière ?

Elle en doutait fortement.

Mais une chose était sûre : elle n'avait pas trouvé le grand amour loin de lui.

Elle n'aspirait pourtant qu'à cela, dans le fond : vivre auprès de l'élu de son cœur.

Était-ce réellement Deck ?

Son for intérieur semblait lui crier que oui.

Jamais deux sans trois ? Mais quand on a eu mal à mourir les deux premières fois ?

Tant pis, elle allait foncer. Pendant des années, elle avait vainement tenté de fuir ses sentiments.

Mais aujourd'hui elle était là, son épouse aux yeux de la loi, levant les siens vers ce visage qui hantait encore ses rêves, osant espérer que cette fois-ci serait la bonne.

— Sparky.

— Sa voix résonna comme une prière. Dis-moi que tu me, que tu nous donnes cette dernière chance.

Sa gorge se serra. Elle hocha la tête.

Les yeux de Deck s'enflammèrent.

— Ça veut dire oui ?

Le cœur de Nell s'était emballé. Elle émit un tout petit son, qu'elle accompagna d'un nouveau hochement de tête.

Il la dévora des yeux, fou de joie.

— Oui ?

Sa parole se libéra enfin.

— Alors, euh… On se donne jusqu'à Noël pour voir si ce mariage a un avenir ou pas. Mais je tiens à ce que tu…

— Approche.

Il se pencha, prit Nell par les hanches et la souleva de sa chaise.

— Deck, attends, je…

Il n'attendit pas une seconde de plus. Il stoppa net le flot de ses paroles en l'enveloppant de ses bras musclés pour l'embrasser, enfin.

Nell baissa les armes. Ses conditions pouvaient bien attendre. Priorité aux lèvres de Deck, à son corps dur contre le sien, à son odeur, fraîche et subtilement épicée, qui lui montait à la tête.

— Deck…

— Encore, souffla-t-il contre ses lèvres entrouvertes.

Elle l'embrassa de nouveau, lentement, tendrement. Intensément.

Elle sentit que Deck tirait sur son sweat-shirt.

— Je veux que tu retires ça.

— Attends.

— Je ne crois pas, non.

Elle remit son haut en place et posa ses mains sur le torse de Deck.

— Minute, papillon.

Un voile de désir assombrissait ses yeux. Ils étaient pleins de promesses sensuelles qu'elle avait hâte de voir se réaliser.

— Tu viens de dire oui. Fêtons cela dignement ! Où se trouve donc votre lit, madame ?

— D'abord tu m'écoutes.

Il marmonna quelque chose et prit un air bougon.

— Quoi encore ?

— Premièrement, si on est mariés, vraiment mariés, on est ensemble, on *vit* ensemble.

— Ça me va !

Il tenta une nouvelle fois de l'attirer contre lui.

Posant sa main sur son torse, elle le repoussa.

— Ici, chez moi.

D'un air renfrogné, il parcourut la pièce du regard.

— C'est joli, admit-il d'une voix boudeuse.

— L'idée n'a pas l'air de te convaincre.

— Parce qu'on devrait vivre chez moi. Enfin, je suis locataire en attendant que ma maison soit prête, mais c'est super là-bas. C'est plus grand qu'ici et il y a un grand terrain tout autour. On pourrait aller randonner en forêt, marcher jusqu'à la cascade comme au bon vieux temps.

— On peut très bien vivre ici et partir randonner aussi.

— Le pub ferme à 2 heures, j'ai peur du bruit.

— Je t'arrête tout de suite. J'ai supervisé les travaux de l'appartement, je te garantis que l'isolation phonique est ce qui se fait de mieux en la matière. Et je te vois venir : en réalité tu veux décider de tout, c'est plus fort que toi.

Il haussa les épaules.

— Cette histoire de lâcher prise, c'est bon pour les autres.

Disant cela, il enroula ses bras autour de Nell et recula jusqu'au fauteuil. Il se laissa tomber, l'entraînant dans sa chute.

Il chercha ses lèvres mais elle lui en interdit une

nouvelle fois l'accès. Nell parvint à glisser sa main entre la bouche de Deck et la sienne.

— Coupons la poire en deux : on passera les week-ends chez toi.

— Vendu. Tu peux m'embrasser, maintenant ?

— Encore une chose.

— D'abord tes lèvres.

Avec les siennes, il effleura le bout de ses doigts.

Nell soupira, retira sa main et approcha. Deck ne se fit pas prier. Durant un délicieux instant au goût d'éternité, elle se rendit tout entière au plaisir qu'il lui procurait. Les jeux humides de sa langue aventureuse, la saveur épicée et légèrement mentholée de ses baisers, le pur bonheur d'être dans ses bras.

Elle repoussa une nouvelle fois son torse.

— On va tout expliquer à ma famille.

Il eut une moue surprise.

— Tu veux dire que mon plan machiavélique de tout leur rapporter n'avait aucune chance d'aboutir ?

— Pas la moindre. Cela fait une semaine que je garde tout ça pour moi, et je n'en peux plus. Cela crée… de la distance, tu vois ce que je veux dire ? Alors que je tiens plus que tout à eux. Si on se lance toi et moi, je tiens à ce que les choses soient dites – que tu m'as suivie à Las Vegas et que je n'ai pas pu te résister.

Sa bouche se fendit lentement en un sourire malicieux.

— Ce n'est pas désagréable à entendre, répète pour voir ?

— Je n'ai pas fini. On leur dira comment j'ai succombé à ton irrésistible charme et t'ai épousé dans une splendide chapelle. On va jouer cartes sur table, et si ça met la famille en ébullition, on gérera la situation tête haute et en toute franchise. Je ne veux pas de petits secrets. Même au sujet de notre accord jusqu'à Noël.

Elle se pencha pour recevoir ses lèvres.

De ses deux mains puissantes, Deck encadra son visage. Il avait perdu l'éclat joyeux et mutin qui brillait l'instant d'avant dans ses yeux.

— Doucement.

Elle avait bien trop envie de le voir s'inquiéter encore un peu. Juste un peu.

— Alors comme ça, on n'a pas très envie de tout raconter ?

— Ah si, je suis pour l'honnêteté !

— Pourtant, à voir ton expression, on ne dirait pas.

— Parce qu'on n'est pas non plus obligés d'absolument tout raconter.

— Je suis sérieuse : si on le fait, on va au bout des choses.

Il la fixa un peu durement pendant quelques secondes puis son regard s'adoucit.

— Le grand déballage, tu es sûre de toi, Nellie ?

D'un doigt, il caressa la joue de Nell puis son cou.

Ce simple geste la fit frissonner.

— Certaine. Au fait, je t'ai parlé des réunions de famille sans fin ? Tu ne pourras pas y échapper, elles vont s'enchaîner entre Thanksgiving et le nouvel an. Et ajoutes à cela deux mariages – ma mère et Griff d'abord, puis Rye et Meg. Tu es mon époux, tu te dois de m'y accompagner.

— Bien sûr !

Il avait l'air convaincu.

— C'est d'accord pour tout, Nell. Je te suis.

— Et ta sœur aussi.

Elle posa la main sur sa joue, sentant sur sa paume la chaleur de sa peau et le léger frottement de sa barbe de trois jours.

— Je veux qu'on aille la voir à Colorado Springs. Rencontrer son mari, gâter le bébé.

— Entendu.

— Une dernière chose… Il faut qu'on parle de ton père.

Son regard s'éteignit et un rideau de plomb tomba sur son visage.

— Mon père ?

— Il faut qu'on le voie, qu'il sache pour le mariage, notre projet de vie à deux.

— Cette étape me semble plus que facultative.

— Tu es son fils.

— Je ne veux pas que vous ayez des contacts, lui et toi.

— Mais c'est ton père !

— Merci pour l'information.

— J'insiste parce que c'est important. Je ne veux pas faire l'autruche. Et tu dois pouvoir me faire confiance à ce sujet. Je ne me ferai plus avoir.

— Pas besoin de me le dire, je le sais.

— Parfait. On va aller lui rendre visite. Tous les deux. Ou sinon on le fait venir ici.

Deck refusait à présent de la regarder dans les yeux.

— Tu vas trop loin.

Elle quitta ses genoux, se releva et l'observa fixement. Comment lui faire comprendre ?

— Deck…

Il leva les yeux vers elle.

— Ce n'est pas toi qui décides, Nell. Tu fais ce que tu veux avec ta famille et tu me laisses gérer la mienne.

— Mais tu es bien resté en contact avec lui ? Vous vous voyez de temps en temps ?

— Donc ?

— J'imagine qu'il t'arrive de le sortir de l'impasse, de le dépanner ?

— Ton intelligence te perdra ! Ou me perdra moi, plutôt.

— J'en conclus que j'ai raison. Tu gardes toujours un œil sur lui. Et tu sors parfois ton chéquier.

— Parce que je veux avoir la main, tout contrôler, tu le sais aussi bien que moi. Pour une raison qui m'échappe

– et c'est très bien comme ça –, je me sens responsable de lui, de ses maladresses en tout genre. Je lui envoie de l'argent pour qu'il ne sombre pas définitivement. Cela me semble normal… Et ça évite qu'il aille plumer un autre pigeon. Mais ça s'arrête là. Je ne le vois pas souvent et je n'ai pas envie que tu le côtoies.

Nell était prête à céder. Cependant quelque chose la dérangeait. Comme si cela risquait immanquablement de créer une barrière entre eux. Cette vieille histoire continuerait de hanter leur relation.

— Nous sommes des adultes aujourd'hui. Il n'est plus en mesure de nous faire du mal. C'est nous qui tenons les rênes cette fois-ci.

— Un beau discours.

Il se leva et marcha jusqu'à l'îlot central de la cuisine. Lorsqu'il se retourna enfin vers elle, il mit fin à la discussion d'un seul mot :

— Non.

Nell hésita à déclarer forfait. Elle voulait tellement que Deck comprenne son point de vue.

— Ton père a été… un vrai sujet… entre nous. Tu m'as quittée à cause de lui, Deck. Enfin, pas complètement, mais il a fini de tout détruire d'une certaine manière. Et pas qu'à moitié.

— C'est du passé tout ça.

— Exactement. Allons le voir pour créer de nouveaux souvenirs avec lui et effacer les anciens. Il n'y aura plus cette distance entre lui et nous et en même temps il ne pourra plus vraiment nous atteindre.

Deck serra les doigts autour du plan de travail et s'appuya contre le meuble. On devinait les muscles de son torse et de ses épaules, moulés par le tissu ainsi tendu.

— Je n'ai pas besoin de repartir du bon pied avec lui.

— Mais moi oui.

Il baissa les yeux et scruta ses chaussures avant de se redresser pour la regarder droit dans les yeux.

— Là c'est non, Nellie. J'ai accepté tout le reste. Mais pas ça.

— Je n'en sais rien, Deck.

Il serra les dents, la mâchoire dure comme de la pierre.

— Tu es en train de me dire que notre accord tombe à l'eau si je ne t'emmène pas le voir ?

Non, surtout pas. À présent qu'elle avait dit oui, l'espoir était revenu en elle, cheval au galop qu'elle ne voulait pas arrêter. Elle voulait juste voir si un avenir commun était possible pour eux après tout.

— Tu voudras bien y réfléchir, au moins ? S'il te plaît.

— Nellie…

Le timbre de sa voix basse et rauque envoya une décharge électrique dans ses cuisses et jusque derrière ses genoux. Comme si ce son résonnait loin en elle.

Elle tenta une nouvelle fois.

— Prends le temps d'étudier la question.

— Est-ce que ça remet tout en cause entre nous ?

— Dois-tu impérativement avoir réponse à toutes tes questions dans la minute ?

Planté à l'autre bout du salon, il la fixa d'un regard noir, pesant le pour et le contre.

— Ça remet notre accord en cause ou pas ?

— Si tu veux une réponse sur-le-champ, alors oui. Je veux qu'on aille ensemble voir ton père. Accepte.

Le silence se fit lourd. Il ne voulait pas abdiquer au sujet de son père et elle ne s'avouait pas vaincue. Ils ne pouvaient rien faire de plus pour le moment.

Deck finit par quitter l'îlot et s'approcha d'elle d'un pas félin. Pas un instant il ne la quitta des yeux. Nell était en pleine confusion des sentiments : soulagement, colère, désir de plus en plus impatient…

Quand il fut près d'elle, elle ne sentit plus que la chaleur de son corps.

Une fois de plus, son envie de lui, impérieuse, immédiate, triompha du reste. Cette attirance mutuelle, le miracle du désir sans cesse renouvelé, de l'abandon absolu dès la première caresse.

L'attente avait été longue. Trop longue.

— Donne-moi ta main, Sparky.

Elle obéit. Les lèvres de Deck dessinèrent un petit sourire en coin et la fossette apparut. Signe de détente et de joie.

— Non, l'autre.

Elle rigola comme une enfant et lui présenta sa main gauche. De sa poche, elle le vit sortir des diamants.

— Tu as pris mes bagues avec toi…

Il les lui glissa à l'annulaire. Elles étaient fabuleuses. Nell ne put s'empêcher de les admirer d'un air rêveur.

— Je les aime beaucoup, vraiment. Elles m'ont… manqué.

Deck prit sa main, l'approcha de sa bouche et posa ses lèvres sur chacun de ses doigts, l'un après l'autre.

— J'ai aussi ta robe et tes chaussures, sans oublier ces très jolis dessous en satin.

Elle étudia son expression. Il avait les yeux lourds d'impatience.

— C'était un peu une folie, cette robe. Je n'aurai plus l'occasion de la mettre.

— Peut-être dans quarante ans, lorsque nous renouvellerons nos vœux.

Nell éclata de rire.

— Ce n'est pas le genre de robe que je compte porter quand j'aurai soixante-dix ans.

— Peut-être qu'elle reviendra à ta fille pour son propre mariage.

Ces rêves-là leur étaient-ils vraiment accessibles ? Des

enfants, une vie de famille, une vieillesse à deux… Elle posa la main sur le torse de Deck, sentit son pouls sous sa paume. Fort, régulier.

— Je veux que ça marche entre nous, Deck. Vraiment.

— Ça *va* marcher.

Il se pencha vers elle.

Elle approcha son visage. Les promesses de la nuit à venir flottèrent silencieusement entre eux. De toutes les nuits à venir. Les nuits de toute une vie, espéra Nell.

Il l'enveloppa de ses bras et la souleva contre lui.

Dans la chambre, il sortit des préservatifs de sa poche et jeta son jean sur une chaise.

— Je prends la pilule.

— Ah oui ?

La fossette fit son apparition au coin de sa bouche et ses yeux bleu-vert brillèrent à la lumière de la lampe qui éclairait la pièce.

— Oui.

— J'ai toujours mis des préservatifs et je n'ai eu aucun rapport depuis ma dernière prise de sang – hormis avec toi à Las Vegas. Mon test était négatif.

— Idem pour moi.

Il jeta les préservatifs par-dessus son épaule. Avant que Nell eût fini de défaire les draps, Deck la prit par la taille et l'emporta avec lui sur le lit.

Ils se laissèrent joyeusement tomber, enlevant ce qu'il leur restait de vêtements pendant qu'ils continuaient de s'embrasser.

Leurs baisers se firent plus fiévreux et humides. Leur désir grondait de plus en plus fort, la vague de chaleur enflait en eux.

Nell était transportée par son envie de lui, irrépressible, sauvage. Jamais un homme ne lui avait fait cet effet. Tenir ce corps si puissant dans ses bras était comme une évidence. Ce sentiment valait de l'or à ses yeux. Deck parvenait à lui faire perdre la tête tout en restant son port d'attache. Elle enroula les jambes autour de lui et il entra en elle, comblant pleinement son désir moite d'un assaut dur et profond.

Levant le bassin pour l'accueillir un peu plus loin encore, elle s'entendit gémir bien trop fort, dans une célébration de ce glorieux instant. Elle ne connaissait plus que son nom, qu'elle scanda amoureusement, « Deck, Deck, Deck », jusqu'à ce qu'il devienne pulsation, sensation palpable à laquelle elle s'accrochait, sûre de sa solidité.

Il l'emmena jusqu'au sommet, d'où elle se laissa choir avec délice. Il recommença une nouvelle fois, puis encore une autre.

Bien plus tard, ils retournèrent au salon, lui en caleçon, Nell avec son grand pull et ses chaussettes. Ils se régalèrent de glace à même le pot, partageant une cuillère, avant de faire l'amour une nouvelle fois, sur le canapé. Ils s'y endormirent l'un contre l'autre.

Nell se réveilla bien après minuit lorsque Deck la souleva pour la transporter jusqu'à la chambre. Il la fit asseoir au bord du lit et l'aida à enlever son pull. Il l'allongea ensuite et lui retira ses chaussettes.

— Viens dans le lit, marmonna-t-elle.

Et c'est ce qu'il fit. Il se blottit contre elle, remonta le drap et la couverture sur eux, nid chaud et douillet.

— C'est pas mal, le mariage, admit-elle avant de sombrer de nouveau dans le sommeil.

Tenant les seins de Nell dans le creux de sa main, Deck enfouit son visage dans la chevelure rousse et la nuque chaude devant lui.

— Bonne nuit, madame McGrath

Madame McGrath.

— Ça sonne bien… Bonne nuit.

*
* *

Le téléphone de Nell sonna à 6 h 30 le lendemain matin. C'était Rye. Grognant dans son sommeil, elle se dégagea délicatement des bras de Deck et tendit le bras vers sa table de nuit.

— Il a intérêt à avoir une bonne excuse.

— Le gros 4×4 de Deck est garé en bas de chez toi. Je me suis dit que tu avais peut-être besoin qu'on vienne te secourir.

Le propriétaire du véhicule en question bâilla, se gratta la joue et tâtonna pour toucher Nell.

Elle éclata de rire et repoussa la main curieuse de Deck.

— Tu arrives trop tard. C'est peine perdue, je m'en suis remise au destin.

D'un mouvement de lèvres, Deck demanda :

— C'est qui ?

Elle murmura :

— Rye.

— Donc tu es en train de me dire qu'il est près de toi et que tout roule ?

— Exactement.

— On ne dit plus non au mariage, finalement ?

Deck essaya de la chatouiller. Nell se fit presque mal en frappant son épaule pour le repousser. Elle reprit sa conversation.

— Voilà, on va se donner une chance. Il va emménager ici, ne sois pas surpris si tu le vois sur le palier.

— Si c'est OK pour toi, c'est OK pour nous.

— C'est le cas. Je vais lui donner une clé et le code de l'alarme.

— Si ce n'est pas une preuve d'amour, ça.

— On est mariés, après tout.

— C'est parfait alors.

Nell devinait le sourire de Rye à l'autre bout de la ligne.

— Je te laisse retourner à ce que tu étais en train de faire…

— Merci, Rye.

Elle raccrocha.

Deck tendit le bras et lui arracha son téléphone des mains. Elle émit un cri perçant qui annonça le début d'un match de catch dans le lit. L'instant d'après, le téléphone était par terre et Deck était en elle. Une issue satisfaisante pour les deux adversaires.

Un peu plus tard, Nell prépara le café et des œufs brouillés. Elle annonça qu'elle parlerait à ses sœurs et à sa cousine Rory le jour même.

— Ce serait super si on pouvait toutes se retrouver pour le déjeuner. Si ce n'est pas possible, je m'arrangerai pour les voir séparément et leur expliquer la situation.

Deck reposa sa tasse, l'air soudainement inquiet.

— Leur expliquer qu'on est mariés, tu veux dire ?

— C'est ça.

Elle l'examina discrètement. Il n'avait pas l'air heureux.

— Tout va bien ?

— Impeccable.

Ce n'était pas ce que disait son expression. Quelque chose semblait le tarauder.

— Demain c'est Thanksgiving, rappela Nell.

— Je sais quel jour on est demain.

Il avait clairement quelque chose sur le cœur. Nell hésita à l'inciter une nouvelle fois à se confier, mais elle décida que non. Il parlerait quand il serait prêt.

— Oh ! et juste pour que tu saches, on déjeune tous chez Clara. On devra y être pour 14 heures. Est-ce que JC Barrels ferme demain ?

— Affirmatif.

— Tu peux rapporter ce dont tu as besoin ici ce soir ?

— Bien sûr.

— Comme ça, on peut profiter de la matinée et y aller ensemble directement.

— C'est bon pour moi.

Il avala un peu d'œuf brouillé.

— Pourquoi ne pas leur dire demain, dans ce cas ?

— Comment ça ?

— Expliquer la situation à tes sœurs. Tout le monde sera là demain, non ? Ce sera l'occasion de le dire à tout le monde.

Les hommes manquaient parfois de subtilité.

— Oui, sauf pour mes sœurs. Je veux qu'elles le sachent aujourd'hui.

Il pencha la tête sur le côté et la dévisagea, à la manière d'un cambrioleur devant un coffre-fort haute technologie.

— Parce que tes sœurs… doivent être au courant avant tout le monde ?

— Voilà.

— Et ta mère ?

— Surtout pas. Demain sera bien assez tôt. Elle et Griffin seront chez Clara. C'est une première et tout le monde a l'air de bien le prendre. Ma mère est toujours restée un peu à l'écart du groupe tout ce temps. Jusque-là elle trouvait toujours une excuse pour ne pas venir. Sûrement par culpabilité, c'est ce qu'on se disait tous. À juste titre après ce qu'elle a fait à Sondra.

— Attends un peu. Pour ta mère ça peut attendre demain, mais tes sœurs, elles, il faut leur dire tout de suite ?

Cela semble bien compliqué à entendre pour toi, je me demande bien pourquoi. Nell se garda toutefois de lui poser la question. Leur mariage était tout neuf, elle préféra la diplomatie.

— On est proches tu sais. Ce sont mes sœurs, mes confidentes. Tu comprends ? Elles me soutiennent toujours, quoi que je fasse. C'est important pour moi qu'elles sachent avant les autres que je me suis mariée. Déjà que je l'ai dit à Rye, Meg et James en premier. Aujourd'hui, je leur explique tout et il n'y aura pas de problème.

— Ce n'est pas très clair, ton histoire.

— Ça l'est pour moi.

— Attends demain, veux-tu ?

— Eh bien…

Elle mordit dans sa tartine, prit le temps de mâcher, avala une gorgée de café et reposa sa tasse dans un geste lent.

— … Non je ne veux pas.

— Mais moi je voudrais qu'on le fasse ensemble.

La vérité lui apparut soudainement, sans fard :

— Pour pouvoir contrôler ce que je dis. J'ai raison, non ?

Il lui lança un regard mi-agacé, mi-penaud. Mais c'était Deck : l'agacement l'emporta.

— Ça y est, je suis de mauvaise humeur

— Bienvenue dans le monde merveilleux du mariage. Ça s'appelle le compromis, Deck. Et toi comme moi allons devoir apprendre comment ça s'écrit. Et ton célèbre désir de tout contrôler va en prendre pour son grade, désolée. Je te promets que je ferai preuve de patience. Mais pour ce qui est de mes sœurs, c'est aujourd'hui et c'est non négociable.

— Peut-être que je vais devoir ouvrir ta penderie et découper tes robes préférées.

Elise plissa les yeux et prit une mine menaçante.

Nell était assise à côté d'elle. Elle passa son bras autour des épaules de sa demi-sœur et l'embrassa sur la joue.

— Je t'en supplie, ne me fais pas de mal, Leesie. Désolée de ne pas te l'avoir dit en premier.

Clara, Jody et Rory éclatèrent de rire.

Par miracle, les sœurs de Nell et sa cousine avaient toutes pu se libérer pour le déjeuner. Elles avaient choisi un restaurant confortable qu'elles connaissaient bien, à la sortie de la ville. Les plats étaient bons et l'ambiance chaleureuse. C'était leur endroit à elles, celui où elles se retrouvaient le plus souvent, parfois accompagnées de leurs belles-sœurs, lorsque l'une d'elles avait quelque chose à annoncer, quand il y avait une importante décision à prendre ou un événement à célébrer.

— Ces bagues sont splendides, commenta Rory.

Tout le monde soupira dans un signe d'assentiment.

Jody prit la parole :

— Je voulais te demander…

D'un geste de la tête, Nell l'incita à poursuivre.

— Tu l'aimes, ce garçon, non ?

— Oui, je l'aime.

En prononçant tout haut ces mots si précieux, Nell s'aperçut qu'elle ne les avait pas dits à Deck. Pas depuis longtemps. Elle devait y remédier, le plus rapidement possible.

— Dans ce cas, pourquoi garder cette option de divorcer après Noël ?

Nell croqua dans une frite.

— Si tu savais comme ça a été compliqué pour nous de nous mettre d'accord là-dessus, déjà, tu verrais tout de suite pourquoi.

Clara fronça les sourcils.

— Moi je comprends la question de Jody. Si on regarde bien, vous êtes mariés, vous vous aimez. C'est aussi simple que ça. En laissant planer au-dessus de vos têtes la possibilité de divorcer, vous cassez un peu votre élan.

Nell hocha lentement la tête.

— Vous avez raison. Je ne dis pas le contraire. Mais c'est lui qui m'a soufflé cette idée.

Rory intervint :

— Oui, mais il l'a fait pour que tu acceptes de tenter l'aventure, c'est bien ça ?

— Certes. Et je veux vraiment nous donner une chance. Mais je n'ai pas envie qu'il m'envahisse d'un coup. Il n'a pas de limite.

— On a remarqué, s'amusa Elise. C'est une qualité chez un homme, poursuivit-elle, les yeux rêveurs.

Toutes cinq éclatèrent de rire. Elle pensait évidemment à son mari, Jed, qui fonçait tête baissée et avec ardeur dans tout ce qu'il faisait.

— Donc tu es en train de nous dire que l'idée de divorcer reste dans un coin de ta tête ? demanda Jody.

C'était la pure vérité.

— Exactement.

Judy insista :

— Parce que… ?

— Eh bien, il… Il m'a brisé le cœur quand on était au lycée. Deux fois. Je m'étais juré qu'on ne m'y reprendrait plus. Je n'ai pas encore complètement tourné la page. Et il m'a quand même un peu manipulée à Las Vegas – bon, pas vraiment, je ne l'aurais jamais épousé si je n'avais pas eu des sentiments pour lui, si je ne l'*aimais* pas. Mais il m'a séduite pour arriver à ses fins, purement et simplement. Et je viens de le dire, cette histoire de Noël, c'est son idée, même si ça ne l'enchante pas.

— Parce qu'il t'aime, rappela Jody en se frappant le front du plat de la main.

— Il veut juste être ton mari, pour de bon.

— Je sais. Et il m'a bien fait comprendre qu'il n'avait pas du tout envie que tout le monde soit au courant de notre petit arrangement.

— Je peux le comprendre, osa Clara. C'est vrai, Nellie. Pourquoi est-ce que les autres devraient le savoir ? Tout ça ne regarde que vous.

Elise eut un sourire espiègle.

— Enfin, nous aussi un peu. On a le droit de savoir. Nous sommes tes sœurs, il faut tout nous dire, comme ça, nous pouvons t'aider.

— C'est sûr que Deck serait soulagé si on évitait de raconter à tout le monde que notre mariage n'est convenu que jusqu'à Noël, admit Nell.

— Si vous gardez ça pour vous, il t'en sera reconnaissant,

ça voudra dire que tu tiens compte de ce qu'il ressent, confirma Rory.

— Pas faux. Et il verrait aussi que je suis prête à faire des compromis pour que ça marche entre nous.

— Donc… ? insista Jody en insistant longuement sur le mot.

Nell déclara forfait.

— Très bien, vous avez gagné. Demain Deck et moi dirons à toute la famille que nous nous sommes mariés à Las Vegas et que nous ne pourrions pas être plus heureux. Et pour le reste, motus.

En début de soirée, Nell et Deck allèrent manger un burger au pub. Deck et Rye firent quelques parties de billard dans le fond de la salle. Meg était derrière le bar. Nell lui tint compagnie entre deux clients.

Quand ils furent de retour à l'appartement, Nell ne tenait plus. Elle n'avait qu'une envie : que son mari se débarrasse de ses habits. Ils s'embrassèrent et arrivèrent tant bien que mal jusqu'à la chambre, faisant voler leurs vêtements sur leur passage. Une fois arrivés, ils se laissèrent tomber sur le lit et passèrent aux baisers avides, aux caresses plus pressantes. Ils s'offrirent un corps à corps brut et éclatant. La première fois.

La suivante fut encore plus délicieuse. Ils s'allongèrent sur le côté pour ne faire qu'un, doucement, paresseusement, profondément. Nell le sentait loin en elle. Deck était accroché à son cœur, joyau tant aimé, perdu puis miraculeusement retrouvé.

Après l'amour, il la serra fort contre lui. Elle sentait son souffle chaud sur ses joues, ses doigts traçant son nom sur le tatouage, parmi les fleurs et les libellules.

— J'ai vu Garrett cet après-midi au bureau.

— Laisse-moi deviner. Tu lui as dit qu'on était mariés.

Elle agita son annulaire gauche sous les yeux de Deck. Même dans la lumière tamisée, les diamants scintillaient.

— Il s'avère que je portais ces petites choses au doigt.

— Tu lui as dit quoi ?

— Simplement que nous nous étions mariés à Las Vegas.

— Et ton idée de grand déballage ?

— Je n'ai rien dit de plus.

— Qu'a dit Garrett quand tu lui as appris la nouvelle ?

— Quelque chose du genre « Tu déconnes ? ».

— On pouvait s'y attendre.

— C'est sûr, étant donné que cela fait des mois que je répète à qui veut l'entendre que je t'ai définitivement rayé de la carte. Et il faut dire qu'on s'est vus quasiment tous les jours depuis notre retour de Las Vegas et que je ne lui ai rien avoué plus tôt. Mais il m'a serrée dans ses bras et m'a dit qu'il était content pour nous, que nous allions être heureux tous les deux. Donc finalement tout s'est bien passé.

— Impeccable. Et avec tes sœurs alors ?

— C'était vraiment bien, elles ont été super.

Deck grogna en signe d'impatience.

— Tu peux m'en dire un peu plus ou c'est un secret d'État ?

Nell se décala, joua avec son oreiller pour lui redonner du volume et s'installa confortablement en soupirant.

— Elles sont ravies de la nouvelle. Et pour cette histoire de tout raconter au reste de ma famille, j'y ai réfléchi.

— Ah ?

Il scruta le visage de Nell, à la recherche d'un indice.

Elle opina.

— En y repensant, je me suis dit que tu avais raison. C'est vrai, après tout, pourquoi dire que nous sommes mariés pour annoncer dans la foulée qu'on pourrait bien divorcer juste après Noël ? Ils ne sauront pas s'ils doivent se réjouir ou être désolés pour nous.

Le regard de Deck s'adoucit imperceptiblement. Était-ce du soulagement ?

— Tu es sûre ?

— Certaine.

Il tendit la main pour remettre une boucle rebelle derrière l'oreille de Nell.

— Je crois que je suis très heureux d'être ton mari.

Elle fut tentée de lui faire un petit laïus sur le compromis dans le couple, peut-être même de revenir sur le sujet de son père – mais pourquoi tout tourner à la négociation ? On pouvait accéder à la demande de l'autre juste pour lui faire plaisir, pour un plaisir partagé même.

Et Nell se sentait vraiment heureuse. Être ainsi simplement allongée près de lui, comme n'importe quel couple marié.

Elle ravala donc ses paroles et demanda :

— Et donc demain chez Clara, tu veux faire l'annonce toi-même ?

— Je voudrais bien, oui.

Il glissa sa main sous les cheveux de Nell et massa sa nuque. Elle savoura ce simple geste, la peau de Deck contre la sienne. Il tira doucement et elle vint à lui pour recevoir son baiser au creux du cou.

— Tu veux que je dise quelque chose en particulier ?

— Non, non, tu as carte blanche.

— Ça veut dire que tu me fais entièrement confiance ?

Était-ce le cas ? Il fallait que cela le soit à plus ou moins court terme… et elle y travaillait. Ce n'était pas le moment de se montrer frileuse. Elle devait tout faire pour que leur mariage fonctionne.

Elle bascula légèrement la tête pour lui offrir ses lèvres. Ils s'embrassèrent doucement, très tendrement.

— Oui, Deck, entièrement.

- 7 -

Le lendemain, à peine étaient-ils entrés dans la vaste demeure de Clara Bravo Ames que Deck se sentit soulagé. L'annonce n'allait être qu'une simple formalité. Nell s'était en effet déjà confiée à ses sœurs, à sa cousine, à ses frères James et Garrett, à Ryan et Meg… et elle portait ses bagues au doigt. Des anneaux brillants qui ne manquèrent pas d'attirer les regards des femmes, petites et grandes.

Deck eut à peine le temps de remettre à Clara l'excellente bouteille de vin rouge californien qu'il avait apportée qu'il vit Sylvie, la belle-fille de Darius Bravo, dévaler l'escalier, talonnée par la fille de Quinn Bravo, Annabelle, qui venait de fêter ses sept ans. Elles s'approchèrent de Nell :

— Coucou, tante Nellie, lança Sylvie d'un air espiègle du haut de ses huit ans.

— Salut, les filles, j'adore vos robes.

Elles portaient toutes deux une robe violette, en velours, et un chemisier blanc à manches bouffantes. Dans leurs cheveux, un joli nœud rappelait la couleur de la robe.

Sylvie arracha presque la main de Nell pour l'inspecter :

— Waouh ! Elles sont trop belles, tes bagues.

Nell posa sur elle un regard attendri.

— Merci ma puce, moi aussi je les aime beaucoup.

— Vous êtes mariés ? s'enquit la petite fille en écarquillant les yeux, fixant d'abord Nell puis Deck. C'est ton *mari* ?

— Eh bien oui, ma Sylvie, c'est mon mari. Il s'appelle Declan, mais tout le monde dit Deck.

Nell s'accrocha au bras de Deck et lui lança un sourire radieux. Ce sourire qui provoquait tant de choses en lui, autant de joie que de peur de la perdre, et toujours ce désir sourd pour elle.

Elle avait toujours provoqué cela chez lui. Il se sentait à chaque fois dépassé par cette attirance si puissante. Un comble pour quelqu'un de férocement attaché à sa volonté de tout contrôler. Mais personne ne disait à Nell Bravo ce qu'elle devait faire.

Depuis ce jour en cours d'anglais quand ils étaient en Première, lorsqu'elle s'était retournée et l'avait fait chavirer avec un simple sourire… Depuis ce jour elle était tout pour lui. Il lui était impossible de se maîtriser en sa présence, il perdait toute objectivité.

Cela n'avait pas du tout été le cas avec Kristy. Elle semblait pourtant faite pour lui. Elle le laissait prendre presque toutes les décisions. Elle était douce et compréhensive. Elle était parfaite, en somme.

Mais ce n'était pas Nell. Et il devait bien admettre que cette dernière avait mis le grappin sur ce qui lui servait de cœur. Il s'était donc battu pour réaliser l'impossible : s'offrir une nouvelle chance avec elle.

Et hors de question de tout gâcher cette fois-ci.

Sylvie était lancée :

— Ma maîtresse, Miss Delshire, vient juste de se marier. C'est madame Ankerly maintenant. Elle aussi elle a des jolies bagues. Mais les tiennes sont encore plus belles.

— Je veux voir ! Je veux voir ! réclama Annabelle, qui était non seulement la fille de Quinn, mais aussi la meilleure amie de Sylvie.

Deck les connaissait tous, chaque Bravo de Justice Creek, adultes, enfants, chiens, chats, cochons d'Inde…

Lorsqu'il s'était mis en quête de reconquérir le cœur de Nell, il s'était évertué à tout savoir de sa famille.

— Tante Nellie, je les trouve super belles !

Les deux petites filles se chuchotèrent des secrets à l'oreille en gloussant, l'air ravi. Elles se tournèrent soudainement vers Deck. Sylvie parla la première, d'une voix solennelle :

— Tu es notre oncle maintenant ?

— Tout à fait, répondit Nell.

— Eh ben, ravie de te rencontrer, oncle Deck ! lancèrent les deux filles presque à l'unisson.

L'une après l'autre, elles lui tendirent leur petite main. Deck prit soin de les serrer à la manière d'un gentleman.

Pouffant d'un rire un peu gêné, elles remontèrent l'escalier quatre à quatre.

— C'est par ici.

Nell montra à Deck la chambre où poser son manteau, sur la pile déjà grosse. Quelqu'un sonna à la porte.

— Approche.

Il la fit venir plus près, lui retira son bonnet en laine rose et le lança sur le lit.

Il enleva ensuite délicatement sa longue écharpe, déclenchant chez elle un petit rire mutin. Ses yeux étaient aussi verts et purs que des émeraudes, ses joues encore roses de froid. Et il y avait son odeur, son parfum rien qu'à elle.

Nell attrapa Deck par le col de son manteau et le fit s'approcher un peu plus encore.

— Je suis une grande fille, tu sais.

Il jeta l'écharpe sur le lit, vérifiant à peine où elle allait atterrir.

— Mais j'adore t'aider à enlever tes vêtements.

Sa divine bouche était tout près, si tentante. Trop tentante. Deck se jeta dessus. Nell fondit et ouvrit ses lèvres pour le laisser entrer. Comme toujours, elle avait ce goût aussi délicieux que l'odeur de sa peau.

Une voix de femme se fit entendre derrière eux :

— Eh bien je dois dire que tout cela est très encourageant.

Deck sentit Nell se raidir dans ses bras. À contrecœur, il desserra son étreinte et se retourna. Willow était là avec son fiancé, Griffin Masters. Ils venaient juste d'arriver. Ils étaient encore emmitouflés, la peau rougie par le froid.

— Joyeux Thanksgiving, maman, répondit Nell dans un sourire qu'elle aurait voulu plus sincère.

Elle fit un signe de tête à Griffin, qui déboutonnait son manteau.

— Salut, Griff.

À soixante ans, son futur beau-père était toujours bel homme, grand et svelte. Il passa la main dans ses cheveux blancs.

— Ravi de te voir, Nell.

Il se tourna vers Deck :

— Declan, c'est bien ça ? Nous nous sommes croisés un jour au McKellan il me semble ?

Deck lui serra la main et ouvrit la bouche pour répondre un petit mot cordial. Mais avant qu'il ait pu dire un mot, la mère de Nell lâcha un cri de surprise.

— Nellie !

La voix de Willow était montée dans les décibels.

— C'est une alliance que tu as au doigt ?

Nell soupira ostensiblement.

— Maman, tu veux bien redescendre d'un cran ?

— Mais… Tu ne m'as rien dit ! Je n'arrive pas à croire que tu…

Willow dévisagea Deck. Elle avait le regard d'un animal pris dans les phares d'une voiture.

— Enfin que vous deux avez finalement…

Elle bafouillait. Et de ce que savait Deck, Willow Bravo

ne bafouillait jamais. Elle sembla enfin se reprendre. Poings sur les hanches, elle les toisa :

— Bien, laissez-moi voir cette bague maintenant. Tout de suite.

— Maman, tout va bien ?

— Ta main, je veux la voir.

Willow saisit la main de Nell et accompagna son geste un peu brusque par un long soupir un rien théâtral.

— Magnifique, elle est magnifique !

Elle prit Nell dans ses bras et serra fort.

— Ma chérie, enfin. Je suis tellement comblée de savoir que tu as trouvé le bonheur, celui que tu attendais. Je ne veux que ça pour mes enfants.

Deck croisa le regard de Nell, que sa mère étreignait encore. Il y vit de l'impatience et de l'agacement, certes, mais aussi de l'amour.

— Merci, maman.

Willow posa les mains sur les épaules de sa fille.

— Mais quand ?

Elle se retourna vers Deck.

— Comment ?

— À Las Vegas. Deck a eu raison de ma détermination.

— Las Vegas ? Mais c'était il y a dix jours !

Le regard de Nell disait qu'elle était prête à en découdre.

— Précisément. Et donc ?

— Je n'étais pas au courant. Qu'est-ce qui se passe au juste ?

— Rien, maman.

— Je n'en crois pas un mot. Vous étiez déjà mariés quand tu es venue me sermonner pour avoir dit à Deck…

— Et ?

Deck vit les lèvres de Nell se serrer, et visiblement pas pour embrasser sa mère. Il lisait en elle comme dans un livre ouvert. Elle allait avoir des paroles qu'elle finirait par regretter.

Il l'empêcha de le faire en attrapant le bras de Willow :

— Et moi, je n'ai pas droit à des félicitations ?

Willow fut surprise. Puis elle comprit.

— Mais si, bien sûr.

Se rapprochant de Deck pour l'embrasser, elle lui souffla à l'oreille :

— Bien joué.

Lorsque Griffin s'avança pour la débarrasser de son manteau, Willow se posa face à Nell. Elle avait retrouvé son sourire impassible.

— Quoi qu'il en soit, tout est bien qui finit bien. Je suis tellement heureuse pour toi, ma chérie. Je sais que l'avenir ne vous réserve que des bonnes choses, vous êtes et avez toujours été faits l'un pour l'autre. Je vous souhaite tout le bonheur du monde.

— C'est gentil, maman.

Nell avait elle aussi retrouvé son calme.

— Je suis contente que vous soyez là avec Griff. C'est chouette d'être tous réunis pour Thanksgiving.

Un peu plus tard, ils passèrent à table.

Pour recevoir la famille Bravo au grand complet, Clara avait acheté deux tables supplémentaires et installé le tout en U. Les enfants avaient leur propre espace un peu plus à l'écart.

La dinde et le jambon furent servis avec un impressionnant défilé d'accompagnements. Dalton, le mari de Clara, récita un rapide bénédicité avant que la grande tablée ne s'installe pour savourer le repas avec un bon verre de vin.

Toute la famille était désormais au courant de la récente union de Nell et Deck, de l'emménagement de ce dernier dans l'appartement de Nell. Il n'y avait plus grand-chose à ajouter.

Deck trouvait cependant important de dire un mot. À la fin de ce repas de fête, alors que le café et la tarte au potiron venaient d'être servis, il donna un petit coup sur son verre avec sa cuillère et recula sa chaise. Le silence se fit – à l'exception de Marybeth, la fille de Jody, qui frappa de ses mains le plateau de sa chaise haute et chantonna quelques syllabes au hasard.

Deck lui adressa un clin d'œil.

— Écoute, tu as tout dit, merci Marybeth, je n'aurais pas fait mieux.

Les convives éclatèrent d'un même rire. Deck poursuivit :

— J'imagine que vous êtes tous désormais au courant du miracle qui s'est produit voilà dix jours à Las Vegas.

Il posa le regard sur Nell, assise à côté de lui. Un éclat pur brillait dans ses yeux émeraude et sa bouche dessina un petit sourire amusé.

— Nell a dit oui. Et je l'ai conduite à l'autel avant qu'elle puisse changer d'avis.

Il leva son verre.

— À tous autour de cette table, merci de m'avoir supporté ces derniers mois. Je sais que je n'ai pas été un cadeau.

Une nouvelle vague de rires traversa la pièce.

— Et je pense que chacun de vous s'est un jour ou l'autre demandé quand est-ce que j'allais enfin passer à autre chose. Mais ce n'était pas au programme. Impossible. Il n'y en a qu'une pour moi. Je sais que j'ai tout gâché par le passé. À deux reprises. Mais pas cette fois-ci, je vous le promets. À toi, Nellie.

La bouche de Nell se fendit cette fois-ci en un immense sourire, ses joues se parèrent du plus joli des roses.

— Merci de faire de moi le plus heureux des hommes.

Il but ce qui lui restait de vin et se rassit sous les rires et applaudissements de la famille Bravo.

Nellie se pencha et déposa furtivement un tendre baiser sur ses lèvres. Il se trouvait exactement là où il voulait être : à ses côtés.

Si seulement leur couple pouvait passer Noël à présent…

Le week-end qui suivit, Deck emmena Nell découvrir la maison que Bravo Construction faisait bâtir pour lui. Les murs extérieurs, le toit, les fenêtres et les portes étaient prêts.

La neige se mit à tomber tandis qu'ils parcouraient les pièces encore vides, bien couverts dans leurs manteaux chauds, leurs bonnets et leurs gants. Il décrivit à Nell son futur intérieur, évoqua le grand luminaire qu'il allait faire installer au plafond cathédrale de l'entrée.

— Si tu as des envies ou des suggestions, lança-t-il d'une voix enjôleuse, dis-le-moi et ce sera fait !

Il espérait à vrai dire qu'elle lui donne son avis. Cela voudrait dire qu'elle était en train de se projeter dans cette maison.

Elle lui dit simplement que ses idées avaient l'air parfaites.

Dans le grand espace ouvert où la cuisine allait bientôt être installée, elle l'interrogea :

— Garrett m'a dit qu'on est à temps pour une livraison en mars, c'est ça ?

De la buée accompagna ses paroles, le froid s'était invité dans la maison.

Il s'appuya contre l'établi que les ouvriers avaient laissé là et l'attira à lui. Il l'enlaça tendrement.

— Tout à fait. Le chantier sera livré la deuxième semaine de mars, si tout se passe bien.

— Chut. Il ne faut pas utiliser ce genre de formule, ça porte la poisse.

Nell se colla un peu plus à lui. Sans enlever ses gants, Deck glissa ses mains jusqu'au creux de ses reins. Même à travers le manteau, il sentait ses seins et la délicieuse courbe de ses hanches. Elle leva son joli menton vers lui.

— C'est sympa ici, c'est vraiment spacieux.

Il déposa un baiser sur le bout de son nez.

— Tu suggères qu'on ne mette aucune cloison ?

Elle éclata de rire. Un rire auquel se chauffer le corps et l'âme. Elle reprit son sérieux et ajouta :

— Je pense que ça va être splendide ici.

Viendras-tu y habiter avec moi ? Deck prit soin de garder son interrogation pour lui. Ils auraient du temps pour en parler une fois que Noël et la date butoir seraient passés.

Cette maudite échéance.

L'idée le taraudait un peu plus chaque heure qui passait. Pourquoi l'avait-il seulement évoquée ? Il voulait renégocier – plus que ça encore : il voulait effacer cette clause.

Mais dès que l'envie lui prenait d'en parler avec Nell, il se refrénait. Il valait mieux qu'il se concentre sur le temps qui lui restait, qu'il fasse de cette fin d'année mille instants mémorables, un avant-goût délicieux de la vie à deux.

S'il y parvenait, le 26 décembre ne serait plus qu'une date parmi d'autres.

Le soir, il l'emmena dîner dans un charmant petit restaurant qu'il connaissait, Mirabelle's. Ils rentrèrent ensuite à l'immense maison qu'il louait en lisière de forêt, à quelques kilomètres de la ville.

Nell posa son sac sur le gigantesque lit de Deck et siffla.

— C'est somptueux ici. Si je n'avais pas vu le chantier de ta prochaine maison, je t'aurais dit d'acheter celle-là.

— J'ai un petit goût pour la démesure, confessa-t-il avant de la faire basculer avec lui sur le lit.

D'un geste doux, elle dessina la naissance de ses cheveux près de sa tempe, la courbe de son oreille. Tout cela était si bon – les mains de Nell, son odeur, son corps effleurant le sien.

— Tu as travaillé dur pour avoir tout ça.

Elle lui déposa un bisou sur la joue.

— Autant que tu en profites.

Il avoua piteusement la vérité :

— À vrai dire, j'étais parti pour acheter celle-ci, mais mon ambition numéro un, c'était toi. Faire appel à Bravo Construction pour un nouveau projet m'a semblé le meilleur moyen de te croiser, de temps en temps au moins.

— Et j'ai passé le bébé à Garrett.

— J'étais vert de rage.

— Mais cela ne t'a pas empêché de poursuivre ton projet de maison.

— Écoute, j'avais déjà embauché l'architecte, il m'avait présenté les plans. Il y avait tout ce dont je rêvais, même plus. J'en suis tombé amoureux alors on a avancé.

Nell enfouit son visage dans le cou de Deck et embrassa sa pomme d'Adam du bout des lèvres, juste comme il fallait. Comme toujours.

— Parce que tu exiges le meilleur, n'est-ce pas ?

— Et pas qu'un peu, ma chère.

— C'est pour ça que tu nous as choisis, Garrett et moi, parce qu'on est les meilleurs. Tu as eu ta maison et nous, un nouveau contrat. Gagnant-gagnant.

Il l'embrassa à pleines lèvres et… son téléphone, qu'il avait posé sur la table de nuit, se mit à sonner, ou plutôt à émettre une série de petits sons.

Nell s'écarta de lui.

— R2-D2 ?

— C'est ma sœur. Et comme elle a toujours aimé *Star Wars*…

— C'est chou.

Elle lui décocha le petit sourire qui le rendait dingue, celui qui lui donnait envie de la déshabiller.

Il se redressa et attrapa son téléphone.

— Coucou, Marty.

— Salut, Deck.

Elle n'avait pas une bonne voix. Un peu inquiète, peut-être ?

— Que se passe-t-il ?

Nell, toujours allongée paresseusement sur le lit, se redressa sur un coude et l'interrogea du regard.

De l'autre côté de la ligne, Deck entendit le bébé pleurer.

— Excuse-moi un instant.

La voix de Marty se fit plus lointaine :

— Chut, là, tout va bien mon cœur.

Elle était allée consoler Henry. Deck réalisa qu'il ne lui avait pas parlé de son mariage. Il se demandait comment lui annoncer la nouvelle lorsque Marty reprit l'appel.

— Deck, j'ai eu l'hôpital de Fort Collins.

C'était donc ça. *Keith McGrath, acte 42, c'est reparti.*

— Papa…

— Il a fait une chute sur des marches en béton apparemment, là où il travaille.

Les noms d'oiseaux se bousculèrent dans la tête de Deck.

Marty poursuivit :

— Ils l'ont conduit aux urgences.

— Ah parcc qu'il n'cst pas mort ?

Bon, d'accord, il abusait un peu. Nell le regarda avec des yeux ronds. Il lui caressa l'avant-bras pour la rassurer.

Marty prit un ton réprobateur.

— Non, Deck, il est bien vivant.

Nell fronça les yeux de plus belle. Il se retourna complètement pour lui faire face et d'un mouvement de lèvres articula *Rien de grave*, sans savoir si c'était vraiment le cas.

— Il s'en tire avec une bosse sur la tête et quelques hématomes. Il est conscient mais ils vont le garder cette nuit en observation. C'est lui qui leur a donné mon numéro.

Il entendit Henry s'impatienter et Marty lui murmurer des mots doux pour l'apaiser.

Deck comprit la situation : soit il allait à l'hôpital, soit c'était Marty. Il se redressa de nouveau et mit le pied par terre. Nell l'imita et s'approcha de lui.

Elle allait vouloir l'accompagner.

Hors de question. Il ne voulait pas que Nell et son père se voient. Keith McGrath se disait un autre homme depuis quelques années, mais Deck n'allait pas pour autant mettre Nell dans la gueule du loup.

— Hank va me conduire là-bas.

Certainement pas.

— Tu es à trois heures de route et tu as un bébé qui a besoin de toi. Je suis plus près, je vais y aller.

— Mais je…

— Il n'y a pas de mais. Je pars tout de suite.

Il sentit Nell s'agiter près de lui mais décida de ne pas y prêter attention.

— Je t'appelle de l'hôpital dès que j'en sais plus. Je suis sûr que tout ira bien.

Parce que Keith arrivait toujours à s'en sortir, pour recommencer à faire n'importe quoi la minute d'après.

— Sois gentil avec lui, Deck. Écoute-moi. Il est tombé et s'est vraiment fait mal. Il fait de son mieux, je t'assure. Et il n'est plus tout jeune, tu sais.

— Je serai gentil, promis, répéta-t-il avec la voix d'un enfant qui récite sa leçon.

— Et appelle-moi quand tu auras vu le médecin.

— Oui, t'inquiète.

Il raccrocha.

Nell lui toucha la main. Marty n'était toujours pas au courant pour eux, mais c'était bien le cadet de ses soucis à cet instant précis.

En quelques minutes, il était passé du rêve absolu au cauchemar, avec une heure de route devant lui et son père à gérer à l'arrivée.

Il joua avec les doigts de la main que Nell lui présentait et tourna la tête vers elle pour enfin lui expliquer :

— Mon père a eu un accident. Il a fait une chute dans un escalier, c'est tout ce que je sais. Il est hospitalisé à Fort Collins et je dois y aller pour m'occuper de lui et de la paperasse.

Elle scruta son visage, le vert de ses yeux assombri par l'inquiétude.

— Mais comment il va ?

— Ça va, je crois. Un peu secoué, il s'est cogné la tête. Mais ça va aller.

La tension se relâcha un peu sur le front de Nell.

— C'est une bonne nouvelle.

— Ouais.

Deck n'en était pas si certain.

— Allez.

Nell serra la main de Deck et se mit debout.

— On y va.

Deck resta immobile. Nell attendit puis se rassit à côté de lui.

— Qu'est-ce qui se passe, Deck ? Dis-moi.

Il prit le visage de Nell entre ses mains.

— Écoute…

Il avait le regard fuyant. Elle ne tarda pas à comprendre.

— Oh que non, tu ne me laisses pas ici. Je viens avec toi, Deck.

Sa voix douce cachait une vraie détermination.

— Ce n'est pas le bon moment. Laisse-moi gérer la situation et on…

— Arrête.

Elle ôta sa main de la sienne et se leva.

— Tu vois, c'est de ça que je parlais. Tu fermes la porte au nez.

Il se redressa à son tour.

— Écoute, je dois filer. On pourra reparler de tout ça à mon retour.

— Le principe du mariage, c'est de se soutenir mutuellement, d'être là l'un pour l'autre.

— Et c'est super. C'est très clair pour moi. Mais là tout de suite, je dois partir.

— Mais non ce n'est pas super, Deck, s'énerva-t-elle. Tu me fous dehors, là. Tu me sors de ta vie.

— Comment dois-je te le dire, Nell ?

Sa voix était plus froide qu'il ne le voulait. Mais pourquoi ne voulait-elle rien entendre ?

— On en reparlera plus tard, promis.

Nell gronda en serrant la mâchoire. Elle le fixa durant cinq longues secondes puis croisa les bras sur sa poitrine, pivota et alla se planter devant la baie vitrée. De jour, la vue était magnifique. Pour l'heure, elle ne renvoyait que le reflet de la chambre et le pâle clair de lune. Elle resta ainsi quelques instants, fixant les ombres qui dansaient à travers la vitre, avant de se tourner brusquement vers Deck.

— Je ne suis pas du tout d'accord avec ça.

Allait-il trouver la maison vide à son retour ?

C'était fortement à craindre.

Il ne pourrait pas vraiment lui en vouloir. Mais l'idée que son père puisse l'approcher lui était insupportable. Et il savait où la trouver si toutefois elle décidait de s'en aller.

Il se rattraperait, il trouverait comment se faire pardonner. Une fois qu'il aurait fini de s'occuper de Keith.

— Je te promets, reprit-il d'une voix douce, de revenir aussi vite que possible.

— Ce n'est pas la question.

— Nellie, s'il te plaît. Je n'ai pas le temps d'en parler maintenant. Je dois y aller.

Elle se retourna de nouveau vers l'obscurité de la fenêtre. Deck observa son dos raidi par la colère. Il ne trouvait pas les mots pour l'apaiser. Pour ça, il faudrait qu'il cède et qu'il l'emmène.

Hors de question.

Il glissa son téléphone dans sa poche et se dirigea vers la porte.

- 8 -

Nell dut se mordre les lèvres pour ne pas crier son nom.

Elle resta plantée devant la vitre, les yeux dans le vague, les bras enroulés autour de son corps comme pour l'empêcher de bouger, de courir après Deck, lui hurler qu'il n'était qu'un imbécile, de lui claquer la porte au nez dans un moment pareil, de ne pas la laisser être à son côté, être sa femme.

Sa femme.

Elle-même ne savait pas exactement ce que cela voulait dire. Elle avait souvent entendu ses parents crier et se disputer. Ils n'étaient pas mariés à l'époque, mais ils partageaient le même toit lorsque son père n'était pas auprès de Sondra. Lui et Willow avaient une famille à eux. Témoin de leurs querelles incessantes, Nell comprenait déjà que ce n'était pas ainsi que l'on disait « Je t'aime ».

Elle n'était pas plus avancée aujourd'hui. Deck était parti sans elle. Que ça lui plaise ou non, elle devait bien accepter la situation. Il ne voulait pas qu'elle vienne car il refusait catégoriquement qu'elle s'approche de ce père toxique. Cela n'avait aucun sens aux yeux de Nell. Ne voyait-il pas qu'ils étaient adultes désormais ? Il était évident pour Nell que le vieux Keith n'aurait plus jamais l'ascendant sur elle.

Mais du côté de Deck ? Cela ne semblait pas si simple.

Nell se tint immobile, l'oreille tendue : une porte claqua au rez-de-chaussée. Quelques instants plus tard, elle entendit le lointain bruit du moteur. C'est alors qu'elle réalisa que sa voiture était restée chez elle.

Dans sa tête défila un escadron d'injures. Parce qu'elle comptait bien s'en aller avant que Deck ne soit de retour.

Il était 22 heures passées, beaucoup trop tard pour appeler la famille à la rescousse. Elle pouvait prendre un Uber.

Elle sortit son téléphone de son sac, mais n'eut pas le cœur de commander une course. Elle posa son téléphone sur la table de nuit, à côté d'une photo d'eux dans la chapelle à Las Vegas. Ils étaient debout devant le rideau de perles au mur, elle dans sa robe blanche, lui dans son costume de location. Ils respiraient le bonheur éperdu. *C'est l'effet qu'ont le sexe et le champagne sur les gens.*

Lorsqu'elle avait vu la photo, Nell avait été touchée qu'il ait eu l'idée de l'encadrer et de la mettre dans sa chambre.

En cet instant, elle avait plutôt envie de s'en saisir et de la retourner violemment, quitte à fissurer le verre du cadre.

Elle n'en fit rien. Son mari faisait peut-être n'importe quoi dès qu'il s'agissait de son père, cela ne lui donnait néanmoins pas tous les droits, à elle.

Elle reprit place devant la baie vitrée. Dehors, la neige avait recommencé à tomber. Elle regarda les flocons s'écraser un à un sur la vitre et sa colère retomba un peu, suffisamment pour espérer que Deck serait prudent sur la route et que son père n'aurait rien de grave.

Quand Deck se gara sur le parking de l'hôpital, le sol était déjà tout blanc.

Il releva le col de son épais blouson et trotta jusqu'à l'entrée. Les portes automatiques s'ouvrirent et l'hôtesse d'accueil l'invita à patienter dans la salle d'attente. Le médecin qui s'était occupé de Keith ne tarderait pas à le rejoindre.

Il s'installa dans un fauteuil et appela Marty pour lui

dire qu'il était bien arrivé et qu'il attendait des nouvelles. Lorsqu'il raccrocha, il pensa à Nell.

L'appeler ne réglerait rien et leur conversation risquait d'être interrompue à tout moment.

Mais il l'avait bel et bien laissée en plan chez lui. Il espérait plus que tout qu'elle serait là quand il rentrerait et qu'il saurait se faire pardonner.

Même s'il ne savait pas encore comment.

Pour l'heure, il avait peut-être déjà fait suffisamment de dégâts en partant comme un voleur, un appel entre deux portes n'était pas la meilleure des idées.

Et puis si Nell avait décidé de partir, elle partirait, avec ou sans voiture, qu'il l'appelle ou non.

Il opta pour un SMS, dans lequel il lui donna le code de l'alarme pour la maison, l'emplacement du double des clés de la porte d'entrée et de celles du Land Rover dans le garage.

Elle répondit :

Merci. Pensées pour ton père. Bonne route.

Cordial, neutre même. Et pourtant il devinait sa colère entre chaque lettre.

Il tapa un début de réponse :

Je suis désolé, je voulais juste…

Mais il s'arrêta là. Se justifier par texto n'allait pas le mener bien loin. Il valait mieux temporiser pour le moment.

Il rangea son téléphone dans sa poche, en regrettant amèrement d'être coincé là. Les minutes défilaient lentement. Deck suivait les gestes de la réceptionniste, en pleine décoration de deux sapins en plastique qu'elle avait disposé de part et d'autre du comptoir d'accueil. Elle chantonnait gaiement au son des grands classiques de Noël qui passaient à la radio. Le 25 décembre était encore loin mais on entendait déjà partout la reprise de *White Christmas* par les Pentatonix.

Joyeux Noël, c'est ça ! Il rageait et pestait intérieurement.

— Declan McGrath ?

Une femme en blouse bleue lui fit signe. Deck se leva.

— Je suis le docteur Farris. Votre père se repose au calme. Il va se remettre. Il a un léger traumatisme crânien et présente des hématomes et petites contusions.

— Que s'est-il passé ?

— Il a trébuché sur un seau d'eau alors qu'il passait la serpillière.

Très inventif.

— OK.

Son interlocutrice fronça imperceptiblement les sourcils. Très bien, il y avait peut-être un peu trop de cynisme dans sa voix. Ce n'était pas la première fois que Keith « tombait dans l'escalier ». Étonnamment, cela lui arrivait souvent lorsque des gens à qui il devait de l'argent étaient lassés de lui courir après.

Le Dr Farris reprit la parole :

— Vous avez l'air de savoir quelque chose. Pensez-vous que votre père a été agressé ? Je l'ai justement examiné et je peux dire en toute bonne foi que tout indique une chute.

Elle disait certainement juste, c'était elle la spécialiste. Si les blessures de Keith avaient été dues à autre chose, elle aurait été la première à le repérer. Il devait cesser d'imaginer le pire – du moins jusqu'à ce qu'il ait pu parler à son père et connaître le fin mot de l'histoire.

— Non, pardon, vous avez vraisemblablement raison.

Elle le scruta, le scanna même pendant plusieurs secondes avant de poursuivre.

— Votre père ne montre aucun signe de trouble cérébral et se repose actuellement. Sans apparition de complications dans les heures qui viennent, il sera autorisé à sortir demain.

— Je voudrais le voir.

— Bien sûr. Suivez-moi.

Ils passèrent plusieurs lourdes portes et empruntèrent trois couloirs avant d'arriver à la chambre de Keith, face à la salle des infirmières. La porte était fermée. Le Dr Farris l'ouvrit doucement. Il faisait sombre à l'intérieur.

— Il dort.

— Aucun problème. Je vais attendre auprès de lui.

Le Dr Farris s'en alla et Deck avança à tâtons jusqu'au fauteuil près du lit, où il commença par déposer son manteau. Quand ses yeux se furent habitués à l'obscurité, il s'intéressa à l'homme endormi sur ce lit, bercé par le bruit feutré des appareils médicaux.

Keith, devenu plus maigre et sec avec l'âge, était allongé sur le dos, tête basculée sur le côté, laissant voir le profil de son nez cassé. Un bandage couvrait partiellement ses cheveux gris. Il s'était cogné au coude et avait des égratignures sur tout le bras.

Au bout d'un long moment, il finit par tourner la tête et ouvrir les yeux.

— Declan, qui l'eût cru, dit-il dans un rire jaune.

— Tu as demandé qu'ils appellent Marty, accusa Deck.

— Elle est plus douce avec moi. Marty aime encore son vieux père.

— Elle vient d'avoir un bébé, papa. Pense un peu aux autres, bon sang.

Keith râla tout bas avant de grimacer de douleur.

— Je douille, la vache. Ils ne veulent rien me filer de fort parce que c'est à la tête.

Il ferma les yeux et soupira.

— Je sais ce que tu penses. Mais tu te trompes. Je me suis battu, mais avec mon seau de ménage dans l'escalier. Il m'a mis une sacrée raclée !

Deck crut son père. Les gens qu'il arnaquait amochaient en général un peu plus son visage.

— OK.

Keith rouvrit les yeux et soutint le regard de son fils, lèvres pincées.

— Rendors-toi, papa.

— Tu vas rester assis là à me regarder ?

— Dors, je te dis.

Keith soupira une nouvelle fois mais garda le silence. Quelques minutes plus tard, la fatigue eut raison de lui.

Lorsque Deck fut certain que son père dormait, il retourna dans la salle d'attente et appela Marty. Il lui annonça que Keith allait très bien et sortirait dès le lendemain. Elle voulait être présente, mais Deck la persuada de ne pas venir : inutile de faire toute cette route, il allait s'occuper lui-même de leur père et veiller à ce qu'il ne manque de rien.

Marty fit malgré tout le déplacement.

Le médecin de jour venait de signer les papiers de sortie lorsqu'elle arriva, accompagnée de Hank et du bébé. Elle tendit Henry à son mari et se pencha vers son père pour l'embrasser.

— Comment ça va, papa ?

— J'ai mal partout, grogna Keith. Même aux cheveux.

Marty lui serra tendrement l'épaule. Il demanda à son tour :

— Et comment va ma fille ?

— Je vais bien, papa, mieux que jamais.

— Faites-moi voir mon adorable petit-fils.

Hank approcha avec Henry dans les bras et Keith s'émerveilla devant le petit garçon.

Deck s'était reculé près de la fenêtre et observait les interactions de son père avec Marty, Hank et Henry. Il ressemblait à un grand-père des plus traditionnels, dingue de son petit-fils et aimant avec sa fille. Peut-être était-il trop dur avec lui ? Keith se tenait à carreau depuis quelques années maintenant – depuis l'histoire des chèques sans provision.

Deck n'avait malgré tout aucune confiance en son père. Il ne savait pas s'il pourrait en être autrement un jour. Peut-être pouvait-il en revanche faire un effort, être plus gentil avec lui…

De là à revenir avec Nellie…

Son estomac se noua rien qu'à l'idée. Pas question, il ne voulait aucun lien entre eux. Mais il était d'accord pour dire que sa logique n'avait rien de rationnel. Quel était le risque, après tout ? Il n'y avait aucune chance que Nell se fasse plumer une seconde fois par lui.

Mais onze ans plus tôt, Keith n'avait pas hésité à lui faire son numéro habituel, celui du bon père de famille qui avait besoin d'un coup de pouce pour repartir du bon pied avec ses enfants. Son petit manège fonctionnait très bien parce que Keith y croyait lui-même dur comme fer. Et cela n'avait pas raté avec Nell non plus. Deck avait tellement eu honte de son père. Berner celle que son fils aimait ! C'était une trahison pire que toutes les autres.

Deck n'avait jamais pu pardonner à son père. Il doutait de pouvoir y parvenir un jour.

Les yeux de Marty étaient cernés, ses cheveux auburn remontés en un chignon de fortune. Elle s'approcha de Deck :

— Dites donc, monsieur Ronchon, on dit bonjour à sa sœurette ?

Il l'embrassa. Elle sentait le lait et la lotion pour bébé.

— Tu n'avais pas besoin de te déplacer, glissa-t-il à son oreille.

— Trop tard, je suis là. Allez, on ramène papa chez lui.

Marty et Hank reconduisirent Keith au petit appartement de fonction qu'il occupait dans la résidence.

Deck resta à l'hôpital pour s'assurer que la facture lui serait adressée directement. Dehors, la neige avait presque entièrement fondu. Les routes seraient dégagées.

Il avait tellement hâte de rentrer. Où qu'elle soit partie, il retrouverait Nell et effacerait ce regrettable épisode.

Mais pour l'heure il ne pouvait pas laisser Marty gérer la situation toute seule.

Il se rendit donc chez son père afin de lui prêter main-forte. Keith était l'un des gardiens de l'immeuble, avec un couple, Dale et Ginny Hill, qui occupaient un appartement face au sien. Ils se portèrent volontaires pour venir lui rendre visite régulièrement et promirent qu'ils pouvaient gérer la résidence sans lui le temps qu'il se remette sur pied.

Ginny passa une main affectueuse sur l'épaule de Keith.

— Tu pourras retourner à ton atelier très bientôt.

Keith opina du chef :

— C'est bien mon intention, Gin.

Il avait un cabanon au fond de la résidence. Il y fabriquait des meubles pour enfants, des jouets et des jardinières en bois qu'il vendait sur les marchés artisanaux, aux fermiers de la région…

Marty raccompagna Deck à sa voiture. Elle tremblait de froid. Il comprit soudainement que le moment était venu de lui annoncer son mariage.

— Monte, je vais mettre le chauffage.

Elle s'installa sur le siège passager. Pendant qu'il allumait la ventilation, il se demanda comment lui présenter les choses.

— Je voudrais te dire…

— Ne commence pas, s'il te plaît.

Pestant discrètement, elle récupéra une épingle à cheveux tombée sur son épaule et la remit tant bien que mal en place.

— Je le crois quand il dit qu'il a fait une chute tout seul.

— Ce n'est pas de ça que je veux te parler.

Marty le regarda en coin.

— Tu es en train de me dire que tu le crois aussi ?

— Mais oui.

Sa sœur afficha un grand sourire.

— Alléluia ! Il le croit.

— Pas la peine d'en faire trop, non plus.

— Attends, c'est une grande première.

Il posa sur sa sœur un regard affectueux.

— On sait tous les deux qu'il a du mal à s'en sortir tout seul et que c'est toi qu'il appelle en cas de besoin. De ton côté, tu prends très souvent de ses nouvelles.

Marty fit un geste de moulinet avec ses mains :

— Et donc… ?

— Il semble aller plutôt bien ces derniers temps, mais si tu penses qu'il a besoin d'une infirmière ou d'une aide à domicile, tu me le dis, d'accord ? Je m'en occuperai.

— Alors ça…

Les yeux de Marty s'embrumèrent.

— Pourquoi tant d'émotion ?

— C'est juste que… Je sais que tu lui en veux encore. Malgré cela, tu es là pour lui. C'est une chose que j'aime vraiment chez toi.

Il se pencha vers elle et passa un bras autour de ses épaules. Lorsqu'il se redressa, Marty tendit la main vers la poignée.

— Ah au fait, Marty, autre chose…

Elle s'immobilisa, le regard curieux.

— Je me suis marié il y a deux semaines.

Tout d'abord hébétée, Marty ne tarda pas à donner un coup dans l'épaule de Deck.

— Arrête ton char !

Elle posa ses deux mains autour de son crâne, comme pour l'empêcher d'exploser.

— Mais c'est quoi, ton problème ? Tu es à la tête de ta propre entreprise, ça roule du feu de Dieu pour toi. Tu en es là parce que tu sais clairement t'y prendre avec les gens. Mais dès qu'il s'agit de personnes à qui tu tiens, ça devient n'importe quoi. Deux semaines que tu es marié et tu n'as rien dit à ta propre sœur ?

Il eut une moue sincèrement désolée.

— Pardon. Tu as entièrement raison. J'aurais dû appeler.

— Franchement ! C'est qui ? Je la connais ?

— C'est Nell.

Les yeux grands comme des soucoupes, Marty le fit confirmer :

— Nell… Bravo ?

Il hocha la tête. Passé l'état de choc, sa sœur ne put s'empêcher de commenter :

— C'est dingue ! Nell, après toutes ces années ? Je n'aurais jamais cru qu'elle veuille encore de toi. J'étais au collège, mais je me souviens, comme tout le monde d'ailleurs, à quel point elle a souffert quand tu l'as jetée comme une malpropre.

— Je n'avais rien dans le crâne à l'époque.

— C'est le moins qu'on puisse dire. Tu l'aimais en plus.

— Pas qu'un peu… Quand ça s'est terminé avec Kristy, j'ai dû me rendre à l'évidence : j'avais encore des sentiments pour Nell.

— Et elle a bien voulu te donner une seconde chance ?

— Il faut dire que j'ai légèrement insisté.

Un doux euphémisme, mais il n'avait pas forcément envie d'entrer dans les détails devant sa sœur. Il entendait déjà ses railleries.

Marty avait été une petite fille sage et extrêmement réservée. Mais depuis qu'elle avait rencontré Hank et que sa vie avait pris un autre tournant, elle avait gagné en confiance et osait davantage dire ce qu'elle pensait.

C'était vraiment une bonne chose – la plupart du temps.

Le regard de Marty se perdit dans le vide.

— Nell Bravo. C'est fou. Jamais je n'aurais cru que…

Elle ne termina pas sa phrase, ce qui ne fut pas pour

déplaire à Deck. Mieux valait laisser le passé là où il était. Le chignon de Marty sursauta en même temps qu'elle.

— Raconte !

— Euh… Nous nous sommes mariés à Las Vegas. Un coup de tête. Mais on doit encore… tu sais, mettre tout ça sur les bons rails.

— Tout ça ?

Tout ça, notre mariage, quoi.

— Mais quelle petite curieuse !

Elle lui frappa de nouveau l'épaule.

— Viens nous voir avec elle. Ou on viendra sinon.

— J'y ai pensé justement. Nell a très envie de te voir. Pourquoi pas le week-end prochain ? On ne va pas vous faire bouger avec le bébé, on viendra. Je vois avec elle et je t'appelle.

— C'est une super nouvelle en tout cas. Toi et Nell…

Marty était tout sourire à présent.

— La vie est bien faite, quand même. Tu as remarqué comme parfois les planètes finissent par s'aligner ?

Dans le rétroviseur, Deck vit Marty lui faire de grands gestes d'au revoir, la mine joyeuse. Il sortit de la résidence et s'arrêta sur le bas-côté. L'heure était venue d'appeler Nell et il était dans ses petits souliers. Pas question d'appeler avec son kit mains libres, il n'arriverait pas à se concentrer sur la route. Il sortit son téléphone.

S'attendait-il à ce qu'elle réponde ?

Pas vraiment.

Il sursauta presque lorsqu'elle décrocha.

— Il était temps.

Le cœur de Deck semblait vouloir sortir de sa poitrine. Le simple son de sa voix le mettait sens dessus dessous. Était-il désespérément amoureux ? Oui et re-oui. Et cela ne risquait pas de changer après le 26 décembre, quoi qu'il se passe alors.

— Salut, Sparky.

Elle grogna vaguement en guise de première réponse.

— Je ne sais même pas pourquoi je te parle encore.

Pourtant elle avait décroché. Deck sentit son estomac se dénouer, son torse oppressé respirer un peu mieux.

— Où es-tu ?

— Minute ! J'ai décroché, ce qui est déjà une faveur en soi, vu ce que tu m'as fait hier. J'estime que je suis prioritaire sur les questions. Commençons par la tienne : tu es où ?

À sa voix, il devinait l'expression de ses traits, ses yeux verts soudainement orageux, sa bouche sensuelle pareille à une supplication silencieuse. Il avait tellement envie, et besoin, de la sentir contre lui.

— Je suis encore à Fort Collins, mais je vais prendre la route.

— Ton père ? Comment va-t-il ?

— Il est encore un peu sous le choc, il a des hématomes, mais ça devrait aller. Il est de retour chez lui.

— Je suis contente de l'entendre.

Nell dut sentir qu'elle s'était radoucie car elle se reprit aussitôt :

— Mais ça ne change rien au fait que je t'en veux pour hier soir. Tu m'as laissée en plan.

— Je suis désolé.

Elle laissa le silence s'installer avant de répondre.

— Quand est-ce qu'on ira voir ton père *tous les deux* ?

Jamais.

— Est-ce qu'on peut en reparler plus tard ?

Nouveau silence suivi d'un soupir de lassitude.

— On va dire que oui.

Le sujet était clos, pour le moment du moins. Deck se détendit davantage encore.

— Marty et Hank sont venus avec Henry. J'ai dit à ma sœur pour nous deux. Elle est ravie et a proposé qu'on se voie. J'ai pensé qu'on pourrait se faire une escapade à Colorado Springs sur une journée. Le week-end prochain, peut-être – tu me diras ce que tu en penses plus tard.

— Ça devrait pouvoir se faire.

Sa voix s'était apaisée de nouveau.

Il ne put s'empêcher de demander :

— Est-ce que ça veut dire que tu me pardonnes ?

— Ne pousse pas trop, Declan. Rentre à la maison, on discutera à ce moment-là.

Il sourit en silence. C'était si bon.

— « À la maison » voulant dire ?

— Je suis chez toi.

Cette journée morose se para soudainement de mille couleurs, celles des promesses et de l'espoir.

— Ne bouge pas, j'arrive.

Elle l'attendait devant la porte. Elle portait un grand sweat-shirt mauve, des leggings noirs et des bottines fourrées. Sa chevelure rousse tombait en cascade sur ses épaules. Deck se dit qu'il n'avait jamais rien vu d'aussi beau que Nell prenant ses marques ainsi, chez lui.

Elle le scruta.

— Tu as l'air épuisé.

— La nuit a été longue. J'ai dormi dans le fauteuil de la chambre d'hôpital.

Les traits de Nell se détendirent.

— Tu es un bon fils.

— J'y suis allé juste pour ne pas que Marty ait à s'y coller. Enfin, ça ne l'a pas empêchée de venir finalement.

— Un bon fils *et* un bon frère.

Quand il fit un pas vers elle, Nell recula. Tant pis pour le petit câlin du bonjour. Ils entrèrent et Deck ferma la porte derrière lui. Il prit un air malheureux :

— Je n'ai pas le droit à un petit bisou pour avoir été si gentil avec mon père et ma sœur ?

Nell pencha la tête sur le côté. Ses cheveux glissèrent

sur son épaule gauche, flamme rousse et brillante. Il avait tellement hâte d'y glisser la main.

— En quoi cela excuse ton comportement d'hier soir ?

— S'il te plaît ?

Il prit sa mine la plus penaude. Pas pour avoir refusé de l'emmener – il referait la même chose si le scénario se répétait, mais pour avoir dû l'abandonner ainsi chez lui. Il le regrettait.

— Tu n'as peur de rien, toi.

Nell tenta de prendre un air contrit – sans grand succès.

Il s'approcha et tendit les bras.

Elle le laissa venir à elle, incapable de réprimer le sourire qui s'afficha sur ses lèvres juste avant qu'il n'y goûte. Tendrement, lentement. Il prenait le temps de savourer cette vérité simple : il la tenait de nouveau contre lui. Elle avait une saveur de pomme et de café, celle des bons moments.

Il desserra son étreinte à contrecœur pour retirer son manteau et ses gants.

— Ça sent bon par ici.

— J'ai préparé un minestrone. Tu as faim ?

L'imaginer s'affairer dans sa cuisine en son absence lui procurait un bonheur indescriptible.

Elle était restée.

Il était du genre têtu et Nell le savait. Elle devait se douter qu'il ne changerait pas, du moins au sujet de Keith.

Et malgré tout… elle était encore là.

— Sparky…

Il l'enlaça et l'embrassa encore, et encore. Elle accrocha ses bras au cou de Deck. Il la souleva et elle l'enveloppa de ses jambes. Il se tourna vers l'escalier qui menait à sa chambre.

Nell écarta le visage du sien et posa la main sur sa joue :

— Depuis quand n'as-tu pas mangé ?

— J'ai pris des œufs ce matin à l'hôpital.

— Il faut remédier à ça.

D'un geste spontané, elle lissa le col de sa chemise. Deck se sentit fondre comme jamais.

Mais il y avait plus urgent que la soupe.

— Ce qu'il faut, c'est monter dans ma chambre pour que je te libère de tes vêtements et que je te montre le très bon mari que je peux être.

— Tu devrais manger d'abord.

Elle se tortilla dans ses bras.

— Repose-moi.

Il céda. Nell lui prit la main.

— Qui veut de la bonne soupe ?

Elle l'emmena à la cuisine, le fit asseoir, sortit deux grands bols et les remplit de sa soupe délicieusement parfumée. Elle avait aussi préparé des tartines au beurre. Elle prit place en face de lui et ils mangèrent en silence pendant quelques minutes.

— C'est pour *toi* que je voulais venir hier soir, Deck.

Il mangea un autre bout de pain. Mieux valait qu'il ait la bouche pleine, car il risquait de ne pas dire ce qu'elle voulait entendre.

Nell but un peu d'eau, l'air pensif.

— Ça fonctionne dans les deux sens, tu sais. Il n'y a pas que moi dont il faut prendre soin. Et je ne peux pas être là pour toi si tu ne me le permets pas. Alors je sais bien que l'idée t'était insupportable quand on était au lycée. Je comprends maintenant pourquoi tu avais le sentiment de ne pas être en mesure de t'occuper de moi, et pourquoi ça te rendait dingue. Mais quel intérêt de se remettre ensemble si on ne fait qu'inverser les rôles ? Ça doit fonctionner dans les deux sens. Sinon ça ne marchera jamais.

Sa peau blanche laiteuse avait un éclat particulier, qui tournait au rose délicat lorsqu'elle rougissait où qu'elle était pleine de désir. Il ne voyait pas comment il pourrait un jour s'en lasser. Il contempla la main qui reposait son verre. Fine et blanche. Mais il savait aussi qu'elle avait quelques callosités – côté paume, au niveau des articulations – à force de bricoler. Il aimait sentir cette peau plus rêche contre la sienne.

De quoi parlaient-ils, déjà ? Ah oui. Prendre soin l'un de l'autre.

— Sparky, tu es ici à cet instant. Tu nous as concocté un délicieux minestrone. C'est aussi ça veiller sur l'autre.

Elle avala une bouchée de pain puis une cuillerée de soupe avant de répondre.

— Je te demande juste d'y réfléchir. Pas longtemps, mais au moins passer le voir.

Elle lui lança un regard plein d'espoir et de tendresse.

Ils en étaient toujours au même point sur la question de son père. Rien n'avait évolué depuis leur discussion au moment de Thanksgiving.

— D'accord, j'y songerai, mentit Deck, s'attendant à ce que Nell revienne à la charge.

Elle ne fit que secouer doucement la tête avec dépit avant de s'atteler à finir sa soupe.

Deck se sentait agité. Un sentiment dérangeant l'habitait, l'idée que Nell ne faisait que temporiser. Certes, elle avait abordé le sujet avec douceur.

Mais elle n'était pas prête à jeter l'éponge.

Elle n'avait pas posé d'ultimatum, mais il sentait la pression qu'elle exerçait sur lui. Son insistance l'interrogeait sur l'importance que revêtait pour elle une rencontre avec Keith.

Cela pouvait-il faire basculer leur relation ?

Impossible. Jamais elle n'envisagerait une chose pareille.

Du moins l'espérait-il.

Bon sang, cette histoire commençait à prendre trop de place dans ses pensées.

Si elle continuait d'insister dans les semaines à venir, il lui faudrait peut-être reconsidérer sa position.

Mais hors de question que Keith fasse irruption dans leur vie. Et quoi qu'il en soit leur mariage passerait la date fatidique du 26 décembre.

Pour le moment, pourquoi continuer à se faire du mouron ? Deck décida de mettre toute cette histoire de côté et de ne plus y penser.

- 9 -

Après que Deck eut fini sa soupe, Nell le traîna jusqu'au salon. Elle y avait posé des cartons remplis de décorations de Noël et un faux sapin qu'elle voulait que Deck assemble.

— J'ai mis la soupe à mijoter ce matin et je suis partie à la recherche de ta déco de Noël. J'ai cherché dans tes placards, au grenier et dans ton garage. Je n'ai rien trouvé.

— C'est peut-être parce que je n'en ai pas… *Parce que je n'en ai pas besoin.*

Nell lui envoya un coup de coude.

— Oh toi, ne prends pas ce ton grincheux avec moi.

— Je n'oserais pas. Donc tu as acheté tout ce bazar aujourd'hui ?

— Ce bazar ?

Elle prit un air faussement offusqué.

— Attends, je reprends.

— Fais donc.

— Alors aujourd'hui tu es allée acheter ces splendides décorations de Noël et cet arbre qui ira à merveille devant la grande fenêtre de l'entrée ?

— Oui ! confirma-t-elle avec fierté. J'ai pris ton Land Rover et je suis allée faire quelques achats. Un vendeur m'a aidée à mettre le carton du faux sapin dans le coffre. Pour le rentrer dans la maison, ça a été une autre paire de manches. Quand tu m'as dit que tu repartais de Fort

Collins, je me suis dépêchée et je l'ai rentré en plusieurs fois.

— Tu aurais tout simplement pu attendre mon retour.

— Je sais, admit-elle, tout sourire, mais j'avais hâte de m'y mettre. Je me suis dit qu'on pourrait décorer celui-là aujourd'hui et faire celui de chez moi demain soir.

— On a vraiment besoin de faire deux sapins ?

Un seul ne suffisait-il pas ? Apparemment non, pas pour Nell.

— On n'en a pas besoin. On en a *envie*.

— Ah très bien, si tu le dis.

Elle lui lança un regard boudeur.

— Peut-être que tu es trop fatigué ? Tu veux aller dans ta chambre faire un gros dodo ?

Il passa le bras autour de son cou et l'attira contre lui, suffisamment près pour sentir l'odeur d'amande de son shampoing et déposer un baiser sur la douce peau de son front.

— Si on monte, ce ne sera pas pour dormir.

— Ah mais je n'ai pas dit « nous », monsieur Bonne humeur, moi je serai en bas à m'occuper de la déco.

S'il ne l'emmenait pas voir son père, au moins pouvait-il l'aider à décorer la maison pour Noël.

Ils y consacrèrent un long moment, mais leurs efforts furent récompensés. Ce soir-là, le feu crépitait dans la cheminée et le sapin brillait de mille feux près de la fenêtre. Sa grande maison n'avait jamais été si chaleureuse. Un vrai chez-eux.

Le lendemain soir, ils montèrent un autre sapin chez Nell. Elle en avait une version aluminium, dont il fallait assembler les tubes pour former un arbre. Toute sa décoration de Noël était bleu turquoise, avec un disque multicolore qu'elle plaça sous le sapin. En tournant, il l'éclairait aux couleurs de l'arc-en-ciel.

Quand ils eurent fini, ils observèrent le résultat.

— C'est joli, hein ?

— Splendide, répondit Deck d'un ton ironique. C'est marrant, mais tu t'es bien gardée de me dire que t'épouser voulait aussi dire passer des heures et des heures à faire la déco de Noël.

— Est-ce une plainte, monsieur McGrath ?

— Moi ? Pas du tout, madame McGrath.

— Je préfère ça. Parce que jeudi on va au ranch de Rory et Walker : c'est leur grande fête de déco annuelle, tout le monde met la main à la pâte !

Tout le monde s'affairait, guirlande à la main. La cheminée fut décorée de branchages de saison et des villages miniatures et autres décors enneigés prirent place sur la moindre surface disponible dans la maison. Tout cela au son des vinyles de Noël que Walker lançait sur sa vieille platine.

Deck dû l'admettre : il passait un plutôt bon moment. Il y avait du chocolat chaud à volonté, de la bière et quelques alcools pour ceux qui le voulaient.

Et une montagne de cadeaux à leur intention. Chez les Bravo, chaque mariage était suivi d'une grande fête familiale. Avec les deux noces attendues en décembre, on manquait de date pour célébrer leur union surprise.

Rory avait donc annoncé que leur fête des décorations serait en l'honneur de Nell et Deck. Elise avait confectionné un gâteau de circonstance, en forme de paquets cadeaux empilés sur trois étages, avec un glaçage et des ornements aux couleurs de Noël. Deck et Nellie découpèrent la première part et du bout des doigts étalèrent chacun du sucre sur le nez de l'autre. Ils échangèrent des baisers sucrés sous l'objectif de Rory, qui était photographe professionnelle.

Tard dans la soirée, de retour chez eux, ils ouvrirent un à un leurs présents de mariage : de la vaisselle, des objets et du linge de maison, des vases et des bougeoirs, tout ce dont les jeunes mariés pourraient avoir besoin de temps à autre. Deck s'imagina Nell dressant la table pour une soirée entre amis, dans un futur encore lointain, brumeux, mais rayonnant. Il se voyait attablé, entouré de leurs proches. Et elle, sa femme, près de lui.

On était bien loin de ce qu'il avait connu dans son enfance. Leur table à manger était bancale et n'avait pas de jolis bougeoirs argentés, pas plus qu'elle n'avait de nappe. Personne ne souriait quand sonnait l'heure du repas.

Mais tout était différent aujourd'hui, il touchait ce nouveau bonheur du doigt. Avec la femme qui l'avait aimé dès le premier regard. Il avait tout pour être heureux. Et de quoi être fier. Il avait livré bataille pour accéder à son rêve.

S'il se sentait très heureux, l'horizon n'était pas encore dégagé. Tout dépendait de l'issue de ces semaines ensemble.

Nell posa sur la table un gigantesque vase en verre offert par Jody et donna un petit coup d'épaule à Deck.

— Tu as ta mine des mauvais jours.

Mais comment faisaient-elles ? D'un seul regard, les femmes savaient lire le visage des hommes et déceler ce qu'ils cherchaient à cacher.

Il passa son bras autour des épaules de Nell et, du bout du nez, caressa son oreille.

— J'étais en train de me dire que ce vase ne fait pas dans la discrétion.

Elle eut un petit rire compréhensif et demanda d'une voix douce :

— Tu ne veux pas en parler, c'est ça ?

Cette idée de date butoir me rend fou, pourquoi on a fait ça ? Ce n'était pas si difficile à dire.

Mais en fait si, terriblement difficile.

Cela serait quitte ou double. Nell pouvait très bien répondre « Moi aussi, ça me coupe mon élan. Faisons comme si on n'avait jamais rien dit. On est mariés et c'est pour toute la vie. »

Ou bien les choses pouvaient tourner au vinaigre. Et si elle disait qu'elle n'était pas encore prête ? Si elle insistait sur le fait d'aller rendre visite à Keith, que sans cela elle le quitterait ?

Conclusion : il n'avait aucune idée de la manière dont elle pouvait réagir.

Donc non, mieux valait se taire et laisser le temps faire son œuvre. Quoi qu'il en soit, jamais il ne baisserait les bras.

Le samedi suivant, ils se rendirent au grand marché de Noël de Justice Creek. Deck y passa un très bon moment. Nell trouva un cadeau pour chaque membre de sa famille, mais aussi pour Hank et Marty. Henry allait être le plus gâté de tous : elle lui avait pris des jouets, un pyjama bleu, une gigoteuse, des bodies et un mobile. De retour chez eux, elle prit le temps de tout emballer : le lendemain, ils partaient passer la journée à Colorado Springs.

En arrivant chez Marty et Hank, Nell alla déposer les cadeaux sous le sapin. Après un bon repas, Hank mit le sport à la télévision dans le salon et Nell demanda à prendre Henry dans ses bras. Le tout petit garçon s'y endormit paisiblement.

Marty appela Deck dans la cuisine, sous prétexte de vaisselle à ranger. Elle lui annonça que Keith se portait bien et qu'il avait repris le travail. Il bricolait et réparait tout ce qu'on lui demandait dans la résidence.

— Tant mieux, répondit Deck sur un ton expéditif.

Marty le regardait un peu trop fixement.

— Tu ne lui as rien dit au sujet de ton mariage, je me trompe ?

— Pourquoi ai-je l'impression que je vais avoir droit à un sermon ?

Marty s'appuya contre l'évier et sa voix se fit plus dure :

— C'est ton père, Deck…

Bon, elle faisait au moins l'effort de parler tout bas pour ne pas que Nell l'entende.

— Il se réjouira pour toi, ç'est tout.

— Tu pourrais rester en dehors de cette histoire, s'il te plaît ?

— Écoute, je comprends. Je sais que tu as encore des comptes à régler avec lui. J'étais là moi aussi. Je me souviens très bien ce qu'il a fait, « emprunter » une somme à Nell que tu as dû toi-même lui rembourser. C'est logique que tu n'arrives pas à lui faire confiance. Mais j'ai l'impression de lui mentir chaque fois que je le vois. C'est une sacrée nouvelle : son fils s'est marié. Il doit être mis au courant.

Deck pouvait l'entendre…

Il soupira bruyamment.

— Je l'appelle demain pour lui dire. Je devais prendre de ses nouvelles de toute façon.

Marty sourit.

— Merci.

D'un geste du menton, elle désigna le salon.

— Bien joué, frérot, Nell est une perle rare.

— À qui le dis-tu… *Et maintenant si je pouvais éviter de tout foutre en l'air.*

Deck appela son père depuis son bureau chez JC Barrels dès le lendemain matin. Il tomba sur son répondeur. « Salut, papa. Marty m'a dit que tout allait bien, que tu as déjà repris le travail. C'est une bonne nouvelle. Tu voudras bien me rappeler quand tu auras une minute ? » Deck resta fébrile longtemps encore après avoir raccroché.

Jusqu'à ce que Keith le rappelle.

— Comment ça va, Deck ?

Deck quitta son fauteuil et alla fermer la porte.

— Voilà… J'ai épousé Nell Bravo. C'était il y a quelques semaines – avant ta chute dans l'escalier. Marty a insisté pour que je te le dise. Maintenant tu sais.

Un long silence s'ensuivit. Keith reprit enfin la parole :

— Toutes mes félicitations. Je suis très heureux pour vous.

— Merci.

Deck eut du mal à prononcer ce mot.

— C'est une jeune fille bien, cette Nell.

Tu n'as pas intérêt à l'approcher.

— Ce n'est plus une jeune fille.

— Tu lui as rendu l'argent que je lui avais pris ?

— Oui.

— Je me doutais que tu le ferais.

— Bon ben voilà, c'est tout. On se rappelle.

Mais Keith n'avait pas fini.

— Je ne sais pas comment toi et ta sœur avez pu si bien tourner. Je remercie le ciel tous les jours. Je t'assure.

— Papa, tu n'as pas besoin de…

— Tout ce que je veux dire, c'est qu'il est bon de savoir que tout va bien pour vous malgré le père que vous avez eu.

Qu'est-ce que Deck pouvait bien répondre à cela ? Ce n'était pas une question de pardon, mais de confiance. Une confiance qu'il ne parviendrait peut-être jamais à lui accorder.

— Je voulais juste que tu saches que je me suis marié. Appelle-moi si tu as besoin de quoi que ce soit.

— Declan.

— Quoi ?

— Tu vas venir voir ton vieux père avec cette chouette fille, me laisser une chance de lui présenter mes excuses ?

Jamais de la vie.

— J'en doute.

Keith accusa le coup.

— Bon alors… Soyez heureux tous les deux. Vous avez toujours été faits l'un pour l'autre.

Deck ne pouvait pas laisser passer ça.

— Si tu en étais si sûr, pourquoi as-tu agi comme tu l'as fait ?

— Que te dire ? Je tirais le diable par la queue à cette époque et je faisais n'importe quoi. À tel point que je ne trouvais pas d'issue.

— Dans ces conditions, tu ne peux pas vraiment me reprocher de ne pas te faire confiance.

— Non, en aucun cas. Et je ne t'en veux pas le moins du monde, d'ailleurs.

Nell passa la matinée sur un chantier de rénovation qu'elle supervisait chez son frère. La passion première de Quinn était sa salle de sport. Il gagnait aussi de l'argent en achetant des maisons qu'il faisait restaurer pour ensuite les revendre. Bien sûr, il faisait toujours appel à Bravo Construction.

Un peu avant l'heure du déjeuner, Nell appela Meg.

— Tu es où ?

— Chez moi, en train de stresser comme une dingue.

— C'est surprenant à cinq jours de ton mariage ! Ça te dit qu'on déjeune toutes les deux ?

— Super idée.

— Dans vingt minutes au Sylvan Inn ?

— Impeccable.

On les installa à une table tranquille pour deux. Leur serveuse était la reine du potin, Monique Hightower. Elle allait et venait dans la salle, faisant virevolter ses boucles blondes.

— Joyeuses fêtes, mesdames ! Nell Bravo, d'où sors-tu, d'un chantier ?

Nell portait des vêtements de travail et des chaussures de protection. Comme beaucoup d'autres clients du restaurant.

— Estime-toi heureuse, Monique, j'ai pris soin de frotter la poussière avant d'entrer. Comment vas-tu ?

— On ne peut mieux. Je crois que des félicitations sont de mise.

— Merci.

— Parce que franchement ! Toi et Declan, après toutes ces années… Je me souviens t'entendre dire qu'il pouvait aller se faire voir jusqu'à la fin des temps.

Nell lui fit un large sourire :

— Crois-le ou non, Monique, parfois l'amour l'emporte.

La serveuse leur tendit la carte et récita les plats du jour. Elle se tourna vers Meg :

— Alors, le grand jour, c'est samedi, m'a-t-on dit ?

— Tout à fait.

— Toi et Ryan, c'est l'amour fou. Je vous souhaite d'être très heureux.

— On l'est, merci beaucoup.

Plus vite elle partirait, plus vite Nell serait contente. Elles commandèrent un club-sandwich, un café et rendirent les cartes à Monique, qui repartit d'un pas sautillant.

Meg se pencha et dit en chuchotant :

— Je ne comprends pas comment elle arrive à garder son job.

— Il m'arrive aussi de me poser la question. D'un autre côté, que serait le Sylvan Inn sans Monique pour nous faire tourner en bourrique ?

— Tu n'as pas tort. Et au moins elle n'a pas demandé ce que Clara pense de notre mariage !

Clara et Rye étaient amis depuis toujours. Ils avaient envisagé de se marier, à Noël trois ans plus tôt. Les mauvaises langues disaient même que Rye était toujours amoureux d'elle. Clara avait épousé Dalton Ames l'été suivant.

Monique revint avec leurs cafés.

Dès qu'elle fut repartie, Nell tendit le bras et posa une main affectueuse sur le bras de Meg.

— Tu as souvent droit à des allusions de la sorte sur Rye et Clara ?

Meg haussa les épaules et versa un nuage de lait dans son café.

— De temps à autre.

— Ce ne sont que des sottises, tu sais. Rye aime Clara, mais il est *amoureux* de toi.

Meg avala une gorgée de café et répondit tranquillement.

— Je sais.

Nell sentit les larmes monter – des larmes de joie. Elle renifla et secoua sa main devant elle.

— Je trouve ça super, que tu l'aimes et qu'il t'aime comme ça. Que vous vous soyez donné les moyens de vivre votre amour.

— C'est vrai. Il est l'homme qu'il me faut. J'aime Rye. Je suis *amoureuse* de lui. Et j'ai confiance en lui.

— Confiance…

Nell sentit son cœur se serrer, un élan doux-amer montant au plus profond d'elle en pensant à Deck, à la relation qu'ils essayaient de construire. La confiance en faisait-elle partie ? Pas pour lui en ce qui concernait Nell et son père. Pas pour elle en ce qui concernait la suite qu'elle donnerait ou non à leur mariage…

Meg toussa discrètement pour prévenir Nell :

— Alerte, Monique arrive.

La serveuse se présenta à leur table.

— Voici vos sandwichs.

Elle déposa les assiettes devant ses clientes.

— Vous avez tout ce qu'il vous faut ?

— Oui, merci, Monique.

Leur adressant son plus beau sourire, elle hocha la tête et repartit d'un pas guilleret. Lorsqu'elle fut suffisamment loin, Meg interrogea Nell :

— Tu allais dire quelque chose ?

Nell prit un bout de son sandwich.

— Je pensais à Deck et à moi. J'ai le sentiment qu'on fait tout à l'envers. Tu vois, on s'est mariés sur un coup de tête et après on a négocié les termes de notre union.

— Est-ce que tu lui fais confiance ?

— Honnêtement ? Oui.

D'une voix douce, Meg poursuivit :

— En d'autres termes, le problème de la confiance ne se pose pas entre vous, mais ailleurs dans votre relation ?

— Exactement. J'ai vécu des moments difficiles durant mon enfance et mon adolescence, mais ce n'est rien face à ce que Deck a subi On était fous l'un de l'autre au lycée. Puis tout s'est écroulé. Aujourd'hui, la question de la confiance réciproque au sens large est encore en devenir entre nous.

— Mais tu es amoureuse de lui et lui de toi. Vous vous êtes trouvés.

Nell déposa un morceau de bacon sur son sandwich.

— Ce n'était pas une question, si ?

— Non. Je sais reconnaître l'amour quand je le vois.

Meg piocha dans son assiette. Un silence apaisé s'installa durant quelques minutes.

— Comment s'est passé votre séjour en Oregon ?

Les futurs mariés avaient passé Thanksgiving dans la ville natale de Meg, sur la côte nord-ouest du pays.

— Plutôt bien. Mes parents adorent Rye. Et le courant est bien passé avec Aislinn et Keely.

Aislinn Bravo et Keely Ostergard étaient des amies de longue date de Meg.

— J'ai vraiment hâte de voir ma cousine.

Le père d'Aislinn était l'oncle de Nell, mais ils s'étaient perdus de vue au fil des années.

— C'est pour bientôt. Les filles prennent la route jeudi.

Elles étaient les demoiselles d'honneur de Meg.

— Elles m'avaient organisé un enterrement de vie de jeune fille au Lighthouse Café, mon restaurant préféré là-bas.

— L'Oregon te manque ?

— Parfois, oui.

Meg avait un fond de nostalgie dans la voix.

— Mais j'aime vraiment Justice Creek. Je me sens bien ici. Quand je pense que mes parents arrivent ce soir…

Elle détourna le regard. Nell avança le buste pour se rapprocher d'elle.

— Et… ?

— J'aime ma mère, vraiment.

— Mais ?

Meg soupira.

— Mais elle croit toujours tout savoir. Elle ne peut pas s'empêcher de donner son avis sur tout. Je voulais qu'ils prennent une chambre au Haltersham.

L'établissement centenaire était ce qui se faisait de mieux en matière d'hébergement à Justice Creek.

— Mais ma mère l'a très mal pris, donc ils logeront chez nous.

Nell avait la solution toute trouvée.

— Ils peuvent prendre mon appartement.

Meg protesta :

— Non, Nellie. Je ne voulais pas que tu…

— Je t'arrête tout de suite. C'est parfait au contraire. Ils seront avec vous sans être *chez* vous.

Meg reposa le sandwich qu'elle avait à peine touché.

— Je voulais juste me plaindre, en aucun cas te réclamer quoi que ce soit. Ça va aller, je t'assure.

— Je ne l'ai pas du tout pris comme ça. Mais je te

propose, ou plutôt j'insiste pour qu'on fasse comme ça. Je dormirai chez Deck. Ce sera mieux pour vous et ça ne me pose aucun problème. Deck et moi passons notre temps à faire des allers et retours de toute façon.

Tout cela semblait clair, alors que la situation l'était en réalité beaucoup moins. Ce fut au tour de Nell de détourner le regard. Elle fixa son assiette. S'agissait-il d'une nouvelle preuve du manque de confiance entre eux ? Ils n'arrivaient même pas à se décider sur le sujet du logement. Ou bien était-elle tellement obsédée par cette histoire de confiance qu'elle voyait le mal partout ?

Le mariage. Il lui semblait parfois que cela apportait plus de problèmes que de solutions.

— Tu n'as plus faim ?

— Si, si.

Nell prit une frite dans son assiette et la mangea.

— Tes parents peuvent venir chez moi, ça t'enlève une épine du pied.

Après le déjeuner, Nell passa chez elle pour faire son sac. Elle mit ses affaires dans le coffre de son pick-up et retourna au bureau. Elle contacta l'entreprise de ménage à laquelle elle faisait appel de temps à autre pour qu'ils envoient quelqu'un chez elle. L'appartement serait ainsi prêt pour accueillir les parents de Meg.

Puis elle appela Deck.

— Tu as une minute ?

— Pour toi, j'ai l'éternité devant moi.

Ces mots touchèrent une corde sensible.

— Je vais peut-être avoir besoin de toi, Declan McGrath.

— Ce qui me va très bien, Nell Bravo.

Les graves de sa voix firent flancher son intimité la plus profonde.

— Tu es un homme dangereux, toi.

— Simplement déterminé.

C'est le moins qu'on puisse dire.

— … Où en étais-je ?

— Tu allais me proposer un instant coquin au téléphone. Non attends, dis-moi où tu es, j'arrive !

— Et le pire, c'est que tu en serais capable.

La vague de chaleur qui montait en elle cachait bien plus qu'une attirance physique pourtant déjà si forte.

— Oh ! euh… À vrai dire je voulais te parler des parents de Meg. Ils arrivent ce soir et repartent en Oregon dimanche après le mariage. J'ai proposé de leur prêter mon appartement. Je peux venir chez toi ?

— Tu n'as même pas besoin de demander.

— Je m'en doutais.

Il aimait rester sur son territoire. Et encore plus avec elle.

— Tu sais…

Sa voix s'était soudainement faite plus légère.

— Ce serait encore plus simple si tu venais t'installer plus durablement.

Pourquoi se sentait-elle à la fois enchantée et terrorisée par l'idée ?

— Je ne suis pas encore prête à sauter le pas.

— Pas encore…

Il avait retrouvé sa voix plus rauque, celle qui caressait tous ses sens.

— … Ce qui veut dire que ça pourra un jour être le cas.

Je crois bien, oui. Pourquoi ne le disait-elle pas tout haut ?

Et la confiance ?

Elle ne la sentait pas encore pleinement, et il était hors de question qu'il exerce une quelconque pression sur elle.

— Il faudra qu'on aille faire quelques courses.

S'il était contrarié qu'elle change ainsi de sujet, il n'en laissa rien paraître.

— Je passerai te prendre chez toi. On pourra s'arrêter sur le chemin du retour.

— Deck, j'ai besoin de ma voiture, pour aller au travail, pour me déplacer. On est au XXIe siècle, tu sais. Les femmes travaillent et sont autonomes.

— Tu peux prendre le Land Rover.

— Merci, mais je veux avoir ma voiture.

— J'ai l'impression de parler à une enfant de dix ans qui me tire la langue. Tu mériterais bien une fessée.

— Ce que tu dis me dérange à moitié, Deck.

— Seulement à moitié ? Intéressant… Ça laisse une porte ouverte. À travers laquelle me faufiler…

— Eh bien ça attendra. Jusqu'à ce soir du moins…

— Tu es dure en affaires.

Nell rigola. Qu'il était bon d'aller sur ce terrain avec lui. Et d'organiser leur quotidien, les courses…

Une vie commune ?

Son cœur se serra. Elle n'attendait que ça. Elle n'attendait que lui.

Alors pourquoi tant d'hésitation ? Pourquoi ne pas mettre au feu cette histoire de date butoir et se tourner vers l'avenir, enfin ?

— Sparky, tu es toujours là ?

Elle fit taire sa petite voix intérieure.

— Oui, oui. Rendez-vous devant le supermarché à 17 h 30.

— Je serai là.

Il était bien là.

Ils prirent un chariot, arpentèrent les allées du magasin et firent leurs courses comme tous les couples mariés du monde.

Nell acheta une couronne de table faite de roses, de pommes de pin, de houx et d'amaryllis. Entre deux chants de Noël diffusés sur les haut-parleurs du supermarché, ils débattirent à propos du menu pour leur dîner. Et ils oublièrent les œufs. Nell dut courir les chercher une fois qu'ils furent à la caisse.

Elle le suivit et ils rentrèrent à la maison – oui, elle commençait à dire « la maison » en pensant à chez lui. Un pas de plus vers la vie à deux, peut-être…

La neige était de retour. Lorsqu'ils se garèrent, elle tombait à gros flocons.

Deck se gara dans son box et sortit à la rencontre de Nell, dans l'allée. Elle baissa sa vitre.

— Je vais bouger le Land Rover pour te faire de la place.

— Merci.

Elle sortit la tête par la fenêtre pour récompenser sa prévenance d'un baiser. Deck s'approcha à son tour et Nell savoura la sensation du flocon gelé que la neige avait déposé sur ses lèvres amoureuses.

Dans la maison, Deck alluma le chauffage et Nell les lumières du sapin. Il prépara une délicieuse recette de soupe à l'italienne accompagnée de pain et de vin. Ils s'attablèrent au comptoir de la cuisine.

Tout était si spontané et agréable. Naturel. Nell était heureuse, au chaud chez Deck pendant que la nature au-dehors se couvrait d'un manteau blanc. La couronne de table qu'elle avait achetée égayait encore davantage le salon.

Et Deck égayait son cœur.

Deck, qu'elle avait perdu voilà bien des années. L'homme à qui elle avait renoncé pour toujours.

Elle était aujourd'hui assise à sa table. Elle partageait son lit.

Deck, son mari.

Qui aurait cru cela possible ?

— J'ai quelque chose sur le nez ?

Il avait ce petit sourire en coin qu'elle aimait tant – un rien triste et sexy à souhait.

— Tu me fixes.

Je t'aime, Deck. Je n'ai jamais cessé de t'aimer.

Un sentiment qui procurait à Nell une joie profonde. C'était si réel. Pourquoi ne le disait-elle pas tout haut ? Elle le faisait entrer dans sa vie un peu plus chaque jour et savourait le bonheur de l'avoir retrouvé, depuis leurs nuits de frénésie à Las Vegas.

Elle ouvrit la bouche pour dire *Je t'aime.*

Mais elle se vit onze ans plus tôt, trempée jusqu'aux os sous une violente pluie d'été, de la boue jusqu'aux mollets, les bras croisés autour de la taille, comme recroquevillée sur elle-même, laissant les larmes couler à présent qu'il ne la voyait plus. Elle lui tournait le dos tandis qu'il la suivait en voiture, alors qu'elle lui avait dit de partir. Elle voulait fuir à tout prix. Ne plus jamais poser les yeux sur lui.

Plus jamais.

Cette journée d'été, voilà déjà bien longtemps, l'avait détruite. Ce jour-là, elle avait compris qu'elle ne pouvait plus rien attendre de lui. Qu'elle devait l'oublier.

Ne plus l'aimer. Leur relation n'existait plus, n'existerait plus jamais. Elle s'était livrée à lui corps et âme. Malgré cela, il était parti.

La jeune fille qu'elle était avait appris la leçon. Après un tel chagrin d'amour, on apprenait à mieux protéger son cœur.

Nell le regarda droit dans les yeux.

— Tu n'as rien sur le nez. *Je ne suis en revanche pas encore prête à te donner tout ce que j'ai.*

La vie pouvait se montrer si étrange et cruelle. À dix-huit ans, elle était prête à passer sa vie avec lui. Mais il était parti. Il revenait aujourd'hui plus décidé que jamais.

Et elle était incapable de se laisser aller à leur bonheur. Elle ne lui faisait tout simplement pas confiance. Il restait comme une bride – chez lui aussi à vrai dire. Sinon il l'aurait emmenée voir son père.

— S'il te plaît, supplia-t-il. Ne fais pas ça. Parle-moi.

Il savait lire en elle, savait voir lorsqu'elle se repliait sur ses doutes, le laissant seul dans ce dîner à deux.

— Je suis là, mentit-elle.

Son comportement n'avait rien de constructif.

Et Deck ne s'y méprenait pas.

— Je ne crois pas. Il posa sa serviette près de son bol, repoussa sa chaise et se leva, avant de poursuivre :

— Si tu comptes te retirer ainsi dans tes pensées, tu dois au moins me dire pourquoi.

Elle repoussa son bol sur la table.

— Je t'écoute, insista-t-il.

Elle leva les mains puis les laissa retomber.

— Deck, je... J'ai vraiment envie de te faire confiance.

— Mais ce n'est pas le cas.

Ces mots tombèrent comme un couperet.

— Non, avoua-t-elle. Une partie de moi reste sur ses gardes. Comme toi qui ne me fais pas complètement confiance par rapport à ton père.

— Comment te convaincre ? Je sais que j'ai planté notre relation dans les grandes largeurs il y a onze ans. Aujourd'hui et toute la vie, je veux te prouver que jamais plus cela ne se reproduira.

— Je crois que j'ai juste besoin de temps.

— Nellie...

Il y avait dans sa voix une patience infinie, bien loin du Deck capable de rouler des mécaniques.

— C'est exactement ce que nous faisons : nous nous donnons du temps. Et en ce qui concerne mon père, c'est en lui que je n'ai pas confiance, pas en toi.

— Je t'en prie ! Que crois-tu qu'il pourrait faire ? se fâcha Nell. Me manipuler ? Il faudrait déjà que je sois d'accord. Et ça ne risque plus d'arriver.

Deck baissa les yeux et fixa la table, comme s'il se demandait comment ils avaient pu en arriver là.

— Je ne suis pas…

Sa phrase resta en suspens.

— Encore prêt ? suggéra Nell.

Deck ne bougea pas, elle ajouta :

— Eh bien moi pas plus que toi. Et tu sais quoi ? Quelle que soit la suite, je suis heureuse de passer les fêtes avec toi.

Il releva la tête à ce moment-là. Il accrocha son regard et ne le laissa pas s'échapper.

— Toi et moi, Nellie. C'est tout ce que je veux.

Moi aussi.

Mais ses lèvres demeurèrent closes. Elle n'était pas encore en mesure de lui donner ce que tous deux désiraient. Pas encore prête.

— Toi et moi, Nellie, répéta Deck avec de l'urgence dans la voix. Il faut que tu t'y habitues, que tu l'admettes. Tu es à moi et je suis à toi. Même ce que je t'ai fait au lycée n'y a rien changé. Onze plus tard, regarde où on est : ici, ensemble.

Elle garda le silence. Il avait raison. Ces mots étaient si bons à entendre.

— J'espère que tu as raison.

Elle ne parvint pas à répondre autre chose.

Il jura d'impuissance et s'approcha d'elle.

Elle l'attendit, le regard droit, les sens en alerte, la peau frémissant imperceptiblement. Un point chaud s'éveilla subitement au creux de ses reins.

Très bien, peut-être qu'il l'avait séduite pour parvenir à ses fins à Las Vegas, et peut-être qu'ils avaient encore des problèmes à régler. Qui savait de quoi le 26 décembre serait fait ?

Mais pour l'heure, ils partageaient ce en quoi elle n'avait plus osé croire. En cet instant précis, ils étaient ensemble, au chaud, en sécurité. Le sapin illuminait le salon tandis que la neige tombait au-dehors.

Lorsqu'il arriva à sa hauteur, elle se leva. Et lorsqu'il l'attira contre lui, elle inclina le visage pour recevoir ses lèvres.

Les lèvres de Deck.

Incomparables.

Parfaites, toujours plus efficaces.

Elles transportèrent Nell vers un monde de sensualité et d'instinct, où les doutes fondaient comme de la neige sur une peau brûlante.

De ses grandes mains, il encadra tendrement son visage et la cueillit tout entière en jouant de ses lèvres, de sa langue. Qu'il était bon d'être touchée par lui, de goûter à sa bouche, d'être caressée par son souffle chaud. De subir son assaut. Elle se laissa chanceler entre ses bras.

Il l'enlaça et la souleva. Elle enroula ses jambes autour de lui, arrimant son corps au sien. Il l'enveloppa de ses bras puissants et partit vers le salon sans cesser de l'embrasser. Il la déposa devant la cheminée et s'attela à une autre mission : lui enlever un à un ses vêtements.

Elle se retrouva nue en moins d'une minute, l'observant alors qu'il se déshabillait à son tour. D'un coup de pied, il débarrassa le tapis de leurs habits et la fit s'allonger à leur place.

— Approche, souffla-t-elle.

— J'arrive.

De la langue, il dessina la courbe de son oreille jusqu'au lobe, qu'il mordit d'abord doucement.

Puis plus fort.

Elle gémit, enfonça sa tête un peu plus encore au creux de son cou et de sa langue parcourut le sillon que creusait sa gorge, remonta le long de sa mâchoire carrée et posa ses lèvres affamées au coin des siennes. Il tourna la tête pour prendre pleinement possession de sa bouche.

Ils roulèrent sur le tapis et Nell fut au-dessus de lui.

Profitant de sa position, elle se pencha pour embrasser son torse à la puissance animale. Elle suivit le duvet qui courait le long de ses abdominaux et l'invitait à descendre un peu plus bas encore… Il l'attendait, dur, presque arrogant, ne désirant que l'étreinte de ses mains, la délicate caresse de sa langue.

Le chaud fourreau de sa gorge.

Il se mit à genoux et glissa ses mains sous les cheveux de Nell, exprimant de sa voix rauque ses pensées les plus impures, les plus dangereuses, les plus excitantes… tandis que gonflait son plaisir, jusqu'au glorieux éclat final, qu'elle avala tout entier.

Dans un dernier râle de satisfaction, il se recula, la prit dans ses bras et bascula avec elle sur le moelleux du tapis. Le feu les enveloppa de sa douce chaleur jusqu'à ce qu'il fût prêt à recommencer. Il passa un doigt sous le menton de Nell et fit basculer sa tête, prenant à pleine bouche ses lèvres ainsi offertes.

La sensation lui arracha un gémissement sourd. Assaillie par son sillage épicé, Nell se laissa emporter par la joie qu'il lui procurait.

Tout en l'embrassant, il murmura son nom, l'imprima sur ses lèvres.

— Nellie…

Il passa subitement au-dessus d'elle, lui interdisant de se relever avant qu'elle ne se fût entièrement abandonnée à ses mains habiles, aux exigences moites et brûlantes de sa bouche virtuose.

Il la souleva ensuite comme une poupée de chiffon joyeuse et comblée, et l'installa au-dessus de lui. Elle commença par s'allonger sur son large torsc, orciller chaud et rassurant, les jambes repliées de part et d'autre de son corps musclé. Elle écouta les battements de son cœur.

C'était exactement l'idée qu'elle se faisait du bonheur : elle et lui nus, satisfaits, bercés par le crépitement du feu.

Le futur n'existait pas.

Seul le moment présent comptait.

Il passa une main paresseuse dans ses cheveux. Un petit rire entendu lui échappa lorsqu'elle le sentit durcir entre ses jambes, prêt à briller de nouveau.

— Tu as vu l'effet que tu as sur moi…

Il la fit venir à lui et mordit sa lèvre inférieure. D'une voix assurée, il intima son ordre :

— Prends-moi en toi, Nellie. Maintenant.

Elle se soumit à sa demande : elle était déjà prête pour lui. Elle bascula le bassin pour le faire entrer là où elle le désirait plus que tout.

Lui soufflant d'indicibles promesses charnelles, il effleura ses courbes arrière et s'invita d'un doigt expert, puis d'un autre, en elle. Il était au cœur même de son désir languissant. S'aventurant plus fermement encore, il la combla entièrement.

D'un mouvement sec du bassin, elle le fit entrer en elle plus profondément encore, il lui répondit d'un geste conquérant à l'intérieur d'elle. Trouvant leur cadence, ils bougèrent en chœur jusqu'au point d'orgue.

Il y goûta le premier, le corps tendu sous elle.

— Je t'aime, Nellie, je t'aime pour la vie, promit-il au moment où l'orgasme vint.

Son apothéose déclencha celle de Nell, ivre de ses mots d'amour.

Et je t'aime, Deck. Depuis toujours et pour toujours. Personne n'a jamais compté comme ça pour moi. Tant d'années loin de toi. Comment ai-je fait ? Je ne sais pas si je pourrais supporter un nouvel échec de notre relation.

Elle voulait tellement lui dire ces mots, les révéler enfin.

Chacun d'eux était vrai.

Mais ils restèrent nichés dans son cœur.

Elle n'était pas prête à passer un tel cap. Il restait en elle une part blessée, incapable encore de lui faire pleinement confiance.

- 10 -

Lorsqu'ils se réveillèrent le lendemain matin, le ciel était dégagé et un épais manteau de neige recouvrait le paysage.

Debout sous le porche de la maison, tasse fumante à la main, ils étaient encore en pyjama, aveuglés par les reflets du soleil sur la masse blanche.

Deck but une longue gorgée de café.

— Je pense que la neige va tenir, je n'irai pas au bureau.

Frissonnant un peu, Nell se rapprocha de lui et de sa chaleur corporelle.

— C'est splendide.

Il passa le bras autour des épaules de Nell et posa un baiser dans ses cheveux.

— Viens, on rentre au chaud.

À l'intérieur, Deck alluma la télévision et ils apprirent que les écoles et la plupart des commerces de Justice Creek étaient eux aussi fermés en raison de la neige.

Avant de passer aux œufs et aux toasts du petit déjeuner, Deck envoya un e-mail groupé à ses employés pour leur offrir un jour de congé. Nell écrivit à Garrett. Ils étaient tous deux d'accord : Bravo Construction fermait aussi pour la journée. Elle appela ensuite Meg pour s'assurer que ses parents avaient fait bon voyage malgré la météo.

— Ils sont arrivés hier soir tard, sans encombre, la rassura-t-elle.

Après le petit déjeuner, ils enfilèrent leurs combinaisons de ski et Deck l'emmena dans le grand cabanon du jardin. Deux motoneiges les y attendaient.

Ils passèrent près d'une demi-heure à quadriller le terrain autour de la maison, le temps que Nell se familiarise avec son engin. Lorsqu'elle fut prête à s'aventurer à l'extérieur, ils prirent le chemin qui menait à la forêt.

La couche de neige n'était pas suffisante pour avancer au-delà de l'orée des pins.

Deck proposa de laisser les motoneiges et de partir marcher.

Après quelques minutes, ils s'enfoncèrent plus entre les grands sapins sombres et grimpèrent dans la montagne. Après quelques efforts, ils parvinrent à un promontoire qui dominait les alentours.

De là, Justice Creek offrait un joli paysage de carte postale, comme ces décors enneigés qu'ils avaient installés chez Walker et Rory.

Deck était derrière Nell. Il l'enveloppa de ses grands bras et posa le menton sur son épaule. Les poils de sa barbe naissante frottèrent la douce peau de Nell.

— C'est une belle petite ville, non ?

— Oui… Je ne voudrais pas habiter ailleurs.

Elle se retourna et ils échangèrent un rapide baiser.

Les nuages s'amoncelaient au-dessus de leurs têtes. Les premiers flocons tombèrent.

— On rentre ?

Il embrassa de ses lèvres froides le peu de peau encore exposée entre le bonnet et l'écharpe de Nell.

Elle acquiesça en silence et lui emboîta le pas à contrecœur. Lorsqu'ils arrivèrent au pied de la montagne, la neige cessa de tomber. Ils garèrent les motoneiges et s'armèrent de pelles pour dégager un chemin devant la maison. L'exercice se transforma rapidement en bataille de boules de neige. Deck était sans pitié, lui lançant sans discontinuer ses boulets blancs. Nell tentait d'esquiver ses attaques en se cachant derrière les troncs d'arbres, en profitant pour se réarmer et le viser à son tour, de préférence au visage.

Ils firent ensuite un bonhomme de neige, légèrement bancal mais arborant un joli sourire de grains de café.

En fin d'après-midi, ils retournèrent au lit et firent l'amour longtemps, se levant juste pour avaler un sandwich et un peu de soupe.

Ce fut une belle journée, gaie, à leur rythme. Ils n'évoquèrent ni le futur lointain, ni l'échéance du 26 décembre. Ils ne pensaient qu'à eux en cet instant présent, qu'à la joie des moments partagés. Nell voulait arrêter le temps.

Le lendemain, la réalité se rappela à eux. Le ciel et les routes étaient dégagés : il était temps de retourner au travail.

Le vendredi, veille du mariage de Rye et Meg, Nell déjeuna avec ses sœurs et Rory au Sylvan Inn. Meg les y rejoignit, accompagnée de ses deux amies venues d'Oregon.

Keely Ostergard possédait une galerie d'art sur la côte. Aislinn Bravo était mince et tout en délicatesse, avec un regard pénétrant et un côté garçon manqué. En la voyant, Nell pensa aux actrices françaises Audrey Tautou et Marion Cotillard.

Rory et Aislinn avaient des racines communes. Cette dernière aimait beaucoup le village de Montedoro en Sicile, ou Rory avait grandi. Elle y était en réalité née elle-même : sa mère avait accouché prématurément lors de vacances chez un comte italien.

Tandis que toutes deux parlaient de leurs souvenirs de la Méditerranée, Nell se pencha vers Meg et lui demanda comment se passait la « cohabitation » avec ses parents.

Meg rigola et chuchota :

— Disons que j'ai hâte que le mariage soit fini, et pas seulement parce que je serai enfin l'épouse de Rye.

Le samedi en début de soirée, Meg et Rye se marièrent

dans une petite chapelle en bois nichée dans la forêt. La mariée portait une robe de dentelle écrue et une couronne de saison, ornée de fleurs blanches et de baies rouges. Keely et Aislinn étaient à ses côtés. Rye avait choisi Walker, son frère, comme témoin.

Assise au premier rang, la mère de Meg essuyait ses larmes. L'assemblée l'entendit renifler ou réprimer un sanglot à plusieurs reprises. Lorsque le père de Meg tâcha de la consoler, elle se lamenta :

— C'est plus fort que moi, Todd. Notre petite fille est devenue une femme !

Après la cérémonie, les invités suivirent les jeunes mariés le long d'un chemin éclairé à la lanterne. La soirée avait lieu dans une ancienne étable rénovée, pleine de charme et tellement romantique. Nell eut les larmes aux yeux devant l'évident bonheur du couple. Rye avait enfin trouvé celle qu'il lui fallait.

Le lendemain, Aislinn et Keely prirent la route, prêtes pour le long trajet en direction de l'Oregon. Les parents de Meg rendirent leur voiture de location à Denver avant de prendre leur avion pour Portland.

Le lundi, Meg et Rye s'envolèrent pour Hawaï. Ils y passeraient leur lune de miel puis Noël. Nell arriva chez eux juste à temps pour leur dire au revoir et les aider à descendre leurs valises. Dès qu'ils furent partis, elle ouvrit la porte de chez elle pour voir si elle devait rappeler l'entreprise de ménage.

L'appartement était impeccable. Nell changea les draps et appela Deck chez JC Barrels pour lui rappeler qu'ils dînaient chez sa mère le soir même. Les enfants et petits-enfants de Griffin seraient là aussi.

— Elle nous attend pour 19 heures.

— Parfait. Je serai à la maison pour 18 heures au plus tard. On peut y aller ensemble.

Elle se demanda ce qu'il voulait dire par « la maison ».

— On est chez moi cette semaine, tu te rappelles ?

Le silence se fit à l'autre bout de la ligne. Deck soupira fort.

— On ne peut pas laisser tomber cette histoire ? On s'embête pour rien. On est bien chez moi.

Il avait doublement raison. Elle était tentée de l'écouter et de rester chez lui pour s'épargner les allers et retours. Et force était de constater qu'elle se sentait de plus en plus chez elle quand elle était chez lui. Elle pensait même à la future maison, au fait qu'elle adorerait y emménager avec lui.

Mais une partie d'elle résistait encore, doutait, ne pouvait accorder toute sa confiance à Deck. Ils étaient convenus d'une organisation et elle avait vraiment besoin de voir ce qu'il avait à offrir – jusqu'à Noël – avant de faire un choix définitif.

— Nellie ?

Elle réalisa qu'elle était restée silencieuse un très long moment.

— Je suis là. Et tu as raison, j'adore être chez toi. Passer d'une maison à l'autre est harassant…

— Mais ?

La voix de Deck était sèche, impatiente.

— Eh bien, nous avons un accord.

Nell entendit quelques jurons prononcés tout bas à l'autre bout de la ligne puis, de façon plus audible :

— Un accord, ça se modifie.

Nell fut soudain abattue. Son estomac se noua et son cœur se mit à battre d'une étrange façon. Étaient-ils sur le point de se disputer au téléphone ?

Elle ne voulait vraiment pas se bagarrer ainsi avec lui. Elle l'aimait.

Même si tout n'était pas réglé entre eux, même si elle ne lui avait pas encore dit qu'elle l'aimait…

— Tu as raison, admit-elle d'une voix aussi douce que possible. Mais ça se décide de façon concertée.

— Et toi tu ne veux pas.

C'était une accusation.

— Sois raisonnable. Tu es injuste de me faire des reproches alors que je respecte simplement ce qui a été décidé.

— Je hais cet accord.

Dans ce cas pourquoi l'as-tu toi-même proposé ? Nell sentit sa propre colère monter. Elle parvint toutefois à garder le silence.

Elle s'en félicita quelques instants plus tard lorsqu'il céda.

— OK…

Sa voix était celle d'un voyageur las dévalant une pente sans fin.

— … Je serai chez toi à 18 heures. Et on y passera la semaine. Vendredi, on repartira chez moi, comme le veut notre accord.

Un point pour elle.

Alors pourquoi ne sentait-elle pas mieux ?

— On peut couper la poire en deux.

— Comment ?

Il restait sur ses gardes mais semblait intéressé. C'était toujours mieux que sur les dents et excédé.

— On pourrait passer la semaine qui vient chez toi puis s'installer chez moi pour la période de Noël.

Dans son bureau chez JC Barrels, Deck se tut. Il voyait bien qu'elle cherchait à faire des efforts. Mais quand même… Son regard était rivé sur la bibliothèque en bois de fûts sur le mur d'en face.

Noël. La date butoir.

Le temps passait beaucoup trop vite. Plus que deux semaines.

Deux semaines et elle déciderait de rester mariée à lui… ou non.

— Deck ? relança-t-elle dans une voix chargée d'espoir.

— Je suis là, grogna-t-il en se levant pour aller chercher une géode que Marty lui avait offerte à Noël quelques années auparavant, en guise de serre-livres. Elle était lourde, cette géode, et ferait un bruit délicieux en s'écrasant contre la porte s'il venait à la lancer.

Nell tenta de le persuader de sa bonne idée :

— Si on fait comme ça, on aura juste à faire un aller-retour au lieu de quatre.

Précautionneusement, veillant à ne pas faire de bruit, il reposa la géode sur l'étagère.

— C'est bien vu…

De plus, ils avaient passé toute la semaine précédente chez lui alors qu'ils auraient dû être chez elle, pour laisser l'appartement aux parents de Meg.

— … Et c'est équitable.

— Ça veut dire que…

La tonalité dans sa voix le fit chavirer. Il l'aimait tellement. Ensemble, ils touchaient leur rêve du doigt. Il était hors de question qu'elle le quitte à l'issue des deux semaines qu'il leur restait. Il ne le permettrait pas.

Mais l'idée de cet accord venait bel et bien de lui. Il avait donné sa parole. Il ne voyait pas comment se dédire à présent.

Et pour qui se prenait-il ? C'était Nell : elle faisait ce qu'elle voulait, aucun homme ne pourrait jamais la faire rester contre son gré.

Il fallait qu'il l'emmène voir son père. Il lui offrirait ainsi une vraie preuve de confiance… et gagnerait certainement en retour un « oui » pour l'éternité.

Il aurait voulu le faire, seulement l'idée lui était insupportable. C'était tout bonnement épidermique. Et il s'en fichait pas mal si tout cela était irrationnel. Certes, Keith semblait s'être assagi depuis quelque temps. Qu'importe. Il avait fait suffisamment de dégâts à l'époque. Son père ne méritait pas de respirer le même air que Nellie – et si ça ne tenait qu'à lui, jamais il ne la verrait.

— Tu es là ? demanda Nell d'une voix patiente, le ramenant dans l'ici et maintenant.

Elle attendait toujours sa réponse.

— Ça me va. Chez moi jusqu'à la semaine prochaine, puis chez toi pour Noël.

Ce soir-là dans la demeure des Bravo, Nell fut impressionnée par les efforts que déploya sa mère pour que chacun passe une bonne soirée.

La grande table du salon de réception pouvait accueillir vingt-quatre convives. Cela n'était pas suffisant. Willow avait acheté deux tables supplémentaires et Estrella les avait organisées, à l'instar de Clara pour Thanksgiving, en U.

Willow avait invité toute la famille Bravo – ses enfants, ses beaux-enfants, leurs conjoints et enfants. Rory et Walker étaient également présents. Les deux fils et la fille de Griffin étaient venus en famille de Californie et restaient jusqu'au mariage le samedi suivant.

Sylvie et Annabelle Bravo étaient déjà occupées à jouer avec le petit-fils de Griffin, Hunter, âgé de sept ans, mais aussi avec sa petite-fille de huit ans, Nicole. Les autres petits-enfants de Willow et Griffin étaient encore bébés à l'exception de Kiera, la fille de Clara et Dalton, qui avait trente mois.

Durant l'apéritif, elle passa son temps à courir derrière les plus grands. On l'entendit plusieurs fois crier à pleins poumons :

« Sylvie, Belle, attendez-moi ! »

Estrella s'était surpassée pour la décoration de Noël. Un sapin illuminé trônait dans chacune des pièces du bas. À leur pied, des cadeaux par dizaines, tous joliment enrubannés. Les cheminées avaient elles aussi été parées de couleurs de fête.

Willow avait embauché un pianiste chanteur pour la soirée. Les invités discutaient gaiement au son des grands classiques de Noël. Elle était ravie de voir la grande maison remplie des rires des petits et grands, résonnant des conversations animées et des jeux des enfants. Quand ils cassèrent un vase en se bagarrant, elle se contenta de sourire et d'apaiser les mères désolées d'un « tout va bien ! Ce sont des choses qui arrivent. Attention aux bris de verre surtout ». L'un des serveurs auxquels Estrella avait fait appel pour la soirée se présenta sans tarder avec un balai.

À table, Willow se montra plus charmante que jamais.

— Très beau, Griff, commenta-t-elle après le bénédicité qu'il récita. Chers tous, vous ne pouvez pas savoir à quel point je me réjouis de vous avoir tous autour de cette table ce soir.

Nell se pencha vers Deck :

— Mon Dieu, est-ce une larme que je vois sur sa joue ? chuchota-t-elle à son oreille.

— Un peu de respect, la gronda-t-il. Et tu n'aurais pas le regard un peu brumeux toi aussi, par hasard ?

Elle passa la main sur ses yeux et se pencha de nouveau vers Deck :

— Il m'arrive de verser ma petite larme. Ma mère ? Jamais de la vie, lui glissa-t-elle discrètement.

— Elle est heureuse avec Griffin, entourée de toute sa famille.

Nellie balaya la grande tablée du regard – tous ces visages souriants – et pensa aux conflits passés.

— Si tu m'avais dit à l'époque qu'on se retrouverait un jour tous joyeusement autour d'une même table, que ma mère se remarierait et léguerait la maison aux enfants de Sondra, je t'aurais fait interner.

— Elle est heureuse, insista Deck d'une voix douce.

Nell accepta la situation telle qu'elle était effectivement.

— C'est vrai, elle l'est.

Le lendemain, Nell rentra chez eux, chez Deck, avant lui. Elle sortit le courrier de la boîte aux lettres et vit une enveloppe toute simple dont l'expéditeur était Keith McGrath. Elle déposa l'enveloppe et le reste du courrier sur le comptoir de la cuisine puis commencer à préparer le dîner.

Une heure plus tard, Deck remonta du garage. Il entra dans la pièce encore emmitouflé dans son gros manteau. Nell était en train de sortir le poulet au citron du four.

— Ça sent bon par ici.

Il s'approcha d'elle et, sans avoir encore enlevé ses gants, dégagea les cheveux collés à sa nuque puis y posa un baiser glacé. Elle lui donna un coup de reins.

— Attention, on se décale, c'est très chaud.

— Bien, madame.

Deck attendit qu'elle eût posé le plat sur les plaques et revint à la charge.

Elle rigola lorsqu'il l'enlaça :

— Ton nez est tout froid.

— Embrasse-moi quand même.

Elle se plia volontiers à son ordre, glissant les mains autour de son cou et basculant la tête pour lui offrir ses lèvres. Lorsqu'il releva la tête, elle se mit sur la pointe des pieds pour lui voler encore un baiser.

— On passe à table dans dix minutes.

— Je vais enlever tout ça.

Il se dirigea vers l'entrée et s'arrêta au passage devant le comptoir pour parcourir la pile de courrier. Il examina la lettre de Keith.

— Qu'est-ce que c'est que ça ?

— Une lettre de ton père.

— Je vois ça.

Nell s'affaira dans la cuisine et sortit les couverts pour

mettre la table. Deck resta immobile, les yeux rivés sur l'enveloppe blanche.

— Tu crois que c'est une bombe ? plaisanta-t-elle, cherchant à prendre le contre-pied de la tension qu'elle sentait soudain chez lui.

Elle réessaya, de façon plus directe cette fois-ci :

— Deck, ouvre-la.

Il lui lança un regard distrait.

— Plus tard.

Prenant tout son courrier d'une main, dont la lettre de Keith, il se dirigea vers l'entrée. Quand il revint, il n'avait plus ni manteau ni gants… ni courrier.

Elle posa le riz bien chaud sur la table. Elle voulut savoir :

— Alors, c'était quoi ?

Il haussa les épaules d'un air détaché.

— Aucune idée. Je ne l'ai pas ouverte.

Nell se demanda ce qu'elle pourrait bien dire pour faire avancer la discussion, mais ne trouva pas. Le sujet était particulièrement sensible.

Deck reprit la parole :

— Du vin ?

Elle décida que le plus sage pour le moment était de passer à autre chose.

— Avec grand plaisir. J'ai mis le pinot italien au frais.

Il neigea cette nuit-là, puis le lendemain et le jour d'après. Mais elle fondit le samedi, jour du mariage de Willow et Griffin et du bal annuel de Noël, qui se tenaient tous deux au célèbre hôtel Haltersham. Sous un toit rouge, la grande façade blanche brillait des mille feux que formaient les lumières derrière les carreaux. Au-delà de l'édifice se dressaient les Rocheuses.

Willow et Griffin avaient loué deux des plus petites

salles de réception de l'hôtel – la première pour leur cérémonie de mariage, l'autre pour le dîner.

À 17 heures ce jour-là, Hunter Masters, le porteur d'alliances, fut le premier à s'avancer dans l'allée centrale. Quatre petites filles – Sylvie, Annabelle, Nicole et Keira – le suivirent. Elles portaient une robe mauve, des collants blancs et d'élégantes chaussures noires. D'un pas solennel, elles s'approchèrent de Griffin et Hunter, postés devant l'autel. Chacune tenait dans sa main un petit panier de pétales de rose, dont elles déposaient régulièrement des poignées au sol.

Les convives furent impressionnés par leurs bonnes manières. Elles étaient très jolies et prenaient leur rôle à cœur, même la petite Kiera. Elles prirent place face à Griffin et Hunter. Kiera gigotait un peu, mais elle était entourée de ses idoles, Sylvie et Annabelle, qui s'occupaient d'elle à tour de rôle. Ravie d'être au centre de leur attention, elle parvint à bien se tenir.

La mariée arriva, vêtue d'un fourreau vert foncé très simple, surmonté d'un collier de diamants. Elle tenait un bouquet de branchages, de pommes de pin et de baies rouges. À ses oreilles brillaient deux autres diamants.

La voyant entrer, Nell, assise avec Deck au premier rang, éclata en sanglots. Tout était si beau, si parfait… Mais comment avait-elle pu oublier de prendre des mouchoirs ?

Deck enroula son bras autour de ses épaules et en glissa un blanc, en tissu, dans la paume de sa main. Il referma doucement les doigts de Nell dessus et caressa sa tempe de ses lèvres.

À cet instant, Nell fut envahie par son amour pour lui, si fort qu'elle se sentit prête à exploser. Elle étira le cou pour déposer un baiser sur sa joue rasée de près.

Quand sa mère déclara « Je le veux » pour la seconde fois de sa vie, devant le gentleman aux cheveux blancs qui semblait la rendre plus heureuse que jamais, Nell tamponna ses yeux, veillant à ne pas étaler son mascara.

À l'issue de la cérémonie, ils passèrent tous dans la salle du dîner, où les tables étaient mises. Les assiettes en porcelaine blanche étaient cerclées d'or, les couverts dorés eux aussi. D'élégants branchages verts avaient été disposés au pied des grands bougeoirs.

Elise, qui organisait tous les événements familiaux, avait œuvré avec l'hôtel pour que tout se déroule parfaitement. Nell croisa son regard et elles échangèrent un sourire, porteur de leurs conflits passés et de leur amitié présente, plus forte que tout.

Tout est parfait, félicita Nell dans un mouvement silencieux des lèvres.

Elise, radieuse, hocha lentement la tête.

Le champagne coulait à flots et chaque convive souhaitait porter un toast, tandis que les enfants couraient entre les tables, tour à tour joueurs et chamailleurs.

« Oh ! laissez-les faire, disait Willow aux parents qui intervenaient pour les faire rasseoir. Ils s'amusent. »

Le dîner fut enfin servi. Les enfants s'installèrent à table – l'espace de quelques minutes – pour avaler leur verre de lait et leur purée maison, et repartirent de plus belle.

Une fois les tables débarrassées, les serveurs apportèrent le café et un incroyable gâteau de quatre étages, glacé de blanc et décoré de fleurs rouges en pâte d'amande. Willow et Griffin le coupèrent d'une seule main, posant comme des enfants joyeux et amoureux devant l'objectif de Rory, déposant chacun un peu de glaçage sucré sur le nez et les joues de l'autre.

Willow remercia chacun d'avoir fait de ce jour le plus beau de sa vie.

Le bal de Noël allait commencer. Les parents rentrèrent avec les enfants, le reste de l'assemblée se dirigea vers la grande salle de réception de l'hôtel, mais s'arrêta d'abord dans l'entrée pour assister à la vente aux enchères silencieuse qui se tenait traditionnellement avant l'ouverture de la danse.

Cette année, les bénéfices seraient reversés à une association de protection des animaux. Le refuge avait démarché les entreprises de Justice Creek afin de récolter des lots pour la vente : des jouets pour chiens, des paniers tous plus inventifs les uns que les autres, des structures de jeu, un enclos aménagé offert par Bravo Construction, une niche et un lit en bois donnés par Justice Creek Barrels.

Nell passa une main sur la niche.

— Elle est magnifique. J'ai toujours voulu avoir un chien…

— Moi aussi. On pourrait peut-être en prendre un ?

Du bout du doigt, Deck caressa le cou de Nell, qui frissonna de plaisir.

Elle allait dire oui… Mais elle pensa soudainement à l'échéance de Noël. Mieux valait attendre que tout soit clair entre eux.

— On verra. En début d'année…

Un voile couvrit le regard de Deck – était-ce de la frustration, du ressentiment face à la retenue de Nell ? Pourquoi ne jetait-elle pas cette date butoir au feu ? Mais il répondit simplement :

— Très bien, je ne manquerai pas de te le rappeler.

— C'est une sacrée responsabilité, un chien.

— Tu as raison. C'est un engagement à long terme.

Il glissa sa puissante main dans sa nuque et l'attira à lui. Ils échangèrent un rapide baiser.

— Quel genre de chien tu voudrais ?

— Eh bien, on pourrait aller au refuge de l'association et en trouver un qui nous plaise à tous les deux. Un sympa, au poil court je dirais.

— Un gros chien ?

— Non, de taille moyenne.

Deck l'embrassa de nouveau.

— OK, nous aurons un chien de taille moyenne !

Il glissa une boucle rebelle derrière l'oreille de Nell.

— Je vais te dire ce qui me plaît à moi, Sparky. C'est toi. J'adore cette robe.

Nell portait un fourreau bustier bleu foncé en satin.

Elle sentit son cœur s'agiter sous sa poitrine, un délicieux frisson lui parcourut la colonne vertébrale. Elle joua avec le col de la chemise de Deck et les trois mots précieux lui vinrent à la bouche. *Je t'aime.* Elle allait les prononcer quand il lui attrapa la main.

— Allons danser !

Ils passèrent les belles portes en bois de la salle de bal, éclairée par d'authentiques lustres en verre de chez Tiffany. À travers les fenêtres en arc de cercle, on apercevait le croissant de lune, comme accroché à une ficelle au-dessus des montagnes sombres.

Cette année, les musiciens étaient accompagnés d'un joueur de synthétiseur. Ils jouaient une version revisitée de *Jingle Bells*, façon dubstep. Les lustres avaient été éteints au profit de stroboscopes. La piste de danse était comble. Deck et Nell se joignirent à la foule et dansèrent au rythme de la chanson, riant de bon cœur.

Après plusieurs titres énergiques, le groupe entama un slow. Deck enlaça Nell tandis que résonnaient les paroles de *All I want for Christmas is you*. Elle aurait voulu arrêter le temps, comme une scène dans une boule à neige : elle et lui en train de danser. Mariés. Tous les deux. Dans ce splendide hôtel de luxe.

Le lundi, Willow appela Nell. La famille de Griffin était déjà repartie en Californie et les jeunes mariés décollaient le lendemain pour passer Noël à San Diego.

— Viens déjeuner à la maison, proposa sa mère dans ce qui ressemblait davantage à un ordre.

Nell la soupçonna de vouloir se livrer à une séance de conseils maternels sur la vie, conjugale notamment.

Mais cela lui était égal – plus ou moins. Elle avait envie de voir sa mère, lui dire au revoir et lui souhaiter le meilleur pour sa nouvelle vie.

Willow ne repasserait par Justice Creek qu'en coup de vent après les fêtes, pour récupérer ses dernières affaires. Elle viendrait ensuite de temps en temps rendre visite à la famille.

Griffin n'était pas là lorsque Nell arriva : sa mère tenait visiblement à partager un moment seule à seule avec elle. Estrella leur servit une délicieuse salade et du pain maison. Elles s'attablèrent dans le coin repas près de la cuisine.

Willow bavardait gaiement, évoquant son bonheur et l'affection qu'elle portait aux proches de Griffin et à ses beaux-enfants. Elle partit d'un grand rire.

— Qui eût cru que je m'attacherais un jour ainsi aux enfants de Sondra ?

Nell sentit les larmes lui monter aux yeux. Cela lui arrivait souvent ces jours-ci.

— Personne en effet, confirma Nell. Mais l'amour te va à ravir, maman.

Willow finit par aborder la question de Deck.

— C'est un type bien. Et il a toujours été celui qu'il te fallait. Il te faut quelqu'un à ta hauteur. Je suis tellement heureuse que vous vous soyez retrouvés.

— Oui… On est heureux ensemble. Ça se passe vraiment bien.

C'était le cas. Alors pourquoi le disait-elle d'une voix si morne ? Elle l'aimait profondément. Plus encore, si c'était possible, qu'au lycée. Mais quelque chose l'empêchait invariablement de lui avouer ses sentiments, de se donner pleinement à lui, aujourd'hui et pour toujours.

— Que se passe-t-il Nell ? Qu'est-ce qui te retient ainsi ?

C'était le monde à l'envers : elle envisageait sérieusement de se confier à sa mère.

Et c'est ce qu'elle fit. Elle admit :

— Je crois que je ne me remets pas complètement de ce qu'il m'a fait subir à l'époque.

Willow but une gorgée de son eau pétillante.

— C'est compréhensible. À cette époque, toi et tes frères et sœurs étiez furieux de la tournure qu'avait prise votre vie, furieux les uns contre les autres – contre moi et votre père aussi. Et bien souvent à juste titre, dois-je dire. Tu ne voulais jamais t'ouvrir à moi, me dire ce qui n'allait pas. Mais je t'ai quand même vue souffrir le martyre à cause de lui.

— Tout le monde était au courant.

Willow avança le bras et posa la main sur celle de sa fille.

— Tu es restée cloîtrée dans ta chambre pendant des semaines. Tu ne te lavais plus les cheveux et tu te gavais de chips et de chocolat.

— Maman, il m'a fait tellement mal. C'était le pire qui pouvait m'arriver. Il m'a porté un coup fatal – au cœur, mais aussi à moi en tant que personne digne d'être aimée. Et aujourd'hui je ne peux pas m'empêcher de rester sur mes gardes : et s'il recommençait ?

Willow serra la main de Nell dans la sienne puis la retira.

— Il ne le fera pas. Il a mûri et il est prêt à vivre avec une femme forte comme toi. Et regarde à quel point il s'est battu pour te reconquérir. Cet homme ne risque pas de tout gâcher à nouveau.

— Comment peux-tu en être sûre ? Comment est-ce que *moi* je peux en être sûre ?

— Je suis navrée, ma chérie, j'ai bien peur de ne pas pouvoir répondre à cette question. Rien n'est jamais garanti. Mais je pense qu'il faut savoir lâcher prise et foncer. Tu dois t'autoriser à aimer pleinement, à ouvrir grand ton cœur et remettre ta confiance entre les mains de l'homme que tu aimes. Alors oui, c'est prendre le risque de souffrir à nouveau. Mais c'est également l'unique moyen d'accéder au vrai bonheur à deux.

- 11 -

Nell quitta la grande demeure des Bravo vers 13 heures. Elle n'avait aucun rendez-vous de prévu dans l'après-midi. Elle appela Ruby pour confirmer qu'elle n'avait ni engagement ni urgence à gérer.

— Soyez tranquille, rien qui ne puisse attendre demain.

— Parfait, dans ce cas je pose mon après-midi.

Nell se rendit à Denver pour acheter le cadeau de Noël de Deck.

Elle fut de retour à 18 heures chez lui, à temps pour qu'ils fassent la route ensemble : ils allaient loger chez elle jusqu'à Noël. Elle mit dans un grand carton tous les cadeaux qui se trouvaient au pied du sapin.

Entre un paquet de Marty emballé dans du papier doré et un autre de Clara et Dalton, elle aperçut l'enveloppe de Keith. Apparemment Deck l'avait jetée ici – un geste que Nell ne parvenait pas à s'expliquer. Elle glissa la lettre dans le carton.

Ce dernier était lourd et peu maniable. Lorsqu'ils furent arrivés chez elle, Nell chargea Deck de le monter dans l'escalier. Elle ouvrit la porte et le laissa passer en premier.

— Tu peux l'ouvrir et sortir les cadeaux ?

— Bien sûr.

Il le déposa au pied du sapin et s'agenouilla pour le vider.

— La lettre de ton père est dedans.

— Je sais, répondit-il sans lever la tête, occupé à sortir

les paquets l'un après l'autre pour les disposer sous le sapin en aluminium.

— Tu l'avais mise sous le sapin chez toi ?

— C'est exact.

Il ne leva pas plus la tête.

Il était certainement plus sage de clore ici cette discussion, seulement cette enveloppe la taraudait plus que tout. Certes, Deck n'était pas en très bons termes avec son père. Mais si quelque chose d'important se trouvait dedans ?

— Tu as prévu de l'ouvrir un jour ?

Cette fois-ci il releva la tête. Pour lui jeter un regard lourd d'impatience :

— Je l'ouvrirai le 25 décembre en même temps que les autres paquets, ça te va comme ça ?

— C'est un cadeau ?

— Qu'est-ce que j'en sais ? Je ne l'ai pas ouverte.

Nell leva les deux mains.

— Très bien, monsieur Grognon, on verra ce que c'est à Noël.

— Nellie…

Il avait au moins un peu de regret dans la voix.

Mais c'était un peu tard…

— J'ai encore des choses à prendre dans le coffre.

Sur ce, elle tourna les talons et sortit.

Il se leva d'un bond et courut la retrouver.

— Attends, supplia-t-il en la retenant par le bras.

— Laisse-moi partir, j'ai des choses à faire.

Elle ne bougea cependant pas.

Deck glissa sa main sous ses cheveux, la fit venir à lui et posa ses lèvres entre ses sourcils. Elle savoura ce geste tendre – même s'il l'exaspérait. D'une manière tout à fait sexy, masculine et irrésistible.

— Désolée, murmura-t-il. Je ne suis qu'un con.

— Ce n'est pas moi qui vais te contredire.

— Tu me pardonnes ?

Il lui fit doucement relever le menton :

— S'il te plaît ?

— Oui, répondit-elle tout bas juste avant que Deck ne vienne poser lentement ses lèvres sur les siennes.

Deck percevait une résistance en elle, une incertitude latente qui l'empêchait de lui promettre un avenir à deux.

Plus qu'une semaine avant Noël et il ne savait toujours pas ce qui l'attendrait alors. Cette situation l'obsédait. Il voulait en parler avec elle.

Mais que dire ?

« Est-ce tu restes à mes côtés, Nellie ? »

Une question d'une absurde simplicité.

Et si elle disait non ?

Il devait cesser d'y revenir sans arrêt, laisser les choses se faire. Profiter du temps passé avec elle et faire face à sa décision au moment voulu.

Ils finirent de ranger les affaires qu'ils avaient rapportées. Nell lui proposa d'aller dîner au pub.

Plus tard, au creux des draps, l'amour fut aussi délicieux que toujours. Même davantage. Chaque fois surpassait la précédente.

Au matin, elle prépara des œufs brouillés pour le petit déjeuner. Elle avait le coup de main pour les réussir à tous les coups.

Exactement comme il les aimait.

Ils se rendirent au travail, rentrèrent à la maison, firent des courses, mangèrent ensemble, allèrent se coucher.

Leur vie commune avait tout d'une vie ordinaire. Délicieusement ordinaire. C'était ce dont Deck avait toujours rêvé, même lorsqu'il avait tout balayé d'un revers de la main voilà bien des années. Une belle vie, aux côtés de la bonne personne – Nellie.

Un chien, au poil court et de taille moyenne, comme ils

l'avaient évoqué le soir du mariage de Willow et Griffin. Et un jour un enfant, peut-être deux.

Le temps filait-il toujours si vite qu'on voulait qu'il ralentisse, pour faire durer chaque minute ?

Soudainement, ils ne furent plus qu'à cinq jours de Noël, puis trois, puis deux.

Le 24 décembre, Elise, la demi-sœur de Nell, et son mari Jed organisèrent une petite fête pour la famille et les amis. Il y avait des couples et des célibataires, la plupart de ceux parmi leurs amis qui n'avaient pas encore d'enfants. Après le repas, ils descendirent dans l'antre de Jed où ils jouèrent au billard, au flipper et aux jeux vidéo. L'énorme chat d'Elise, M. Wiggles, s'installa tout en haut d'une étagère et les observa à travers ses fentes couleur ambre. Elise l'avait déguisé en elfe, avec un chapeau sur la tête. Il portait son accoutrement avec style.

De retour à l'appartement, Nell et Deck firent l'amour au coin du feu. Puis une nouvelle fois dans la chambre.

Il était 2 heures du matin lorsqu'ils s'allongèrent enfin. Noël était déjà là. La peur s'était nichée au creu de son ventre, serpent venimeux prêt à le mordre.

— Dors un peu, souffla Nell tout bas avant d'éteindre la lampe de chevet.

— Viens par là.

Il glissa un bras autour de sa taille et l'amena à lui, le dos de Nell reposant sur son torse. Elle s'abandonna ainsi, lovée contre lui, ses fesses parfaites reposant sur la zone qu'elles sauraient plus tard réveiller et célébrer.

Il passa le nez dans ses cheveux.

— Ça sent les dragées. J'adore…

— C'est mon shampoing.

— Bon sang, c'est sexy.

Elle prit sa main et la glissa entre ses deux magnifiques seins :

— Comme je viens de te le dire : dors un peu !

De sa main, Deck enveloppa un sein. Il enfonça son nez un peu plus encore dans sa chevelure et ferma les paupières.

Tout allait bien se passer. Il n'y avait pas d'autre choix. Si elle envisageait de le quitter, elle n'aurait pas fait l'amour avec lui à deux reprises ce même soir, si ?

Elle ne l'aurait pas laissé venir à elle ainsi, de façon si proche, si intime ?

Si belle et évidente.

— Declan, oh oh, Declan…

Sa voix douce et chantante incita Deck à se réveiller doucement.

Était-ce l'odeur du café qui parvenait à ses narines ?

Il ouvrit un œil – suffisamment pour la distinguer devant lui, dans son pyjama avec des pères Noël et son grand gilet, une tasse fumante à la main.

— Joyeux Noël ! souhaita Nell dans un grand sourire.

La fameuse échéance. Ou plutôt leur dernier jour avant la date butoir. Demain, elle prendrait sa décision.

Pour l'heure, elle souriait. Un bon signe.

— Ce café est pour moi ? s'enquit-il plein d'espoir.

— Tout à fait.

Elle rigola et fit un pas en arrière en soulevant la tasse en l'air.

— Mais tu dois te lever si tu veux le boire.

Il releva les draps et posa ses pieds nus sur le tapis.

— Donne-moi ça.

Elle fit un nouveau pas en arrière, tenant la tasse d'une seule main et mimant un geste de chaleur l'autre.

— Enfile quelque chose, il fait trop chaud ici quand tu es nu.

Il l'aurait bien attrapée sur-le-champ, mais ils risquaient de renverser le café, qui avait l'air brûlant. Il se leva et marcha jusqu'à la commode à l'autre bout de la chambre.

Il sortit un jogging, son vieux T-shirt blanc à manches longues et des grosses chaussettes. Nell le regarda s'habiller, un petit rire coquin dessiné sur les lèvres dont Deck avait terriblement envie. Elle était à croquer. Et elle avait du café.

Une fois qu'il fut couvert, elle lui tendit la tasse. Il but une nécessaire première gorgée.

— Suis-je au paradis ? s'amusa-t-il en humant l'air. C'est le petit déjeuner que je sens ?

Elle replia son doigt sous le nez de Deck et recula vers la porte.

— C'est par ici, monsieur.

Elle le conduisit au salon où la table était déjà mise. Elle tira une chaise.

— Installe-toi.

— Tout ça me plaît beaucoup.

Il s'assit et elle le servit.

— Œufs Bénédicte.

Il ne put s'empêcher de tâter le terrain.

— Voilà, ce sera désormais une tradition à Noël.

Il retint son souffle dans l'attente de sa réponse.

— Joyeux Noël, se contenta-t-elle de répondre en se penchant pour l'embrasser.

Il savoura son baiser même s'il n'était pas plus avancé que la minute d'avant.

Le petit déjeuner était délicieux et il décida de se concentrer sur chaque bouchée, de rester dans le moment présent. C'était mieux que d'imaginer le pire, de devoir la laisser partir – car il avait promis de le faire si elle décidait de ne pas rester.

Il débarrassa la table. Nell alluma le feu et la base multicolore du sapin de Noël. Elle lança ses chansons de Noël en musique de fond. Dehors, la neige tombait à gros flocons.

— C'est l'heure des cadeaux ! s'écria-t-elle en tapant des mains comme une enfant.

— Tu adores ça, hein !

Il sentit son cœur se serrer : elle le ravissait et il allait peut-être la perdre le lendemain. Le cas échéant, il serait le plus démuni des hommes.

— Oh que oui !

Elle le prit par la main et l'attira dans le salon, près du feu et des grandes fenêtres qui donnaient sur les montagnes enneigées.

— Assieds-toi.

Riant joyeusement, elle alla chercher un paquet au pied du sapin.

— C'est pour toi, ouvre-le.

C'était de la part de Marty. Il détacha le gros nœud violet et déchira le papier. Il découvrit un présentoir à gâteaux à trois étages.

— J'en ai toujours rêvé, commenta-t-il sans grand enthousiasme.

— Je l'adore.

Nell le lui prit des mains et le posa sur le comptoir.

— Tu peux mettre des fruits dedans.

Tu ? Cela voulait-il dire qu'il aurait ce truc pour lui tout seul parce qu'elle ne comptait pas vivre avec lui ? Ou était-ce un « tu » universel ?

— Impeccable.

Il posa le carton vide par terre et alla choisir un cadeau sous le sapin.

— C'est pour toi.

— Merci, répondit-elle avec un adorable sourire en prenant le paquet argenté.

Pendant qu'elle l'ouvrait, il se leva pour prendre les autres cadeaux qu'il lui avait achetés. Il y en avait beaucoup car il voulait tout lui offrir. Quand il s'agissait d'elle, il n'avait plus de limite.

Elle découvrit ainsi des bottines Louboutin et un sac Fendi, une doudoune Prada et une montre Quantième Retrograde de chez Blancpain tout en diamants et nacre. Elle reçut également des dessous de chez La Perla – bon, certes, le soutien-gorge, le string et le body en dentelle étaient davantage un cadeau pour lui que pour elle.

Mais elle était ravie tout de même. Elle sautillait en répétant qu'il n'aurait pas dû lui acheter tant de cadeaux. Mais elle aimait tout, chacun des présents qu'il avait choisis pour elle.

— Cette montre plus que tout. Oh Deck…

Elle la portait déjà à son poignet et n'arrivait pas à en détourner le regard.

— Elle est splendide, même si elle a dû te coûter une fortune. J'adore que mon père en ait porté une et toi aussi, et maintenant moi.

Elle l'embrassa.

Il lui rendit son baiser. Durant quelques instants, il oublia qu'il pouvait la perdre dès le lendemain…

Mais non, comment pourrait-il la perdre ? Elle ne montrait aucun signe dans ce sens.

Si elle avait l'intention de partir, elle ne se serait pas ainsi pendue à son cou, l'embrassant encore et encore, se réjouissant de ses cadeaux.

Ou bien peut-être que cela ne signifiait rien ?

Comment être sûr ?

Était-il en train de se méprendre sur ses intentions ?

Après tout, c'était ce qu'elle avait vécu avec lui à deux reprises.

Il n'oublierait jamais l'expression de choc brutal qui s'était dessinée sur son visage la première fois qu'il lui avait annoncé qu'il la quittait. Cela avait dû lui paraître sorti de nulle part. Elle venait de lui avouer qu'elle avait prêté cinq mille dollars à Keith.

Il avait attendu qu'elle finisse de s'excuser encore et encore avant de lancer :

— Ce n'est pas possible, Nell. Toi et moi, c'est fini.

Elle avait alors eu ce regard sidéré – il l'avait touchée en plein cœur, mortellement, ses mots comme une lame acérée. « Mais… Je t'aime, Deck. Et tu m'aimes. Pour toujours. »

« Oui mais tout ça ne compte plus. Je ne veux plus de toi. C'est fini nous deux. » Et il lui avait tourné le dos, la laissant seule, sous le choc.

Pendant des semaines, elle s'était rendue partout où il allait, essayant à chaque fois de parler avec lui. En vain.

Puis plus rien. Elle était sortie de sa vie. Il ne savait pas ce qui était le pire – la voir partout ou ne plus la voir du tout.

Vint enfin cet après-midi d'été. L'air était orageux, le ciel chargé de nuages sombres.

Il travaillait à la pizzeria sur East Creekside Drive, au comptoir de vente à emporter. Lorsqu'il était sorti à la fin de sa journée, elle l'attendait devant.

« S'il te plaît, Deck. J'ai juste besoin de te parler. »

Il aurait dû dire non comme il l'avait fait les fois précédentes. Il aurait dû tourner les talons.

Mais elle lui manquait tellement, comme si elle était la seule à pouvoir combler le vide qu'il sentait en lui. Il l'avait donc fait monter dans sa voiture et avait roulé jusqu'à leur coin secret.

Et quand il avait coupé le moteur, il lui avait ouvert les bras. Elle s'était blottie contre lui, versant des larmes de bonheur. Ses yeux verts disaient tout l'amour qu'elle avait pour lui, la joie d'être de nouveau à ses côtés, l'espoir et la tendresse. Elle pensait qu'ils vivaient un nouveau départ.

Jamais il n'oserait lui faire l'amour alors même qu'il ne comptait pas rester. Qui serait assez pathétique pour faire une chose pareille ?

Elle ne perçut pas qu'il ne s'agissait que d'un moment de faiblesse chez lui. Du moins pas tout de suite. La vérité lui sauta au visage au moment où elle se rhabillait. Il lui avait jeté un regard en coin, furtif, coupable. Il se sentait déjà mal d'avoir agi de la sorte.

Il l'avait vue se décomposer une seconde fois sous l'effet du choc. Il lui avait donné le coup fatal. Mais cette fois, ce regard désemparé avait vite laissé place à la colère…

Mais en ce matin de Noël, bien des années plus tard, rien ne semblait pouvoir gâcher sa bonne humeur. Elle était radieuse. Elle chantonnait en ouvrant un cadeau qu'elle avait reçu de Garrett et de son épouse, Cami.

Deck se leva et resservit le café.

Ils avaient presque tout ouvert, à l'exception d'un grand paquet brillant fermé par un très gros ruban vert – et cette maudite lettre de Keith, posée par terre, qui attendait depuis des jours. Il la ramassa et alla se rasseoir.

Nell se leva à son tour, prit le cadeau qui restait et le posa sur ses genoux.

— Celui-là, c'est pour toi.

Son sourire illuminait la pièce.

— De ma part à moi.

Il allait reposer l'enveloppe mais elle l'arrêta :

— Non, vas-y. Mon cadeau peut attendre.

Il ouvrit l'enveloppe.

À l'intérieur se trouvait une feuille de papier avec un petit mot gribouillé à la main. Et un chèque. Deck faillit perdre l'équilibre quand il lut le montant.

Il posa le chèque sur la petite table à côté de lui et lu le mot tout bas.

Mon fils,

Je suis très heureux pour toi : tu as retrouvé Nell. Vous avez toujours été faits l'un pour l'autre et je me sais en grande partie responsable de votre malheur voilà bien des années.

Je lui ai pris de l'argent et cela me ronge depuis longtemps. Comme souvent dans ma vie, j'ai mal agi.

Tu m'as dit l'avoir remboursée, alors je te rembourse à mon tour. Je sais que c'est bien peu comparé au prix que toi tu as payé pour une faute que tu n'avais pas commise – à cause d'un malheureux hasard, celui de m'avoir eu comme père. Cet argent a été gagné de façon honnête, en vendant ce que je fabrique avec mes deux mains. Je sais à quel point cela compte pour toi.

Sois heureux, c'est tout ce que je te souhaite.

Bien à toi,

Ton papa

Deck eut soudain du mal à respirer. Cela faisait beaucoup pour un seul homme.

Un chèque de cinq mille dollars et une lettre.

De la part de son père.

Et avec eux tous les fantômes du passé.

Nell. Assise sur le canapé tenant entre ses mains un cadeau pour lui. Si belle. Son rêve de toute une vie devenu réalité. Et demain qui arrivait bien trop vite.

— Deck ?

Sa voix lui parvint comme dans un brouillard.

— Deck, que dit cette lettre ? Que se passe-t-il ?

C'était trop de choses d'un coup. Il se sentait dépassé. Il laissa tomber la feuille sur la table basse et se leva.

— J'ai besoin d'air.

Il se dirigea vers la porte.

Ses bottes l'attendaient devant. Comme sur pilote automatique, il les enfila. Il retira son lourd blouson du portemanteau et l'enfila, le regard vide. Il prit ses clés dans le vide-poches de l'entrée et les fourra dans son jean.

— Deck, attends !

Mais il ne pouvait pas attendre. Pas avant d'avoir pris l'air et passé un moment seul.

Il sortit de la maison, ferma la porte et dévala les marches. Pas celles qui menaient aux voitures. Celles qui menaient au trottoir par une petite porte.

Arrivé en bas, il ouvrit la porte d'un geste sec. Le vent glacial lui mordit le visage, la neige lui barra la vue.

Derrière lui, la porte claqua.

Debout, sans bouger, respirant à grand-peine dans un tourbillon blanc, Deck vit les images tournoyer dans sa tête.

Le visage de Nell à l'instant, découvrant ses cadeaux, le bonheur inscrit sur son visage, ce même visage onze ans plus tôt, tordu de douleur, les Noël de son enfance, si tristes, avec le pire d'entre eux – Marty l'avait retenu par le bras, paniquée, lui intimant à voix basse : « Non Deck, papa nous a dit de ne pas bouger. »

C'était ridicule.

Il était ridicule.

Il avait besoin de prendre le large, de mettre ses idées au clair. Nell ne resterait pas. Il le savait à présent. Il lui avait fait bien de trop mal. Elle ne pourrait jamais vraiment lui pardonner. Il allait de nouveau la perdre et il se sentait impuissant.

Il avait tout ce qu'il avait toujours voulu quand il était au lycée. Tout sauf Nell.

Entre les flocons, il aperçut son SUV là où il l'avait laissé, un peu plus loin dans le virage, de l'autre côté. Il était encore tôt en ce jour de Noël. La rue était déserte. Il la traversa en diagonale, son esprit projetant en boucle des images de Nell. Son si beau visage qui disparaissait au loin. Une voix lui répétait que c'était tout ce qu'il méritait.

La grosse voiture arriva de derrière. Il entendit des pneus crisser et se retourna juste à temps pour entrevoir le visage horrifié de l'inconnue au volant.

Tout se passa en une seconde.

L'instant d'avant, il était sur le trottoir, les bras repliés sur la poitrine pour se protéger du vent, obsédé par l'image de Nellie. Tout d'un coup, sans qu'il comprenne comment, il se retrouva violemment projeté en l'air.

- 12 -

Deck retomba sur le pare-brise. Il sentit le choc contre le verre, les fissures se dessiner sous lui. Quelqu'un cria quelque part – la femme derrière le volant, peut-être.

L'élan le fit rouler sur le toit de la voiture. Il mit les mains devant lui pour amortir sa chute et parvint par miracle à préserver sa tête. Emporté par la vitesse, il continua de rouler. Dans un réflexe de survie, il leva les bras pour se protéger le crâne. Il retomba sur le bras gauche. Une douleur intense se réveilla aussitôt entre son poignet et son coude.

Sa course folle s'arrêta brutalement sur le bitume gelé. Il poussa un cri de douleur lorsque son dos heurta le sol.

Plus rien ne bougeait. Ni le véhicule ni lui. Assis au beau milieu de la rue, il ressemblait à un pantin, tête baissée, genoux relevés, bras gauche serré contre son torse. Il souffrait le martyre.

Il perdit la notion du temps. Combien de secondes, minutes resta-t-il ainsi, tenant son bras gauche comme il le pouvait, le visage fouetté par le vent et la neige ?

Il entendit une porte de voiture claquer. L'instant d'après, une silhouette apparut au-dessus de lui.

— Oh mon Dieu ! Monsieur, ça va ?

Dans un effort, il leva les yeux. C'était la femme qu'il avait vue derrière le pare-brise.

— Je crois que j'ai le bras cassé.

— Mon Dieu, mon Dieu, paniqua-t-elle. Je suis

tellement désolée ! Vous étiez là, au milieu de la rue. J'ai été prise de court. Et avec cette neige… Quand je vous ai vu, il était trop tard pour que je freine et…

Elle ne termina pas sa phrase. Elle s'accroupit face à lui, téléphone à la main, et réagit soudainement :

— Les secours, il faut que j'appelle les secours.

Elle composa un numéro et colla le téléphone à son oreille.

Deck oublia soudainement tout : Nell était là.

— Deck !

Elle s'agenouilla près de lui. Elle portait la doudoune qu'il venait de lui offrir. Elle posa la main sur son épaule.

— Tu es blessé ? Dis-moi où, demanda-t-elle de sa voix d'ange.

La conductrice répondait aux questions que lui posait son interlocuteur à l'autre bout de la ligne.

Deck ne pouvait détacher ses yeux de Nell. La regarder torturait son cœur de la plus belle des manières. On devinait sa crinière rousse sous son bonnet de laine mauve. Elle portait encore son pyjama avec les bonshommes de neige, enfoncé dans ses bottines fourrées. Le froid dessinait des taches roses sur ses joues et le bout de son nez.

— Deck, tu m'entends ? As-tu mal quelque part ?

Elle était morte d'inquiétude pour lui, son misérable mari.

— Je pense que mon bras est cassé, mais sinon tout va bien, je crois.

— Et ta tête ?

— Crois-le ou non, j'ai réussi à faire cette cascade sans me cogner la tête. On devrait peut-être se décaler avant qu'une autre voiture arrive.

Elle enleva la longue écharpe qu'elle avait autour du cou. Deck plaisanta en lui disant qu'elle pouvait garder ses vêtements. Nell lui expliqua que c'était pour son bras.

Elle l'attacha autour de son cou et veilla à ce que Deck puisse y reposer son bras.

— Nellie, souffla-t-il, n'osant toujours pas en croire ses yeux, lui qui croyait l'avoir perdue, tu es là.

— Bien sûr que je suis là. Viens, laisse-moi t'aider.

Elle prit sa main droite et glissa ses épaules sous son bras.

— Prêt ?

— Oui.

Il gémit de douleur et chancela lorsqu'il tenta de se relever, mais Nell le retint et l'aida à rejoindre le trottoir. La propriétaire du véhicule les suivit. Elle n'avait toujours pas raccroché.

— On devrait t'emmener à l'hôpital.

Mais la femme écarta le téléphone de son oreille et annonça :

— Ne bougez pas, ils ont envoyé une ambulance.

Juste à ce moment-là, ils entendirent le son de la sirène.

Les secouristes immobilisèrent le bras de Deck et le firent monter dans l'ambulance. Nell resta sur place pour répondre aux questions du policier qui venait d'arriver. Il demanda à voir la pièce d'identité de Deck. Nell remonta à son appartement et la trouva sur le comptoir de la cuisine. Elle prit son porte-monnaie avec elle.

Elle présenta les papiers au policier, lui donna les informations qu'il demandait et nota les coordonnées de la conductrice. Elle put ensuite partir pour l'hôpital.

Lorsqu'elle arriva, Deck avait passé une radio et reçu des antidouleur. L'urgentiste expliqua qu'il avait une fracture nette du cubitus. Par chance, celle-ci n'était pas grave et Deck allait sûrement échapper à une intervention chirurgicale. Le médecin manipula le bras de Deck pour le réaligner et lui mit une attelle.

Quelques jours plus tard, une fois l'inflammation

calmée, il faudrait revenir pour qu'on lui pose un plâtre. Le médecin lui remit une ordonnance et recommanda de la glace pendant au moins trente minutes, plusieurs fois par jour.

Ils purent quitter l'hôpital en début d'après-midi. L'infirmière raccompagna Deck en fauteuil roulant jusqu'à l'entrée, où Nell l'attendait en voiture.

Deck parla peu durant le trajet de retour.

Il n'eut pas de difficulté à monter les escaliers et Nell s'en sentit soulagée : une fracture du bras était contraignante, mais cela aurait pu être tellement plus grave.

Une fois dans l'appartement, elle insista pour qu'il se repose. Mais il avait faim et voulut manger à table. Il maintint un sac de glaçons sur son bras tandis qu'elle réchauffait de la soupe et leur préparait des toasts au fromage. Deck se rassasia.

— Tu veux aller t'allonger ?

Il attrapa la main qu'elle tendait pour ramasser son bol. Nell se sentit assaillie par l'amour qu'elle avait pour lui.

— Rallume le feu et viens t'asseoir près de moi sur le canapé.

Elle plaça un oreiller sous le bras meurtri, posa un nouveau sac de glaçons dessus et s'installa à côté de Deck. De son bras valide, il l'enlaça. Elle posa la tête contre son épaule, si soulagée et heureuse de l'avoir près d'elle, à peu près sain et sauf.

— Tu as lu la lettre de mon père ?

Elle releva la tête pour déposer un baiser sur la barbe naissante de sa mâchoire.

— Non. J'ai failli le faire pour savoir pourquoi tu avais réagi comme ça, mais je me suis ravisée. Cette lettre ne m'était pas adressée.

— Je veux que tu la lises.

C'était une bonne nouvelle, non, qu'il ait envie de partager son contenu avec elle ?

— D'accord.

Elle prit la lettre là où Deck l'avait laissée tomber avant de fuir, sur la table basse. La lecture ne lui prit que quelques secondes. Les mots simples, venant du fond du cœur, lui mirent les larmes aux yeux.

— Je sais que tu as… des problèmes avec ton père. Mais son geste est louable. La lettre, l'argent.

— Tu as raison. C'est une bonne chose.

Deck l'attira à lui.

— Ce n'était vraiment pas la joie quand on était petits, Marty et moi. Et ça n'a fait qu'empirer après la mort de ma mère.

Nell posa une main rassurante sur sa poitrine. Il se sentit si fort et vivant. En sécurité. Ici, avec elle.

— Je le savais, même si tu refusais d'en parler.

— Il n'était pas violent ni méchant. Il nous aimait, à sa manière. Mais le moindre centime qui tombait dans sa poche lui servait à échafauder des plans systématiquement voués à l'échec. On a souvent eu faim. Il passait son temps à jouer son argent, à en emprunter. Parfois auprès de types qui n'hésitaient pas à en venir aux mains quand il ne remboursait pas. Il revenait à la maison avec un œil au beurre noir, ou pire. Une fois, le jour de Noël, des gars à qui il devait une grosse somme sont venus à la maison.

— Oh Deck ! C'est tellement dur et injuste.

Elle leva le bras et lui caressa la joue.

Il baissa les yeux dans sa direction, mais il était plongé dans le souvenir de ce jour-là.

— C'était il y a longtemps… On s'en est tirés et maintenant tout va beaucoup mieux. Pour nous trois.

— Mais quand même…

Il retira son bras et lui attrapa la main. Leurs doigts s'entrelacèrent.

— J'avais douze ans quand c'est arrivé. C'était un an après la mort de ma mère. On avait eu droit à un tout petit sapin de Noël. Ils l'ont renversé et ont tout cassé, déchiré. Je m'étais caché avec Marty dans sa penderie. On entendait le bruit du verre cassé, des objets jetés à terre. Marty m'a supplié de ne pas bouger, mais je ne tenais plus. Je suis sorti comme une flèche en leur hurlant de lâcher mon père, de nous laisser tranquilles et de ne pas toucher à notre sapin. L'un d'eux m'a frappé à la mâchoire. Je me suis écroulé mais aussitôt relevé. Le type qui avait fait ça a rigolé. Et il m'a redonné un coup de poing. Mon père le suppliait d'arrêter.

— C'est horrible. J'arrive à peine à imaginer… Et Marty pendant ce temps ?

— Elle a toujours été plus intelligente que moi. Elle est restée cachée dans le placard sans bouger.

Il retira sa main pour la passer dans les cheveux de Nell.

— Ce type savait très bien ce qu'il faisait. Mais après il a arrêté et ils sont partis avant de commettre l'irréparable. J'avais des bosses et des bleus, mais rien de trop grave.

— Tu n'étais qu'un enfant, tu as dû être mort de peur.

Elle passa la main derrière son cou et attira son visage contre le sien.

— Tout ça, c'est fini maintenant. Tu es un homme merveilleux et je t'aime. Je t'aime tellement, Deck.

Deck cessa de respirer. Il la dévisagea d'un regard fiévreux.

— Tu le penses vraiment, Nellie ? Tu ne vas pas me quitter demain finalement ?

Elle tenta vainement de retenir ses propres larmes. Il essuya les gouttes qui perlèrent sur ses joues.

— Deck ?

Il déposa un baiser sur sa joue humide.

— Oui ?

— Je voudrais que tu ouvres ton cadeau maintenant, s'il te plaît.

Il resta un instant à contempler le visage de Nell, comme pour le graver dans sa mémoire.

— Avec le plus grand plaisir.

Nell souleva le paquet, resté sur le canapé après qu'elle se fut levée pour courir après lui, juste avant l'accident.

— Tiens. Tu as besoin d'aide ?

— Je crois pouvoir m'en tirer.

Cela lui réclama un peu de temps, mais il parvint à défaire le nœud et à arracher le papier d'une seule main, pour dévoiler une boîte entièrement blanche. Il en souleva le haut. À l'intérieur, un plus petit paquet posé sur un morceau d'étoffe repliée. Elle l'avait enveloppé dans un joli papier cadeau, fermé avec un beau ruban de satin.

Il lui jeta un regard intrigué.

— C'est un *vrai* cadeau.

Il lui sourit en retour. La fossette se creusa sur sa joue, témoin de sa joie profonde.

— Tu me joues des tours.

Cette fois-ci, il défit les nœuds et déchira le papier avec ses dents.

— Mince alors, réagit-il lorsqu'il vit ce qui se trouvait sous le papier. Nellie…

Elle prit l'écrin en velours qu'il tenait dans sa main et l'ouvrit, dévoilant un bel anneau de platine.

— Vu que nous restons mariés, il te faut une alliance. Je veux que toutes ces dames sachent que c'est bas les pattes. Tu es mon homme désormais.

Il murmura son nom, « Nellie… », comme s'il s'agissait du seul mot qu'il ait jamais connu.

Elle s'approcha et lui passa l'anneau au doigt.

— Et voilà. Elle te va à merveille, même avec l'attelle.

— Nellie…

Elle s'avança et l'embrassa. D'un bras, il la serra fort contre lui.

— Joyeux Noël.

— Je t'aime, Nellie.

— Et je t'aime, Deck.

Les yeux de Deck chantaient l'espoir et la joie.

— Toi et moi, c'est bien ça ? Nous deux pour toujours.

Elle acquiesça et ils scellèrent leurs paroles par un nouveau baiser. Nell se reposa sur le large torse de Deck.

— C'est tout à fait ça.

Son souffle chaud caressait sa chevelure.

— Et un chien pas trop gros, de taille moyenne, peut-être des enfants plus tard ?

— Tout ça, Deck. Ce sera nous. C'est un grand oui, je veux tout ça avec toi, une vie à tes côtés. Notre idée de « jusqu'à Noël » n'était pas bonne. J'ai été lâche, j'avais peur de dire oui, de me laisser porter par mon envie, et que tu me fasses du mal aussi. Mettre mon cœur en jeu. À présent je n'ai plus peur. Je suis terrifiée ! Mais je t'aime. Tu es l'homme de ma vie, je veux partager mon quotidien et mon avenir avec toi.

— Moi aussi, c'est ce que je désire le plus au monde. Et Nellie, je sais que je n'ai pas toujours été à la hauteur depuis nos retrouvailles. J'aurais dû davantage m'en remettre à toi, t'accorder cette rencontre avec mon père… C'est ce que tu voulais.

Elle secoua la tête :

— J'ai été trop insistante, comme lorsque j'ai voulu que tu m'épouses alors que nous n'étions encore qu'au lycée. Je suis une femme impatiente, mais oublie cette histoire. Un jour, quand tu seras prêt, j'espère que tu m'emmèneras le voir.

— J'y viendrai. Je te le promets.

— Quand ce sera le moment, pas avant…

En silence, ils contemplèrent le feu dans la cheminée.

— Et Nellie, je… Enfin, je veux que tu saches que je m'en voudrai toujours de ce que je t'ai fait subir. C'était tellement injuste. Tu as souffert par ma faute. Deux fois. J'en suis profondément désolé.

— J'ai accepté tes excuses lors de notre première nuit à Las Vegas, tu te souviens ?

— Je n'oublie rien, Nellie, tous les moments passés avec toi sont gravés dans ma mémoire.

— Je suis si contente.

Elle recula suffisamment pour pouvoir le regarder dans les yeux.

— Et je veux que tu me promettes…

— Tout ce que tu veux.

— Je veux que tu me jures que quoi qu'il puisse nous arriver, nous ferons face ensemble. Si ton activité s'effondre et que Bravo Construction met la clé sous la porte, si une tragédie s'abat sur l'un de nos proches – si quoi que ce soit tourne mal, il faut qu'on se tourne l'un vers l'autre justement. Pas question de laisser la fierté, la peur, le chagrin ou la colère se mettre entre nous, gâcher la vie en commun que nous sommes sur le point de bâtir. On ne se tournera jamais le dos, d'accord ?

— C'est d'accord, je te le promets.

Et il l'embrassa doucement, tendrement.

— Joyeux Noël, Sparky, souffla-t-il.

— J'étais persuadé que tu allais me quitter et je me fais renverser par cette voiture. Mais nous voilà tous les deux, à parler chien de taille moyenne et enfants. L'un dans l'autre, je crois que c'est le plus beau Noël de toute ma vie.

Le samedi suivant, les routes étaient dégagées. Nell se réjouissait de leur journée à venir. Ils allaient voir Keith McGrath à Fort Collins.

Le père de Deck vint à leur rencontre devant la grande résidence où il travaillait et avait un petit appartement de fonction. Il s'inquiéta de voir le bras de Deck plâtré. Son fils le rassura : ce n'était pas bien méchant et son bras serait de nouveau opérationnel sous six à huit semaines.

— Bon, si tu me dis que ça va aller, je suis rassuré.

Il présenta ensuite sans détour et très simplement ses excuses à Nell pour son comportement onze ans plus tôt.

— J'accepte vos excuses avec plaisir.

Nell le prit dans ses bras et lui dit qu'elle était ravie de voir qu'il allait si bien.

Keith leur servit le déjeuner. Après le repas, il les emmena tout au bout du grand parking de la résidence. C'était là qu'il avait son atelier. Il alluma le petit chauffage pour leur confort et leur montra fièrement les petits meubles pour enfants et jouets en bois qu'il avait fabriqués.

— Vous aurez peut-être un jour besoin de petites chaises et d'une table pour enfant, observa-t-il timidement.

Deck passa son bras autour des épaules de Nell.

— Ce n'est pas pour tout de suite, papa, mais oui, un jour ou l'autre… Et un circuit de train en bois, aussi !

— Tout ce que vous voudrez, promit Keith avec une fierté non déguisée. Il s'avère que je me débrouille pas mal du tout avec le bois. Donc passez commande et c'est comme si c'était fait.

Ils revinrent sur leurs pas et retournèrent chez Keith. Près de sa porte, ils virent un chien au pelage frisé sortir sa petite tête marron de sous un buisson.

Keith se baissa.

— C'est bon, tu peux venir.

Le chien sortit de sa cachette et s'approcha de Keith, qui le gratta sous le cou et derrière les oreilles.

— Tu as faim, mon bonhomme ?

Le chien couina en agitant la queue.

— Allez, viens.

Keith lui ouvrit la porte et le chien entra le premier dans l'appartement.

Une fois qu'ils furent tous dans la cuisine, Deck s'informa :

— Il a un nom ?

Il tendit la main vers la truffe du chien.

— Bailey. Il appartenait à un locataire qui l'a introduit ici en sachant pertinemment que c'était interdit. Les chiens ne sont pas admis dans la résidence. Je lui ai dit que son animal ne pouvait pas rester. Une semaine plus tard, le locataire a mis les voiles – avec un mois de loyer impayé – en laissant ce pauvre chien sur place.

Keith sortit une gamelle et un sac de croquettes. Il servit le chien et remplit une seconde gamelle avec de l'eau.

— Je voudrais bien le garder, mais comme je le disais, c'est interdit ici. Je n'ai pas encore trouvé le courage de l'emmener à la SPA. Je ne peux pas m'empêcher de lui donner à manger dès qu'il passe par ici, c'est-à-dire plus ou moins tous les jours !

Nell s'accroupit face au chien. Bailey leva le museau de sa gamelle et, secouant la queue, lécha sa main avant de retourner à ses croquettes. Nell leva les yeux vers Deck et Keith.

Ce dernier se racla la gorge.

— À tout hasard, vous ne cherchez pas à adopter un chien, tous les deux ? C'est une brave bête, il est sympa comme tout. Il répond à son nom, obéit bien…

— Tu peux arrêter de faire sa pub, papa.

Deck sourit et la fossette fit son apparition.

Nell se releva pour revenir à sa hauteur.

— Qu'est-ce que tu en dis ?

Deck embrassa furtivement les lèvres qui l'interrogeaient.

— Moi, ce que je vois, c'est que Bailey est un adorable chien… de taille moyenne !

KAREN BOOTH

Une vérité à avouer ?

Traduction française de
ANDRÉE JARDAT

Passions

HARLEQUIN

Titre original :
SNOWED IN WITH A BILLIONAIRE

- 1 -

Joy Mc Kinley détestait devoir mentir. Malheureusement, dans ce cas précis, elle n'avait pas le choix.

— C'est à droite, indiqua-t-elle à Natalie, l'employée qui travaillait avec elle au salon de thé. Ce n'est pas la peine de me conduire jusqu'à l'allée, tu aurais dû mal à faire demi-tour ensuite. Et puis, avec cette neige qui commence à tomber, tu risquerais de déraper.

— Jolie maison, commenta Natalie en contemplant le chalet rustique devant lequel elle venait de s'arrêter. Tu as assez d'argent pour payer un tel loyer ?

Non, elle n'avait pas assez d'argent. Ni pour ce chalet, somme toute plutôt modeste, ni, encore moins, pour la maison de rêve qu'elle occupait réellement.

— L'intérieur n'est pas si terrible, tu sais, éluda-t-elle. Il y aurait pas mal de travaux de rénovation à effectuer. Mais peu importe. Je n'habiterai là que le temps de décider si je vais rester ou pas à Vail.

C'était insupportable… Elle se détestait pour chacun des mots qu'elle venait de prononcer.

Tout ce qui était sorti de sa bouche depuis son arrivée dans cette petite bourgade du Colorado n'était qu'un tissu de mensonges. Cela expliquait d'ailleurs pourquoi elle se tenait à l'écart : il était plus facile de vivre dans la clandestinité lorsque vous n'aviez pas à raconter votre vie en détail. Même si, à l'approche des fêtes de Noël, cette solitude lui pesait beaucoup.

Elle regarda la neige tomber, rechignant à quitter l'habitacle chaud de la vieille guimbarde de Natalie pour affronter l'air polaire qui régnait à l'extérieur. En bonne fille de l'Ohio qu'elle était, elle ne craignait pas le froid mais les quelques années passées à Los Angeles et Santa Barbara l'avaient habituée à des températures plus clémentes.

— Pour quelle option penches-tu plutôt ? voulut savoir Natalie. Rester ou partir ?

— À vrai dire, je n'en sais trop rien. Dans l'immédiat, je voudrais trouver un autre logement ; quelque chose en colocation. Connais-tu quelqu'un que cela intéresserait ?

— Non, mais je vais en parler autour de moi, on ne sait jamais. En tout cas, sache que je détesterais te voir partir. J'aime beaucoup travailler avec toi.

— Tu es vraiment gentille de me dire ça. Moi aussi, j'aime bien travailler avec toi.

C'était vrai. Pour une fois, elle ne mentait pas.

Mais le temps pressait. Il fallait qu'elle sorte de cette voiture, pour ne pas alerter le véritable propriétaire du chalet qui aurait toutes les raisons de s'interroger sur les motivations qui poussaient deux femmes à rester stationnées devant chez lui.

— Mais sache que je comprendrais très bien si tu voulais partir tenter ta chance ailleurs, poursuivit Natalie. Tu es trop qualifiée pour moisir dans un bled pareil.

— Pas tant que ça. Ma spécialité, c'était plutôt la cuisine française et italienne.

Sa passion… Elle pourrait en parler pendant des heures mais le moment n'était pas vraiment opportun. Elle ouvrit donc sa portière pour se préparer à sortir.

— J'y vais. Je suis épuisée et toi, il faut vite que tu repartes avant d'être bloquée par la neige.

— Veux-tu que je demande à mon frère de venir jeter

un coup d'œil à ta voiture ? Je lui demanderai de te faire un bon prix.

Hélas, même cela, elle ne pouvait pas se le permettre.

— C'est gentil. Nous en reparlerons. En attendant, merci de m'avoir raccompagnée. À demain.

— À demain. À moins que Bonnie décide de ne pas ouvrir… Avec cette tempête qui s'annonce, on ne sait jamais. Je te tiendrai au courant.

— Merci.

Elle sortit de la voiture et se dirigea droit vers le portail puis, une main sur la poignée, se retourna vers Natalie pour lui faire un petit signe de la main. Elle la suivit des yeux jusqu'à ce qu'elle disparaisse dans le premier virage puis attendit un moment encore. Par sécurité.

Il était temps de s'armer de courage et d'attaquer la longue côte qui menait à la luxueuse demeure de Harrison et Mariella Marshall, ses anciens employeurs.

En décrochant chez eux, dans l'un de leurs restaurants étoilés, le poste de cuisinière en chef, elle avait réalisé son rêve le plus cher. Un rêve qui avait vite viré au cauchemar lorsque Harrison avait été victime d'un accident cardiaque qui l'avait laissé invalide et donc, incapable de reprendre son travail. La famille s'était alors déchaînée sur elle, déversant sur elle toutes leurs frustrations en lui faisant subir toutes sortes d'humiliations. Un jour où Mariella avait poussé le bouchon un peu trop loin, elle avait rendu son tablier et s'était retrouvée dehors, avec très peu d'argent en poche et sans aucune perspective d'avenir.

Seul Rafe, le dernier des fils Marshall, lui avait témoigné un peu de sympathie et de compassion. Il l'avait prouvé en lui confiant les clés de leur résidence secondaire où elle pourrait rester jusqu'à mi-janvier, avait-il dit, date à laquelle ses parents viendraient sans doute passer quelques jours de vacances.

N'ayant nulle part où aller, elle avait accueilli cette proposition avec un mélange de soulagement et de gratitude.

Et c'est ainsi qu'elle avait atterri à Vail puis que, très vite, dans l'urgence, elle avait trouvé et accepté cet emploi de pâtissière dans le salon de thé du centre.

Normalement, elle se déplaçait avec sa vieille voiture, mais ce matin-là, la traîtresse avait refusé de démarrer. Ironie du sort : elle venait d'investir la presque totalité de ses économies, soit près de six cents dollars, pour la remettre en état.

Quand elle y pensait ! Cela la rendait furieuse. Avec cet argent, elle aurait pu payer la caution d'un appartement en ville. Car l'heure tournait, et vite. Janvier serait là en un clin d'œil et elle n'aurait nulle part où aller si elle ne trouvait pas à se loger d'ici là.

Elle avait bien pensé à emprunter l'une des voitures des Marshall mais chacune valait au bas mot cinq années de son salaire. Quant à passer inaperçue au volant de ces bolides…

La seule solution étant de prendre un taxi, elle avait dépensé le peu d'argent liquide qui lui restait puis, pour le trajet retour, complètement démunie, elle avait fait appel à Natalie pour la ramener jusque-là.

La tempête redoubla d'un coup d'intensité. Les flocons jusque-là duveteux virèrent au grésil glacé tandis que le vent glacial sifflait entre les branches des arbres.

Elle courba le dos en même temps qu'elle remontait son écharpe sur son visage mordu par le froid et qu'elle plissait les yeux pour tenter de mieux y voir à travers ce rideau opaque. Que n'aurait-elle pas donné à ce moment précis pour retrouver un peu de la chaleur californienne !

Elle avançait péniblement, attentive à bien rester sur le trottoir encore à peu près dégagé, le plus loin possible du bord de la route bordée de part et d'autre par une épaisse couche de neige. Pour se donner du courage, elle visualisa ce qui l'attendait dans sa maison de rêve, une fois qu'elle serait rentrée. Elle se vit s'étirer langoureusement dans le lit immense dans lequel elle dormait tous les soirs, la tête enfouie dans les oreillers tout doux et tout moelleux. Elle pouvait presque sentir le contact des draps en satin sur sa peau nue et réchauffée.

Cet endroit était devenu sa récompense suprême ; son refuge ; le lieu où elle ne s'autorisait aucune pensée pessimiste ni aucune inquiétude quant à un avenir incertain.

Ne devait-elle pas déjà s'estimer heureuse d'avoir un toit sur la tête ? Un endroit où dormir, bien que temporaire ? Pour l'heure, c'était bien tout ce qui comptait.

La côte devint plus raide. Son sac se fit plus lourd et sa respiration plus haletante. Ses membres commençaient à s'engourdir ; elle se mit à claquer des dents.

Pense au bain bouillant qui t'attend. Pense à ton lit bien chaud.

C'est alors qu'elle aperçut les phares d'une voiture venant en sens inverse. Une voiture qui, visiblement, zigzaguait d'un côté à l'autre de la chaussée. Mais curieusement, aucun bruit de moteur ne lui parvenait.

Elle fut saisie d'un mauvais pressentiment. Elle s'éloigna un peu plus de la chaussée et manifesta sa présence en agitant les bras pour le cas où le conducteur ne l'aurait pas vue. La voiture sembla rétablir sa trajectoire, mais l'instant d'après, elle patina sur une plaque de verglas avant d'échapper de nouveau au contrôle de son conducteur qui, en freinant violemment, ne fit qu'aggraver la situation.

Le cœur battant à tout rompre, elle vit le véhicule se diriger droit sur elle.

Cours !

C'était tout ce que son cerveau anesthésié par la peur pouvait lui souffler. Mais où ? Dans quelle direction ? Elle avait l'impression d'être un lapin pris au piège dans la lueur aveuglante de phares. Aussi fit-elle la seule chose qui lui vint à l'esprit à ce moment précis : elle plongea tête la première dans la congère.

Sa gorge se serra en même temps que l'air vint à manquer à ses poumons. Elle ne pouvait plus respirer. Elle avait l'impression de se trouver dans un océan glacial, entourée de pans de banquise à la dérive. Saisie de panique, elle agita les bras et les jambes en tous sens, dans une tentative désespérée pour se relever. En vain. Elle n'avait aucune prise. Le sol se diluait sous ses pieds. Plus elle se débattait, plus elle était engloutie par la neige.

C'est alors qu'elle se sentit qu'une force puissante la saisissait par les jambes. Seigneur ! Un ours ! Elle était attaquée par un ours !

Elle se débattit tant et tant qu'elle finit par se retrouver sur le dos mais la bête lui cramponnait toujours fermement les mollets. Elle n'était pas de taille à lutter. Elle allait mourir dévorée par un animal sauvage.

Certainement pas ! Il n'était pas question de connaître une fin aussi atroce.

Portée par l'énergie du désespoir, elle serra les poings et les lança à l'aveuglette devant elle, de toutes ses forces, en poussant un hurlement.

Elle aperçut alors une silhouette massive se pencher sur elle.

Mais…

Mais ce n'était pas un ours.

— Rien de cassé ? s'enquit une voix grave dans laquelle perçait une pointe d'inquiétude. Donnez-moi votre main.

Encore sonnée, incapable d'esquisser le moindre geste, elle laissa passer quelques secondes puis parvint à s'asseoir. Seule. Elle rassembla ses esprits, suffisamment pour comprendre que l'homme qui venait de s'agenouiller devant elle n'était autre que le chauffeur du véhicule qui avait failli la tuer.

— Vous n'êtes pas blessée ? insista celui-ci. Comment vous sentez-vous ? Vous m'entendez ?

Elle posa le regard sur lui. Finalement, elle devait être morte. Car un homme pareil ne pouvait exister que dans les rêves ou les contes de fées : une épaisse tignasse brune, un visage percé de deux yeux d'un bleu profond, une fossette irrésistible de séduction sur le menton…

Le prince charmant plongea la main dans la poche de son manteau et en sortit un téléphone portable.

— J'appelle une ambulance, annonça-t-il. Je vois bien que vous êtes sous le choc.

Cédant de nouveau à la panique, elle lui saisit le bras et s'y agrippa.

— Non, non. C'est inutile. Je vais bien.

Elle inspira profondément avant d'ajouter d'un ton qu'elle voulait neutre :

— Je suis désolée. Je… Je ne savais pas quoi faire et j'ai agi instinctivement. Cela peut vous sembler idiot.

— Pas du tout. Vous sentez-vous capable de vous lever ?

— Probablement, dit-elle en se redressant lentement sans lui lâcher le bras.

Aussitôt qu'elle fut debout, elle vit l'arrière de la voiture fichée dans l'amas de neige, à quelques mètres à peine de l'endroit où elle se trouvait.

— Il s'en est fallu de peu, tout de même, dit-elle dans un souffle.

— J'ai craint le pire, moi aussi, lorsque ma voiture a glissé sur une plaque de verglas et que j'ai complètement perdu le contrôle. Parfois, plus ces engins sont sophistiqués et moins ils vous obéissent.

Le prince avait une belle voix, basse et chaude, quoiqu'un brin autoritaire. Le genre d'homme à ne pas s'en laisser conter, sans doute. Il était grand et… charmant. D'une séduction presque indécente pour un seul homme. Elle passa en revue les pommettes saillantes, les lèvres pleines et bien ourlées, la mâchoire volontaire.

— Est-ce indiscret de vous demander ce que vous faisiez seule sur cette route, par un temps pareil ?

Et voilà.

Les ennuis allaient commencer.

— Je faisais une petite promenade, éluda-t-elle.

— Vous vous promeniez ? En bottes de ville, sous la neige ?

Il pointait du doigt ses boots à talons tout en affichant un air sceptique.

— Oui, je sais ce que vous pensez. Ce n'est pas raisonnable. Mais que voulez-vous ? Je suis esclave de la mode.

Elle gloussa nerveusement pour tenter de dissiper le scepticisme visiblement accru de l'inconnu.

— Je vois… En revanche, je ne pense pas que ce soit une bonne idée de terminer votre promenade à pied. Je vais vous raccompagner jusque chez vous.

Oh non ! Personne ne devait savoir qu'elle occupait la maison des Marshall de manière clandestine. À tous les coups, les Marshall et cet inconnu devaient se connaître. Vail était si petit ! Tout le monde se connaissait ici.

— Ce n'est pas la peine, je vous assure. Je vais parfaitement bien.

Mais l'homme, au lieu de renoncer, insista.

— Pas question que je vous laisse rentrer seule chez vous. Vous avez la mine encore toute chiffonnée. Et puis, je ne suis pas certain que vous soyez parfaitement bien. Qui vous dit que vous ne souffrez pas d'un traumatisme crânien ? Si ma mère était toujours de ce monde, elle serait horrifiée que je ne me comporte pas en gentleman.

Que venait faire sa mère là-dedans, maintenant ?

— Vraiment…

— J'insiste. Je ne vous laisserai pas rentrer à pied.

Soit je vous raccompagne soit j'appelle une ambulance. À vous de voir.

D'impuissance, elle laissa échapper un profond soupir. Avait-elle le choix ? Non. Il serait toujours temps de trouver une excuse si, toutefois, l'inconnu faisait allusion à la maison des Marshall.

Et puis, le bon côté de la chose, c'était qu'avec un tel garde du corps, elle ne risquait pas de faire de mauvaises rencontres.

Alex aida la mystérieuse inconnue à s'installer dans sa voiture. Même s'il n'en laissait rien paraître, lui aussi était sous le choc.

Quand il y pensait !

Il roulait tranquillement, heureux à la perspective de ces vacances improvisées qu'il s'était accordé, lorsqu'il avait perdu le contrôle de son véhicule, manquant de peu de percuter cette jeune femme. Il avait vécu la scène comme au ralenti, alors que tout s'était passé très vite. Encore maintenant, il n'en revenait pas d'avoir frôlé un tel drame.

Il se glissa derrière son volant et lança un coup d'œil en biais à sa passagère qui avait abaissé le pare-soleil et vérifiait son maquillage dans le miroir de courtoisie. Dans un geste tout en délicatesse, elle essuya les traces de mascara qui soulignaient ses yeux puis elle fit bouffer ses cheveux que la neige avait aplatis.

Il se tourna un peu plus vers elle pour mieux la contempler. Elle avait la beauté classique des actrices de cinéma des années 1950 : un teint diaphane, des joues joliment roses et des cheveux longs qui ondulaient en vagues souples jusqu'à ses épaules.

— Vous êtes très jolie, dit-il, la sentant inquiète de son apparence.

En réponse, elle tourna la tête et posa sur lui son regard couleur café brûlé.

— Il serait peut-être temps que nous nous présentions, poursuivit-il. Je m'appelle Alexander Townsend. Mais vous pouvez m'appeler Alex.

Elle retira sa mitaine en laine, qu'elle posa sur ses genoux, et prit la main qu'il lui tendait.

— Ravie de faire votre connaissance, Alexander Townsend, répondit-elle dans un sourire moqueur. Si foncer en voiture sur une femme est votre manière de l'aborder, je vous suggère vivement de changer de méthode.

Ce trait d'humour le fit rire. Jolie et spirituelle. Voilà qui n'était pas pour lui déplaire. Finalement, cette « rencontre » se présentait sous les meilleurs auspices.

— Et vous vous appelez… ?

Elle rabattit le pare-soleil d'un geste sec et remit sa mitaine.

— Joy.

— Ravi aussi, Joy… ? Joy comment ? Juste Joy ?

— Joy… Baker.

— Vous êtes de la famille des Baker de Denver ?

— Pardon ?

— Les Baker de Denver, répéta-t-il. Patrick et moi sommes très amis. Nous avons fait nos études ensemble à l'université de Columbia.

Elle lui répondit par un haussement d'épaules désinvolte.

— Je suppose que c'est votre manière de dire non ?

— Désolée. En effet, je ne les connais pas.

— Dans ce cas, d'où êtes-vous, Joy Baker ?

— De Santa Barbara, répondit-elle après s'être éclairci la gorge.

— Et moi de Chicago. Moins exotique que la côte californienne, je vous l'accorde.

— Cool, commenta-t-elle sobrement.

Cette discussion semblait ne mener nulle part. Mieux valait changer de sujet. Ou renoncer.

— Où dois-je vous amener ?

— Vous connaissez bien le quartier ?

— Non. À vrai dire, je ne le connais même pas du tout.

Elle pointa du doigt le sommet de la colline.

— C'est tout en haut. Lorsque nous y serons, je vous indiquerai où se trouve la maison.

Ils parcoururent le reste du trajet en silence, chacun plongé dans ses pensées. Les siennes étaient noires. Quand il y repensait, il aurait pu tuer Joy. Et qui lui disait qu'elle n'était pas menacée d'hémorragie interne ? Aucune hypothèse n'était à écarter.

Comme à chaque fois qu'une femme était en danger, son instinct protecteur se réveilla instantanément. Il devait cet élan à trop d'années passées à tenter de protéger sa mère des violences physiques que lui faisait subir son mari.

Depuis – il n'y pouvait rien –, il ne pouvait s'empêcher de s'inquiéter pour tout le monde.

Le problème, c'était qu'il ne connaissait pas Joy. Dans quelques minutes il n'entendrait probablement plus parler d'elle. Il n'avait donc aucune raison de vouloir la protéger. En revanche, il avait toutes les raisons de se montrer prudent. Avec le nom qu'il portait et la fortune qu'il possédait, il avait souvent été la cible de gens peu scrupuleux. À commencer par son ex-fiancée qui, en ne visant que son argent, avait fait de lui l'homme méfiant qu'il était aujourd'hui.

— C'est là, dit Joy en le ramenant brusquement sur terre. À gauche. Vous pouvez me laisser devant la grille. Je ferai le reste à pied.

La maison, située au sommet de la colline, donnait l'impression d'être posée sur le toit du monde. C'était une demeure cossue que seuls des gens aisés pouvaient s'offrir. Il sentit se relâcher un peu la tension qui pesait sur ses épaules. Il n'avait plus à s'inquiéter : Joy n'était pas une intrigante.

Sans tenir compte de ce qu'elle venait de lui dire, il s'approcha de la grille et baissa sa vitre.

— Quel est le code ?

— Inutile, je vous assure. Je vais descendre ici et remonter l'allée toute seule. Vous pouvez y aller, maintenant.

Il en resta muet d'étonnement. Il n'avait pas la prétention de se prendre pour Dieu le père, mais il n'avait pas non plus l'habitude de se faire congédier ainsi, d'un geste désinvolte de la main, par les femmes qu'il raccompagnait jusqu'à leur porte. Sans compter que, celle-ci, il ne cherchait même pas à la séduire.

— Je vous promets de rayer votre code de ma mémoire, si c'est cela qui vous inquiète. J'ai beau travailler dans la finance, je n'ai pas la mémoire des chiffres. Enfin… Pas des petits.

Son trait d'humour ne fit rire que lui.

— Je ne sais pas si je peux vous laisser entrer.

Il opina en silence. Que dégageait-il qui pouvait la mettre aussi mal à l'aise ? Il lui soutiendrait bien qu'il était le plus loyal des hommes ; qu'elle pouvait lui faire confiance. Mais le croirait-elle ?

— Vous savez, je ne cherche qu'à me montrer galant avec vous. Vous en avez bien pour cinq bonnes minutes avant d'arriver devant votre porte d'entrée. Dix, même, avec vos bottes à talons. Et encore, si vous ne glissez pas dès le premier pas.

— D'accord, dit-elle après un bref instant d'hésitation. Mais arrêtez de critiquer mes chaussures. Tapez le 6274.

Aussitôt l'imposante grille en fer forgé ouverte, il s'engagea dans l'allée que la neige avait déjà recouverte d'une pellicule blanche. La maison se dressa soudain devant eux, impressionnante avec ses toits à pignons et ses innombrables fenêtres.

— C'est une bien belle maison que vous avez là. Elle me rappelle mon chalet en Suisse. La neige y est bien meilleure pour skier mais, cette année, j'ai préféré faire une petite escapade ici, à Vail, où je possède aussi une résidence secondaire.

— En fait, cette maison n'est pas à moi. Elle appartient à des amis.

— Comment s'appellent-ils ? Je les connais peut-être.

— Santiago. Ils m'ont prêté cette maison afin que j'y passe quelque temps.

Sa voix était légèrement tremblante et peu assurée. Était-ce à cause du choc subi ?

— Santiago… Non. Je ne connais personne de ce nom. Et… Heu… Vous vivez seule dans cette grande maison ?

— Oui. J'avais besoin d'un peu de solitude.

Puis, sans ajouter un mot, elle rassembla ses affaires et ouvrit la portière. Mais avant de sortir, elle fixa sur lui un regard pénétrant qu'il ne put ignorer.

— Merci, dit-elle.

— Je vous en prie. C'était bien le moins que je puisse faire.

Il eut de nouveau l'impression diffuse que quelque chose clochait chez elle.

— Seriez-vous d'accord pour que nous échangions nos numéros ? Ainsi, si vous vous sentez mal, vous pourrez m'appeler.

Elle hésita à répondre, donnant l'impression qu'elle cherchait une échappatoire.

— Je vais juste prendre le vôtre, finit-elle par trancher.

— Bien sûr.

Il la regarda entrer – du moins l'espérait-il – les chiffres qu'il lui communiquait dans son smartphone, puis sortir très vite et refermer la portière derrière elle.

Il la suivit du regard tandis qu'elle gravissait les quelques marches qui conduisaient à la porte d'entrée.

Elle était grande, élancée et se déplaçait d'une démarche gracieuse. Il la regarda encore déverrouiller la porte et pénétrer à l'intérieur.

Alors seulement, il enclencha la marche arrière et redescendit l'allée.

Il flottait dans l'habitacle des effluves de son parfum, mélange subtil de sucre caramélisé. Il venait juste de la quitter ; pourtant, son visage s'imposa de nouveau à lui.

Un visage tourmenté, qui semblait vouloir lui cacher quelque chose.

- 2 -

Joy verrouilla la porte d'une main tremblante et s'y adossa un instant, son cœur battant la chamade. Il s'en était fallu de peu qu'elle soit démasquée !

Rafe Marshall l'avait bien prévenue : personne – « *Personne*, tu m'entends ? » – ne devait savoir qu'elle squattait la demeure familiale. Mariella le tuerait si elle apprenait qu'il avait confié les clés de l'une de ses belles maisons à une employée qui, comble de l'outrage, avait eu le culot de démissionner sans y mettre les formes.

Elle n'était pas idiote. Elle avait bien conscience que mieux valait faire profil bas si elle ne voulait pas s'attirer d'ennuis. Il suffirait à Mariella de passer deux ou trois coups de fil bien placés et elle pourrait faire une croix sur ses ambitions professionnelles.

Un peu calmée, elle alla se poster à l'une des fenêtres et en écarta légèrement le lourd rideau qui la protégeait. La voiture d'Alex venait juste de franchir la grille d'entrée pour disparaître tout à fait dans l'obscurité.

Son garde du corps – ou prince charmant, c'était selon – était enfin parti !

Elle poussa un profond soupir de soulagement, teinté d'une pointe de déception. Depuis son arrivée dans le Colorado, elle n'avait pas eu l'occasion de discuter de sujets légers avec quiconque de son entourage plus que restreint. Non seulement elle manquait d'interlocuteurs, mais ses mensonges la condamnaient à une solitude certaine.

Parfois, elle se plaisait à rêver qu'elle rencontrait un homme séduisant qui lui ferait la cour. Oui, vraiment, ce serait une bonne chose. Malheureusement, dans ces moments-là, la réalité la rattrapait très vite. Seule elle était ; seule elle resterait.

Et puis, elle avait eu son compte d'hommes comme Alex, que l'argent rendait sûrs d'eux et arrogants. Ces hommes-là avaient tellement l'habitude de toujours obtenir ce qu'ils voulaient, quand ils le voulaient !

Ce comportement machiste, loin de la séduire, la rebutait ; la faisait fuir, même. Son ex-petit ami en était l'illustration parfaite. S'il n'avait pas la fortune des gens qu'elle avait dû côtoyer au restaurant, il en avait l'aplomb. Il détestait ne pas avoir le contrôle sur tout et échouer à lui imposer sa volonté.

Mais malgré cette relation dysfonctionnelle, s'éloigner de lui s'était avéré une expérience douloureuse. Elle n'était même pas certaine que leur histoire soit vraiment finie.

C'était d'ailleurs la raison pour laquelle elle ne retournerait pas chez elle pour les fêtes de Noël. Son ex serait forcément informé de son retour et mettrait tout en œuvre pour la revoir. Et cela, il n'en était pas question.

Tout à ses pensées, elle laissa lourdement tomber son sac au sol, traversa le hall et monta au premier étage où se trouvait la chambre qu'elle occupait. Elle retira ses vêtements de travail puis passa sous la douche. La température de l'eau était idéale et la pression suffisante pour détendre ses muscles noués par la journée éreintante qu'elle venait de vivre.

Une fois plus calme, elle sortit de la douche puis se sécha avec un drap de bain en éponge tout moelleux. Tout dans cette maison respirait l'élégance et le raffinement. Le moindre élément avait été choisi pour le plus grand confort de ses occupants et elle aurait menti si elle avait nié apprécier chacune des secondes passées dans un tel luxe.

La salle de bains qu'elle venait de quitter en était un parfait exemple avec ses lavabos et son sol en marbre, et ses placards en bois de merisier. Il y avait même un chauffe-serviette ce qui, à ses yeux, était le comble du superflu.

Elle s'enveloppa dans son peignoir et, tout en frictionnant ses cheveux mouillés, contempla son reflet dans le miroir. Elle était Joy McKinley, fille toute simple originaire de l'Ohio qui devait travailler dur pour gagner sa vie. Autant dire qu'elle n'avait rien à voir avec le monde des Marshall. Cette maison n'était pas la sienne ; elle n'en aurait jamais une pareille et elle ferait bien de ne pas l'oublier. Les chimères ne menaient nulle part, contrairement au travail.

Sans compter qu'elle n'était même pas une invitée des Marshall, l'une de ces femmes parfaitement à l'aise dans le monde des riches et célèbres. Si c'était ce qu'elle avait laissé croire à Alex, c'était pour mieux brouiller les pistes. D'ailleurs, cet Alex, ce parfait inconnu, elle ne le reverrait sans doute jamais ; lui, de son côté, l'avait probablement déjà oubliée.

À cet instant précis, le système d'alarme qui se trouvait sur le mur de la salle de bains émit une sonnerie qui la fit violemment sursauter.

Quelqu'un était à la porte.

Elle crut que son cœur allait s'arrêter de battre. Si une personne se trouvait à l'intérieur, cela signifiait que cette même personne avait franchi la grille sécurisée qui fermait la propriété. Était-ce un des membres de la famille Marshall, venu sans ses clés ? Ou un de leurs amis, à qui Mariella aurait proposé sa maison pour quelques jours ?

Tremblante comme une feuille, elle retourna dans la salle de bains vérifier l'écran de contrôle. Elle crut pleurer de soulagement lorsqu'elle reconnut le visage d'Alex.

Mais presque aussitôt, la question s'imposa à elle : que venait-il faire ici ?

— Oui ? dit-elle dans l'Interphone.

— C'est Alex. Vous vous rappelez ? La voiture ? L'accident ?

Elle le trouva si touchant qu'un sourire vint flotter sur ses lèvres.

— Oui. Bien sûr que je me rappelle.

— J'avais fait la moitié du chemin lorsque j'ai été pris d'angoisse. J'avais besoin de m'assurer que vous alliez toujours bien.

Elle resta silencieuse un instant, hésitant à le faire entrer. Elle avait tellement envie d'avoir une véritable discussion avec quelqu'un. Mais la raison l'emporta.

— Je vais bien, finit-elle par dire sobrement. Enfin, je crois.

— Vous voyez ? Si vous n'en êtes pas sûre, c'est qu'il y a un problème. Je ferais mieux d'appeler les urgences. On ne sait jamais.

— Non. Je vous en prie, ne faites pas ça.

— Pourriez-vous venir à la porte pour me parler ?

Elle lâcha un soupir d'agacement. Décidément, c'était l'homme le plus têtu à qui elle ait jamais eu affaire. Pas le genre à renoncer facilement. Mieux valait accéder à sa demande si elle voulait s'en débarrasser au plus vite.

— D'accord. J'arrive tout de suite.

Elle dégringola l'escalier, le cœur battant.

Au moment même où elle abaissait la poignée, elle réalisa qu'elle était nue sous son peignoir, ce qui la retint d'ouvrir la porte en grand.

— Je vais bien, lui lança-t-elle par l'entrebâillement.

Elle le trouva encore plus séduisant que dans son souvenir. Cela allait lui crever le cœur de lui demander de partir.

— Ça n'empêche, rétorqua-t-il. Vous ne devriez pas rester seule.

— Puisque je vous dis que je vais bien.

Sauf qu'elle n'en était pas sûre à 100 %. Sa nuque était raide et elle sentait les prémices d'une violente migraine lui marteler les tempes.

Il se mordit les lèvres, semblant peu convaincu.

— Je pense que vous devriez voir un médecin.

— C'est inutile. J'ai juste besoin d'une bonne nuit de sommeil.

— Vous êtes bien certaine que votre tête n'a pas heurté quelque chose ? Si vous souffrez d'un traumatisme crânien, il n'est pas recommandé d'aller dormir.

— La neige était molle et je n'ai rien senti de dur dessous.

Il rapprocha son visage du sien et scruta ses pupilles. Elle sentit sa gorge devenir sèche et les battements de son cœur redoubler d'intensité. Sa bouche était si sensuelle… Ses lèvres si parfaitement ourlées… Elle fut prise de l'envie irrépressible de l'embrasser.

— J'ai l'impression que vos pupilles sont anormalement dilatées.

— Je ne sais pas quoi répondre à ça. Et puis, qu'est-ce que cela voudrait dire, à votre avis ?

— Puis-je entrer un instant ? Je vous fais le serment que je n'ai pas d'armes tranchantes sur moi.

Elle lui ouvrit la porte, un sourire amusé aux lèvres.

— Je me doute bien, rétorqua-t-elle. Je pense que je l'aurais remarqué.

— Excusez-moi. C'est maladroit de ma part de faire allusion à ce genre de détraqués alors que vous ouvrez votre porte à un parfait inconnu.

Il avait accompagné ses paroles d'un sourire qui lui envoya des ondes électriques au creux des reins. Elle savait au plus profond d'elle-même qu'Alex ne représentait pas une menace pour elle. Enfin… si elle voulait bien oublier la folle attirance qu'elle éprouvait pour lui. Elle se ressaisit.

— Entrez vite, dit-elle d'un ton nonchalant. Vous devez être frigorifié. On dirait que la neige a redoublé d'intensité.

— Les prévisions ne sont pas bonnes, en effet, répondit-il en essuyant ses pieds sur le paillasson de l'entrée. Il fait meilleur ici, c'est certain. Et l'accueil y est des plus agréables.

Sa voix s'était faite de velours tandis que son regard avait plongé dans l'échancrure de son peignoir qui laissait entrevoir le renflement de ses seins. Était-il en train de flirter avec elle ? Cherchait-il à avancer ses pions ?

Rougissante comme une collégienne, elle ramena les pans de son peignoir sur elle et resserra sa ceinture.

— Puis-je vous offrir une tasse de thé ? demanda-t-elle, ne sachant trop quoi lui proposer d'autre.

— Volontiers. Pendant ce temps, nous pourrions appeler mon médecin. Je me sentirais mieux une fois que vous lui aurez parlé.

— Vous voulez dire que je n'aurai pas à me déplacer ?

— Exactement. Vous pourrez expliquer votre cas sans avoir à sortir de chez vous.

Chez moi. Si seulement j'en avais un…

— Allez vous installer dans le salon pendant que je vais m'habiller.

— Si c'est pour moi que vous voulez vous changer, ne prenez pas cette peine. Vous pouvez bien rester en peignoir. Vous êtes très bien ainsi.

L'inflexion un brin aguicheuse dans sa voix alluma en elle les frissons d'un désir délicieux. De nouveau, elle brûla de plonger les mains dans la masse de ses cheveux épais et de poser la bouche sur la sienne.

Cela faisait presque un an maintenant qu'elle était célibataire et le dernier homme qu'elle avait connu s'était révélé un amant plus que médiocre. Elle, ce qu'elle aimait, c'était qu'on lui envoie des messages forts. Et Alex, en matière de messages forts, devait être un expert. D'un seul baiser de sa bouche ardente, il pourrait l'embarquer bien loin de la réalité, elle le pressentait.

— Je le prends comme un compliment mais je pense qu'il vaut mieux que j'aille passer quelque chose qui ressemble à un vêtement. Je n'en ai pas pour longtemps.

Puis, sans plus attendre, elle grimpa l'escalier, se maudissant intérieurement de sa maladresse. Pourquoi avait-il fallu qu'elle le laisse entrer ? Croyait-elle vraiment qu'elle allait bénéficier d'une consultation à distance ? Quelle idiote elle était !

À elle de rester vigilante, maintenant, de ne pas croire aux belles paroles de ce trop séduisant Alex et de le pousser à partir de son plein gré, sans trop faire d'histoires. Se comporter de manière étrange serait le meilleur moyen d'éveiller ses soupçons et de l'inciter à appeler la police. Consciencieux comme il semblait l'être, il n'hésiterait pas une seconde.

Si elle voulait retourner à sa vie tranquille, quoique monotone, elle devait donc faire de son mieux pour avoir l'air d'être à l'aise entre ces murs qui ne lui appartenaient pas.

Forte de cette bonne résolution, elle enfila un bas de pyjama et un sweat à capuche et redescendit les marches d'un pas mesuré.

Aussitôt en bas de l'escalier elle entendit le bruit caractéristique d'une allumette qu'on craquait. Alex était en train d'allumer un feu ! Il n'y avait pas à dire : l'homme savait prendre ses aises.

— Oh ! vous avez fait du feu, dit-elle un peu bêtement en entrant dans la pièce.

— Oui. C'est tout l'intérêt d'avoir une cheminée. C'est agréable, lorsqu'il neige, d'allumer un feu.

Évidemment. Sauf que cela signifiait que de la fumée

s'échappait au-dehors, signe que la maison était habitée, et que quelqu'un connaissant les habitudes des Marshall pourrait s'en étonner et les prévenir.

Bon, d'accord. Il y avait peu de risques qu'une chose pareille se produise. Mais ce serait vraiment le comble de se faire prendre pour une négligence dont elle n'était même pas responsable.

— Vous avez bien fait, rétorqua-t-elle sans grand enthousiasme.

— Je savais bien que cela vous ferait plaisir.

Ces derniers mots prononcés, il se laissa tomber sur l'un des canapés moelleux qui faisaient face à la cheminée puis sortit son smartphone de la poche de son pantalon.

— Venez vous asseoir, dit-il en tapotant la place juste à côté de lui. Je vais appeler mon médecin.

C'était vraiment la situation la plus bizarre qu'elle ait jamais vécue, mais elle aurait menti en disant que la perspective de se retrouver assise tout près de cet homme ne lui faisait pas battre le cœur plus fort. En plus, c'était rare qu'on s'occupe un peu d'elle et elle avait envie de s'abandonner à ses attentions.

— D'accord, acquiesça-t-elle.

Elle obéit donc docilement, incapable de détourner le regard de ses grandes mains, qu'elle imagina aussitôt courir sur elle.

Lorsque l'écran de son portable s'alluma, elle vit apparaître leur image dans l'angle inférieur de l'appareil. Elle trouva qu'ils étaient bien assortis en dépit de leurs tenues vestimentaires très différentes.

— Un appel vidéo ?

— Oui. Je pense qu'il va vouloir vous voir. Ce sera sans doute plus simple de poser ensuite un diagnostic.

Un visage familier surgit, emplissant presque tout l'écran. Elle cligna des yeux plusieurs fois. Ce n'était pas possible. Elle devait rêver. Ce ne pouvait pas être le Dr David de la télé ; celui qui, avec son émission hebdomadaire sur la santé, battait tous les records d'audience.

— Alex ? s'étonna le médecin. Tu m'appelles vraiment de Vail ? Ne devrais-tu pas être en train de dévaler les pistes de Gstaad en ce moment ?

Voilà qui n'arrangeait pas ses affaires. Alex n'était pas seulement un homme très riche avec une belle voiture et un chalet en Suisse. Visiblement, il tutoyait également les grands de ce monde.

En guise de réponse, il éclata d'un rire sonore.

— Disons que j'ai changé mes plans. Mais ce n'est pas la raison de mon appel. Je suis avec une amie à qui je voudrais que tu parles.

Il lui passa son portable.

— Bonsoir, dit-elle d'un ton faussement désinvolte. Je suis Joy, l'amie en question.

— Bonsoir, Joy. Je suis le Dr David.

À coup sûr, il allait lui demander pourquoi elle était si rouge.

— Dites-moi un peu ce qui vous arrive, l'encouragea-t-il gentiment.

Alex écouta Joy raconter son histoire. À chacun des mots qui sortait de sa bouche, il se sentait un peu plus coupable. Il l'avait vraiment mise en danger. Il aurait pu la tuer, même. Bon sang ! Il pouvait dire qu'il avait eu la frayeur de sa vie.

Même maintenant, il n'était pas tout à fait rassuré quant à son état de santé. Aussi attendit-il avec une pointe d'angoisse la réponse de son ami.

— D'après ce que vous me décrivez, dit enfin le Dr David, vous ne souffrez de rien de bien sérieux.

Il poussa un soupir de soulagement.

— Oh ! merci. Je suis tellement contente !

— Ceci dit, je préférerais que vous ne restiez pas

seule au cours des deux prochains jours. Si quelque chose d'anormal se produisait, vous auriez besoin qu'on vous conduise au centre médical le plus proche.

Il vit le beau visage de Joy se décomposer d'un coup.

— Je vis seule, mais vous l'avez dit vous-même, je n'ai rien subi de sérieux.

— Certes. Mais il faut tenir compte du fait que je ne vous ai pas examinée. Je pense que ce serait une bonne chose qu'Alex passe la nuit chez vous, si son emploi du temps le lui permet, bien sûr.

Les mots, mais surtout ce qu'ils impliquaient, pénétrèrent lentement son esprit. Mais David avait raison. Elle ne pouvait pas rester sans surveillance. Il ne se le pardonnerait jamais s'il lui arrivait quelque chose pendant la nuit.

— Je suis en vacances, répondit-il d'un ton léger. Je n'ai rien d'urgent qui m'attend et je serais ravi de veiller sur elle.

— On annonce beaucoup de neige, protesta-t-elle. Vous risquez de rester coincé ici.

De nouveau, il encaissa en silence le fait que, contrairement aux autres femmes de sa connaissance, elle ne paraissait pas se réjouir de la perspective de rester seule avec lui.

— À vrai dire, cette hypothèse ne m'inquiète pas vraiment, rétorqua-t-il.

— Eh bien, je vais vous laisser en discuter, trancha le Dr David. Je suis certain que vous allez trouver une solution. Alex, je compte sur toi pour me rappeler demain, à la même heure. Au cas où il y aurait un problème, n'hésite pas à me contacter, même en pleine nuit. J'ai toujours mon téléphone à portée de main.

— Merci beaucoup. Nous ne manquerons pas de te rappeler demain.

Sur ces mots, ils raccrochèrent.

— Je me sens vraiment bien, lui assura-t-elle aussitôt. Vous n'avez vraiment pas besoin de passer la nuit ici.

— Et moi, je préfère suivre les conseils de mon ami. Je persiste à croire que c'est plus prudent.

Visiblement peu convaincue, elle s'enfonça un peu plus sur le canapé puis plia une jambe sous elle, dans une posture qui la fit s'éloigner de lui.

— Nous pourrions jouer aux cartes, poursuivit-il. Ou regarder la télévision. Ou encore bavarder. Vous devez vous sentir seule dans cette grande maison. Je me trompe ?

D'un coup, il comprit que vivre seul ne signifiait pas pour autant n'avoir personne dans sa vie.

— Excusez-moi, s'empressa-t-il d'ajouter. Je ne vous ai même pas demandé si vous aviez quelqu'un pour veiller sur vous. Un mari ? Un compagnon ? Un petit ami, peut-être ?

Elle lui décocha un regard suspicieux.

— C'est votre manière de me demander si je suis célibataire ?

Il haussa les épaules puis entreprit de retirer ses chaussures. Tant qu'à faire, autant se mettre à l'aise.

— Eh bien, alors je vous le demande : êtes-vous célibataire ?

— Oui, répondit-elle sans chercher à se défiler. Mon travail me prend trop de temps. Je n'ai pas de place pour un homme dans ma vie.

Un argument que lui-même, très pris par sa carrière, comprenait parfaitement.

— Que faites-vous dans la vie ? s'enquit-il. Non, attendez. Laissez-moi deviner.

Il concentra toute son attention sur son visage dans le but inavoué de ne pas se laisser distraire par d'autres parties de son corps, aussi harmonieuses que tentatrices. Car sa beauté simple et naturelle cachait une sensualité furieusement attirante.

— Voyons un peu… Je vous verrais bien à la tête de votre propre entreprise. Dans les produits cosmétiques bio ou… les tenues de yoga.

Elle secoua la tête en riant doucement.

— Vous ne pouvez être plus loin de la réalité.

— En tout cas, vous devez gérer une société prospère. C'est évident.

— Je n'en suis pas encore là mais disons que c'est ce que je vise.

Et en plus, elle était modeste. Ce qui lui plaisait beaucoup. Tant de gens qui gravitaient autour de lui se vantaient de ce qu'ils étaient, de ce qu'ils faisaient. Joy, elle, était… rafraîchissante de sincérité et de réserve.

— Allons, ne soyez pas aussi modeste. Vous êtes logée dans cette magnifique maison ce qui signifie que vos amis ont du bien. L'expérience m'a montré que l'argent attire l'argent. En outre, votre comportement vous trahit.

— Mon comportement ? Que voulez-vous dire par là ?

— Vous semblez très à l'aise dans cette belle maison. C'est un signe qui ne trompe pas.

Pour toute réponse, elle cala ses pieds nus sur le rebord de la table basse. De jolis pieds fins dont les orteils délicats étaient laqués d'un rouge écarlate qui hypnotisa son regard.

— Et vous ? finit-elle par demander en guise de réponse. Dites-moi un peu. Que fait donc Alexandre Townsend dans la vie ?

Elle ne lui avait pas répondu, preuve manifeste, à ses yeux, d'une grande discrétion. Ou bien… Puisque, visiblement, elle s'apprêtait à passer ses vacances de Noël loin de sa famille, elle avait peut-être décidé de prendre un peu de distance. Et de faire une pause. Seule.

Intéressant…

— Je travaille dans la finance, répondit-il de bonne grâce. Je suis à la tête de la société familiale. Au début, cela me semblait rebutant. Mais je me suis pris au jeu.

Et puis, il faut dire que je baigne là-dedans depuis mon enfance. Aussi, j'ai vraiment à cœur de perpétuer ce bien qu'on m'a légué.

— Vous êtes proche de votre famille ?

— Je suis très proche de mes frères. D'ailleurs, nous travaillons tous ensemble. Notre père a pris sa retraite mais il a beaucoup de mal à passer le flambeau.

— Vous voulez dire par là qu'il cherche encore à mettre son grain de sel partout ?

C'était bien là que le bât blessait. En tant que fils aîné, il était destiné dès son plus jeune âge à reprendre les rênes de la Townsend & Associates Investments. Une fonction qu'il était fier d'assurer. Malheureusement, depuis un an qu'il occupait le poste de P-DG, les choses ne se passaient pas comme prévu. Son père prenait sans cesse position et critiquait chacune de ses initiatives, l'empêchant d'apporter le vent de modernité nécessaire à toute évolution économique.

— On peut le formuler ainsi, en effet. J'espère que, avec le temps, il comprendra qu'il lui faut vraiment céder sa place.

— Les parents ont souvent tendance à vouloir surprotéger leurs enfants. Les miens n'ont pas très bien accueilli ma décision de m'inscrire dans une école de cuisine.

— Vous êtes cheffe ? Je n'étais pas si loin, finalement.

— J'ai une formation de cuisinière. La cuisine est ma véritable passion. C'est ma grand-mère qui me l'a transmise.

Plus il découvrait sa personnalité, plus il était sous le charme. Il adorait l'idée qu'elle soit une créatrice plutôt qu'une femme d'affaires ambitieuse et carriériste.

— Si cela vous tient tellement à cœur, pourquoi vos parents s'inquiétaient-ils pour vous ?

Aussitôt, elle détourna les yeux, cherchant à fuir son regard. Il y vit de nouveau le signe qu'elle lui cachait quelque chose. Derrière l'apparence toute lisse, était-elle une dissimulatrice ? Une intrigante ? Une femme dont il devrait se méfier ?

— Ils pensaient que je ne pourrais pas gagner correctement ma vie, répondit-elle, le regard toujours fuyant. Ils n'avaient pas vraiment tort. Mais l'argent n'est pas mon moteur. Comme je viens de vous le dire, je suis animée par la passion et j'adore ce que je fais.

Quelle bouffée d'air frais dans le monde de requins qui était le sien ! Il admirait en elle son courage et sa pugnacité. Elle lui apparaissait comme une femme déterminée, prête à livrer toutes les batailles pour atteindre l'objectif qu'elle s'était fixé.

— Je suis très impressionné.

— Oh ! il n'y a pas de quoi, vous savez. Mais revenons un peu à vous. Vous avez évoqué votre père mais qu'en est-il de votre mère ? Travaillait-elle aussi dans la société familiale ?

Durant un court instant, il laissa planer un silence pesant. Tant d'années après le drame, il ressentait une émotion toujours aussi intense. La culpabilité l'étreignait encore. Il ne se pardonnerait jamais de ne pas avoir été présent au moment où sa mère s'était éteinte après des mois de souffrances.

— Elle est morte alors que j'étais étudiant, répondit-il finalement.

— Excusez-moi. Je suis désolée.

Elle avait parlé d'une voix empreinte d'une compassion qui, bien que touchante, ranima en lui un sursaut de fierté. Il ne voulait pas donner de lui l'image d'un homme vulnérable.

— À votre tour de me parler de vos parents, proposa-t-il d'un ton qu'il voulait léger. Que font-ils ?

Elle ferma les yeux, semblant hésiter à répondre.

— Si vous voulez bien, nous en parlerons une autre

fois car, pour l'heure, je suis très fatiguée et j'irais bien me coucher.

Devait-il la croire ou était-ce une manière de le fuir, une fois de plus ? Il n'arrivait pas à lire en elle, comme il le faisait aisément avec les autres femmes. Enfin… si l'on excluait Sharon qui l'avait bien dupé, elle.

Arrête un peu d'être paranoïaque. Toutes les femmes ne sont pas des Sharon.

D'ailleurs, Joy avait toutes les raisons d'être fatiguée. À l'heure qu'il était, elle devait subir le contrecoup de toutes ces émotions.

— Vous n'avez pas mal à la tête, n'est-ce pas ? Vous me le diriez ?

Elle se leva du canapé en secouant la tête.

— Non, je n'ai pas mal, et oui, je vous le dirais. Je suis tout simplement fatiguée.

— Très bien, je vous crois. Où voulez-vous que je dorme ? Je peux rester là, sur le canapé, si cela vous arrange.

— Il n'en est pas question. La maison ne manque pas de chambres. Vous n'aurez qu'à vous installer dans la première à gauche, à l'étage. La mienne se trouve deux portes plus loin, dans le même couloir.

Il ne manqua pas de remarquer qu'elle prenait la précaution de mettre de la distance entre eux. Tout le contraire de ce que ferait une autre femme dans la même situation.

— Merci. Si ce n'est pas trop vous demander, pourrais-je garer ma voiture dans le garage ? Je crains que passer la nuit dehors lui soit fatal.

— Bien sûr. Le garage se trouve juste à droite en sortant de la maison.

— Merci beaucoup. Bonne nuit.

— Bonne nuit, dit-elle avant de tourner les talons et de prendre la direction de l'escalier.

S'il trouva le garage sans difficulté, il eut plus de

mal, en revanche, à y garer sa Bugatti, car la neige qui tombait sans discontinuer recouvrait à présent l'allée d'une couche épaisse.

Il saisit son sac de sport qu'il gardait toujours dans le coffre de l'une ou l'autre de ses voitures et dans lequel, outre son équipement sportif, se trouvaient des sous-vêtements propres et une petite trousse de toilette renfermant le strict nécessaire.

Quelle situation étrange, se dit-il en pénétrant de nouveau dans la maison. Il ne se souvenait pas d'avoir jamais vécu quelque chose d'aussi bizarre. Mais cela avait comme avantage de mettre un peu de piment dans une semaine de vacances qui s'annonçait aussi ennuyeuse que solitaire.

Il fut de nouveau envahi par l'appréhension diffuse que Joy lui cachait quelque chose. Il n'était pas totalement convaincu de sa bonne foi. Avec la fortune qui était la sienne, il se devait de rester vigilant. Car, malheureusement, la seule fois où il avait baissé la garde, où il avait fait confiance à une femme, il avait été salement trahi.

Si l'impensable s'était produit, s'il avait fini par épouser Sharon qui l'aurait quitté quelques années plus tard – il n'en doutait plus une seconde aujourd'hui –, non seulement sa fortune aurait été écornée mais, en plus, il aurait vu son nom traîné dans la boue par des paparazzis peu scrupuleux.

Tout à ses pensées, il regagna le salon d'où il appela Paul, son homme de confiance, chargé d'enquêter pour le compte de la société lorsque cela s'avérait nécessaire. Il n'y avait pas meilleur détective pour découvrir quelque squelette caché dans un placard. Il le connaissait depuis son plus jeune âge et pouvait lui parler à cœur ouvert.

— N'es-tu pas censé être en vacances ? s'enquit Paul aussitôt qu'il eut pris son appel.

Soucieux de ne pas attirer l'attention de Joy, il alla se poster au bout de la pièce et répondit en baissant la voix :

— Je suis en vacances. Mais j'aimerais que tu vérifies quelque chose pour moi.

— Quelque chose ou quelqu'un ?

— Quelqu'un. Une femme.

— J'espère que tu ne t'es pas encore embarqué dans une situation délicate.

Il ferma les yeux et laissa échapper un léger soupir. Paul avait tous les droits d'être inquiet. À la seconde où il avait rencontré Sharon, Paul avait eu des doutes à son sujet mais n'en avait parlé à personne. Jusqu'au jour où Alexander lui avait annoncé son intention de l'épouser. De sa propre initiative, Paul avait alors commencé à creuser. Et il avait trouvé.

— Ce n'est pas aussi simple, rétorqua-t-il. J'ai rencontré une femme, ce soir, dans des circonstances un peu spéciales. J'ai failli la renverser avec ma voiture en glissant sur une plaque de verglas. Au moment où je te parle, je me trouve chez elle. Pour être franc, je la trouve charmante et j'aimerais – pourquoi pas ? – l'inviter à dîner un de ces soirs. Mais avant, j'ai besoin de savoir si elle ne me ment pas. J'ai l'impression qu'elle me cache quelque chose.

Un silence de plusieurs secondes s'ensuivit, signe que Paul réfléchissait.

— C'est-à-dire ? finit-il par demander. Je ne voudrais pas que Sharon t'ait rendu paranoïaque. La grande majorité des gens n'ont pas de mauvaises idées derrière la tête, tu sais.

Et le reste ?

— Message reçu, Paul. Merci. Tu pourrais faire ce que je t'ai demandé ?

— Le nom de cette jeune femme ?

— Joy Baker. Elle vient de Santa Barbara, Californie.

— Tu sais quelque chose sur sa famille ? Sur son activité professionnelle ?

— De sa famille, je sais juste qu'ils n'ont rien à voir avec les Baker de Denver. Concernant sa profession, elle est cuisinière. Ou pâtissière.

Un nouveau silence accueillit ces réponses à l'autre bout du fil.

— Très bien. Je te rappelle demain pour te tenir informé.

- 3 -

Joy se coula avec bonheur dans son lit. Elle en rêvait depuis des heures. Elle adorait cette chambre qui était celle d'Elena, la fille des Marshall.

Il se dégageait de cette pièce, décorée de meubles en bois de merisier et de tapis aux couleurs douces et apaisantes, une quiétude et une chaleur qui lui faisaient oublier, à chaque fois qu'elle s'y trouvait, la précarité de sa situation.

Elle vit par les baies vitrées qui occupaient tout un pan de mur que la neige avait redoublé d'intensité. Elle prit son smartphone et consulta l'application météo. De fortes chutes étaient attendues au cours de la nuit. Placée comme elle l'était en haut d'une colline, la maison des Marshall risquait fort d'être isolée du reste du monde lorsqu'elle se réveillerait, le lendemain matin.

Forte de ces déductions, elle appela Bonnie, la propriétaire du salon de thé.

— Je parie que tu appelles pour me parler de ce temps magnifique, ironisa cette dernière.

Elle esquissa un sourire et se cala avec délice contre sa pile d'oreillers.

— En partie, oui. Car même si la tempête se calme, je ne serai pas en mesure de venir travailler demain. J'ai eu un petit accident en rentrant chez moi et le médecin veut que je me repose. Je suis désolée, Bonnie. J'espère que cela ne va pas te mettre dans l'embarras. Tu sais à quel point j'ai à cœur de venir travailler.

Et surtout, je ne veux pas risquer ma place. J'en ai tellement besoin !

— Tu n'as rien de grave, au moins ?

— D'après le médecin, non. Mais il ne peut pas affirmer avec certitude que je n'ai pas subi de choc à la tête. Dans le doute, il préconise un repos total.

— Grands dieux ! Mais que t'est-il arrivé au juste ?

Oh ! trois fois rien ! J'ai failli me faire tuer par un homme au charme irrésistible.

— J'ai glissé et je suis tombée, dit-elle à la place. C'est stupide, je sais bien.

— Ne t'inquiète pas. De toute façon, si les prévisions météorologiques sont exactes, il y a de grandes chances pour que le salon reste fermé. Sans compter qu'avec un temps pareil, personne ne mettra le nez dehors. Nous nous verrons jeudi. D'ici là, repose-toi bien.

Elle poussa un profond soupir de soulagement. Bonnie était une crème de femme. L'exact contraire de Mariella Marshall.

— Merci, Bonnie. Je te tiendrai au courant.

Ce problème réglé, en restait un autre. De taille, celui-là : Alex Townsend. Elle aurait adoré rester avec lui en bas. Faire connaissance. Se laisser envoûter par son regard magnétique. Malheureusement, il se montrait trop curieux. Il lui posait trop de questions personnelles. Et répondre lui demandait un gros effort de concentration, car elle ne voulait pas se recouper. À un moment ou à un autre, elle aurait fini par se trahir ou par donner l'impression qu'elle avait quelque secret à cacher. Ce qui était l'exacte vérité.

Et plus que tout, elle détestait devoir lui mentir.

Elle réfléchit quelques secondes avant d'aller chercher son ordinateur portable. Puisqu'elle ne pouvait pas échanger avec Alex, elle allait se renseigner via Google. Après tout, elle ne connaissait rien de cet homme qui s'apprêtait à passer la nuit sous le même toit qu'elle.

Elle tapa donc sur son clavier : Alexander Townsend, Chicago, Illinois. Il était le troisième du nom. À en juger par sa biographie, et un arbre généalogique long comme le bras, il était aussi fortuné qu'elle l'avait supposé.

Les Townsend appartenaient au cercle très restreint des familles les plus riches de Chicago. Ils possédaient des maisons aux quatre coins du monde, passaient leurs vacances dans des endroits de rêve et comptaient dans leurs relations les grands noms du show-biz et de la politique.

Quant à Alex, il n'avait pas menti. Il était bien à la tête de la société familiale. D'après les articles élogieux émanant de magazines spécialisés, il était un homme d'affaires accompli et, grâce à lui, la Townsend & Associates Investments avait de beaux jours devant elle.

Elle cliqua sur *Images*. Toutes avaient été prises au cours de dîners de gala ou de soirées caritatives. Sur la plupart, il apparaissait souriant, en costume ou en smoking, renversant de séduction. Une femme sublime toujours à son bras.

Aucune ne devait être pâtissière, ironisa-t-elle en son for intérieur.

Autant s'enlever cet homme de la tête tout de suite : Alexander Townsend, 3e du nom, n'était pas pour elle. Ils ne jouaient pas dans la même cour.

Forte de cette évidence, elle allait prendre les décisions qui s'imposaient. Demain, à la première heure, si l'état des routes le permettait, elle demanderait à Alex de quitter la maison. Il le fallait absolument. Avant qu'il ne soit trop tard. S'il apprenait qui elle était vraiment, s'il apprenait son imposture, il alerterait la police et que deviendrait-elle alors ?

La fatigue céda le pas à une vive inquiétude. Elle se sentit soudain en danger ; vulnérable. Cette maison n'était pas à elle mais c'était tout ce qu'elle avait pour l'instant. Un toit pour la protéger. Une sorte de refuge. Quant à l'argent… Il lui restait onze dollars sur son compte en banque et une voiture en panne.

Une boule d'angoisse se forma au creux de son ventre. Noël approchait et elle avait décidé de ne pas aller voir ses parents pour ne pas les décevoir. Comment leur expliquer sa démission, son échec ? En fait, sa situation leur donnait raison. Leurs craintes d'un avenir difficile pour elle étaient après tout bien fondées. Sa mère, surtout, serait anéantie de la savoir dans la précarité, elle qui, chaque jour, avait dû se battre pour joindre les deux bouts. Ce n'était pas cette vie qu'elle voulait pour sa fille.

Bien sûr, elle comprenait parfaitement mais cela ne changeait rien au fait que sa grand-mère avait allumé en elle le feu d'une passion qui ne s'éteindrait jamais. Elle aimait tout dans ce métier : la créativité, les couleurs, les odeurs, le pouvoir d'offrir aux autres une parenthèse de pur bonheur. Elle ne connaissait rien de plus réjouissant que de voir des clients savourer sa cuisine et l'en féliciter.

Il existait une autre raison à son refus de rentrer chez elle pour les fêtes. Et cette autre raison avait pour nom Ben, son ex-petit ami. Un manipulateur qui la rabaissait constamment, qui tentait sans relâche de la détourner de sa passion. Au lieu de la soutenir et de lui donner confiance en elle, il s'était acharné à la faire douter, dans le but toujours inavoué de la faire renoncer à ses rêves.

Dieu merci, elle ne s'était pas laissé faire.

Elle avait travaillé encore plus dur, passant ses nuits et ses week-ends le nez dans ses livres, bien déterminée à prouver à tous ceux qui doutaient d'elle que non seulement elle réussirait, mais qu'elle saurait se faire une belle vie. Une vie où l'on retiendrait son nom et où elle serait estimée de tous. Plus elle avançait dans ses choix, plus il lui apparaissait évident que Ben ne ferait pas partie de son avenir.

Le jour où elle avait rompu, il s'était mis dans une rage folle, allant jusqu'à donner des coups de poing dans les murs. Puis il avait changé de tactique. Il l'avait suppliée à genoux de ne pas le quitter, ce qui, elle devait bien l'admettre, l'avait bouleversée. Puis la haine avait suivi, avec son cortège d'insultes, d'insanités et de menaces. Il ne la lâcherait pas comme ça. Il la retrouverait. Et ce jour-là…

Mais elle avait tenu bon.

Elle avait porté plainte et Ben avait écopé d'une injonction à se tenir à distance dont il se fichait royalement. À plusieurs reprises, elle l'avait vu rôder en voiture autour de chez elle.

Aussitôt son diplôme en poche, elle avait quitté l'État de l'Ohio, direction Los Angeles, sans un regard en arrière. Là, elle serait en sécurité, se disait-elle, Ben étant incapable de sortir de sa petite zone de confort pour la suivre. Mais cela ne signifiait pas pour autant qu'il avait renoncé à elle. À la première occasion, elle le savait, il viendrait la trouver pour tenter de la reconquérir. Pathétique…

Un jour, elle l'espérait, elle serait en mesure d'offrir deux billets d'avion à ses parents pour qu'ils viennent lui rendre visite. Mais pour l'heure…

La tête bouillonnant de pensées sinistres, elle quittait le cocon douillet de son lit pour gagner la salle de bains lorsqu'elle entendit de petits coups discrets frappés à sa porte.

— Joy ? Tout va bien ?

Bon sang ! Alex avait-il l'oreille collée à sa porte ?

Quel importun ! C'était bel et bien une intrusion dans son intimité. Elle détestait les hommes surprotecteurs et plus encore, les espions.

— Oui, répondit-elle néanmoins d'une voix qu'elle s'appliqua à garder neutre. Je vais chercher un verre d'eau.

— Je vous ai entendue vous lever au moment où je passais, se justifia-t-il. Bonne nuit.

— Bonne nuit.

Cette scène la conforta dans l'idée qu'elle devait se débarrasser au plus vite du très séduisant Alex Townsend.

Demain, elle lui préparerait un repas délicieux pour le remercier du mal qu'il s'était donné pour elle, puis, avant même que les vingt-quatre heures préconisées par le médecin soient écoulées, elle le prierait gentiment de quitter les lieux.

Elle n'avait pas besoin qu'un homme, fût-il le prince charmant de ses rêves, vienne fouiner dans ses affaires aussitôt qu'elle aurait le dos tourné.

Alex se réveilla avec l'odeur délicieuse du café et se leva sans attendre tant il lui tardait d'aller retrouver Joy. Pourvu que Paul ne l'appelle pas pour lui annoncer de mauvaises nouvelles qui le précipiteraient hors de cette maison plus tôt que prévu !

Il alla regarder à la fenêtre. Bon sang, on aurait dit qu'une avalanche s'était abattue sur la ville, tant tout était enseveli sous la neige, le paysage recouvert d'une masse uniforme d'un blanc presque éblouissant.

Il enfila à la hâte son short de basket et descendit rejoindre Joy. Il s'arrêta net à quelques pas de la cuisine lorsqu'il la vit, captivé par l'image qu'elle lui offrait. Elle s'activait à des tâches banales. Et pourtant, elle lui apparut comme la plus séduisante des femmes. Son regard s'attarda sur sa nuque gracile que révélaient ses cheveux retenus en un chignon lâche, puis sur la douce courbe de ses épaules. Il imagina un instant caresser sa peau satinée.

Ressaisis-toi, mon vieux. Ne joue pas avec le feu.

— Vous n'avez pas de personnel pour faire la cuisine

à votre place ? s'enquit-il en entrant dans la pièce d'un air désinvolte pour cacher le trouble qui venait de le saisir.

Elle secoua la tête sans s'interrompre.

— Je n'ai besoin de personne. Je suis tout à fait capable de me débrouiller seule.

— Je vois cela, en effet. Et vous avez l'air de bien vous en sortir.

— Le café est prêt.

— C'est ce délicieux arôme qui m'a sorti du lit, figurez-vous.

Et l'envie irrépressible de te retrouver.

Il la regarda encore alors qu'elle mettait le couvert. Elle souriait, semblait détendue. Mais elle affichait encore cet air méfiant qui l'intriguait.

Si elle lui cachait quelque chose, il le saurait très vite. Entre-temps, rien ne l'empêchait de passer un agréable moment en sa compagnie.

— Hum… Très bon, dit-il après avoir pris une gorgée de son café. Il est comme j'aime : rond et corsé.

— Vous le prenez toujours nature ? Sans lait ni sucre ?

— Toujours. J'ai été élevé au café noir. Et vous ?

— Lait ET sucre.

Il nota mentalement ces précisions. Au cas où il aurait à lui en servir un jour. Sait-on jamais ?

— Quelles sont les prévisions météo ? Les connaissez-vous ?

Elle désigna du menton l'écran de télévision du salon, allumé mais sans le son, qu'ils pouvaient apercevoir de là où ils se tenaient.

— La tempête se calme un peu mais ils prévoient encore des bourrasques intermittentes pour la journée. Quoi qu'il en soit, cela va prendre du temps pour déneiger tout ça. Il est déjà tombé près d'un mètre.

Vraiment ? Un cadeau du ciel, c'était bien le cas de le dire… La perspective de passer la journée avec elle le remplit d'une joie enfantine. Avec un peu de chance, Paul l'appellerait pour lui annoncer que Joy Baker n'avait rien à se reprocher. Ou, en tout cas, rien de bien grave.

— Je suis désolée que vous soyez bloqué ici, dit-elle. J'imagine que vous devez avoir des tas de choses plus intéressantes à faire.

— Une journée de repos ne peut pas me faire de mal. Je ne prends pas assez de temps pour moi.

— Seriez-vous un bourreau de travail ?

On pouvait le voir sous cet angle, en effet. Car si l'année avait été particulièrement chargée, en revanche, il était seul responsable de son emploi du temps. Mais il faut dire qu'il avait mis tellement de temps à trouver ses marques que, une fois le problème réglé, il s'était laissé happer par un tourbillon grisant dont il n'avait pas eu envie de sortir. Alors, oui. Sa vie se résumait en grande partie à un métier qui le passionnait.

Cependant, au cours des douze derniers mois, il s'était surpris, à plusieurs reprises, à songer que s'il rencontrait sa femme idéale… s'il se mariait… il serait alors capable de lever le pied.

— En quelque sorte, éluda-t-il.

— Je vous comprends. Moi-même, je passe le plus clair de mon temps à travailler.

La minuterie du four interrompit ce qui, à ses yeux, pouvait passer pour un début de confidences.

— Le four est chaud, annonça-t-elle. Je ferais mieux de m'y remettre.

— Surtout, ne vous tracassez pas pour moi. Je ne prends rien au petit déjeuner. Que du café.

— Allons, allons. Votre mère ne vous a pas appris que c'est le repas le plus important de la journée ?

Sa mère lui avait appris beaucoup de choses mais pas celle-là, non. D'ailleurs la question s'était réglée d'elle-même lorsqu'il avait été en âge de comprendre que sa mère était alcoolique et qu'elle éprouvait le besoin de boire dès le matin. Plutôt que d'être le témoin de scènes qui le bouleversaient, il avait choisi de partir vite à l'école, l'estomac vide, plutôt que voir sa mère dans un tel état au saut du lit.

Mais ce lourd secret, il le garderait pour lui.

— Désolé mais non, répondit-il sobrement.

— Vous verrez, vous changerez d'avis lorsque vous aurez goûté à mes scones, répondit-elle d'un ton guilleret.

Elle se mit alors à fouetter d'un poignet vigoureux un mélange de farine et de sucre auquel elle rajouta trois œufs et une pincée de sel.

Il s'installa alors sur l'un des tabourets qui encadraient le plan de travail pour mieux la contempler à l'œuvre. À l'évidence, elle était à l'aise dans une cuisine.

— Et maintenant, qu'allez-vous faire ? s'enquit-il.

— Je vais ajouter du beurre coupé en petits morceaux. C'est ce qui va donner tout son moelleux à la pâte.

— Je suppose que cette démonstration n'est que le b.a.-ba de ce que vous savez faire.

— C'est en effet un passage obligé de la formation que j'ai reçue. Un bon chef doit savoir tout faire.

Elle s'interrompit pour verser dans sa mixture un peu du lait en brique qu'elle était allée chercher dans le frigidaire, puis elle se remit à battre le tout de plus belle.

— Vous n'utilisez pas de verre doseur ? Je croyais que c'était un élément indispensable en cuisine.

— Cela dépend. En général, pour ce genre de pâtisseries, je fais tout au jugé. En revanche, pour le pain, je m'en tiens scrupuleusement aux quantités nécessaires.

— Très intéressant, commenta-t-il en finissant sa tasse.

Il ne mentait pas. Enfin, pas tout à fait ; car ce qu'il trouvait véritablement intéressant, c'était de découvrir une Joy légère et bavarde qui prenait plaisir à lui faire partager sa passion.

— Vous dites ça mais je suis sûre que vous vous ennuyez à mourir, pointa-t-elle en riant. Vous aimez les canneberges ?

— Honnêtement ? Je ne me suis jamais posé la question mais je pense que oui.

— Moi, j'en raffole.

Elle le prouva en en prenant une pleine poignée qu'elle incorpora à la pâte.

— Quelle est la prochaine étape ? demanda-t-il encore en la voyant saupoudrer de farine une partie du plan de travail.

— Dites-moi que vous savez à quoi sert ceci.

Elle lui brandit un rouleau à pâtisserie sous le nez.

— Cela dépend du contexte et… de vos goûts, rétorqua-t-il avec un brin de provocation.

Elle lui répondit par un sourire amusé où perçait une pointe d'indulgence pour le pauvre homme lubrique qu'il était.

— Je ne verse pas dans le sadomasochisme, si c'est ce que vous voulez savoir, précisa-t-elle finalement.

— Vous n'aimez que la douceur ?

— Absolument.

Il riva les yeux sur elle qui poursuivait sa tâche sans paraître avoir remarqué le trouble qui s'était emparé de lui. Finalement, ce cours de cuisine prenait une tournure délicieusement provocante.

— Ah, je vois que vous n'aimez pas la crème et le sucre que dans votre café, pointa-t-il en la voyant ajouter l'un et l'autre sur la pâte qu'elle venait de découper en triangles.

— C'est exact, dit-elle en enfournant la préparation. La gourmandise est même une constante chez moi, Alex.

Il aimait la manière dont elle avait prononcé son nom, d'une voix douce et suave qu'il s'imagina l'entendre susurrer à son oreille. Bon sang ! Elle avait sur lui un pouvoir qu'il n'avait pas soupçonné jusque-là. En temps normal, se retrouver coincé dans une maison sans espoir de pouvoir s'en échapper avant quelques jours l'aurait profondément ennuyé. Mais là, la perspective de toutes ces heures à passer en compagnie de cette jeune femme qui allumait en lui un désir intense le réjouissait.

— Dites-moi un peu pourquoi vous vous retrouvez seule dans cette grande maison à l'approche des fêtes. Pourquoi ne rentrez-vous pas chez vous, à Santa Barbara ?

Aussitôt, elle lui tourna le dos pour charger dans le lave-vaisselle les ustensiles qu'elle venait d'utiliser.

— Et vous ? Pourquoi n'êtes-vous pas à Chicago ? Vous m'avez pourtant dit être très proche de votre famille.

Voilà que, de nouveau, elle fuyait toute discussion personnelle.

— Je vous ai posé la question en premier.

— Je ne pense pas que cela puisse vous intéresser. Après tout, nous nous connaissons à peine.

— Vous pouvez tout me raconter, insista-t-il. J'ai une grande capacité d'écoute.

Elle poussa un profond soupir puis, visiblement résignée, acquiesça d'un signe de tête.

— Je ne veux pas rentrer chez moi à cause de mon ex-petit ami. La rupture ne s'est pas très bien passée et s'il apprend que je suis dans les parages, il va vouloir me revoir. Ce que je ne souhaite pas.

Elle semblait si embarrassée qu'il s'en voulut de s'être montré aussi insistant.

— Excusez-moi. Je ne voulais pas vous faire revivre des souvenirs désagréables.

— Ce n'est pas si grave. Nous avons tous nos petits secrets, n'est-ce pas ? Et puis, Noël approche. Ce doit être une période gaie et festive.

Elle s'était montrée franche ; c'était à lui maintenant de jouer cartes sur table.

— Je ne suis pas à Chicago parce que j'avais besoin

de m'éloigner un peu de mon père et de sa femme. En ce moment, je ne les supporte pas. Quant à mes frères, ils sont partis passer les vacances dans les Caraïbes. Moi, ce n'est pas mon truc. J'ai grandi à Chicago et j'aime Noël sous la neige.

— Je suis comme vous. Pour moi, il n'y a pas de Noël sans neige.

— Pourtant, vous ne devez pas la voir souvent tomber à Santa Barbara, pointa-t-il.

Elle balaya cette objection d'un geste désinvolte de la main.

— Ah… Oui, bien sûr. Je pensais aux escapades que je faisais avec mes parents lorsque j'étais enfant. Nous avions l'habitude de passer les fêtes de fin d'année à la montagne.

La minuterie sonna, lui épargnant d'en dire plus. Elle s'empressa de sortir ses gâteaux du four puis alla chercher deux assiettes à dessert et des serviettes en papier qu'elle posa sur le comptoir avant de s'asseoir à côté de lui.

— Et si je devenais accro à vos pâtisseries ? plaisanta-t-il en se servant.

— Je ne me sentirais pas responsable de vos faiblesses. Tant pis pour vous.

Elle était si terre à terre pour quelqu'un qui était né avec une cuillère en argent dans la bouche ! Un trait de caractère sans doute dû à sa passion pour la cuisine, qui l'avait sortie de la voie toute tracée des héritières jet-setteuses.

— Je prends le risque, décida-t-il avant de mordre de bon cœur dans la pâte souple et parfumée.

Il était fichu !

— Je n'en ai jamais mangé d'aussi bons, la félicita-t-il, aussitôt sa première bouchée avalée. Même pas en Angleterre.

Elle prit le temps de goûter elle-même avant de dire :

— Je vous avais prévenu. Sans vouloir me vanter, les clients se jettent dessus dès que nous les mettons en vitrine.

— Les clients ? De quels clients parlez-vous ? Vous possédez une pâtisserie ?

Elle se mit à tousser de manière si convulsive qu'il lui tapota le dos avant de lui présenter un verre d'eau fraîche.

— Ça va ?

— Oui, merci. Ce n'est rien, j'ai avalé de travers.

— Nous parlions de votre pâtisserie, lui rappela-t-il. J'avais cru comprendre que vous étiez en vacances ici.

— En fait, pas vraiment. J'effectue une sorte de stage au salon de thé du centre. J'ai en tête de faire éditer un recueil de recettes et quel meilleur moyen de savoir si je suis sur la bonne voie que de faire tester mes créations à de véritables clients ? Et puis, je deviendrais énorme si je devais tout goûter moi-même à longueur de journée.

— Ainsi donc, vous avez des talents cachés. Il semble que vos cours de cuisine vous ouvrent toutes sortes de portes.

— Je ne suis pas le genre de femme à me satisfaire de petits succès. J'ai de l'ambition, vous savez ; et j'espère pouvoir diriger un jour mon petit empire à moi.

— Pourquoi petit ? Visez haut et grand. Vous pourriez aller jusqu'à avoir votre propre émission culinaire à la télé. Vous êtes belle et talentueuse. Les chaînes se battraient pour vous avoir.

D'accord, il la connaissait peu. Mais il voyait très bien Joy Baker en haut de l'affiche.

- 4 -

Joy n'en revenait pas. Alex, qu'elle connaissait à peine, avait en elle une foi que ses proches ne lui avaient jamais manifestée. Il croyait en elle, ne doutant pas une seconde qu'elle allait réaliser son rêve puisqu'elle avait les moyens de ses ambitions.

Et puis, il la trouvait belle. Lui qui sortait toujours accompagné des plus belles femmes. Cette réalité donnait encore plus de poids au compliment qu'il venait de lui faire.

— Merci, dit-elle tout émue. Votre avis compte beaucoup pour moi. Vraiment.

— J'en suis heureux.

Il fixa sur elle un regard pénétrant qui la fit frissonner d'un désir qu'elle n'avait pas éprouvé depuis bien longtemps.

— Je suis désolé d'avoir frappé à la porte de votre chambre comme je l'ai fait hier soir, s'excusa-t-il. Je ne voulais pas me montrer indiscret, mais juste au moment où je passais dans le couloir pour aller me coucher, je vous ai entendue vous lever. Cette maison est tellement silencieuse que le moindre bruit prend des proportions énormes.

Ainsi donc, il n'avait pas agi dans le but de l'espionner mais juste parce qu'il était inquiet pour elle. Une fois de plus. Il fallait qu'elle cesse d'être paranoïaque. Tous les hommes n'étaient pas comme Ben. Alex était même tout le contraire. Ne s'était-il pas montré plus enthousiaste en cinq minutes que son ex n'avait été capable de l'être durant tout le temps de leur relation ?

— Ne vous inquiétez pas pour cela, dit-elle. Je vous suis très reconnaissante d'avoir passé la nuit ici pour veiller sur moi. Beaucoup de gens de mon entourage ne se seraient pas donné cette peine.

— Vous les verrez tous accourir quand vous serez un grand chef pâtissier réputé. En attendant, c'est moi qui profite de vos talents. De plus, me retrouver ici avec vous, ce n'est pas vraiment le bagne.

Il reprit du café et, tout en buvant, l'épingla d'un regard acéré. Alexander Townsend n'était pas homme à douter et semblait faire preuve d'une grande assurance en toutes circonstances. C'était sans doute cet aplomb qui le rendait aussi séduisant.

— Si ce n'est pas trop vous demander, puis-je utiliser la buanderie ? J'ai enfilé ce short qui se trouvait dans mon sac de sport mais si je veux pouvoir m'habiller correctement pour partir…

— Mais bien sûr. En attendant, vous pouvez piocher dans le dressing du fils de mes amis. À vue d'œil, vous faites à peu près la même taille.

Elle regretta aussitôt les mots qu'elle venait de prononcer et qui pouvaient amener Alex à vouloir en savoir davantage sur ses « amis » si généreux.

— Vraiment ? Vous pensez que cela ne le dérangerait pas ?

— Non. Bien sûr que non. Il vous le proposerait lui-même s'il était là.

Rien n'était moins sûr mais que pouvait-elle répondre d'autre ?

— À la guerre comme à la guerre, n'est-ce pas ?

Elle regarda par la fenêtre. Le ciel était encore bien gris, ce qui n'augurait rien de bon.

— Comme vous dites, déclara-t-elle comme pour elle-même.

— Dans ce cas, allons-y.

À chacune des marches qu'ils gravissaient ensemble, elle entendait son cœur battre un peu plus fort. Il lui plaisait beaucoup. Vraiment beaucoup. Et elle ? Lui plaisait-elle ? Si c'était le cas, quel avenir pourraient-ils donner à cette ébauche de relation ? Elle ignorait combien de temps il faudrait aux pelleteuses pour déblayer les routes, mais sans doute pas moins d'une journée ; et encore, si la neige cessait totalement de tomber.

Largement le temps de tenter un rapprochement. Et quelques baisers, pourquoi pas ?

Elle aurait tant aimé oublier Ben, la déception de leur rupture, les souvenirs douloureux. Alex saurait l'aider à tourner définitivement la page, elle le savait.

Une fois qu'ils furent seuls dans la chambre du fils Marshall, elle se surprit à vouloir en savoir plus sur Alex. Que se cachait-il vraiment derrière cet homme poli, élégant et courtois ? Était-il tendre ? Romantique ? Passionné ?

Elle imagina sa bouche sur la sienne. Comment embrassait-il ? Ses baisers étaient-ils doux ou au contraire fiévreux ?

Son regard se posa sur le grand lit où il avait passé la nuit. Il se dégageait des draps froissés quelque chose d'une intimité qui alluma instantanément un feu au creux de son ventre. Elle se vit nue avec lui, leurs corps enchevêtrés dans de folles étreintes, tandis que leurs mains et leurs bouches fébriles…

Les mains qu'Alex venait de poser sur ses épaules la firent délicieusement frissonner en même temps qu'elles interrompirent brusquement les images sensuelles qui se bousculaient dans sa tête.

— Où se trouve le dressing ? s'enquit-il, ignorant tout du trouble qui l'avait envahie.

Les jambes tremblantes, elle le conduisit vers une porte qui ouvrait sur des rayonnages surchargés de vêtements. Au milieu de la pièce trônait une ottomane en cuir fauve.

Que l'on puisse posséder autant de tenues, qui plus est dans une maison de vacances, dépassait l'entendement. Il y avait là de quoi s'habiller différemment chaque jour de l'année. Et encore, il y avait fort à parier que Marshall junior possédait une garde-robe identique à Santa Barbara.

— De quoi avez-vous besoin ? s'enquit-elle tandis qu'Alex passait en revue les nombreuses étagères.

— Pour le moment, un jean et un pull feront l'affaire, répondit-il.

Il se tourna vers elle pour ajouter d'un ton malicieux où perçait une pointe de provocation :

— Je dors nu. Je me dispenserai de pyjama.

Décidément, elle ne rêvait pas. Alexander Townsend lui faisait du gringue. Elle pouvait dire, sans trop craindre de se tromper, que l'attirance qu'elle éprouvait pour lui était réciproque. Qui serait le premier à briser la glace ? À embrasser l'autre ? Elle ou lui ?

— Je vous laisse choisir, décréta-t-elle d'une voix mal assurée, en prenant place sur l'ottomane. Les pulls sont sur cette étagère et les jeans sur cette autre.

Si Mariella Marshall la voyait jouer la parfaite hôtesse dans sa propre maison ! Elle pourrait dire adieu à ses ambitions car les portes du circuit fermé des grands restaurateurs lui seraient interdites à jamais.

Elle chassa prestement ces pensées sinistres de son esprit pour vivre pleinement le moment présent. L'occasion de vivre dans le luxe avec un homme comme Alex ne se reproduirait jamais. Autant en profiter !

Elle le regarda prendre un pull marron et en vérifier l'étiquette.

— 100 % cachemire, lut-il tout haut. Voilà qui est parfait. Je ne supporte pas la laine.

La seconde d'après, il retirait son T-shirt froissé et le lançait d'un geste désinvolte à ses pieds.

Elle planta les ongles dans le tissu du canapé et croisa nerveusement les jambes. Bouche bée, elle le regarda passer le pull par-dessus sa tête.

Il était… tout en muscles. Terriblement bien bâti. Nul besoin de le toucher pour vérifier la fermeté de son torse. Il lui suffisait de regarder ses muscles rouler sous la peau à chacun de ses gestes pour en avoir confirmation.

Pourtant, l'envie ne lui manquait pas de se lever pour aller faire courir ses mains sur ce corps bien trop désirable.

D'un geste sec, il tira sur le bas du pull pour l'ajuster au mieux sur lui. Hélas, le spectacle venait de prendre fin de manière trop brutale.

— Alors ? s'enquit-il. Qu'en dites-vous ?

Elle avala péniblement sa salive puis s'éclaircit la gorge avant de répondre d'un ton qu'elle voulait léger :

— Cette couleur va très bien avec celle de vos yeux.

Le feu sous la glace, aurait-elle pu ajouter. L'association de ces deux extrêmes collant parfaitement avec ce qu'elle voyait.

— Il me tire un peu au niveau des épaules.

— Je vois. C'est que vous êtes plus charpenté que ce que je m'imaginais.

— Vous m'avez imaginé torse nu ? s'enquit-il avec étonnement.

Elle se sentit rougir violemment.

— Bien sûr, rétorqua-t-elle d'une voix faussement désinvolte. En même temps que je visualisais la stature du fils de mes amis. Il le fallait bien pour pouvoir établir une comparaison. Lui aussi est…

Elle dessina dans l'air le contour de ce qu'elle voulait faire passer pour une carrure d'homme puis, prenant soudain conscience du ridicule de ce qu'elle faisait, laissa retomber mollement ses mains le long de son corps. Quel âge avait-elle pour vouloir se justifier de la sorte ?

— Enfin, il a un peu le même gabarit, conclut-elle fermement dans l'espoir de mettre un terme à cette discussion embarrassante.

Visiblement, il avait saisi le message car il se dirigea tout droit, et en silence, vers l'étagère des jeans. C'est alors qu'elle comprit ce qui allait se passer.

Elle aurait bien voulu rester mais elle se l'interdit. Ou elle fermait les yeux ou elle quittait les lieux. Mieux valait partir.

D'un bond, elle se leva de l'ottomane.

— Je vais vous laisser terminer tout seul, annonça-t-elle. Vous n'avez plus besoin de moi.

Mais malgré sa forte détermination à partir, elle était incapable d'esquisser le moindre pas. Elle avait l'impression que ses pieds avaient été cimentés au sol. Elle le regarda donc, comme hypnotisée, faire glisser son short le long de ses jambes puissantes.

— Cela ne me dérange pas que vous restiez, dit-il. Je ne suis pas timide. Ni très pudique, d'ailleurs.

— J'avais remarqué, en effet, répliqua-t-elle, les yeux rivés sur lui.

Qu'allait-il se passer si elle restait ? Rien qui pourrait la meurtrir. Cette maison n'était pas la sienne, tout comme ce monde n'était pas le sien. Quant à Alex… il ne connaissait même pas son véritable patronyme.

Elle décida de couper la poire en deux. Elle pivota sur elle-même de sorte à lui tourner le dos. Mais même cette stratégie – un brin pathétique, elle devait bien l'admettre – ne l'empêchait pas d'imaginer Alex nu. Cette seule pensée fit grimper de plusieurs degrés le désir qu'il avait allumé en elle.

— Ça y est, annonça-t-il avec une pointe de malice. Vous pouvez vous retourner. J'ai passé un caleçon.

Elle se retourna, le visage en feu.

— Je voulais juste respecter votre intimité, se défendit-elle.

— Je ne vous connais pas très bien mais vous m'avez l'air d'être sur les nerfs.

Tandis qu'il enfilait son jean, le regard de Joy se porta aussitôt sur ses longues jambes musculeuses. Des jambes solides, comme taillées dans du marbre. Il aurait pu tout à fait être une œuvre de Rodin.

— J'espère que ce n'est pas moi qui vous mets dans cet état, poursuivit-il ; que je ne vous mets pas mal à l'aise.

— Non, vous n'y êtes pour rien. C'est moi. J'ai tendance à être toujours un peu tendue.

C'était ainsi. Elle était née pétrie d'angoisses et même lorsque tout allait bien, elle se trouvait toujours de bonnes raisons de s'inquiéter.

Il plongea les mains dans les poches de son jean pour les lisser puis il plia soigneusement ses propres affaires.

— Voilà une bonne chose de faite, dit-il. Je prendrai une douche plus tard.

— Bien sûr, s'empressa-t-elle d'approuver pour dissiper les images d'Alex nu, qui affluaient de nouveau.

La prenant par surprise, il posa ses mains sur ses épaules et se mit à la masser doucement. Dieu que c'était bon !

— Vous êtes sûre que tout va bien ?

Il avait parlé d'une voix caressante qui exacerba l'envie de lui qui flambait dans son ventre. Incapable de répondre sans trahir le trouble qu'il suscitait en elle, elle opina en silence.

— Qu'allons-nous faire, maintenant ? poursuivit-il. Car il semble bien que nous soyons condamnés à rester enfermés toute la journée.

Elle l'entendait à peine, à présent, tant elle était consciente de ses mains chaudes et puissantes sur elle. Des mains qui lui donnaient envie de s'abandonner contre lui, d'offrir sa nuque à ses lèvres fiévreuses et de le supplier de la dévêtir.

Oui.

Elle avait une idée très précise de la manière dont ils pourraient tuer le temps.

— Je ne sais pas, dit-elle alors que tout son être lui criait de l'embrasser. Et vous ? Avez-vous quelque chose à proposer ?

— Eh bien, comme c'est bientôt Noël, je me disais que nous pourrions décorer la maison. Ce serait plus agréable pour vous de vous retrouver dans une ambiance festive.

C'était bien là la dernière chose dont elle se préoccupait. Pour elle, le 25 décembre ne serait rien d'autre qu'un jour férié comme les autres.

— J'ignore s'il y a des décorations de Noël quelque part, objecta-t-elle.

— Eh bien, cherchons. Nous n'avons que ça à faire.

— Je ne sais pas. À vrai dire, la perspective de fouiller partout me dérange un peu.

— Vos amis ne vous auraient pas prêté cette magnifique maison s'ils n'avaient pas confiance en vous. Je suis certain qu'ils vous encourageraient même à la décorer en sachant que vous allez être seule pour les fêtes.

Elle salua intérieurement sa capacité à la convaincre que ce qu'elle estimait au départ être une mauvaise idée en était une bonne. Elle qui, jusque-là, s'évertuait à ne laisser aucune trace de son séjour dans cette maison !

— D'accord, finit-elle par accepter. Mais pour l'heure, je vous laisse. Je dois aller m'habiller.

— Vous pouvez rester en pyjama, vous savez. Vous êtes très bien comme ça.

Il avait accompagné ses paroles d'un sourire qui lui chavira le cœur. À ce moment précis, il aurait bien pu la conduire tout droit dans son lit qu'elle n'aurait pas émis la moindre objection.

Reviens un peu sur terre, ma fille. Tu souffriras moins lorsque Alexander Townsend sortira de ta vie sans un regard pour toi.

— Merci pour le compliment, mais je vais quand même aller passer une tenue plus adaptée.

— À vous de voir.

Pendant que Joy se changeait, Alex suivit le bulletin météorologique à la télé. Chacun avait pour consigne de rester calfeutré chez soi en attendant une éventuelle amélioration du temps.

De toute façon, il n'avait pas le choix. Non seulement les vingt-quatre heures de surveillance ne seraient écoulées que le soir mais, même s'il lui venait à l'idée de vouloir partir, le moteur de sa Bugatti ne ferait pas long feu dans la neige.

La sonnerie de son smartphone le tira brusquement de ses pensées. C'était Paul.

Il bondit du canapé où il se trouvait et se précipita au bas de l'escalier pour vérifier que Joy n'était pas en train de descendre.

— Salut, Paul, dit-il, une fois rassuré. Tu as trouvé quelque chose ?

Tout en écoutant son ami parler, il regagna le salon et alla se poster le plus loin possible de l'entrée de manière à pouvoir raccrocher si Joy arrivait.

— À vrai dire, il y a des dizaines et des dizaines de Baker dont l'initiale du prénom est J. Mais la seule Joy que j'ai trouvée est âgée de soixante-douze ans et elle habite Flagstaff en Arizona.

— Soixante-douze ans ? En effet, ça ne correspond pas.

Il s'adossa contre l'un des piliers en bois qui soutenaient le plafond voûté et contempla la vue étonnante qui s'offrait au regard.

— De toute façon, je pense que c'est inutile de chercher plus loin.

— Tu as renoncé ?

Au fil des ans, il était devenu très proche de Paul et il n'était pas rare qu'il le prenne pour confident.

— Non, mais je n'ai plus d'inquiétude à son sujet. C'est une jeune femme très bien ; digne de confiance, je pense.

Il se dispensa de lui donner des détails sur les conditions météorologiques qui l'obligeaient à rester ici, avec elle. Paul serait bien capable de lui envoyer un hélicoptère pour tenter de le tirer de là. Indépendamment du fait qu'il ne voulait pas qu'on remue ciel et terre pour lui, il aimait l'idée d'être hors d'atteinte pendant quelques heures. Ainsi, il se sentait libre de passer un peu de temps avec une inconnue, bien différente des femmes qui gravitaient habituellement autour de lui.

Une inconnue à qui, peut-être, il pourrait faire confiance.

— Très bien. Tiens-moi au courant si toutefois tu changeais d'avis. Mais tu as raison. Il existe des gens parfaitement honnêtes et fiables, qui n'ont rien à cacher.

— Tu penses que c'est inquiétant de ne rien avoir trouvé sur elle ?

— Moi ? Non. En revanche, ce qui m'inquiète, c'est d'avoir fait tous les magasins de la ville et de ne pas avoir trouvé la figurine que mon petit-fils de cinq ans rêve d'avoir pour Noël.

Il esquissa un sourire amusé. Paul avait raison. Il était en vacances et il n'avait que quelques heures – dans le meilleur des cas quelques jours – à passer avec Joy Baker. Alors, quelle importance qu'il puisse se fier à elle ou pas ? Ce n'était pas comme s'ils étaient engagés et devaient devenir mari et femme.

À quoi bon se torturer l'esprit ? Le 26 décembre, il reprendrait la direction de Chicago et Joy rentrerait probablement chez elle, à Santa Barbara. Le mieux était donc d'essayer de profiter au mieux de cette parenthèse inattendue.

— Oublie ce que je t'ai demandé, Paul. En ce qui concerne la figurine de ton petit-fils, tu la trouveras sans doute sur un site de vente en ligne. Paie le prix qu'il faudra et envoie-moi la facture.

— Tu es sérieux ? Tu n'as pas à faire ça, Alex. Tu me paies déjà assez grassement.

— Considère ce geste comme un cadeau que tu mérites largement.

— Tu es un chic type, Alexander Townsend. Tu le sais, j'espère ?

— Bien sûr que je le sais, déclara-t-il d'un ton léger destiné à cacher son émotion. Je vous souhaite de belles fêtes, à toi et à ta famille.

— Merci, Alex. De même et à bientôt.

Il venait tout juste de raccrocher lorsque Joy fit son entrée dans le salon. Aussitôt son cœur se mit à battre la chamade comme lorsque, adolescent, il se rendait à un rendez-vous amoureux. Elle s'avança vers lui en lui souriant. Dieu qu'elle était jolie !

— Vous étiez en train de travailler ? s'enquit-elle. Être son propre patron n'est pas toujours facile, n'est-ce pas ?

Il alla à sa rencontre, le cœur battant, tellement attiré par elle que cela en devenait ridicule. Il y avait quelque chose de libératoire à avoir renoncé à faire des recherches sur elle. Et puis, c'était un bon moyen de recommencer de zéro avec les femmes. De tourner définitivement la page et oublier Sharon, de repartir sur de nouvelles bases. De se livrer à une expérience, en quelque sorte.

— Je discutais avec l'un de mes employés mais j'ai terminé. Je n'ai pas l'intention de passer d'autres appels mais, au contraire, de m'amuser.

— Vous avez raison. Moi aussi, cela me fera du bien

de penser à autre chose et de me distraire un peu. Cela fait si longtemps que je ne me suis pas amusée !

— Dans ce cas, je déclare ouverte la chasse aux décorations de Noël.

— L'opération recherche est lancée ! déclara-t-elle à son tour dans un rire joyeux. Et lorsque nous aurons terminé de décorer la maison, je préparerai des cookies.

— Entre les scones et les cookies, il va falloir que je me trouve une activité physique pour éliminer toutes ces calories.

— Que diriez-vous d'une bataille de boules de neige ? suggéra Joy qui avait pourtant très bien saisi son sous-entendu.

— Vous tombez mal, Joy. À ce petit jeu-là, je suis un redoutable adversaire. J'ai été champion de base-ball à l'université.

Elle haussa les épaules dans un geste désinvolte qui dévoila une épaule ronde et satinée qu'il eut aussitôt envie d'effleurer de ses lèvres.

— Ne vous vantez pas si vite. J'ai une belle expérience dans ce domaine, moi aussi.

— Vraiment ? À Santa Barbara, peut-être ?

— Non. Je vous l'ai dit, mes parents et moi partions toujours à la montagne pour les fêtes de fin d'année.

— C'est vrai, j'avais oublié. Mes parents aussi nous emmenaient toujours skier à Noël. C'est d'ailleurs ainsi que je suis tombé amoureux de Vail. Vous étiez déjà venue ici ?

— Non. En fait, c'est la première fois.

Réalisant que son épaule était dénudée, elle ramena son pull près du cou, le privant d'un spectacle dont il ne se lassait pas.

— Bien, poursuivit-elle. Et si nous nous lancions dans notre recherche ?

— À votre avis, par où devrions-nous commencer ?

— J'ignore totalement si cette maison possède un grenier mais je sais où il y a un espace de rangement. Nous pourrions aller y jeter un coup d'œil.

— Je vous suis.

Elle sortit du salon la première, puis longea le couloir sur quelques mètres avant de descendre cinq marches donnant sur une passerelle en bois qui surplombait une immense piscine intérieure flanquée d'un jacuzzi.

— Impressionnant ! s'extasia-t-il.

— Et ce n'est qu'une maison de vacances, commenta-t-elle par-dessus son épaule. Je ne pense pas qu'ils séjournent ici plus d'une fois par an. Quand j'y pense. Quel gâchis !

Il comprenait parfaitement son indignation. Lui-même avait du mal à accepter les excès liés à l'argent.

— C'est vrai qu'une maison pareille mériterait d'être habitée à l'année. Vous vous êtes baignée ? Vous avez profité du jacuzzi ?

— Malheureusement non. Je n'ai pas eu le temps.

Elle s'arrêta au bout de la passerelle et s'engagea dans un escalier en colimaçon qui les conduisit à un couloir bordé de portes tenues fermées.

— Eh bien, nous allons changer cela, décida-t-il. Ce serait trop dommage de ne pas profiter de tous ces équipements. Surtout ce jacuzzi, qui semble n'attendre que nous.

— Est-ce une manière détournée de m'inciter à me mettre en maillot de bain ? demanda-t-elle avec une pointe d'humour.

— Je l'avoue humblement. Qu'en pensez-vous ?

Elle secoua la tête en souriant.

— Vous êtes incorrigible.

— Disons que je serais le dernier des crétins si je ne tentais pas un rapprochement, alors que nous sommes coincés tous les deux sous le même toit.

— Et moi, j'avoue tout aussi humblement que je serais vexée que vous ne le tentiez pas, ce rapprochement, monsieur Townsend.

Les choses prenaient une tournure qui lui plaisait bien, finalement.

— Sachez tout de même que gentleman je suis et gentleman je resterai.

— C'est ce qui me plaît en vous.

— Mais tout gentleman que je suis, s'empressa-t-il d'ajouter, je tenterai de vous voler un baiser.

Elle inclina la tête de côté tout en le regardant, semblant réfléchir à la suite à donner à cette discussion.

— Pourquoi pas ? Cependant, je me réserve le droit de me laisser un peu désirer.

— Jusqu'à quel point ?

— Eh bien… Terminons d'abord l'opération décorations de Noël.

Elle lui donna un petit coup de coude dans les côtes et pointa la première porte du doigt.

— C'est là, dit-elle.

La pièce ne contenait que du matériel de piscine mais ils eurent plus de chance avec la deuxième, où de nombreux cartons étiquetés étaient stockés sur des étagères.

— Là, dit-il en pointant du doigt l'un des cartons. Regardez. Il y a marqué : « Décorations de Noel ». Et à côté, il y a même un sapin artificiel.

Ils ouvrirent le carton et découvrirent de nombreuses guirlandes dorées, des boules multicolores et de très jolies couronnes de Noël. Bref, tout l'attirail pour une parfaite décoration.

— N'en faisons pas trop, quand même.

— Allons, Joy. C'est Noël. Dépêchons-nous. Plus vite nous aurons fini, plus vite nous pourrons nous prélasser dans ce magnifique jacuzzi.

Il la vit lever les yeux au ciel mais aussi esquisser un sourire amusé.

— C'est bien, Alex. Continuez ainsi. Vous êtes sur la bonne voie.

- 5 -

Joy laissa tomber au sol le sac en plastique rempli des décorations de Noël qu'elle avait rapporté de la pièce de rangement.

Des images sensuelles d'Alex et elle, échangeant des baisers fiévreux dans le jacuzzi, dansaient en boucle dans sa tête.

Et pourtant, rien ne se passait. Malgré ses paroles pleines de sous-entendus, il n'avait pas tenté le moindre rapprochement. Pire, même, il semblait avoir très à cœur de décorer cette maison et même d'en faire une priorité absolue.

Bien sûr, elle aurait pu faire le premier pas mais, en règle générale et bien qu'elle ne soit pas très timide, elle préférait laisser l'initiative à l'homme. Question de principes.

Par quoi allons-nous commencer ? s'enquit-elle d'un ton neutre destiné à cacher sa frustration. Assembler les différentes parties de notre sapin ? Cela risque de nous prendre pas mal de temps, non ?

Semblant ne pas avoir entendu, il ouvrit le carton qui renfermait le sapin artificiel et en sortit d'abord le pied en métal.

— J'aurais préféré sentir l'odeur d'un véritable sapin mais il faudra bien nous contenter de celui-ci, dit-il en dépliant l'accessoire. Où voulez-vous que nous le mettions ? Près de la cheminée ?

— Oui, ce sera parfait. Je ne me souviens même pas de la dernière fois où j'ai décoré un arbre de Noël, avoua-t-elle en le regardant s'activer.

C'était tristement vrai. Au cours de ces sept dernières années, son travail l'avait tellement accaparée qu'elle n'avait pas eu de temps à consacrer à des choses aussi frivoles.

— Pourtant, comme tous les enfants, j'adorais l'ambiance de ces fêtes quand j'étais petite. Décorer le sapin avec mes parents et ma sœur… Écouter des chants de Noël tout en me délectant du lait de poule que faisait maman… Oui, tout cela m'enchantait.

Très concentré sur ce qu'il faisait, il poursuivait la tâche qu'il s'était fixée, donnant l'impression qu'il écoutait d'une oreille distraite ce qu'elle lui racontait.

— Vous semblez avoir connu une enfance heureuse, commenta-t-il pourtant. Pas comme moi.

— Vraiment ?

Elle était réellement étonnée. Comment un homme issu d'une famille auréolée d'un tel prestige pouvait-il avoir vécu autre chose qu'une enfance dorée ?

Il secoua la tête tandis que sa bouche se crispait en un sourire plein d'amertume.

— Nous n'avions que le droit de regarder. Mes parents payaient quelqu'un pour décorer la maison à notre place. Chaque année, ma mère imposait un nouveau thème, une nouvelle couleur. Alors, mes frères et moi n'avons jamais connu le bonheur de piocher dans des cartons comme ceux que nous venons de dénicher pour y retrouver nos décorations préférées. À chaque Noël, une nouvelle surprise nous attendait. Une fois, nous avons même eu droit à un Noël placé sous le signe des tropiques. Il y avait des guirlandes de fleurs et des flamants roses partout.

— En effet, pas grand-chose à voir avec les décorations traditionnelles.

Il haussa les épaules dans un geste désinvolte laissant à penser que tout cela était derrière lui, maintenant.

— Je ne lui en veux pas. Tous les efforts que déployait ma mère ne tendaient qu'à une seule chose : plaire à mon père. Car c'était lui qui tenait à en mettre plein la vue à tout le monde. Chaque année, le soir du réveillon, mes parents organisaient une énorme fête où il n'était question que d'argent. Mes parents et leurs invités jouaient à une espèce de surenchère stupide.

Elle ne pouvait même pas imaginer qu'un monde pareil puisse exister quand, chez elle, le moindre cent comptait et n'était dépensé qu'avec la plus grande parcimonie.

— Je suis désolé pour vous, dit-elle, sincèrement touchée.

— Le pire, c'était qu'ils nous obligeaient à porter une tenue habillée et un affreux nœud papillon écossais. Mes frères et moi détestions toute cette comédie. Nous n'attendions qu'une chose : le matin de Noël.

Il interrompit son récit pour mettre en place la dernière partie de l'arbre.

— Pour découvrir vos cadeaux, bien sûr, finit-elle à sa place.

— Surtout parce que c'était le seul jour de l'année où il existait une sorte de trêve entre nos parents. Le stress de la soirée de la veille était passé et maman faisait l'effort de ne pas boire. Ce jour-là, nous avions l'illusion de former une vraie famille. Une famille unie. Le problème, c'était que, pour en arriver là, il nous fallait d'abord en passer par tout ce tralala.

Il s'interrompit de nouveau pour, cette fois, enrouler une des guirlandes électriques autour des branches du sapin puis l'allumer.

— Et voilà. L'instant magique.

Elle lui sourit. Il avait eu raison d'insister. Ce simple

petit arbre lumineux apportait la touche chaleureuse qui manquait à l'ambiance.

— C'est très joli, le félicita-t-elle. Ce le sera encore plus lorsque nous aurons paré notre sapin de tous ses beaux atours.

Joignant le geste à la parole, elle lui passa une à une les boules en verre doré de différentes tailles qu'il mit un soin méticuleux à accrocher.

Ils travaillaient en parfaite osmose, conscients de leurs mains qui se frôlaient à chacun de leurs gestes, jusqu'à ce qu'Alex, la prenant par surprise, l'enlace et la fasse reculer avec lui de deux pas pour juger de l'effet obtenu.

Ils restèrent un long moment ainsi, côte à côte, unis dans une intimité qui la faisait vibrer tout entière.

— Cela faisait deux ans que je ne m'étais pas amusé à décorer un sapin de Noël, lâcha-t-il soudain.

— Laissez-moi deviner. Cela a un rapport avec une petite amie. Je me trompe ?

— Pire. Une ex-fiancée.

En effet, elle se rappela que, au cours de ses recherches sur Internet, elle avait lu un article où il était question de fiançailles rompues. Mais elle avait cru qu'il s'agissait d'une rupture sans importance ; une sorte de routine, presque, pour les hommes comme Alex qui n'étaient jamais à court de conquêtes féminines.

— Excusez-moi. J'ignorais que vous aviez été vraiment fiancé.

— Ne vous excusez pas. Vous ne pouviez pas savoir. Mon enthousiasme pour les fêtes de Noël a faibli à ce moment-là. Mais partager ce moment avec vous m'a fait retrouver une joie d'enfant que je trouve très rafraîchissante. Pour en revenir à notre sapin, je trouve qu'il est suffisamment décoré. Qu'en pensez-vous ? Si nous cherchions à cacher cet affreux pied en métal, plutôt ?

— Je suis d'accord. Nous allons bien trouver quelque chose là-dedans.

Elle ouvrit en grand un autre carton duquel elle sortit un large morceau d'étoffe moiré agrémenté de pampilles.

— Cela devait servir à décorer le manteau de la cheminée, mais voilà qui fera parfaitement l'affaire, décréta-t-elle, fière de sa trouvaille.

Sans plus réfléchir à son geste, elle fit passer le tissu derrière elle et ondula du bassin à la manière d'une danseuse orientale.

— Plus tard, si vous vous ennuyez, je pourrai vous faire une démonstration plus approfondie.

— Justement, je n'osais pas vous le dire mais je commence à m'ennuyer, dit-il, se prenant au jeu. Je pense même que je vais m'endormir si vous ne me sortez pas très vite de cette léthargie.

Elle l'avait bien cherché ! Ses joues s'enflammèrent aussitôt, trahissant son trouble. Il n'empêche... Elle avait tellement envie de lui. Et à vrai dire, elle en avait un peu assez d'attendre patiemment qu'il veuille bien prendre les choses en main. Un peu de provocation pouvait changer la donne.

— Vous êtes toujours comme ça ? s'enquit-elle.

Il haussa les épaules puis, attrapant l'une des pampilles au vol, l'attira à lui.

— Jamais, dit-il d'une voix si caressante qu'elle se mit à frémir. C'est vous qui faites ressortir ce côté en moi.

C'était impossible, bien sûr. Et pourtant, elle aimait l'idée qu'il veuille lui faire croire qu'il faisait avec elle ce qu'il ne faisait pas avec d'autres.

Elle se sentit soudain le cœur léger et d'humeur euphorique.

Ils s'accroupirent ensemble pour envelopper la base de l'arbre du morceau d'étoffe. Ils étaient si près l'un de l'autre que leurs épaules et leurs genoux se touchaient, ce contact physique allumant en elle une onde électrique presque palpable.

Il avait dû ressentir la même chose car il tourna son visage vers elle et plongea son regard ardent dans le sien. Le silence devint plus profond tandis qu'elle se sentait déjà flotter loin, très loin du monde terrestre.

Elle ne voulait pas réfléchir. Car penser aux conséquences qu'un baiser pouvait entraîner risquait de la faire changer d'avis. Une telle occasion ne se représenterait peut-être pas. À elle de la saisir.

Forte de cette certitude, elle rapprocha son visage de celui d'Alex et effleura ses lèvres des siennes. Elles étaient douces et chaudes, telles qu'elle les avait imaginées. Elle ferma les yeux pour mieux savourer cet instant magique.

Sans doute encouragé par son audace, il approfondit leur baiser, cherchant le contact de sa langue. De ses mains fébriles, il la fit basculer avec elle sur la moquette douce et épaisse, parfait contraste à son corps si musculeux. Puis il la fit asseoir sur lui.

Ivre de désir, elle se pressa avec délice sur son sexe déjà dur et tendu puis se mit à onduler sur lui, lui arrachant des gémissements de plaisir. Lorsqu'il glissa les mains sous son pull pour les faire remonter lentement jusqu'à ses seins, elle comprit qu'ils allaient dépasser les limites qu'elle s'était autorisées. Mais tant pis ! À ce moment-là, seul comptait le désir violent qui la submergeait et qu'elle ne voulait plus contenir.

Elle se redressa à demi et, à son tour, elle glissa ses mains sous la laine douce du pull d'Alex avant de le faire passer au-dessus de sa tête.

— Je veux tout voir de toi, dit-elle dans un souffle.

Du bout des doigts, elle dessina le contour de ce torse si viril, puis elle laissa ses mains en explorer chaque muscle et chaque méplat.

— Ce n'est pas juste, murmura-t-il contre sa bouche. Tu veux tout voir de moi alors que je n'ai vu de toi qu'une épaule dénudée.

Elle se mordit la lèvre. Elle avait tellement envie de lui qu'elle était prête à toutes les concessions.

— Tu préfères prendre le contrôle ?

— Défaire l'emballage d'un cadeau, c'est ce qu'il y a de plus excitant, non ?

En guise de réponse, elle étouffa un petit gloussement puis ils roulèrent ensemble sur le côté jusqu'à se retrouver chacun à la place de l'autre. Sans plus attendre, il la déshabilla et prit aussitôt dans sa bouche la pointe dressée de ses tétons qu'il se mit à lécher et à sucer avec force.

Au comble de l'excitation, elle enroula ses jambes autour de son bassin, l'invitant à aller plus loin.

— Tu as des préservatifs ? lui demanda-t-elle entre deux baisers. Je n'en peux plus d'attendre. J'ai tellement envie de te sentir en moi.

— Désolé, mais non, je n'en ai pas, répondit-il d'un ton si dépité qu'elle en esquissa un sourire amusé. Je n'ai pas pour habitude de me promener avec un paquet de préservatifs sur moi.

— C'est tout à ton honneur. Je n'aurais pas aimé qu'il en soit autrement. Mais ne t'inquiète pas, je dois en avoir dans ma chambre.

Cela faisait bien longtemps qu'elle n'avait couché avec personne mais justement, elle avait quitté Santa Barbara pleine de l'espoir de faire d'éventuelles rencontres amoureuses.

— Alors n'attendons plus, décida-t-il en l'entraînant vers l'escalier.

Une fois dans la salle de bains, elle fouilla d'une main fébrile dans sa trousse de toilette.

— Les voilà, annonça-t-elle triomphalement en lui brandissant la boîte sous le nez.

Tandis qu'il se débarrassait à la hâte de son jean, elle sortit un des préservatifs de son étui et le laissa sur le rebord du lavabo. Se sentant portée par une audace infinie qui ne lui était pas habituelle, elle se mit à genoux devant lui puis, après avoir fait glisser son boxer-short le long de ses jambes, prit son sexe dans sa bouche.

Lorsqu'elle le sentit au comble de l'excitation, elle retira prestement son jean et sa culotte puis elle déroula le préservatif sur sa verge dure.

Ils se retrouvèrent nus l'un contre l'autre, peau contre peau, bouche contre bouche. N'y tenant plus, elle alla se percher sur un coin du lavabo et attira Alex vers elle, ouvrant largement les jambes pour pouvoir mieux l'accueillir. Il la pénétra d'un coup de reins puissant qu'il accompagna de baisers fiévreux.

Elle était émerveillée de voir à quel point leurs corps s'harmonisaient à la perfection. À croire qu'ils étaient faits l'un pour l'autre. Elle bougeait au rythme qu'il lui imposait, un rythme qui alla en s'amplifiant et la conduisit très vite au bord de l'orgasme.

Lorsque les vagues successives d'un plaisir sans fin les submergèrent, elle crut que son cœur allait s'arrêter de battre. Elle planta ses ongles dans les épaules d'Alex, s'accrochant à lui comme une naufragée le ferait à une bouée de sauvetage.

Ils restèrent un long moment enlacés et pantelants, étourdis par la force de cette déferlante. Puis, presque titubants, ils gagnèrent le lit où ils se lovèrent de nouveau l'un contre l'autre.

— C'est vraiment la première fois que je prends autant de plaisir à décorer un sapin de Noël, lui chuchota-t-il à l'oreille.

Elle éclata d'un petit rire joyeux et enfouit avec bonheur son visage au creux de son épaule.

— Moi aussi, Alexander Townsend. Mais il nous reste encore beaucoup de travail à faire.

Dans un geste tendre, il coinça derrière son oreille une mèche de cheveux qui lui barrait le front puis il l'embrassa tout aussi tendrement.

- 6 -

Il y avait bien longtemps qu'Alex n'avait pas tenu une femme entre ses bras après avoir fait l'amour. Mais plutôt que de le rebuter, cette pensée le réjouissait.

Il tourna la tête vers Joy et enfouit son visage dans la masse luxuriante de ses cheveux emmêlés. Il s'en dégageait un parfum grisant qui lui devenait familier.

Il se plut à imaginer la suite à donner à leur histoire. Une histoire à court terme, bien sûr, puisque bientôt chacun reprendrait sa route et sa vie. En attendant, pourquoi ne pas profiter du temps qu'ils avaient à passer ensemble ? Après, qui sait, ils pourraient même rester de bons amis.

Son ventre se mit à gargouiller, le ramenant brusquement sur terre. Il était près de 16 heures et ils n'avaient rien avalé depuis le matin. À vrai dire, il mourait de faim.

La voix de Joy attira son attention. Il se dressa à demi sur un coude, pensant la trouver éveillée. Mais non. En fait, elle parlait, ou plutôt marmonnait, en dormant.

— Non, Mariella, disait-elle. C'est faux. Vous vous trompez.

Elle parlait d'une voix hachée et agitait la tête de droite à gauche.

Il lui caressa doucement le bras.

— Joy. Réveille-toi. Il est l'heure de se lever.

Il piqueta son épaule de baisers légers mais il s'arrêta très vite. S'il continuait comme ça, il y avait fort à parier qu'ils sauteraient encore un repas.

Elle battit plusieurs fois des cils puis ouvrit les yeux, donnant l'impression qu'elle ne savait plus où elle était.

— Que dis-tu ? demanda-t-elle d'une voix encore tout ensommeillée.

— Je dis qu'il cst 16 heures passées et qu'il est grand temps d'aller manger quelque chose. Tu as dormi plus de deux heures d'affilée.

— Sérieusement ? Cela ne m'arrive jamais de dormir autant en plein après-midi.

Elle rejeta les couvertures et s'assit, cherchant visiblement à rassembler ses esprits.

— Tu as dû faire un mauvais rêve. Tu étais très agitée et tu parlais à une certaine Mariella. Qui est-ce ?

— Qui ? Ah… Mariella. C'est le nom de la chienne de ma mère.

— Pourtant, tu la vouvoyais et tu lui soutenais qu'elle avait tort.

— Tu sais, les rêves… Va comprendre. Tout ce que je peux te dire, c'est que la seule manière de la faire cesser d'aboyer, c'est de lui parler comme à un humain.

— Je vois.

Après tout, pourquoi pas ?

— Si nous descendions manger ? J'avoue que j'ai une faim de loup.

— Bien sûr. Tout de suite. Je vais te préparer quelque chose.

Elle bondit hors du lit et se saisit d'un déshabillé vaporeux qui se trouvait sur le dos d'une chaise.

— Je crois que je vais aller m'habiller, plutôt, annonça-t-elle comme pour elle-même.

— Comme tu veux. Mais cela ne me dérange pas que tu restes nue.

Elle leva les yeux au ciel tout en esquissant une mimique amusée.

— Je vais aller m'habiller, déclara-t-elle plus fermement. Je te retrouve dans la cuisine dans dix minutes.

Soudain, il retrouvait une Joy distante et mystérieuse ; celle qui lui laissait à penser qu'elle cachait quelque secret. Mais après tout, peut-être que cette réserve était un trait foncier de son caractère ?

Il décida de ne plus s'en préoccuper et de parer au plus pressé : remplir son estomac désespérément vide.

— D'accord, répondit-il.

Il ramassa son boxer-short qui gisait encore au sol puis alla prendre une douche dans la salle de bains de sa chambre. Le rasage attendrait, décida-t-il après avoir examiné son reflet dans le miroir.

Une fois encore, ses pensées dérivèrent vers le changement d'humeur de Joy mais, cette fois, il ne voulut y voir aucun mauvais présage. Après tout, ils vivaient une situation exceptionnelle. En effet, il était rare que deux personnes ayant couché ensemble mais se connaissant à peine soient obligées de vivre sous le même toit. Temporairement, d'accord. Elle vivait seule dans cette maison et elle pouvait vivre sa présence comme une intrusion dans son mode de vie actuel.

— Me voilà, claironna-t-il tandis qu'elle farfouillait dans le réfrigérateur. Penses-tu que nous devrions appeler la municipalité pour qu'elle envoie quelqu'un déblayer la route ?

— C'est inutile. Je suppose qu'ils sont au courant et qu'ils viendront aussitôt qu'ils le pourront.

— Dans ce cas… nous n'avons plus qu'à attendre. Qu'allons-nous manger ?

— Eh bien, avec ce que je viens de trouver, je pensais à un poulet piccata – piccata étant une sauce au beurre citronnée assaisonnée d'un peu d'ail et d'une pointe d'échalote – assorti de spaghettis et d'une tombée d'épinards.

Ce sont les seuls légumes frais qu'il me reste, à part des carottes. Qu'en dis-tu ? Cela te convient-il ?

— J'en salive d'avance.

— Tu veux m'aider ?

— Sérieusement, je ne suis pas très doué en cuisine. Même comme second, je ne sais pas si je te serai d'une grande utilité. Je serais bien capable de mélanger curry et paprika et tu finirais par me détester.

— D'abord, je ne pourrais jamais te détester. Ensuite, si tu connais le nom de certaines épices, c'est que ton cas n'est pas tout à fait désespéré.

— D'accord. Mais donne-moi des directives très précises.

Elle lui vola un baiser furtif avant de dire :

— Quelque chose me dit que tu apprends très vite.

Il retrouvait enfin la Joy joyeuse et pleine de légèreté qu'elle pouvait être. Elle était vraiment à part. Une femme un brin secrète qui n'avait rien à voir avec toutes celles qu'il avait fréquentées jusque-là.

Il se prit très vite au jeu tandis qu'elle lui montrait l'art d'émincer, de couper, de trancher et de paner. Il apprit comment cuire les spaghettis *al dente* et ce que voulait dire une tombée d'épinards. Un délicieux mélange de fumets se dégageait des marmites, emplissant la pièce d'une odeur appétissante.

Heureux de ce moment d'intimité, il ne ratait pas une occasion de la frôler, de la prendre par la taille ou de l'embrasser. De son côté, elle prenait un plaisir évident à lui faire goûter une bouchée de ce qu'ils préparaient et à l'initier au plaisir de cuisiner à deux, qu'elle lui présentait comme un jeu agréable plutôt que comme une corvée indispensable.

Trente minutes plus tard, le repas était prêt à être dégusté.

Ils décidèrent d'un commun accord de laisser tomber la table de la salle à manger, prévue pour accueillir une vingtaine de personnes, pour l'îlot central de la cuisine, bien plus convivial.

Elle baissa l'intensité des éclairages et alluma des bougies tandis qu'il ouvrait la bouteille de bon vin qu'il avait trouvée dans la réserve, les deux contribuant à créer une ambiance romantique à souhait.

— À la grande cheffe Joy Baker ! dit-il en levant son verre pour trinquer.

— Merci, dit-elle en rougissant légèrement sous le compliment. Mais toi aussi, tu as fait du bon travail. Vraiment. Tu vois, cuisiner n'est pas si difficile, finalement. Une fois les bases acquises, il faut se fier à son instinct.

Se fier à son instinct.

C'était quelque chose qu'il avait envie de redécouvrir avec elle. Car si, en affaires, il s'y pliait volontiers, il n'en allait pas de même sur un plan personnel. Avec Joy, il se sentait à l'aise. Le contact était si simple et naturel qu'il avait l'impression de la connaître depuis toujours.

— Cela ne fait que rajouter à ton immense talent. Tu es une grande cuisinière doublée d'une grande pédagogue, ce qui ne gâche rien. Tu m'as beaucoup appris en très peu de temps. Je me demande juste quel mystère se cache derrière un aussi joli visage.

— Je ne cache aucun vilain secret, rassure-toi. J'adore cuisiner et j'aime passer du temps avec toi. C'est tout ce que tu as besoin de savoir. Le reste n'a pas d'importance.

— Si tu le dis. Lorsque nous aurons terminé ce délicieux repas, que dirais-tu d'une bataille de boules de neige ? Je crois me rappeler que tu m'as provoqué, tout à l'heure.

— Une bataille de boules de neige ? À cette heure ? Il est trop tard. Regarde, il fait presque nuit. Et puis, il fait froid.

— Dans ce cas, j'ai une autre idée.

Elle fixa sur lui un regard interrogateur en même temps qu'elle prenait une gorgée de son vin.

— Si tu as l'intention de me faire sortir emmitouflée comme un bibendum, tu peux oublier tout de suite, finit-elle par dire.

— Ce n'est pas du tout ce que j'ai en tête. Je pensais plutôt te proposer d'aller enfiler un maillot de bain et de me rejoindre à la piscine.

Joy, immobile dans son maillot deux pièces, observait Alex qui bataillait avec le système d'ouverture de l'immense baie vitrée qui occupait tout un côté de la pièce. Il faisait nuit. Dehors, il y avait une bonne hauteur de neige. Qu'avait-il donc en tête ?

— Un des plaisirs du jacuzzi, c'est de d'abord avoir très froid, expliqua-t-il sans qu'elle ait eu besoin de lui poser la question. Mes frères et moi adorions cela lorsque nous étions enfants. Nous foncions nous rouler dans la neige avant de nous couler avec délice dans l'eau chaude et bouillonnante du jacuzzi.

— Tu es fou, dit-elle sans cesser de le regarder.

Elle le trouvait vraiment sexy, vêtu seulement de son short de basket. Son torse était nu, laissant voir ses muscles rouler sous la peau à chacun de ses gestes.

L'étrangeté de la situation lui sauta soudain aux yeux comme une évidence. Utiliser cette maison comme si c'était la sienne, la décorer pour les fêtes, faire l'amour sur le rebord d'un lavabo... Pour un peu, elle en oublierait qu'elle n'était pas la propriétaire des lieux.

Toute inquiétude s'était dissipée, laissant la place à une immense joie. Il y avait tellement longtemps qu'elle n'avait pas connu une telle insouciance ! Les vingt-quatre heures qui venaient de s'écouler étaient les plus belles qu'elle ait jamais vécues en compagnie d'un homme. Un homme comme Alex, que son nom prestigieux n'empêchait pas d'être attentionné et plein d'entrain. Rien dans son comportement avec elle ne laissait supposer l'ascendance illustre dont il était issu. Il était d'une simplicité et d'un naturel désarmants qui la ravissaient sans cesse.

— Ça y est ! exulta-t-il en faisant glisser la baie sur quelques centimètres.

Une bouffée d'air glacial s'engouffra aussitôt par l'ouverture, en même temps que la neige qui s'était accumulée contre la vitre se répandait à l'intérieur.

— Brrr… Alex, il gèle, protesta-t-elle en enroulant ses bras autour d'elle, comme si ce simple geste pouvait la préserver de l'air glacé. Et toute cette neige sur le carrelage… Comment va-t-on faire pour la nettoyer ?

La sentant sans doute inquiète, il la serra contre lui et lui murmura des paroles censées être rassurantes.

— Ce n'est que de l'eau, Joy. Cet espace est fait pour. Regarde, il y a des grilles d'évacuation partout. Fais-moi confiance.

Les battements de son cœur s'accélérèrent lorsque, la prenant par la main, il s'apprêta à l'entraîner au-dehors.

— Voilà comment nous allons procéder : nous allons courir nous jeter dans la neige, y rester une minute puis nous reviendrons en courant à l'intérieur pour nous plonger dans le jacuzzi.

Elle opina en silence, tout en restant très sceptique.

— Je vois… En maillot. Pieds nus. Là, maintenant.

— Exactement.

Dans un geste qui se voulait encourageant, il lui pressa doucement la main et la porta à ses lèvres. C'était juste ce qu'il lui fallait pour oublier le froid mordant de l'extérieur et accepter de se lancer avec lui.

— D'accord.

Sans attendre, elle courut à sa suite, sa course entravée par la neige qui lui arrivait à mi-cuisses. Elle avait froid, certes, mais ce qu'elle ressentait n'avait rien à voir avec la triste expérience vécue deux jours auparavant, lorsqu'elle avait plongé, tête la première, dans la congère. Curieusement, elle n'avait pas le souffle coupé. Au contraire, même, elle avait l'impression que ses poumons se dilataient pour mieux lui permettre de respirer.

Lorsqu'elle se retrouva à côté d'Alex, à moitié ensevelie par la neige glacée et enveloppante, elle fut prise d'un moment de bonheur vertigineux qui la fit éclater d'un rire joyeux.

La minute passa en un clin d'œil, sans même qu'elle s'en rende compte. Il la tira alors par la main pour l'aider à se relever puis ils coururent vers la maison en riant comme des adolescents.

Il sauta aussitôt dans le jacuzzi et s'immergea jusqu'au cou dans l'eau bouillante tandis qu'elle y entrait progressivement, craignant un choc thermique. Elle avait de l'eau jusqu'à la taille lorsque Alex, suffisamment réchauffé, s'assit, offrant à son regard son torse aux muscles saillants.

— Alors ? Qu'en dis-tu ? s'enquit-il.

— Fantastique !

— Je te l'avais bien dit.

Il affichait un air triomphant en même temps qu'un sourire en coin qui lui chavira le cœur et les sens.

— C'est vrai. Tu avais raison. C'est une expérience unique. Mais dis-moi, entre tes allures de prince charmant, ta fantaisie et ta belle voiture, comment se fait-il que tu sois toujours célibataire ?

Son visage, jusque-là rieur, devint soudain grave. Un silence pesant plana entre eux que ne venait rompre que le gargouillement de l'eau bouillonnante.

L'espace d'un instant, leurs regards s'accrochèrent, ardents et fiévreux.

— Moi non plus je ne comprends pas pourquoi tu n'as personne dans ta vie, répliqua-t-il en guise de réponse. Tu es la femme la plus séduisante et la plus fascinante que j'aie jamais rencontrée.

Ses mots lui allèrent droit au cœur. Normalement, des

paroles comme celles-ci lui auraient fait lever les yeux au ciel ou elle les aurait balayées d'un revers de la main. Mais elle voulait croire qu'il était sincère.

— Merci. C'est gentil de me dire ça. Je suis ravie, Alex. Cette journée a été si pleine de surprises.

Elle était tellement sous le charme de cette personnalité étonnante qu'elle avait complètement refoulé les inégalités qui les séparaient. L'espace de cette parenthèse, elle voulait être une Joy qu'elle n'était pas. Une Joy issue de la haute société pour qui tout serait possible. Même rêver d'avoir une place à côté de lui.

Il braqua sur elle un regard ardent.

— Viens, dit-il d'une voix rauque qui lui envoya des frissons au creux des reins.

Elle prit la main qu'il lui tendait et se laissa attirer tout près de lui. Les yeux toujours rivés sur elle, il caressa son visage puis se pencha vers elle pour l'embrasser. Elle retrouva aussitôt la magie de ses baisers, équilibre parfait entre fougue et douceur. La magie de la première fois.

Elle se pressa un peu plus contre lui et lui rendit son baiser. Leurs langues qui se retrouvaient et se mélangeaient lui procurèrent un sentiment merveilleusement familier. Chaque parcelle de son corps brûlait maintenant d'un désir fiévreux qui la poussa à s'installer sur lui à califourchon. Elle voulait plus. Toujours. Encore.

Leurs lèvres toujours jointes, elle ondula contre lui tandis qu'elle fourrageait dans sa tignasse épaisse. Puis elle s'écarta légèrement de lui pour dénouer d'une main fébrile le lien qui retenait le soutien-gorge de son maillot.

— Magnifiques, murmura-t-il avant d'englober ses seins de ses deux mains puis d'en agacer la pointe de son pouce et de son index.

Ils bougeaient ensemble, dans une harmonie parfaite qui attisa un peu plus le désir violent qu'ils avaient l'un de l'autre.

— J'ai tellement envie de toi, Alex, susurra-t-elle en lui mordillant l'oreille.

— J'adore t'entendre dire ça, lui murmura-t-il en retour d'une voix caressante. Et moi aussi, je te veux.

— Alors, sortons de l'eau. Les préservatifs sont toujours dans ma chambre.

Mais au lieu de l'entraîner hors de l'eau, comme elle s'y attendait, il fit glisser ses mains sur son ventre puis les insinua dans sa culotte de maillot.

— Détends-toi, lui intima-t-il à voix basse.

Elle obéit docilement. Elle ferma les yeux et enfouit son visage au creux du cou d'Alex, consciente seulement de ses doigts qui, à présent, fouillaient doucement les replis de son intimité.

— Ouvre les yeux et regarde-moi, lui commanda-t-il encore de sa voix envoûtante.

De nouveau, elle se plia à sa volonté. Elle releva le visage et prit ses lèvres dans un baiser enflammé tandis qu'elle plongeait dans son regard bleu brillant de désir.

Elle ne contrôlait plus rien mais elle s'en fichait. Au contraire, même, elle adorait se retrouver sous sa domination virile. À mesure que le plaisir s'intensifiait, sa respiration s'altérait et les battements de son cœur redoublaient, lui donnant l'impression de se trouver au bord d'un gouffre vertigineux.

Un gouffre dans lequel elle tomba la minute d'après et qui l'emporta dans un tourbillon de volupté inouï. Les vagues d'un plaisir inconnu déferlèrent sur elle, la faisant dériver vers un monde qui n'avait plus rien de terrestre.

Lorsqu'elle reprit pied, haletante et pantelante, elle sentit les bras musculeux d'Alex se refermer sur elle pour l'envelopper de toute sa force et sa tendresse.

— Alex…, murmura-t-elle. C'était si bon. Je n'ai jamais rien connu de pareil.

Elle ponctuait ses paroles de baisers de chatte qu'elle

déposait le long de son cou, sur ses épaules et son torse, cherchant ainsi à lui montrer sa gratitude.

— J'adore te regarder jouir, dit-il en lui caressant l'échine.

— Maintenant, c'est à mon tour de te donner du plaisir, rétorqua-t-elle d'une voix suave tandis qu'elle posait une main sur sa verge en érection.

— Oui. Mais dans ton lit. Et toute la nuit.

Elle lui sourit, refoulant la tristesse qui venait de s'abattre sur elle. Elle vivait depuis la veille dans une bulle magique. Mais elle n'était plus une enfant pour croire que la magie allait opérer toute la vie.

Bien trop tôt, la neige allait cesser de tomber et elle allait retrouver sa vie ordinaire.

Une vie dont Alex serait absent.

- 7 -

Un *bip bip bip* insistant réveilla Alex en sursaut. Il ouvrit les yeux puis les referma plusieurs fois, cherchant à identifier ces sons venus du dehors. Il ne fut pas long à trouver. C'était le bruit d'un chasse-neige en action.

Attentif à ne pas réveiller Joy, il écarta doucement le duvet et sortit de la chambre à pas feutrés. Une fois en bas, il alla regarder par la fenêtre du salon. La machine était bien là, déblayant de ses énormes mâchoires de fer la route en contrebas, qui menait à la maison.

Cette fois, il ne pouvait plus se mentir, ni continuer à se voiler la face. Dans une heure tout au plus, la chaussée serait de nouveau praticable, ce qui signifiait que son temps avec Joy était désormais compté.

Cette prise de conscience le troubla plus qu'il n'aurait voulu. Joy lui plaisait beaucoup. La nuit qu'ils venaient de passer ensemble s'était révélée extraordinaire. Ils avaient fait l'amour encore et encore, ne se lassant pas l'un de l'autre. Au cours de leurs ébats effrénés, un préservatif avait même fini par céder mais elle n'avait pas paru s'en inquiéter. Il n'y avait pas lieu de s'angoisser ; elle était en fin de cycle et donc, en dehors de sa période d'ovulation. Même ce qu'il aurait considéré avec une autre comme une source d'inquiétude s'était dilué dans le plaisir qu'il avait à être auprès d'elle.

Si cela ne tournait pas à l'obsession, il gardait cependant en mémoire qu'il n'était à Vail que pour une semaine. Le

26 décembre, il serait de retour à Chicago pour reprendre le cours normal de sa vie.

Le problème résidait dans le fait qu'il ne pouvait pas faire comme si de rien n'était car sa rencontre avec elle avait changé ses perspectives. Il adorait faire l'amour avec elle mais ce n'était pas la seule raison qui lui faisait éprouver une pointe de nostalgie et de tristesse à l'idée de la quitter. C'était bien la première fois qu'il aurait aimé retenir le temps même si, inconsciemment ou non, il pressentait qu'il devait se protéger.

De quoi ? Il ne savait trop, au juste. Peut-être des cicatrices que cette séparation allait lui laisser.

Ce qui était certain, c'était qu'il était déjà très attaché à Joy et qu'elle aurait toujours une place à part dans son cœur et dans ses souvenirs. Même si elle était parfois difficile à cerner, il se dégageait d'elle une douceur et une bienveillance qui le fascinaient.

— Bonjour.

Elle avait parlé d'une voix encore ensommeillée mais tellement mélodieuse. Il se tourna vers elle. Même comme elle était, enveloppée d'un peignoir en éponge et ses cheveux emmêlés relevés en un chignon lâche, il la trouvait attirante.

— Bonjour.

Il alla vers elle, l'enlaça et déposa un baiser chaste sur son front. Ils restèrent ainsi un long moment, blottis l'un contre l'autre et silencieux, à regarder l'engin effectuer son travail de déblaiement.

— On dirait bien que notre isolement va prendre fin, dit-il en s'écartant d'elle le premier.

— On dirait, en effet.

Elle se mordit la lèvre, affichant une expression qu'il eut du mal à déchiffrer. Était-ce de la tristesse ? De la mélancolie ? De la nostalgie ? Devait-elle ce mal-être apparent à cet ex qu'elle avait vaguement évoqué ? Pourtant, d'après ce qu'elle lui avait raconté, sa vie professionnelle et sa famille semblaient avoir largement comblé le manque.

— Je vais préparer du café et appeler Bonnie, ma patronne, pour lui demander si elle a besoin de moi aujourd'hui.

Si elle retournait travailler, il ferait peut-être bien d'en faire autant. Depuis l'appel passé à son ami, le Dr David, il avait éteint son portable et l'avait laissé de côté. Des centaines d'e-mails devaient être en attente dans sa messagerie. Des courriels qui allaient le ramener bien vite à la réalité ainsi qu'à tout ce qui faisait sa vie.

— As-tu le temps de nous confectionner tes délicieux scones ?

Elle accueillit sa demande par un large sourire qui en disait long sur le plaisir qu'il venait de lui faire.

— Il semblerait que mon conseil ait porté ses fruits. Où est passé l'homme qui déclarait ne jamais vouloir prendre de petit déjeuner ?

— Il a changé d'avis. Il faut dire que je n'avais aucune idée de ce que je ratais.

Elle déposa un baiser léger sur sa joue avant de se diriger vers la cuisine.

— Pour toi, je ferai n'importe quoi, déclara-t-elle d'un ton mi-sérieux mi-taquin.

Il la regarda marcher d'une démarche si légère qu'elle donnait l'impression de flotter. La cuisine était son lieu de prédilection ; celui où elle allait pouvoir assouvir une passion qu'il lui enviait. Car lui, en revanche, ne se posait aucune question sur sa légitimité à occuper son poste. Et s'il en tirait plus de satisfactions que de désagréments, il ne se sentait nullement passionné par son travail. Il était un homme de devoir, voilà tout.

Il remonta dans sa chambre passer un pull, puis descendit pour la rejoindre. Le bruit de la pelleteuse lui rappelait sans cesse que le compte à rebours avait commencé, et il ne voulait pas perdre une minute du temps qu'il avait encore à passer avec elle. Dût-il pour cela jouer encore une fois les marmitons zélés.

Il repensa à la manière dont ils s'étaient rencontrés. Il avait beau être cartésien, il se demanda s'il ne devait pas voir un signe du destin dans cette rencontre. Qui pouvait dire que Joy ne lui avait pas été envoyée par une espèce d'entité invisible, dans le but de le libérer de la méfiance qu'il nourrissait à l'égard des femmes ?

Quoi qu'il en soit, il ne s'était pas senti aussi à l'aise avec une femme depuis des lustres. La complicité qui les unissait s'était établie de manière rapide et naturelle, sans qu'il se pose trop de questions. Une femme lui avait fait du mal. Certes. Allait-il passer la vie là-dessus ?

Tout à ces nouvelles réflexions, il pénétra dans la cuisine, le sourire aux lèvres et le cœur léger.

— Viens voir, lui dit-elle en lui mettant une cuillerée de pâte sous le nez. Alors ? Qu'en penses-tu ?

— Hum… Ça sent drôlement bon ! Tu as mis de la cannelle ?

— Non. Cherche encore.

— Désolé. J'avoue que mes capacités olfactives sont très limitées. J'aurais fait un bien piètre nez.

— Je ne désespère pas de te faire trouver, affirma-t-elle en enfournant la plaque recouverte de petits monticules de pâte. Ce sera plus facile lorsque tu l'auras en bouche.

Ils venaient de finir leur premier café lorsque la minuterie du four tinta, indiquant la fin du temps de cuisson.

— C'est prêt ! s'exclama-t-elle avec un enthousiasme qui le toucha au plus profond de lui-même.

Sa joie presque enfantine était contagieuse. Elle créait autour d'elle une ambiance chaleureuse à laquelle il était difficile de résister.

Elle retira les gâteaux du four et les mit dans une assiette qu'elle plaça devant lui.

— Vas-y. À toi l'honneur.

— Tu n'en prends pas ?

— Si. Mais je veux d'abord que tu me donnes ton avis. Il compte beaucoup pour moi.

— Je connais déjà un peu tes talents culinaires. Je ne peux pas imaginer être déçu.

Il prit un des scones et mordit dedans. La pâte était aussi moelleuse que ceux de la veille mais avec une note poivrée qu'il reconnut aussitôt.

— Du gingembre ?

— Bravo ! Et… ?

Il prit une deuxième bouchée, s'appliquant à deviner. En vain.

— Et… je n'en ai aucune idée, avoua-t-il humblement.

— De la cardamome, le renseigna-t-elle. Mais le secret, c'est la petite pointe de poivre noir. Ce simple détail suffit à relever le tout.

— J'adore. C'est vraiment délicieux. À retenir absolument pour ton recueil de recettes.

Elle pianota du bout des ongles sur le comptoir, l'air pensif.

— Malheureusement, ce n'est pas aussi simple. Il faut que cela plaise aussi aux clients.

— Tu ne fais pas confiance à mes papilles ?

— Si, bien sûr. Mais je crains que tu manques d'objectivité. Les clients, en revanche, seront un véritable indicateur. Je n'ai couché avec aucun d'eux.

— Je ne laisserai jamais le sexe altérer mon jugement, assura-t-il d'un ton faussement sentencieux.

Elle esquissa un sourire amusé puis se servit un autre café.

— Tu pourrais me descendre au salon de thé ? demanda-t-elle. Ensuite, je me débrouillerai pour remonter.

— Bien sûr. Mais tu n'as pas de voiture ?

— Pas en ce moment. Je pourrais emprunter un des

bolides qui dorment dans le garage mais j'avoue que cela m'effraie un peu.

— Je te comprends. Je les ai aperçus quand j'ai garé ma voiture l'autre soir.

— Je ne me sentirais pas très à l'aise avec un volant pareil entre les mains.

— Ne t'inquiète pas. Je te conduirai en ville. Mais d'abord, laisse-moi déguster un autre de ces délicieux gâteaux.

Le petit déjeuner terminé, il remonta dans sa chambre où il commença à rassembler ses affaires. Il ne savait trop s'il devait rentrer chez lui ou pas. Elle lui avait demandé de laisser les draps sur le lit et les serviettes de toilette dans la salle de bains. Elle s'en occuperait plus tard. Visiblement, elle avait l'air pressé de partir travailler. Elle semblait même anxieuse. Souhaitait-elle abréger le moment de leur séparation ? Il préféra ne pas s'attarder sur cette pensée. Ou bien était-elle déjà concentrée sur le travail qui l'attendait ? L'élaboration d'un recueil de recettes devait être une tâche titanesque et il y avait bien là de quoi être fébrile. De ce qu'elle lui en avait dit, elle n'avait pas encore contacté de maison d'édition ni ne voulait d'agent pour s'occuper de toutes ces démarches à sa place. Vouloir tout gérer toute seule avait de quoi vous occuper largement l'esprit.

Lorsqu'ils furent dans le garage, son attention fut attirée par une forme bâchée, stationnée entre deux motos.

— Tes amis sont vraiment de grands amateurs de voitures de collection, dit-il. Car c'est bien une voiture, là, sous cette bâche ?

— Non, répondit-elle. C'est juste un tas de ferraille, bon à jeter.

Puis, sans plus attendre, elle ouvrit la portière de la Bugatti et s'installa dans le siège passager.

— C'est curieux, rétorqua-t-il après s'être glissé

derrière son volant. Ça ne colle pas vraiment avec ce genre de personnes de laisser traîner un tas de ferraille dans leur garage.

— Tu as raison. Je leur en parlerai à la première occasion.

Un tintement se fit entendre, lui signalant l'arrivée d'un message sur son smartphone.

— Excuse-moi une seconde, dit-il en abaissant les yeux sur l'écran.

C'était une photo de son frère sur une plage de Saint-Bart, en compagnie d'une jeune femme aux formes voluptueuses.

Nous regrettons que tu ne sois pas là.

Il secoua la tête, un sourire aux lèvres.

— Tout va bien ? s'enquit-elle.

— Oui. C'est mon frère. Il est en vacances aux Caraïbes et au vu de la photo qu'il m'envoie, il n'a pas l'air de s'ennuyer. Mais après tout, libre à lui d'accumuler les conquêtes. Moi, ce n'est pas mon truc.

— Ce n'est pas ou ce n'est plus ?

— Ce n'est plus, répondit-il sans hésiter. À une époque, j'avoue que j'étais comme lui mais cela fait bien longtemps que draguer pour draguer ne m'intéresse plus. Par ailleurs, on ne sait jamais à qui on a affaire ; si on s'intéresse à nous pour nous ou pour notre argent. Sans compter les menaces de chantage. Nous ne sommes jamais à l'abri de photos volées diffusées sur les réseaux sociaux. C'est si facile, aujourd'hui. Tout le monde peut s'improviser paparazzi.

Elle acquiesça de la tête tout en fourrageant dans son sac à main.

— Je comprends, commenta-t-elle sobrement.

Il posa sur la sienne une main qui se voulait rassurante.

— Tu peux me croire, Joy. Je ne suis plus le coureur de jupons que j'ai été. Et tu dois certainement comprendre le besoin que l'on éprouve à vouloir se protéger lorsqu'on est fortuné.

— Évidemment. C'est tout à fait compréhensible.

Elle releva le col de son manteau puis dans un geste nerveux consulta sa montre.

— Nous devrions y aller, dit-elle. Je ne voudrais pas arriver en retard.

Ils effectuèrent le trajet dans un silence pesant qui lui fit regretter ses paroles. Il aurait dû y réfléchir à deux fois avant de faire à Joy des révélations qui, visiblement, la contrariaient.

Il arrêta sa voiture devant l'une des rues piétonnières de la ville et se tourna vers elle pour lui demander :

— Ce n'est pas trop loin d'ici ?

— Non, à quelques mètres à peine, sur la gauche. Tu n'y es vraiment jamais allé ?

— Non. J'ai sans doute dû passer devant plusieurs fois mais je n'y suis jamais entré. Mais maintenant que je sais que tu vas y vendre tes délicieux scones, je vais me faire un plaisir d'aller en acheter régulièrement.

Ils laissèrent passer quelques secondes d'un silence embarrassant qu'elle rompit la première.

— Merci de m'avoir amenée. En fait, merci pour tout. Je me suis bien amusée pendant ces deux jours.

— Pour moi, cela a été plus qu'un simple divertissement, rétorqua-t-il en cherchant son regard.

Mais elle s'obstinait à regarder fixement par sa vitre.

— C'est vrai, pour moi aussi, finit-elle par dire. C'était merveilleux. Je ne t'oublierai jamais, Alexander Townsend.

Elle continuait à fuir son regard, ce qui accentua sa nervosité. Comment allait-elle réagir à ce qu'il s'apprêtait à lui dire ?

— Joy… J'aimerais te revoir. Si tu le veux, nous pourrions passer encore un peu de temps ensemble puisque je ne repartirai pour Chicago que le 26 décembre.

— Pour passer les fêtes de fin d'année en famille ?

— C'est dit un peu brutalement mais oui, c'est bien cela.

— Excuse-moi. Ce n'est pas ce que je voulais dire.

Poussé par la frustration, il lui prit le menton entre les doigts et la força à tourner la tête vers lui. Leurs regards s'accrochèrent aussitôt. Il vit un voile de tristesse passer dans ses prunelles claires.

— Je pourrais t'appeler ? demanda-t-il.

Elle poussa un léger soupir puis acquiesça de la tête, lui donnant l'impression qu'elle se résignait malgré elle à accepter sa proposition.

— Bien sûr, répondit-elle. J'en serais très heureuse. Mais ce que je ne voudrais surtout pas, Alex, c'est que tu te sentes obligé de poursuivre notre relation parce que nous avons couché ensemble. Que les choses soient claires : tu ne me dois rien et je préférerais cent fois que tu sois honnête avec moi. Si tu préfères que nous en restions là aujourd'hui, je comprendrais très bien.

Il crut que son cœur allait se briser d'émotion en l'entendant. Ainsi, elle le croyait semblable à ces hommes qui font des promesses mais ne les tiennent pas.

— Ce ne sont pas des paroles en l'air, Joy. J'ai vraiment envie qu'on se revoie.

Pour lui prouver ses intentions, il prit ses lèvres dans un baiser passionné dans lequel il chercha à faire passer le trouble qu'il ressentait à ce moment précis.

Il la sentit faiblir en même temps qu'elle esquissait un sourire contre sa bouche.

— Moi non plus, je n'ai pas envie que nous en restions là, dit-elle. À tout à l'heure, alors ? ajouta-t-elle en ouvrant sa portière.

— Oui. À tout à l'heure.

Le goût de leurs baisers lui brûlant encore les lèvres, il la suivit du regard tandis qu'elle s'éloignait de son pas naturellement chaloupé.

Même s'ils ne devaient se revoir qu'une fois, il jugeait que cela en valait la peine.

Joy venait à peine de franchir la porte du salon de thé que Natalie fixa sur elle son regard pétillant.

— Qui est ce type qui vient de te déposer ? Il a l'air pas mal !

— Comment as-tu pu nous voir ? Nous étions garés au bout de la rue.

— Je suis passée près de vous mais vous sembliez plongés dans une discussion si importante que je n'ai pas voulu vous déranger.

Elle en fut contrariée. Elle qui faisait tout pour passer inaperçue ! C'était à cause de détails pareils qu'il lui tardait à présent d'avoir suffisamment d'argent de côté pour quitter la maison des Marshall.

— C'est un ami, expliqua-t-elle sommairement. Tu sais bien que ma voiture est toujours en panne.

Elle avait encore des sueurs froides à l'idée qu'Alex aurait pu découvrir sa vieille guimbarde cachée sous la bâche dans le garage. Que se serait-il passé s'il avait poussé la curiosité jusqu'à aller inspecter « le tas de ferraille » qu'elle avait évoqué ? Il aurait suffi d'un coup d'œil dans la boîte à gants où elle avait rangé ses papiers pour qu'il apprenne sa véritable identité.

Dans quelle galère s'était-elle embarquée ? La situation lui échappait totalement, prenant une tournure qui l'inquiétait. Il voulait la revoir. Elle aussi, bien sûr. Mais il méritait mieux. Il méritait la vérité. Il méritait de savoir qu'elle n'était pas en train de préparer un recueil de recettes mais qu'elle travaillait dans un salon de thé pour pouvoir payer ses factures. Qu'elle n'était pas Joy Baker mais Joy McKinley.

D'un autre côté, à quoi servirait de lui révéler la vérité ? Dans moins d'une semaine, il aurait regagné Chicago et elle ne le reverrait plus. Il serait bien temps, alors, de demander une avance à sa patronne pour pouvoir payer la caution nécessaire à la location d'un appartement ou, le cas échéant, de demander l'hospitalité à Natalie.

— Tu sais, commença Natalie en passant son tablier, mon frère est mécanicien. Il pourrait passer chez toi jeter un coup d'œil à ta voiture. S'il n'y a pas de grosse pièce à changer, il te ferait un bon prix.

La proposition était intéressante ; malheureusement, c'était exactement ce cas de figure qui pouvait la mettre dans l'embarras. Elle ne pouvait pas se permettre d'inviter qui que ce soit chez les Marshall. Qui plus est, dans cette petite ville où tout le monde se connaissait…

— C'est très gentil à toi, rétorqua-t-elle d'un ton qu'elle s'appliqua à garder neutre. Je tenterai une dernière fois de la faire démarrer lorsque je serai rentrée et j'aviserai à ce moment-là. Parfois, ces vieilles voitures sont un peu capricieuses.

Elle ferait des recherches sur Internet. Depuis qu'elle avait fait l'acquisition de ce vieux tacot, elle avait réussi toutes sortes de réparations mineures grâce aux tutos. Et si cela ne marchait pas, eh bien, elle trouverait une autre solution. Quitte à la pousser jusqu'en bas de la colline, s'il le fallait.

Elle se mit à travailler avec Natalie, en silence. De là où elles se trouvaient, elles pouvaient apercevoir les clients à travers la vitre qui séparait la cuisine de la salle. Elle adorait voir les frimousses réjouies des enfants venus se presser devant elles pour les voir pétrir la pâte qui allait les régaler. Mais rien ne la satisfaisait plus que le sourire d'extase qui s'affichait sur leur visage après avoir mordu dans l'un de ses gâteaux. Rendre les gens heureux était sa motivation première.

La journée fila comme un éclair. À 15 heures, Natalie la raccompagna jusque devant le chalet qui n'était pas celui qu'elle occupait et elle effectua le reste du trajet à pied, cette fois plus facilement que deux jours auparavant, lorsqu'elle avait failli se faire renverser.

Alex.

Peu importait qu'ils ne se revoient plus. Elle aurait toujours la tête pleine des moments merveilleux qu'ils avaient passés ensemble. Dans les moments difficiles, elle aurait toujours cela à quoi se raccrocher.

Une fois arrivée chez les Marshall, elle prit une longue douche puis opta pour un sandwich au beurre de cacahuète. Une fois rassasiée, elle alla se coucher. Les deux jours, ou plutôt les deux nuits, passés avec Alex l'avaient épuisée. Elle manquait de sommeil et avait bien besoin de récupérer.

Pourtant, lorsque son smartphone se mit à vibrer, c'est le cœur battant qu'elle regarda le nom de son correspondant s'inscrire sur l'écran. C'était lui. C'était Alex.

— Bonsoir, dit-elle aussitôt en s'installant confortablement sous sa couette.

— C'est si bon d'entendre ta voix, répondit-il sans préambule. Je suis sérieux, Joy. J'ai attendu ce moment toute la journée. Tu m'as manqué.

Sa voix était grave, lui laissant soupçonner qu'il avait vécu des moments pénibles, pas seulement liés au manque qu'il avait d'elle.

— Tout va bien ?

— Si l'on veut. J'ai eu mon père au téléphone. Il est impossible. Quant à mes frères, ils sont partis en vacances en me laissant tout sur le dos. Je t'assure, par moments, je me demande pourquoi je ne laisse pas tout tomber. Je n'ai pas besoin de la Townsend & Associates Investments pour vivre.

Pour elle, qui se voyait travailler jusqu'à soixante-dix ans comme sa grand-mère l'avait fait avant elle, pouvoir vivre de ses rentes dépassait l'entendement. Cependant, il n'avait pas volé cet argent. Il le méritait largement. Il avait même travaillé assez dur pour pouvoir se permettre ce genre de discours. Un discours qui aurait choqué le commun des mortels.

— Je ne sais pas, répondit-elle prudemment. Tu t'ennuierais peut-être à ne rien faire de tes journées.

— Je n'ai pas dit que je ne voulais rien faire. Je pourrais très bien ouvrir un magasin d'articles de pêche à Mexico. Pourquoi pas ?

— Pas vraiment ton genre. Tu risquerais de le regretter.

En effet, elle ne voyait pas Alexander Townsend, grand financier, se lancer dans la vente d'appâts.

Cette idée le fit rire.

— Tu as raison. Vendre des asticots toute la journée n'est pas très sexy. Une boutique de surf, alors. À Hawaï.

— C'est mieux. Je pourrais venir te rendre visite de temps en temps.

Cette idée n'était pas pour lui déplaire. Bien au contraire. Elle se voyait déjà se prélasser sous les palmiers, se baigner dans des eaux turquoise, en compagnie d'Alex, bien sûr. Ils vivraient à moitié nus, loin de la société de consommation, se contentant de peu. Ils n'auraient pas besoin d'une grande maison, non. Juste d'une petite paillote où abriter leur amour naissant.

— Je sais que je vais me répéter mais tu m'as énormément manqué, Joy, dit-il dans un profond soupir. Nous ne nous connaissons pas très bien, et pourtant j'ai l'impression de savoir tout sur toi depuis toujours. J'étais vraiment impatient de te parler. J'avais une foule de choses à te dire.

— Tu pouvais m'envoyer des textos. J'aurais pris le temps d'y jeter un coup d'œil, suggéra-t-elle d'un ton faussement désinvolte. Toi aussi, tu m'as manqué, ajouta-t-elle après un temps d'hésitation.

— Dis-moi ce qui t'a manqué le plus, rétorqua-t-il d'une voix devenue enjôleuse.

— Que veux-tu que je te dise ?

— Tu as bien compris. Je suis un homme. Et comme la plupart des hommes, j'ai besoin d'être rassuré sur ma virilité.

Les hommes et leur ego ! Comment un homme comme Alex, qui était l'incarnation même de la confiance en soi, qui avait le monde à ses pieds, pouvait encore douter de son pouvoir de séduction et de ses capacités sexuelles ? Mystère.

Mais pour lui, elle était prête à jouer le jeu.

— Ton regard sur moi m'a manqué, commença-t-elle d'une voix suave.

— Bon début, apprécia-t-il. Continue.

Elle gloussa un peu et roula sur le côté, s'étirant avec la grâce d'une chatte.

— J'aime ton rire, poursuivit-elle. Et puis aussi, ta capacité à être à l'aise partout et en toutes circonstances. Par ricochets, tout cela rejaillit un peu sur moi.

— Et moi, j'adore te voir virevolter dans ta cuisine. Une vraie tornade : rapide et efficace.

Le compliment la fit rougir de plaisir.

— Cuisiner est un art, affirma-t-elle. Bien plus que tu ne penses.

— J'en suis très conscient car je t'ai vue créer de mes propres yeux. Je dois t'avouer une chose : tu me rends heureux. J'ai compris qu'avant toi, je ne l'étais pas.

— Tu veux dire jusqu'à ce que tu manques de me tuer ? le taquina-t-elle pour donner un peu de légèreté à cette confession qui lui faisait battre le cœur.

Il éclata d'un rire aussi sonore que joyeux.

— Quelle honte ! Je crois que je ne m'en remettrai jamais.

— Je le crois aussi. Mais c'est mérité. Désolée.

Dans son monde imaginaire – celui où elle vivait en couple avec lui à Hawaï –, elle se voyait raconter à leurs enfants la manière pour le moins originale dont ils s'étaient rencontrés. Ils en riraient tous en chœur mais les enfants ne les croiraient qu'à demi et demanderaient des détails, encore et encore.

— J'étais tellement concentré sur les problèmes que je rencontre avec mon père en ce moment, se justifia-t-il. J'avoue que j'avais vraiment la tête ailleurs.

— Si je peux te donner mon avis, je pense que tu ne remarquerais même pas l'attitude de ton père si tu n'y attachais pas autant d'importance. Tu n'es pas arrivé par hasard au poste que tu occupes. C'est au contraire la preuve éclatante de ton mérite. Peut-être as-tu juste besoin de faire une pause ? De prendre un peu de recul ?

— Peut-être. En tout cas, merci de m'ouvrir de nouvelles perspectives.

Elle fut touchée de l'entendre dire qu'il lui devait beaucoup, alors qu'elle pensait tout le contraire.

— Tu es gentil mais toi aussi tu m'as beaucoup apporté. Cela faisait des lustres que je n'avais pas passé d'aussi bons moments.

— Eh bien, continuons sur cette voie. Nous avons encore quelques jours devant nous. L'illumination du sapin de Vail est prévue pour samedi. Que dirais-tu d'y assister ? Nous pourrions en profiter pour faire quelques courses puis je t'emmènerai au Four Seasons. Ils y servent le meilleur chocolat chaud de tout l'État. Je ne manque jamais d'aller y faire un tour à chacun de mes séjours ici.

— Toi ? Toi qui te défends pourtant de ne manger ni crème ni sucre ? Ceci dit, je t'accompagnerai volontiers. À quelle heure veux-tu que nous y allions ? Ce jour-là, je devrai travailler jusqu'à 15 heures.

— Dans ce cas, je passerai te chercher directement sur

ton lieu de travail. Et le matin, je pourrai t'y déposer si le vendredi nous passons la nuit ensemble. Sans vouloir m'imposer, bien sûr, ni t'obliger à faire quoi que ce soit.

— Comme quoi ? Coucher avec toi ?

— Puisque tu en parles… Avec beaucoup de délicatesse, d'ailleurs.

Elle rit tout bas, consciente de ce trait de caractère qu'elle tenait de son père.

— N'est-ce pas ce que tu voulais dire ? insista-t-elle, par jeu.

— Si. Mais je veux que tu saches que je suis un vrai gentleman. Ce n'est pas du vent.

Elle adorait cette facette de lui qui la faisait se sentir importante et respectée. Après ce que les Marshall lui avaient fait subir, elle avait un besoin viscéral de reconnaissance. Il faut dire qu'ils avaient sacrément sapé le peu de confiance qu'elle avait en elle. Par la suite, marquée par sa relation catastrophique avec Ben, elle n'avait plus supporté chez ses amants la moindre démonstration de possessivité. Il suffisait d'un commentaire, d'un reproche, pour qu'elle fuie à toutes jambes.

Alex, lui, était présent sans l'étouffer. Il lui laissait l'espace de liberté dont elle avait besoin et la consultait avant d'agir. Son avis comptait.

Si un jour on lui avait dit qu'elle aurait des sentiments pour un homme qui avait failli la tuer en voiture ! Non seulement elle ne l'aurait pas cru mais elle se serait étranglée de rire.

— Alex, je serais vraiment ravie de sortir avec toi et encore plus que tu viennes passer la nuit ici.

— Il me tarde tant. C'est donc entendu ? Je passe te chercher au salon de thé ?

— Attends-moi plutôt à l'endroit où tu m'as déposée tout à l'heure.

Elle ressentit une pointe de culpabilité à l'idée qu'elle

lui mentait alors qu'il semblait n'avoir rien à lui cacher. Mais pour l'heure, elle devait encore garder son secret.

— Nous ferons les courses pour le dîner. Tu n'auras qu'à me dire ce qui te ferait plaisir.

— Tu le sais déjà, répondit-il d'une voix caressante.

- 8 -

Alex, surpris, contemplait les vitrines du salon de thé. L'endroit était vraiment très accueillant et très chaleureux, avec ses guirlandes lumineuses et ses décorations de Noël. Comment avait-il pu passer des dizaines de fois devant sans avoir eu envie d'en pousser la porte ? Sans doute parce qu'il devait avoir la tête ailleurs, comme d'habitude. Mais peu importait. Mieux valait tard que jamais.

Au moment de franchir le seuil, il se heurta à Joy qui, visiblement très agitée, se précipitait dehors. À quelques jours des fêtes, les journées devaient être rudes.

— Puisque tu es prête, allons-y, dit-il, un sourire amusé aux lèvres.

— J'ai vraiment besoin de prendre l'air, rétorqua-t-elle sans lui laisser le temps de s'attarder à l'intérieur.

Il lui prit donc la main et l'entraîna parmi la foule déjà dense qui arpentait la rue principale jalonnée des plus jolies boutiques. Le soleil commençait à décliner et l'air était frisquet, mais ce moment de détente avec elle s'annonçait des plus agréables.

— Joli début de soirée, non ?

— Oui. Excuse-moi de m'être montrée aussi distraite mais je ne t'avais pas vu et je me dépêchais pour ne pas te faire attendre. Nous étions bien convenus de nous retrouver au coin de la rue, à l'endroit où tu m'avais déposée ?

— Oui, mais j'ai pensé qu'il était plus logique que

j'aille me garer et que je vienne te chercher à pied puisque le sapin est dans le centre, lui aussi.

C'était fou comme ils avaient très vite adopté une routine de couple qui semblait les satisfaire tous les deux. La veille, il l'avait récupérée comme convenu, puis ils avaient fait des courses à la supérette du coin avant de remonter ensemble chez elle, où ils avaient passé une soirée inoubliable.

— De plus, ajouta-t-il, c'est notre premier vrai rendez-vous. Je n'allais pas te laisser venir seule jusqu'à ma voiture pour, ensuite, aller la garer avec toi. Ce n'est pas digne d'un vrai gentleman.

— C'est la raison pour laquelle tu es venu jusqu'au salon de thé.

— Exactement.

— Eh bien, merci.

Elle déposa un baiser tendre sur sa joue puis reprit d'un ton radouci :

— Excuse-moi. Je suis un peu tendue. C'est très gentil à toi d'être venu me chercher.

Il lui sourit, bien déterminé à profiter de cette ambiance de Noël sans qu'aucune ombre ne vienne assombrir le tableau.

— Tu vas voir. Il n'y a rien de tel qu'un bon chocolat pour vous remettre d'aplomb.

Le Four Seasons était accueillant et chaleureux, aussi élégant que dans son souvenir. Il avait réservé une table un peu à l'écart, sa préférée. Il avait tellement à cœur de faire plaisir à Joy !

— Cet endroit est merveilleux, commenta-elle juste au moment où le serveur apportait leur commande. C'est de la chantilly sur le dessus ?

— Tout à fait, madame, répondit le serveur. Vous n'avez plus qu'à donner un tour de cuillère et à déguster. Vous verrez, vous ne serez pas déçue.

Le sourire de contentement qui fendit le beau visage de Joy après qu'elle eut pris sa première gorgée fut pour lui la plus belle des récompenses. Le but était atteint. En l'emmenant ici, il semblait avoir réussi à lui faire oublier la fatigue de la journée.

— Je pensais à quelque chose, dit-elle en léchant sa cuillère à petits coups de langue qui lui donnèrent l'envie de rentrer très vite chez eux. Tu m'as bien dit que tu comptais repartir pour Chicago le 26, n'est-ce pas ? Dans ce cas, pourquoi ne pas passer le réveillon et le déjeuner de Noël ensemble ? Je te concocterai un repas de fête. Ce serait une jolie façon de nous dire au revoir. Qu'en penses-tu ?

Se dire au revoir.

Plus les jours passaient, plus il avait du mal à envisager cette séparation. Pourtant, il avait un rendez-vous important le 27 et s'il s'était lancé dans cette relation avec elle, c'était pour se tester. Une manière de tâter le terrain, en somme. Rien de plus.

— C'est une très bonne idée.

— Nous pourrions nous habiller, poursuivit-elle, visiblement enchantée par cette perspective. Je pense à une robe qui devrait beaucoup te plaire. Et toi, tu pourrais piquer un costume dans la garde-robe du fils de mes amis.

— Ce que femme veut…

— En revanche, pas de cadeaux. C'est ma seule condition.

— Quoi ? Nous n'allons pas nous réveiller le matin de Noël sans cadeaux au pied de notre sapin. C'est hors de question.

Une idée jaillit soudain dans son esprit qui lui permettrait de prolonger un peu le temps qui leur restait à passer ensemble.

— D'accord. Mais juste une bricole, alors. Promis ?

— Juste une bricole, acquiesça-t-il en consultant l'heure à sa montre. Ce problème étant réglé, nous devrions nous presser un peu sans quoi nous allons rater l'illumination.

Ils vidèrent leur tasse puis se fondirent dans la foule déjà dense qui pressait le pas vers le sapin gigantesque trônant sur la place centrale de Vail. Il repéra un endroit un peu à l'écart, d'où ils pourraient voir sans être incommodés par les mouvements de foule. Il se plaça derrière elle et l'enveloppa de ses bras, savourant avec bonheur ce moment de plénitude intense.

— Regarde ! s'exclama-t-elle avec une pointe d'excitation dans la voix. Il commence à neiger.

— La perfection même, murmura-t-il dans ses cheveux.

Une perfection à laquelle il ferait mieux de ne pas s'habituer, s'il voulait garder son côté léger à cette relation. La maîtresse de cérémonie venait de monter sur l'estrade, mettant heureusement fin à ces pensées qui commençaient à le faire douter trop souvent de la justesse de son attitude.

Soudain, toute l'assemblée reprit en chœur le compte à rebours.

Cinq… Quatre… Trois… Deux… Un.

La multitude de guirlandes lumineuses qui décoraient l'arbre s'éclaira dans une parfaite synchronisation, donnant un aspect féerique à la scène. Ivre d'excitation, la foule applaudit à tout rompre tandis qu'une chorale composée d'une cinquantaine de personnes attaquait les premières notes d'un chant traditionnel.

— J'adore cette chanson, dit-elle. C'est ma préférée.

Elle se retourna alors, de manière à pouvoir plonger son regard dans le sien.

— Désormais, je l'aimerai encore plus, ajouta-t-elle, la voix un peu étranglée par l'émotion et les yeux pleins d'étoiles.

— Pour moi aussi, elle sera liée à un joli souvenir, rétorqua-t-il, tout aussi ému.

Ils gagnèrent le parking main dans la main. Encore sous le charme de cette parenthèse enchantée, il avait l'impression de marcher sur un nuage tant il se sentait heureux et léger. Avoir Joy à ses côtés lui faisait oublier toutes ses tracasseries professionnelles. Il n'était pas loin, même, de tomber amoureux malgré la promesse qu'il s'était faite. Il avait eu beau s'interdire de donner de l'importance à cette relation, cette rencontre fortuite lui démontrait que personne n'était maître de ses sentiments. Lui encore moins qu'un autre.

Tandis qu'ils attendaient que le voiturier leur amène sa Bugatti, il se pencha vers l'oreille de Joy pour lui murmurer :

— Serait-ce abuser que de te demander si je peux dormir chez toi ?

Sa bouche quitta son oreille pour aller effleurer ses lèvres entrouvertes. Un simple baiser suffisait à allumer en lui le feu couvant d'un désir qui ne demandait qu'à s'embraser.

— Si nous allions chez toi, plutôt ? demanda-t-elle. Ainsi, je pourrais voir ton cadre de vie.

La réalité le rattrapa d'un coup tandis qu'une petite voix intérieure lui soufflait de prendre garde. La dernière fois qu'il avait ouvert son cœur et sa maison à une femme, il en avait fait largement les frais.

Cependant, n'était-il pas temps de tourner la page ?

— Pourquoi pas ? concéda-t-il prudemment. Mais alors, peut-être le soir du réveillon ? Ainsi, tu auras le temps de prévoir quelques affaires.

Piètre excuse pour gagner du temps, il en avait bien conscience. D'ailleurs, malgré le sourire d'acquiescement qu'elle lui adressa, elle semblait avoir remarqué son hésitation.

C'est alors que son smartphone se mit à vibrer dans sa poche. C'était son père, qui cherchait à le joindre depuis le matin. Inutile de remettre à plus tard cette nouvelle discussion qui, comme les autres, se révélerait houleuse. L'homme était persévérant. Il ne renoncerait pas.

Il inspira profondément puis prit l'appel tout en s'écartant d'elle de quelques pas.

— Bonsoir, papa. Qu'y a-t-il ?

— Alex, il faut que nous parlions.

— Je t'écoute.

Son père se lança alors dans une longue diatribe de laquelle il ressortait que, comme toujours, il n'était pas d'accord avec la manière dont son fils gérait les fonds de la société.

Alex l'écoutait d'une oreille distraite, son attention attirée par un homme vêtu de manière élégante qui, à en juger par la façon dont il se dirigeait en titubant vers le guichet d'accueil, était passablement éméché.

Décidément, l'habit ne faisait pas le moine. D'autant plus que l'homme se dirigeait à présent en zigzaguant vers Joy.

— Papa, je sais tout cela mais j'ai une affaire urgente à traiter. Je peux te rappeler plus tard ? Ou mieux, nous en parlerons de vive voix à mon retour, le 27. D'accord ?

— Certainement pas ! Tu crois que je n'ai pas compris que tu cherches à m'évincer de ma propre entreprise ? Un empire que j'ai bâti de mes mains. Eh bien, sache que je ne te laisserai pas faire !

À présent, il n'écoutait plus du tout les délires de son père, trop accaparé à ne pas lâcher des yeux l'inconnu qui, maintenant, avait abordé Joy.

Son sang ne fit qu'un tour.

— Papa, il faut vraiment que je te laisse.

Il raccrocha juste au moment où l'homme posait ses mains sur les épaules de Joy.

Il était temps de passer à l'action.

D'un seul coup, Joy passa du rêve au cauchemar. Non seulement cet ivrogne lui faisait des avances mais, en plus, il se permettait de la toucher.

— Enlevez vos sales pattes de moi, lui ordonna-t-elle fermement.

— Arrête de faire ta mijaurée, éructa l'homme d'une voix pâteuse. J'essaie juste de…

Sa phrase mourut sur ses lèvres. Alex venait d'immobiliser le malotru d'une solide clé de cou qui menaçait de l'étrangler pour de bon.

— Alex, arrête ! Tu vas le tuer !

Horrifiée, impuissante, elle couvrit sa bouche de ses mains et regarda l'homme gigoter lamentablement pour tenter de se défaire de l'emprise d'Alex.

— Laissez-moi partir, parvint-il à dire d'une voix faible.

Alex le traîna plutôt qu'il ne le conduisit jusqu'à un pilier en béton contre lequel il le plaqua solidement.

— Tu peux m'expliquer ton problème ? lança-t-il d'une voix menaçante.

— Laissez-moi, implora l'homme que la peur semblait avoir dessoûlé d'un coup. Je voulais juste lui parler.

Cette scène violente à laquelle elle assistait accéléra les battements de son cœur. Certes, Alex avait volé à son secours. Mais ne devait-elle pas plutôt voir dans cette agressivité une face cachée qu'elle n'aimait pas ? Une capacité à maltraiter qu'elle ne voulait plus jamais revivre ?

— C'est bon, Alex. Je vais bien. Tu peux le laisser partir à présent.

— Non, ce n'est pas bon, rétorqua-t-il sans quitter l'homme des yeux. J'ai bien vu la manière dont il t'a prise par les épaules. Il était prêt à t'agresser.

— Il est tellement soûl qu'il m'aurait suffi de le pousser pour qu'il tombe par terre sans pouvoir se relever. Allons, laisse-le partir.

Il desserra son étreinte, le visage blême d'une colère qu'il avait visiblement le plus grand mal à contenir.

— Vas-y, pauvre loque. Tu as de la chance. Mais je

te conseille de ne pas recommencer. L'alcool n'est pas une excuse. C'est clair ?

Puis il le poussa sans ménagement dans le dos en direction de la sortie.

Le voiturier, qui avait assisté à la fin de la scène, stoppa à leur hauteur et sortit précipitamment du véhicule d'Alex.

— Y a-t-il un problème, monsieur ? s'enquit-il, visiblement contrarié.

— Tout va bien, ne vous inquiétez pas. Mais cet homme a trop bu. Ne le laissez pas prendre le volant. Il pourrait se tuer ou, pire, tuer quelqu'un. Appelez-lui un taxi.

Il sortit de son portefeuille une poignée de billets qu'il fourra dans la main de l'employé du parking qui les prit, visiblement gêné.

Encore sous le choc, toute tremblante, elle s'installa dans la voiture et boucla sa ceinture de sécurité d'un geste machinal, l'esprit ailleurs. Ben aussi s'était comporté de la sorte. De nombreuses fois. Chaque fois, même, qu'un homme portait sur elle un regard prétendument insistant. Il fonçait alors sur l'importun, prétextant une volonté de la protéger de manières qu'il jugeait offensantes pour les femmes en général et la sienne en particulier.

Ayant tiré les leçons de cette triste expérience, elle ne supportait plus tout ce qui ressemblait de près ou de loin à une entrave à sa liberté et à son indépendance.

Ils firent le trajet du retour en silence, les mains d'Alex crispées sur le volant et son visage tout aussi contracté.

— Je suis désolée, dit-elle, rompant le silence la première. Mais cela n'aurait pas dû prendre de telles proportions.

— D'abord, tu n'as pas à t'excuser, Joy. Ensuite, aucun homme ne devrait avoir de gestes déplacés envers une femme, comme cet homme en a eus pour toi.

Le ton mordant de sa voix lui fit monter les larmes aux yeux. Il avait raison, bien sûr. Mais elle détestait qu'on la croie sans défense ou trop faible pour pouvoir se défendre elle-même. Elle chercha les mots justes pour tenter de lui faire comprendre ce qu'elle ressentait mais rien ne lui venait.

— Je suis d'accord avec toi, finit-elle par dire, faute de mieux. Mais je te le répète, je pense que j'aurais pu me débarrasser de ce type toute seule.

— Peu importe. Tu n'imagines tout de même pas que je t'aurais regardée tenter de te défendre sans bouger ? Quelle sorte d'homme serais-je si j'étais resté, les bras ballants, à regarder un sale individu faire des propositions salaces à une femme à laquelle je tiens beaucoup ? Si c'est ce que tu attends d'un homme, tu t'es trompée de personne. Parce que, à la seconde où j'ai compris ce qui allait se passer, mon sang n'a fait qu'un tour. Il fallait que j'agisse.

Elle crut que son cœur allait s'arrêter de battre tant les paroles qu'il venait prononcer la touchaient au plus profond d'elle-même.

— Tu le penses vraiment ? Je veux dire… Que tu tiens beaucoup à moi ?

Il accueillit cette incrédulité par un éclat de rire sonore.

— Évidemment. Sinon, à quoi rimerait cette sortie avec toi ? Et puis, pour moi, tu es une bouffée d'air frais, Joy. J'adore ta douceur, ta spontanéité, ton humour. Et ce qui ne gâche rien, je te trouve très sexy. Je serais bien stupide de passer à côté de tout cela.

Il s'interrompit le temps de poser sa main sur la sienne, puis reprit :

— Excuse-moi de m'être emporté mais cet homme m'a mis hors de moi. C'est mon point faible, je l'admets. La plupart du temps, j'arrive à me contrôler, mais parfois, comme tout à l'heure, je perds mes nerfs.

Que devait-elle comprendre ? Qu'il lui arrivait d'être

violent ? Le problème, c'était qu'elle n'accepterait plus ce genre de comportement, à ses yeux inexcusable.

— Ton point faible ? Que veux-tu dire par là ?

— C'est à cause de ma mère, répondit-il d'une voix tendue chargée d'angoisse. Ou pour être plus précis, c'est à cause de la façon dont mon père la traitait.

Elle sentait que son angoisse était montée d'un cran, au point de devenir presque palpable dans l'habitacle. Ainsi donc, son comportement ne puisait pas sa source là où elle le pensait.

— Tu veux bien m'en parler ? demanda-t-elle avec douceur. Je sais bien que nous ne nous connaissons que depuis quelques jours mais parfois, confier à quelqu'un ce genre de blessures peut aider à soulager sa peine.

— Le temps ne fait rien à l'affaire, rétorqua-t-il en tournant la tête et en l'épinglant de son regard pénétrant. C'est vrai, nous nous connaissons peu. Mais toi et moi nous nous sommes plus parlé en quelques jours que je ne l'ai fait en plusieurs mois avec mon ex.

Elle esquissa un sourire d'aise. C'était vrai ; ils avaient partagé tant de choses durant ce court séjour qu'ils avaient créé entre eux une complicité rare.

— Alors, vois-tu, Joy, je veux continuer à te parler. Je veux tout te dire.

Il approcha son véhicule de la grille d'entrée, composa le code et s'engagea dans l'allée jusqu'au garage. Alors seulement, il reprit :

— Je ne vais même rien te cacher. Ma famille n'a rien de la famille idyllique que l'on a pu voir dans les journaux. J'ai vécu une enfance difficile entre deux parents psychologiquement atteints. Mon père était un coureur de jupons invétéré qui ne se rappelait qu'il était marié que lorsqu'il voulait parader à ses dîners d'affaires. Les rares fois où il s'intéressait à ma mère, c'était pour l'agresser verbalement. Pour oublier, elle a versé dans la boisson. En tant qu'aîné, j'ai tenté de la protéger. Malheureusement, j'ai échoué. Aucun de mes deux parents n'a rien fait pour arranger la situation et ma mère l'a payé de sa vie.

Il avait prononcé ces derniers mots d'une voix tremblante qui trahissait une vive émotion.

— Je suis tellement désolée pour toi, Alex. Je ne pensais pas que tu avais tant souffert dans ton enfance.

Il poussa un profond soupir et lui caressa les cheveux dans un geste infiniment tendre.

— Je ne veux pas que tu sois désolée pour moi, dit-il. Le monde est rempli d'enfants qui ont été plus malheureux que moi. Le fait est que je t'ai raconté cela pour que tu ne croies pas que j'ai agi sans raison dans ce parking. Je ne suis pas foncièrement violent. J'espère que tu le sais.

— Oui, dit-elle. C'est sans doute pour cela que j'ai été aussi bouleversée. Parce que je ne te pensais pas capable d'être cet homme-là.

Il acquiesça d'un hochement de tête visant à lui signifier qu'il comprenait.

— C'est à mon tour d'être désolé, dit-il. Le plus souvent, j'enfouis cette facette de ma personnalité au plus profond de moi. Je l'ignore ; je ne réponds pas présent.

Elle ne s'expliquait pas comment elle pouvait se sentir à la fois plombée et formidablement heureuse. Il venait de se mettre à nu devant elle comme peu de personnes avant lui l'avaient fait. C'était à elle maintenant de lui livrer ses zones d'ombre.

Pourtant, elle hésitait encore. Si elle lui révélait la vérité, il y avait fort à parier qu'il lui en voudrait. Aussi, à quoi bon ? Autant profiter pleinement du peu de temps qu'il leur restait à passer ensemble. Car s'il lui avait confié tenir à elle, il n'avait pas pour autant évoqué d'avenir commun avec elle.

Tous deux auraient eu besoin l'un de l'autre pour se reconstruire tout à fait ; voir la fin d'un tunnel qui leur était propre. Cette entraide était aussi précieuse à ses yeux que de vaines promesses.

Portée par un élan de tendresse infinie, elle le prit dans ses bras et le serra fort contre elle.

— Je serai toujours là pour toi, dit-elle. Pour écouter ce dont tu auras besoin de te libérer. Même le pire. Je te promets que tu ne me feras pas fuir.

Il éclata d'un rire qui lui fit chaud au cœur.

— Merci. Ce que tu viens de me dire est très important. Vraiment.

Elle laissa passer quelques secondes avant de demander :

— Si nous rentrions à présent ?

Il opina et la laissa lui prendre la main pour le conduire à l'intérieur.

- 9 -

Depuis le seuil de leur chambre, Joy regardait en silence Alex s'habiller. Il agissait lentement, visiblement encore tout ensommeillé.

— Tu as bien dormi ? s'enquit-il en voyant son regard rivé sur lui.

— Oui, mais trop peu. Je suis épuisée.

Il s'approcha d'elle et cueillit un baiser sensuel sur ses lèvres.

— Ce n'est pas ce que tu disais cette nuit, murmura-t-il contre sa bouche.

— C'est vrai. Ça n'empêche. Je pense que je vais fonctionner au ralenti, aujourd'hui.

Sauf qu'elle ne pouvait pas se le permettre. Elle avait un cadeau à dénicher pour Alex. Elle avait bien pensé à créer quelque chose de ses mains, comme un panier rempli de biscuits et de confitures maison, par exemple, mais elle avait fini par renoncer, préférant réfléchir à un cadeau qu'il pourrait garder en souvenir de son séjour à Vail. Par ailleurs, elle supporterait mieux la séparation en sachant qu'il emporterait avec lui quelque chose qui lui rappellerait les bons moments passés ensemble.

Le seul problème, mais il était de taille, concernait le budget à consacrer à ce cadeau qu'elle voulait original. Car comme toujours, elle n'était pas loin d'être à sec alors que le mois n'était même pas fini. Il lui fallait donc de l'argent. Et vite.

— Tu es prête à partir ?

— Oui. Je remets juste un peu d'ordre dans la chambre. En attendant, tu pourrais aller boire un café. Je viens de le préparer. Il est encore tout chaud.

— Tu es parfaite, la complimenta-t-il en l'embrassant au passage. Comme toujours.

Dès qu'elle fut seule, elle alla chercher une vieille boîte en carton qu'elle gardait cachée sous une pile de pulls et qui renfermait ce qui, à ses yeux, constituait un véritable trésor : d'anciennes photos cornées et jaunies – certaines dans de petits cadres – ainsi que les recettes écrites à la main par sa grand-mère sur des feuilles volantes aux tons pastel.

Cette boîte l'accompagnait partout depuis le jour où elle avait quitté le giron familial. Parmi ces reliques qu'elle avait à portée de main et qui avaient le pouvoir de la rassurer, la plus chère était un médaillon accroché à une chaîne héritée de sa grand-mère.

Cette femme qu'elle avait admirée toute sa vie durant était une figure importante de la famille. Veuve très jeune, elle s'était retroussé les manches, prenant le travail partout où elle le trouvait. Elle avait largement compensé le manque d'argent par l'amour inconditionnel qu'elle avait porté à sa fille unique d'abord, puis à sa petite-fille, lorsque la famille s'était agrandie.

Aussi tenait-elle à ce bijou comme à la prunelle de ses yeux. Il s'agissait de le mettre en gages au crédit municipal puis de le récupérer très vite. Elle l'avait déjà fait pour pouvoir se payer le manuel ridiculement cher qu'exigeait son école de cuisine.

Elle allait procéder de même et, avec l'argent récolté, elle aurait de quoi trouver un cadeau digne de ce nom pour Alex. Pour rembourser très vite, elle demanderait à Bonnie d'effectuer des heures supplémentaires. Et si cela posait des problèmes, il y avait de toute façon peu de chances pour que quelqu'un s'intéresse à un bijou aussi vieillot. Cela lui laisserait un peu de temps supplémentaire pour réunir et rendre la somme obtenue en prêt.

Son problème résolu, elle descendit rejoindre Alex, le cœur plus léger.

— Merci de m'accompagner ce matin encore, dit-elle. Ce ne doit pas être drôle pour toi de te lever à 6 heures alors que tu es vacances.

— J'admire ta détermination et le fait que tu te donnes les moyens de tes ambitions.

Elle haussa les épaules, dans un geste faussement désinvolte.

— Je me suis fixé un but et je compte bien l'atteindre.

Le jour pointait à peine lorsqu'ils arrivèrent en ville. Elle tenta d'évacuer le stress lié au fait qu'elle allait mettre au clou le bijou de sa grand-mère en se focalisant sur la motivation de son geste. Elle avait une bonne raison. Avec le cadeau qu'elle allait pouvoir acheter, Alex penserait à elle de temps en temps. Grâce à ce présent, elle resterait gravée dans sa mémoire. Peut-être même, l'espace d'un instant, parviendrait-elle à distance à faire renaître des émotions liées à leur rencontre. Qui sait ?

— Nous y voilà, annonça-t-il tandis qu'il se rangeait sur le bas-côté. Tu es sûre de vouloir descendre ici ? À une heure aussi matinale, je peux t'avancer un peu plus.

— Non, c'est très bien ainsi. Et puis, tu dois avoir des choses à faire, toi aussi.

— Je vais commencer par aller me recoucher. Et puis je redescendrai faire des courses.

— Pas de gros cadeaux, n'est-ce pas ? lui rappela-t-elle. Nous sommes bien d'accord ?

— Très bien, madame, acquiesça-t-il en mimant un salut militaire.

— Merci encore, répéta-t-elle avant de se pencher

vers lui pour effleurer des siennes ses lèvres si douces et si chaudes.

— De rien. Et puis, me lever tôt me permet d'imaginer le calvaire vécu par les agriculteurs.

— En quoi la vie des agriculteurs te concerne-t-elle, toi qui descends d'une grande lignée de banquiers ?

— On ne sait jamais. Je te rappelle qu'il est possible que je change de vie. J'ai déjà évoqué l'idée d'ouvrir une boutique de surf à Hawaï. Pourquoi ne pas envisager une vie de fermier, je ne sais pas moi… Dans le Kansas ? Enfin, pour en revenir à mes ancêtres, en effet, ils ont toujours été dans la finance. Tout comme les tiens ont toujours eu les mains dans la farine, je suppose ?

— En quelque sorte, s'empressa-t-elle d'éluder.

— Donc à demain ? Pour la soirée du réveillon ? As-tu besoin que je vienne te chercher ? Ou que je fasse des courses ? Je sais que tu es très occupée par ton travail. Tu n'auras sans doute pas le temps.

— Ce serait très gentil à toi, en effet.

— Dans ce cas, envoie-moi par texto la liste de ce dont tu auras besoin.

— Merci. Toi aussi, tu es parfait, ajouta-t-elle dans un sourire attendri.

— En tout cas, je m'efforce de l'être.

Elle lui donna un dernier baiser avant de se presser vers son lieu de travail. Aussitôt le seuil franchi, elle huma avec bonheur l'odeur réconfortante de la pâte chaude et l'arôme puissant du chocolat, étroitement liés au souvenir de son enfance heureuse avec son aïeule.

— Bonjour, dit Natalie en entrant presque aussitôt après elle. Je t'ai vue de nouveau avec cet homme à la belle voiture. Tu as passé une bonne soirée ?

Natalie avait accompagné ses paroles d'un clin d'œil qui se voulait complice. À quoi bon nier l'évidence ? De toute façon, son bonheur devait se lire sur son visage.

— Oui, répondit-elle. Nous avons passé une bonne soirée.

— C'est sérieux entre vous ? la pressa encore Natalie tandis qu'elles allaient accrocher leurs manteaux et leurs écharpes dans le vestiaire réservé aux employés.

Elle prit le temps de passer son tablier et d'en nouer les cordons sur le devant, cherchant dans ce court laps de temps la réponse la plus appropriée.

Si les choses avaient été différentes, sans doute Alex et elle auraient-ils pu donner une suite à leur histoire. Une suite sérieuse. Mais la réalité était si éloignée du tourbillon de sentiments qu'elle éprouvait qu'il était ridicule de vouloir croire à autre chose.

Alex et elle ne vivaient pas seulement à des milliers de kilomètres l'un de l'autre, ils étaient sur deux planètes différentes. Sans compter que, depuis leur rencontre, elle lui mentait sciemment. Il ne connaissait d'elle qu'une Joy Baker fabriquée de toutes pièces.

Autant dire qu'il n'y avait pas d'avenir commun possible.

— Non, finit-elle par répondre. Nous passons juste du bon temps ensemble. Et puis, de toute façon, il vit à Chicago et doit repartir juste après Noël.

— Je t'envie, répliqua Natalie en attachant ses cheveux en queue-de-cheval. À ta place, je ne me priverais pas non plus. Tu as de la chance.

— Je sais.

Elle ajouta à l'intention de Bonnie qui venait de sortir de son bureau :

— Bonnie, puis-je te parler un instant ?

— Bien sûr.

— Je lance les scones, annonça Natalie.

— Je te rejoins tout de suite, rétorqua-t-elle. J'en ai pour une minute.

Elle alla rejoindre Bonnie, qui avait réintégré son bureau, puis s'assit sur une chaise face à elle.

— Je t'écoute, l'encouragea Bonnie d'une voix bienveillante.

— Si cela est possible, j'aimerais effectuer des heures supplémentaires, expliqua-t-elle sans préambule. Même si ce n'est que pour quelques semaines.

— Tu es à court d'argent ? Rien de plus normal avec tous ces frais qu'engendrent les fêtes.

— C'est exactement cela. Je me disais que je pourrais venir plus tôt ou terminer plus tard.

— Nous parlerions de travailler douze heures par jour, lui annonça Bonnie sans détour.

— Je m'en doute. Mais comme je viens de te le dire, ce ne serait qu'une question de quelques semaines.

— Dans ce cas, c'est dit. De toute façon, cela me dépannera en attendant que j'embauche un nouvel employé.

Bonnie se leva, signe que l'entretien était terminé.

— Tu n'as pas de problèmes plus sérieux, n'est-ce pas ? demanda-t-elle après une brève hésitation.

Pas plus que d'habitude.

— Non, répondit-elle d'un ton faussement léger. J'ai un peu de retard dans mes paiements, voilà tout.

— Très bien. Tiens-moi au courant lorsque tu seras à flot.

— Je n'y manquerai pas. Merci, Bonnie. J'apprécie beaucoup ce que tu fais pour moi. Je retourne vite travailler.

Profondément soulagée, elle alla rejoindre Natalie. Toutes deux travaillaient en parfaite osmose, comme une machine bien huilée, pétrissant, cuisant, avec une aisance confondante.

La pâtisserie lui procurait le même plaisir que l'élaboration d'entrées et de plats. Peut-être devrait-elle creuser cette idée de recueil de recettes de gâteaux, après tout.

Avoir des rêves était si important ! Peu importait la teneur du rêve, le principal était de toujours chercher à le réaliser.

Une fois que scones, muffins et cookies furent exposés en vitrine, elle se livra avec Natalie à la confection des cakes, tartes et autres tourtes. Puis vint l'heure du service en salle où il fallait se mettre en quatre pour satisfaire le moindre désir des clients.

Lorsque arriva l'heure de déjeuner, elle était déjà épuisée. Elle rêvait de s'asseoir pour manger un morceau mais elle devait passer au crédit municipal.

— Je dois sortir faire une course, annonça-t-elle en retirant son tablier sale qu'elle alla déposer directement dans la buanderie. On se voit après ?

— Tu veux que je t'accompagne ? proposa Natalie.

— Merci mais je devrais m'en sortir toute seule. Je n'en ai pas pour longtemps.

Puis, sans attendre, elle sortit précipitamment. Le prêteur sur gages se trouvait à dix bonnes minutes à pied du salon de thé et elle ne devait pas traîner si elle ne voulait pas revenir avec du retard.

La sonnerie aigrelette d'une cloche se fit entendre lorsqu'elle poussa la porte de la boutique. L'homme grand et maigre qui se trouvait derrière le comptoir leva la tête pour la saluer d'une voix joviale.

— Bonjour, dit-il. En quoi puis-je vous aider ?

— Je voudrais mettre un collier en dépôt.

D'une main tremblante, elle sortit de son sac le petit pochon qu'elle posa devant l'usurier.

Elle fut saisie d'une onde de culpabilité à l'idée qu'elle était sur le point de se séparer d'un bijou qui avait une grande valeur sentimentale. Allons. Tout allait bien se passer. Elle n'avait pas à s'inquiéter. Elle allait gagner plus d'argent. C'était l'affaire de quelques jours ; ensuite, elle récupérerait sa chaîne et son médaillon et tout rentrerait dans l'ordre. Et au moins, elle aurait rendu Alex heureux.

Il méritait qu'elle fasse ce sacrifice. Lorsqu'elle l'avait rencontré, elle était au plus bas. Grâce à lui, à sa joie de vivre, à sa tendresse d'amant, elle avait retrouvé un peu de son optimisme et de sa combativité.

L'homme sortit un plateau tendu d'un velours noir élimé sur lequel, le cœur battant, elle plaça la chaînette avant de détourner la tête pour regarder distraitement autour d'elle.

— Je peux vous en donner deux cent cinquante dollars, finit-il par annoncer au bout d'un temps qui lui avait paru une éternité.

Elle comprit au ton ferme de sa voix qu'elle n'avait pas le choix. C'était à prendre ou à laisser. Elle savait que ce bijou valait plus, mais cela signifierait aussi plus d'argent à rembourser pour le récupérer.

— Très bien, accepta-t-elle sans chercher à discuter.

Le prêteur sortit un document qu'il lui fit remplir tandis qu'il imprimait une copie de son permis de conduire.

— Signez ici, indiqua-t-il en lui tendant de nouveau la feuille. Vous avez jusqu'au 27 inclus pour me restituer l'argent plus cinquante dollars d'intérêts, soit un total de trois cents dollars.

— C'est tout ? Le délai est très court. La dernière fois, on m'avait laissé quinze jours.

L'homme esquissa une grimace en même temps qu'il secouait la tête.

— Je suis désolé. Mais je ne suis pas une banque et les clients sont rares, par ici. Si vous avez besoin de plus de temps, revenez le jour prévu et nous stipulerons un délai supplémentaire, mais il vous en coûtera 10 % de plus.

Comme si elle pouvait se permettre de telles fantaisies !

— Vous êtes ouvert tous les jours ? demanda-t-elle pour la forme.

— Tous les jours sauf le jour de Noël.

— Vous avez mon numéro de téléphone. Pourriez-vous me passer un coup de fil si, toutefois, je ne pouvais pas me présenter à la date prévue ? Je tiens beaucoup à ce bijou et je ne voudrais pas prendre le risque que quelqu'un l'achète.

L'homme émit un soupir teinté d'une pointe d'agacement.

— Je le note. Je ne peux rien vous promettre mais vous m'avez l'air d'une bonne fille. Je ferai de mon mieux.

— Merci beaucoup. Cela me rassure, même si je sais que je serai là en temps et en heure pour récupérer ce bijou.

— Je n'en doute pas, rétorqua-t-il d'un ton peu convaincu.

— Je vois bien que vous ne me croyez pas mais je tiens trop à ce médaillon qui me vient de ma grand-mère.

— Vous devez être dans une sacrée panade, alors.

— Tout va bien. À bientôt.

- 10 -

Alex se gara à la place qu'il occupait désormais chez Joy puis coupa le moteur. Heureusement, elle n'avait plus évoqué la possibilité de passer le réveillon chez lui.

Avant de descendre, il prit le temps de vérifier son apparence dans le rétroviseur puis resserra le nœud de sa cravate qu'il avait choisie bleu foncé pour cette soirée spéciale. N'avait-il pas trop l'air de se rendre à une réunion d'affaires ? Et ses cheveux ? Étaient-ils bien coiffés, sans l'être trop ?

Ce soir, il voulait être parfait. Pour Joy.

Il rectifia une mèche rebelle puis, enfin satisfait, s'empara des paquets pour Joy qui se trouvaient sur le siège côté passager.

Le cœur battant, il grimpa les quelques marches qui conduisaient à la porte d'entrée. C'était probablement la dernière fois qu'il allait pénétrer dans cette maison. Demain serait son dernier jour dans le Colorado. Il avait rendez-vous avec son père le 27 et n'aurait pas trop de la journée du 26 pour se préparer psychologiquement à cet entretien qui, comme toujours, relèverait plutôt de l'affrontement.

Il s'empressa de chasser ces pensées funestes de son esprit pour se focaliser sur les cadeaux qu'il avait achetés. Le plus important des trois, s'il tombait à plat, lui permettrait de faire une sortie digne de ce nom. Il aurait bien le temps, par la suite, de se fustiger pour avoir cru qu'une femme comme Joy Baker pouvait tomber amoureuse de lui.

Il appuya sur la sonnette, se rappelant cette soirée où il était revenu pour s'assurer qu'elle n'avait pas subi de traumatisme lié à l'accident. À vrai dire – et s'il voulait être tout à fait honnête avec lui-même –, il avait agi poussé par l'envie irrépressible de revoir cette inconnue qui, d'emblée, l'avait séduit.

Le cœur battant la chamade comme celui d'un adolescent se rendant à son premier rendez-vous amoureux, il l'entendit déverrouiller la porte.

— Seigneur ! s'écria-t-elle avec un brin de nervosité. Je crois bien que le dîner est un véritable désastre. Entre vite, ajouta-t-elle après avoir planté un baiser sur sa joue. Je ne sais pas à quelle heure nous allons pouvoir manger.

Puis elle fila retrouver sa cuisine, le laissant pénétrer à l'intérieur et refermer la porte derrière lui. Qu'avait-il bien pu se passer ? C'était bien la première fois qu'il la voyait dans un tel état.

Il retira son manteau et le posa sur l'un des fauteuils du salon avant d'aller glisser en douce ses cadeaux au pied du sapin. Ensuite seulement, il se rendit dans la cuisine où régnait le plus grand désordre.

— Que s'est-il passé ? s'enquit-il en avisant les boîtes d'œufs vides et les traces de farine qui recouvraient presque totalement le comptoir.

Elle secoua la tête tout en allant vérifier par la vitre du four son contenu. Elle portait une robe rouge carmin dont l'affreux tablier ne cachait que partiellement le profond décolleté.

— J'ai voulu faire un soufflé au fromage, expliqua-t-elle. Regarde un peu ce désastre ! Il n'a levé que d'un côté. Je ne sais pas si je vais pouvoir le rattraper. Quelle idiote je suis ! Dire que je réussis tous mes gâteaux comme un chef et que je rate lamentablement ce dîner qui était si important pour moi.

Elle semblait véritablement contrariée. Chagrinée, même. Comme si ce dîner revêtait en effet pour elle une importance capitale.

Soucieux de la réconforter, il s'approcha d'elle et la prit dans ses bras.

— Allons, Joy. Ce n'est pas si grave. Nous n'avons pas besoin d'un soufflé au fromage pour que cette soirée soit belle. Ce qui importe, c'est que nous la passions ensemble.

En guise de réponse, elle se mit à pleurer à chaudes larmes. Elle s'agrippa à lui, comme si sa vie en dépendait.

— J… Je… s… ais, hoqueta-t-elle entre deux sanglots. Mais… mais… je voulais que t… tout soit parfait.

Conscient de la gravité du moment, il la prit par les épaules et la força à le regarder dans les yeux.

— Tout est parfait parce que tu es là et que je suis là avec toi, assura-t-il d'un ton à la fois ferme et doux. Nous sommes ensemble, Joy. C'est tout ce qui compte.

Elle acquiesça de la tête en reniflant un peu. Ses yeux encore débordants de larmes lui brisèrent le cœur.

— Tu es tellement gentil, dit-elle dans un souffle. Mais ça ne fait que rendre les choses plus difficiles.

— Plus difficiles ? Peux-tu m'expliquer comment se montrer compréhensif peut envenimer les choses ?

— Je ne sais pas, Alex. Peut-être parce que je voudrais que tu compatisses.

— Désolé mais j'ai beau adorer ta cuisine, je ne vais pas faire toute une histoire d'un soufflé raté. En revanche, je me soucie de bien d'autres choses.

La minuterie du four se fit entendre, indiquant la fin de la cuisson. Elle se saisit des maniques qui se trouvaient sur le comptoir, à côté de leurs deux assiettes déjà garnies de salade.

— Si j'étais encore à l'école, j'aurais été virée sans tarder, déclara-t-elle en maugréant.

— Heureusement pour toi, tu n'es plus à l'école, rétorqua-t-il en prenant du bout des doigts une feuille de salade qu'il enfourna dans sa bouche.

— Hum. Ta vinaigrette est délicieuse.

— Merci. La salade rattrapera peut-être le reste.

Elle posa dans chaque assiette une large portion de soufflé puis retira son tablier.

— Peux-tu aller chercher les couverts pendant que j'allume les bougies sur la table de la salle à manger ?

Mais captivé qu'il était par la vision de Joy dans cette robe époustouflante, il était bien incapable d'esquisser le moindre geste.

— Magnifique ! s'extasia-t-il.

— Tu ne l'as même pas encore goûté, le reprit Joy qui, visiblement, se méprenait sur le sens de son commentaire.

— Attends un peu, dit-il en la retenant par le bras. Laisse-moi t'admirer.

Il la fit tourner lentement sur elle-même, s'attardant sur son décolleté qui laissait voir le renflement de ses seins bougeant librement sous la soie douce et fine de sa robe. Pour son plus grand bonheur, elle avait négligé de mettre un soutien-gorge.

— Tu es vraiment superbe.

Il aurait aimé se montrer plus original, plus romantique. Un peu poète, pourquoi pas ? Mais il était tellement fasciné, comme envoûté, que les mots restaient coincés dans sa gorge, le rendant muet.

Elle inclina la tête sur le côté et lui adressa un sourire renversant de séduction qui lui donna l'envie de prendre ses lèvres dans un baiser enflammé.

— Tu aimes ma robe ?

Elle pivota sur elle-même, lui laissant à nouveau tout

le loisir de la détailler, mais dévoilant la fente sur le côté qui avait échappé à son regard pourtant scrutateur.

— Ma tenue n'est pas un peu trop osée ? demanda-t-elle d'un ton inquiet.

— Trop ? Pas du tout. Je dirais même que je suis très chanceux de pouvoir bénéficier d'un aussi joli spectacle.

Pour lui, c'était clair : l'heure n'était pas au dîner, réussi ou pas. Il n'avait même jamais eu aussi peu d'appétit. Il plaça les mains sur les épaules de Joy et l'incita à le regarder dans les yeux.

Lorsque leurs bouches se joignirent, le monde se fondit pour céder la place à une sorte de rêve éveillé. Plus rien n'existait que de sentir le corps souple et chaud de Joy contre le sien, prélude à des étreintes qu'il savait passionnées.

Toujours lovée contre lui, elle se hissa sur la pointe des pieds et plongea ses doigts délicats dans ses cheveux épais. Leur baiser se faisait plus fougueux à mesure que leurs langues s'enroulaient l'une autour de l'autre et que leur souffle devenait saccadé. Il l'enveloppa d'un bras tandis que sa main libre se glissait dans la fente de sa robe et remontait haut sur sa cuisse.

— Le soufflé va être froid, dit-elle dans un murmure rauque de désir.

— Je saurai me faire pardonner, rétorqua-t-il en la portant dans ses bras.

Elle enroula les bras autour de sa nuque et posa la tête sur son torse, s'abandonnant contre lui tandis qu'il montait précautionneusement les quelques marches qui conduisaient à l'étage. Une fois dans la chambre, il l'allongea délicatement sur le lit puis, sans la quitter des yeux, entreprit de se déshabiller. D'abord la veste de costume, puis la cravate – cette cravate qu'il avait mis si longtemps à choisir pour éviter toute faute de goût.

Dans une volonté évidente de le vamper, elle se dressa

sur un coude et écarta largement le pan de sa robe, lui dévoilant ainsi sa jambe fuselée.

Brûlant de désir, il se débarrassa de sa chemise qu'il laissa à son tour tomber au sol.

— J'adore te regarder te déshabiller, dit-elle. Ça m'excite.

— Et moi, ce que j'aime par-dessus tout, c'est te retirer tes vêtements un à un.

Bien trop impatient de retrouver le contact physique interrompu, négligeant d'ôter son boxer, il s'allongea sur elle. Elle noua aussitôt les jambes autour de son bassin, se pressant contre sa verge en érection, laissant échapper de petits gémissements de plaisir.

La pensée qu'ils étaient en train de vivre leurs dernières heures ensemble décupla le désir qu'il avait d'elle.

De ses mains devenues fébriles, il fit glisser les bretelles de sa robe le long de ses bras, découvrant ses seins parfaitement ronds et souples. Incapable de résister, il en prit la pointe dure et dressée entre ses lèvres puis les agaça du bout de la langue avant de les engloutir de nouveau, les suçant avec force.

Grisé par les râles d'excitation qu'elle laissait échapper entre ses lèvres entrouvertes, il glissa une main entre ses cuisses humides et se mit à fouiller les replis de son intimité.

Lorsque, au comble de l'excitation, elle abaissa son sous-vêtement et enroula les doigts autour de son sexe, il crut défaillir d'un plaisir sans limite qui lui donna l'envie irrépressible de la pénétrer, de retrouver sans plus attendre le contact doux et chaud de son sexe palpitant.

Ils n'avaient pas besoin de parler pour comprendre ce qu'ils attendaient l'un de l'autre. Elle se retourna sur le côté et, ramassant sa lourde crinière, lui permit de faire glisser sa fermeture Éclair et de lui retirer sa robe. Elle s'agenouilla ensuite devant lui et prit son sexe dans sa bouche, son regard ardent rivé au sien.

C'était si bon ! La douceur de sa langue le long de sa verge, ses lèvres qui l'enserraient fermement, la volonté qu'elle avait de le porter jusqu'à l'orgasme.

Il ferma les yeux pour mieux savourer l'intensité de ses sensations.

Elle était une femme à part.

Il avait beaucoup de chance de l'avoir dans sa vie.

Joy adorait avoir Alex à sa merci. Soucieuse de lui prodiguer le plaisir qu'il méritait, elle était attentive à chacun de ses râles, à chacune des contractions de ses muscles.

Elle avait raté son dîner ? Elle allait lui montrer que, en matière de sexe, elle pouvait être à la hauteur. Et à en juger par les gémissements de plaisir qu'il exhalait, elle semblait être sur la bonne voie.

Savoir qu'ils vivaient là leur dernière soirée ensemble accentuait le désir pourtant déjà très profond qu'elle avait de lui. Elle voulait tant rester gravée dans sa mémoire. Ne pas être pour lui juste une aventure agréable qu'il oublierait aussitôt que chacun reprendrait le cours de sa vie.

— C'est si bon, Joy, murmura-t-il.

Ces mots eurent le pouvoir de la rendre plus audacieuse. Elle se sentait investie d'un pouvoir de domination qui la galvanisait. Elle agrippa ses hanches et suça avec plus de force son sexe en érection. Elle ne releva la tête que lorsque, au bord de l'orgasme, il lui demanda d'une voix presque suppliante d'arrêter.

Le message était clair : elle ouvrit le tiroir de la table de nuit et chercha à tâtons un préservatif qu'elle sortit de son étui d'une main et qu'elle déroula sur son sexe durci. Puis, sans plus attendre, elle s'allongea sur le dos, offerte et abandonnée.

Les yeux rivés sur ses seins, il se pencha sur elle et parcourut son corps de baisers mouillés avant de se positionner entre ses cuisses et de la pénétrer d'un coup de reins qui lui arracha un cri de plaisir intense.

Le temps suspendit son vol. Sa respiration s'altéra. Curieusement, alors que les battements de son cœur s'accéléraient, elle eut l'impression que tout son corps se diluait en lui.

Tu l'aimes. Tu ne peux pas le laisser partir.

Ces phrases tournaient en boucle dans sa tête, dans la demi-conscience qui lui restait encore.

Cet homme la rendait folle d'un désir qu'il savait apaiser par un plaisir inouï. Il savait exactement ce qu'elle aimait, ce qu'elle attendait de lui. Et pourtant ils se connaissaient depuis une semaine à peine. Jamais encore un homme n'avait su la combler comme lui. Pour la première fois, elle se donnait corps et âme, sans retenue.

Tandis que leurs corps se mouvaient dans une parfaite cadence, elle tenta de repousser les pensées négatives qui lui venaient à l'esprit : ils vivaient là leurs derniers baisers ; leur dernière fois. Son plaisir était oblitéré par ce compte à rebours impitoyable. Bientôt, trop tôt, viendrait l'heure des adieux ; d'une séparation qu'elle pressentait déchirante.

Elle sentit soudain les larmes lui monter aux yeux et une vague de mélancolie la submerger, qu'elle s'empressa de chasser.

Ne penser qu'à l'instant présent. S'accrocher à la beauté de ce moment où leurs corps enchevêtrés ne faisaient qu'un.

Ils jouirent ensemble, un plaisir indicible déferlant sur eux par vagues successives.

De longues minutes plus tard, après qu'ils eurent pris une douche, ils se recouchèrent pour se blottir l'un contre l'autre et restèrent ainsi enlacés, immobiles et silencieux, un long moment.

Qu'auraient-ils bien pu se dire ? Parfois, renoncer à évoquer un sujet douloureux pouvait même se révéler libératoire. Et puis, on ne pouvait pas se battre contre tout sans risquer de tout perdre.

Il sombra dans un profond sommeil alors qu'ils étaient toujours enlacés. Elle scruta son profil à la lueur des flammes de la cheminée, cherchant à graver dans sa mémoire l'ovale de son visage, la fossette qui creusait son menton volontaire, sa bouche aux lèvres bien ourlées.

Elle s'en voudrait tellement par la suite de ne pas se rappeler ses traits de manière précise ; d'être incapable de faire revivre Alex tel qu'il était. Ses souvenirs seraient la seule chose qui lui resterait de lui. Et même si son cœur saignait, si elle ressentait un vide immense à l'idée qu'ils allaient devoir se séparer, elle ne regrettait rien. Au contraire, même, elle se sentait riche d'avoir vécu une si belle expérience avec un homme comme lui. Il lui avait tant donné ; tant apporté. Il l'avait réconciliée avec elle-même, réveillant en elle la passion qui l'animait et qu'elle croyait éteinte à jamais.

Dans un passé pas si lointain, elle détestait la femme qu'elle était. Durant le trajet qui l'avait conduite de Santa Barbara à Vail, elle n'avait cessé de ruminer ses échecs, aussi bien professionnels que sentimentaux. Elle s'était vue face à ses propres responsabilités, aux choix qu'elle avait faits, ce qui n'avait fait qu'attiser la mauvaise image qu'elle avait d'elle.

Alex était arrivé dans sa vie au moment où elle était au plus bas.

Grâce à lui, elle avait renoué avec ses capacités, ses talents, sans plus les remettre en question.

Elle avait été sur le point de lui avouer qu'elle était tombée amoureuse de lui. Mais à quoi bon, maintenant ? Cela ne ferait que leur rendre la séparation plus difficile.

Non. Tout ce qu'elle avait à faire, c'était de tenter de profiter intensément des quelques heures qui leur restaient à passer ensemble.

Forte de cette bonne résolution, elle se lova un peu plus étroitement contre lui et posa la tête contre son torse pour mieux se bercer de sa respiration paisible. Lorsqu'elle serait seule dans ce grand lit, elle serait comme une coquille vide.

Malgré elle, les larmes se mirent à couler.

— Je t'aimerai toujours, Alexander Townsend, murmura-t-elle.

- 11 -

Joy devait rattraper le désastre de la veille. Alex et elle n'avaient rien avalé depuis plusieurs heures, à l'exception d'un bout de fromage pris sur le pouce lorsque Alex s'était réveillé un peu après minuit.

Le soufflé raté ? Il avait malheureusement fini à la poubelle.

Aussitôt levée, elle s'était donc lancée dans la confection de muffins au gingembre, l'épice préférée d'Alex. Une délicieuse odeur de biscuits chauds flottait dans la cuisine et il régnait dans la maison décorée pour l'occasion une atmosphère de fêtes qui suscita en elle une bouffée de bonheur.

Chargée du plateau du petit déjeuner, elle se rendit dans la salle à manger où il l'attendait.

— J'espère que tu ne seras pas trop déçu mais ce matin j'ai remplacé les scones par les muffins, annonça-t-elle, d'humeur joyeuse.

Il vint à sa rencontre et lui prit des mains le plateau qu'il posa sur la table basse, devant le canapé.

— Je ne vais pouvoir que les adorer puisque c'est toi qui les as faits, rétorqua-t-il en lui volant un baiser qui tout naturellement devint plus passionné.

Elle se plaqua contre lui, prête à succomber.

— Si nous continuons sur cette voie, nous allons finir comme le jour où nous avons décoré le sapin, dit-elle en riant. Ici même, sur ce canapé.

Ce jour-là avait marqué un tournant dans leur relation. Elle adorait en revivre chacun des différents moments : il y avait d'abord eu la phase de la séduction ; puis celle de la très forte attirance physique ; et enfin, le premier baiser échangé. Ces quelques jours passés avec lui étaient les plus beaux de sa vie.

— Je ne suis pas contre, mais d'abord, les cadeaux. Et le petit déjeuner.

Il alla s'asseoir sur le sofa et sirota son café à petites gorgées, un large sourire de contentement aux lèvres.

Elle lui tendit un muffin.

— Pomme gingembre, annonça-t-elle. Un mélange qui ne déçoit jamais.

Il se saisit du gâteau et en mordit une bouchée.

— Absolument parfait.

— Merci beaucoup.

— C'est la vérité.

Il termina son muffin puis se mit à lui caresser le dos, dans un geste tendre.

— Veux-tu que nous ouvrions nos paquets ?

— Oui. Mais je ne sais pas si ce que j'ai acheté va te plaire.

— Cela m'étonnerait que je sois déçu. Tu pourrais bien m'offrir la recette de ces délicieux muffins sur un bout de papier que je serais le plus heureux des hommes.

— Je n'ai jamais dit que j'allais t'offrir quelque chose d'aussi précieux, le taquina-t-elle.

Elle but la dernière gorgée de son café puis alla chercher au pied du sapin le paquet qu'elle lui destinait.

— À toi d'abord, dit-elle en le lui tendant.

Il défit le ruban rouge qui entourait le papier argenté et découvrit une boîte, qu'il ouvrit aussitôt. À l'intérieur, sur un coussin de coton, se trouvait la pince à billets en argent qu'elle avait pu acheter avec la somme donnée par le prêteur sur gages.

Il s'en saisit et la plaça dans la paume de sa main, visiblement très content.

— J'ai choisi celle-ci parce que ses rainures me faisaient penser à celles des pneus d'une voiture. J'ai pensé que ce serait une manière originale – et drôle – de te rappeler notre rencontre.

Il secoua la tête et éclata de rire.

— Tu n'oublieras jamais, n'est-ce pas ?

— Non, c'est certain. Je me reverrai toute ma vie la tête dans cette congère.

Elle avait voulu donner un ton léger à cette remarque mais l'émotion lui nouait la gorge. Ils venaient d'évoquer le premier jour de leur rencontre alors qu'ils en vivaient là les dernières heures. Elle détestait les adieux. Surtout celui-ci, qui allait s'avérer particulièrement douloureux pour elle.

— Je voulais te donner quelque chose que tu pourrais emporter partout avec toi et qui, à chaque fois que tu le regarderais, te ferait penser à moi.

— Merci, Joy, je l'adore. Je te promets de l'avoir toujours sur moi.

Le faible espoir qu'elle avait nourri de le voir reporter son départ de quelques jours s'évanouit d'un coup. Il semblait prêt à partir. À tourner la page sur leur parenthèse magique.

Il se leva et, à son tour, prit les trois paquets qui se trouvaient encore sous le sapin.

— Je sais bien que nous avions dit un seul cadeau, mais je l'avoue humblement, j'ai triché. Je t'en ai acheté trois.

— Alex. Ce n'est pas juste. Je me sens extrêmement embarrassée.

— À vrai dire, je n'arrivais pas à me décider. Alors, j'ai opté pour les trois.

— Comment vas-tu utiliser la pince que je t'ai offerte si tu n'as plus d'argent ?

Elle persistait à garder un ton léger à la discussion alors que son cœur était broyé par la tristesse.

Il déposa les trois paquets sur la table basse mais en garda un, le plus petit, à l'écart.

— Celui-ci est à ouvrir en dernier, décida-t-il.

— Très bien.

Elle prit le premier des deux autres et en déchira le papier. À la seconde où elle vit l'écharpe en cachemire couleur camel rayée de rouge et noir, elle comprit qu'ils n'avaient pas joué dans la même cour.

— Une écharpe Burberry ? J'ai toujours rêvé d'en avoir une. Mais tu es fou !

Elle l'enroula autour de ses épaules, se délectant de la douceur de la fibre sur sa peau nue.

— C'est si doux.

— Je t'ai entendue te plaindre de ton écharpe qui n'était pas assez chaude, le soir de l'illumination du sapin, à Vail. J'ai choisi cette couleur car je trouvais qu'elle irait bien avec la couleur de tes cheveux.

— Je n'aurais pas mieux choisi. Merci encore.

Elle prit son deuxième paquet et l'ouvrit, excitée comme une enfant.

— Oh ! du parfum ! C'est la première fois qu'on m'en offre.

Elle dévissa le bouchon et en pulvérisa un fin jet sur chacun de ses poignets. Une subtile odeur de vanille vint lui chatouiller les narines.

— C'est l'odeur qui se dégage de toi lorsque tu prépares tes délicieux gâteaux.

Il poussa le dernier cadeau, de la taille d'une enveloppe rectangulaire, devant elle.

— Maintenant, celui-ci. N'y vois aucun piège, Joy. J'espère que tu ne vas pas m'envoyer au diable, avec mon cadeau.

Elle fronça les sourcils, intriguée. Elle n'avait aucune

idée de ce que ce pouvait être ni du sens à donner à ces paroles.

— J'avoue que je suis impatiente de voir ce que c'est.

Cette fois, elle prit son temps, soucieuse de prolonger ces instants précieux.

Elle retira la bande adhésive qui retenait le papier d'emballage et découvrit un étui cartonné rectangulaire. À l'intérieur se trouvait un billet d'avion pour les îles Fidji.

— Mon Dieu, Alex ! Tu es fou ! Tu m'offres un voyage ?

Son cœur bondissait dans sa poitrine comme un oiseau fou.

— Exactement. Car ces quelques jours passés avec toi m'ont appris que nous avons besoin de vacances. De vraies vacances où nous n'aurions à nous inquiéter de rien. J'ai pensé que le plus loin serait le mieux. Je connais l'endroit ; il est merveilleux.

L'émotion était si intense qu'elle était incapable de parler. Elle resta figée sur place, immobile, les yeux baissés sur le billet pour tenter de cacher les larmes qui lui brouillaient la vue.

— Mais sens-toi libre de refuser. Je...

Il s'interrompit et se passa la main dans les cheveux, dans un geste trahissant une grande nervosité. Qu'avait-il à lui dire qui lui demandait un tel effort ?

— Je n'ai pas envie que nous mettions un terme à notre relation, déclara-t-il d'un trait.

Son cœur s'affola. Dans ses pires cauchemars, elle n'aurait imaginé pareil scénario. Car, alors que l'homme qu'elle aimait venait de lui signifier qu'il voulait donner une chance à leur amour naissant, elle était prisonnière de la toile de mensonges qu'elle avait elle-même tissée.

Elle refoula avec peine le cri qui lui montait à la gorge.

Elle aurait tant voulu aller se blottir contre lui ; le remercier de se montrer aussi romantique et aussi attentionné. Lui dire qu'elle l'aimait.

Mais elle ne pourrait rien faire de tout cela tant qu'elle ne lui aurait pas parlé.

Les larmes se mirent à ruisseler sur ses joues. Des larmes de rage, de désespoir. Des torrents de larmes qu'elle ne pouvait pas endiguer.

Car le billet avait été imprimé au nom de Joy Baker. Il aurait tout aussi bien pu porter le nom de Joy-la-traîtresse.

C'était bien ce qu'elle faisait depuis le début. Trahir Alex. Trahir sa confiance.

Elle avait fait des mauvais choix et nombre d'erreurs. Mais celle qu'elle avait commise en cachant la vérité à Alex serait la pire de sa vie.

Une heure plus tôt, Alex aurait juré qu'il n'avait pas vécu de plus beau Noël depuis son enfance. Certes, il avait attendu la réaction de Joy, le cœur battant. Allait-elle sauter de joie ? Allait-elle décliner poliment l'invitation ? Mais la voir s'effondrer en larmes devant un billet d'avion pour les Fidji n'était pas du tout ce à quoi il s'attendait.

Quel idiot il était ! Comment avait-il pu se tromper de la sorte ? Le fossé entre ce qu'il s'était mis en tête et la réalité était énorme. Malheureusement, le mal était fait et il ne pouvait pas revenir en arrière.

— Pourquoi pleures-tu ?

Il posa une main sur son épaule, dans un geste qu'il voulait plein de douceur rassurante, mais il la sentit tressaillir.

— J'ai quelque chose à te dire, Alex, commença-t-elle lorsqu'elle se fut calmée. J'ai même beaucoup de choses à te dire.

Elle prit une profonde inspiration et poursuivit en évitant son regard :

— Je ne m'appelle pas Baker. Mon nom est Joy McKinley. Si j'ai pris un autre nom, c'est parce que je ne voulais pas qu'on sache que j'étais ici.

Il pressentit le pire. Il eut l'impression qu'on lui enfonçait un couteau dans le cœur. Elle n'était donc pas qui elle avait prétendu être ?

— Je ne comprends pas, dit-il, plongé dans la plus profonde confusion. Pourquoi as-tu changé d'identité, au juste ? Pour échapper à quelqu'un qui te voulait du mal ?

— Pas vraiment. Je ne suis pas censée occuper cette maison. Elle n'appartient pas à des amis, comme je te l'ai dit, mais à mon ex-employeuse. J'ai donné ma démission après que nous avons eu une violente querelle et elle a promis de détruire ma réputation et ma carrière à la moindre occasion. Malheureusement, elle en a le pouvoir. D'un simple coup de fil, elle pourrait me faire rayer de la carte du monde des grands chefs.

— Qui est cette femme ?

— Mariella Marshall. Son mari, Harrison Marshall, devenu invalide à la suite d'un accident, faisait partie des plus grands chefs internationaux. Lorsqu'elle a repris le flambeau avec son fils, elle a fait de ma vie un enfer.

— Je vois.

S'il ne connaissait pas le monde restreint de la grande cuisine, il ne pouvait ignorer ce nom qui régnait en maître sur plusieurs établissements étoilés du pays. L'histoire de Joy s'avérait compliquée. Il avait du mal à suivre.

— En revanche, poursuivit-il, je ne comprends pas pourquoi tu n'as pas tout simplement poursuivi ta carrière ailleurs, loin de ces gens néfastes. Tu n'avais pas à leur demander la permission, tout de même. Et puis, compte tenu de la relation que vous entretenez, je ne comprends pas ce que tu fais dans leur maison.

— C'est leur fils qui m'a dit que je pouvais venir vivre ici le temps de me retourner. Je n'avais pas d'argent devant moi ; pas d'autre endroit où aller. Et comme je te l'ai dit, je ne veux pas retourner chez moi à cause de Ben. Bien évidemment, personne ne devait connaître ma véritable identité, sous peine de représailles.

— Tu n'as pas une seule amie qui aurait pu t'héberger ?

— Pas ici, non. Tu sais, ce tas de ferraille qui se trouve sous une bâche, dans le garage, c'est ma voiture. Une vieille guimbarde qui m'a lâchée, m'empêchant de dépasser les limites de Vail. C'est pour cette raison que j'ai toujours besoin de quelqu'un pour me conduire au salon de thé et m'en ramener.

Sous le choc, il se passa une main dans les cheveux. L'histoire se reproduisait. Il était en train de vivre un véritable cauchemar. Elle lui débitait mensonge après mensonge. Mais lui, qu'était-il censé faire de tout cela ? Quelle attitude adopter ?

— Je t'en prie, Alex, dis quelque chose. Je n'aurais jamais menti si j'avais su ce qui allait se passer entre nous. Je pensais qu'il s'agissait d'une histoire sans lendemain.

Elle n'avait aucune conscience que ses paroles, au lieu de la disculper, ne faisaient que la rendre un peu plus coupable à ses yeux.

La douleur dans sa poitrine s'intensifia jusqu'à l'empêcher de respirer. Il aurait voulu disparaître sous terre.

— Je ne peux pas croire que, au cours de cette semaine, tu n'aies pas trouvé le bon moment pour me dire la vérité. Que tu te sois sentie acculée au point de persister à te taire. Les occasions ont pourtant été nombreuses. Tu aurais pu m'en parler le soir de l'illumination du sapin, par exemple ; ou, hier soir, veille de notre séparation.

— Et tout gâcher ? J'étais trop heureuse de partager ces moments magiques avec toi pour prendre un tel risque. Et puis, j'ignorais que notre histoire ne prendrait pas fin avec ton départ. Combien de fois m'as-tu affirmé que tu devais impérativement rentrer à Chicago le 26 ? Que tu avais un rendez-vous important le 27 ? Excuse-moi, mais j'ai eu la nette impression que notre relation avait une échéance.

Il étrécit les yeux tandis que la douleur cédait le pas à une colère sourde.

— C'est ce que tu voulais, *toi,* n'est-ce pas ? Une aventure sans lendemain. Car l'impression que j'ai eue, moi, c'est que cela ne semblait pas te poser de problème. Je comprends mieux, à présent, pourquoi le détective privé que j'ai chargé d'enquêter sur toi n'a rien trouvé. C'est parce que Joy Baker de Santa Barbara, Californie, n'existe pas. Et pour cause, c'est une invention.

Elle resta pétrifiée, dardant sur lui des yeux qui lançaient des éclairs.

— Tu as envoyé tes sbires enquêter sur moi ?! C'est le sort que tu réserves à toutes les femmes que tu mets dans ton lit ou c'est juste moi qui t'ai inspiré une telle initiative ?

Elle se leva d'un bond du canapé et le toisa de toute sa hauteur.

— Toi, ce qu'il te faut, c'est une femme bien rangée, qui ne fasse pas de vagues. Je me trompe ?

— Tu veux savoir pourquoi j'ai eu recours à un détective privé ? Parce que mon ex n'en voulait qu'à mon argent. Elle n'avait qu'une chose en tête : m'escroquer. Maintenant que j'y pense, peut-être même que vous vous connaissez toutes les deux !

Le coup était bas mais Alex était aveuglé par la colère. Tous les espoirs qu'il avait nourris au fil de la semaine se trouvaient balayés d'un coup, et de manière brutale.

Elle prit le billet qu'il lui avait offert et le lui lança à la figure.

— Tiens ! Tu peux le garder, ton voyage aux Fidji ! Plutôt mourir, même, que de partir avec toi. Va là-bas tout seul. Tu te trouveras bien une femme quelconque sur place avec qui tu coucheras sans risquer de compromettre ta petite vie bien tranquille ni te faire escroquer. Cela t'épargnera des frais de détective privé.

En guise de réponse, il se saisit du porte-billets et le lui brandit sous le nez.

— Et ça ? Avec quoi l'as-tu acheté, puisque tu n'as pas d'argent ? Tu l'as volé ?

Elle se remit à pleurer de plus belle. Était-ce une tentative de manipulation ? Il ne chercherait pas à le savoir.

— Non, je ne l'ai pas volé, finit-elle par dire. J'ai mis en gage la seule chose qui me reste de ma grand-mère : un médaillon qui a une grande valeur sentimentale pour moi. Un bijou qu'elle s'était offert avec son maigre salaire. Elle était cuisinière, Alex. Elle travaillait pour des gens fortunés, comme toi. C'était parce qu'ils craignaient ce genre d'humiliations que mes parents ne voulaient pas que je vive mes rêves. Ils ne voudraient pas me voir vivre ce que je vis aujourd'hui. C'est pour cette raison que j'ai menti. Que je t'ai menti. J'en prends l'entière responsabilité. En revanche, je n'oublierai jamais ce dont tu viens de m'accuser. Parce que c'est la preuve que tu ne m'as jamais fait confiance.

Il resta silencieux, mâchoires contractées. C'était vrai. Il ne lui avait jamais fait confiance. Mais ne venait-elle pas de lui donner la preuve éclatante qu'il avait eu raison de se méfier d'elle ?

— Je crois que tu n'as pas bien compris ce par quoi je suis passé, rétorqua-t-il finalement. Une femme, que j'aimais, une intrigante, a manigancé pour m'épouser, juste pour mon argent. As-tu la moindre idée de ce que j'ai traversé ? De ce que j'ai pu ressentir ? Tes mensonges me rappellent trop cette triste expérience.

— Je ne doute pas que cela a dû être terrible. Et j'en suis désolée pour toi. Je suis également désolée de t'avoir blessé. Ceci étant dit, je pense qu'il vaut mieux que tu repartes tout de suite pour Chicago. Va vivre ta vie.

Il se leva lentement, encore sonné par ce qu'il venait d'apprendre.

— Allez, Alex, lui intima-t-elle fermement. Prends tes affaires et va-t'en.

Il tenait toujours à la main le porte-billets qui, à présent, lui brûlait la paume.

— Tiens, dit-il. Reprends-le.

— Je n'en veux pas.

— Ne sois pas ridicule. Tu pourras récupérer plus vite le bijou de ta grand-mère.

— Je n'ai pas besoin de ta charité. Sache quand même que j'ai choisi ce cadeau avec soin parce que je tenais à toi. Tu devrais le garder pour te rappeler qu'une femme, un jour, t'a apprécié pour ce que tu es et non pas pour ta fortune. Je te souhaite de rencontrer celle qui t'aidera à ne plus te méfier des femmes.

Sur ces mots, elle lui tourna le dos et alla regarder par la fenêtre la neige qui s'était remise à tomber.

L'espace d'un bref instant, il fut ébranlé par cette déclaration. Pouvait-il la croire ? Avait-elle vraiment tenu à lui ? Sans tous ses mensonges, aurait-elle accepté ce voyage aux Fidji avec lui ? Aurait-elle aimé, tout comme lui, poursuivre cette relation ?

Il ne le saurait jamais.

Le cœur broyé, il monta dans sa chambre rassembler ses affaires. Elle lui avait demandé de partir. C'était aussi ce qu'il voulait, ne serait-ce que pour reprendre ses esprits et tenter d'y voir plus clair.

Il était si déçu ! Lorsqu'il était arrivé, la veille au soir, il était porté par des perspectives de bonheur dont il ne restait que de gros nuages noirs menaçants.

Il devait quitter cette maison.

Lorsqu'il revint dans le salon, elle se trouvait toujours au même endroit. Elle tourna lentement la tête vers lui.

— J'y vais, dit-il d'une voix altérée par l'émotion. Pour

information, ajouta-t-il d'un ton qu'il voulait plus ferme, sache que je ne recherche pas forcément la facilité dans mes relations avec les femmes.

Elle ferma les yeux et lui tourna de nouveau le dos.

— Eh bien, te voilà servi. Tu dois être heureux.

- 12 -

Alex repartit pour Chicago le jour même. Il ne supportait pas l'idée de rester une heure de plus dans le Colorado. D'ailleurs, quelle raison aurait-il eu de vouloir rester dans un lieu où tout lui rappelait Joy ?

La blessure qu'elle lui avait infligée était profonde. Si profonde, même, qu'il ne doutait pas de ne jamais remettre les pieds à Vail. Il vendrait son chalet ou laisserait ses frères en profiter à leur aise.

Les lumières de la carlingue étaient encore éteintes pour le repos des passagers lorsque l'avion attaqua sa descente sur Chicago. Il regarda par le hublot les milliers de lumières qui trouaient l'obscurité. Quelque part, dans ces foyers, des gens devaient être heureux de fêter Noël. Des enfants devaient dormir, épuisés et heureux de cette journée dont ils croiraient longtemps qu'elle serait la plus belle de leur vie.

Quand il y pensait ! Lui aussi, avait failli croire au bonheur. Malheureusement, le retour à la réalité avait été brutal.

— Monsieur Townsend. Votre manteau.

Il prit son vêtement des mains de l'hôtesse et le posa distraitement sur ses genoux.

— Merci, dit-il avant de tourner de nouveau la tête vers le hublot.

***

Le lendemain, un mercredi, il se leva à l'aube après une nuit sans sommeil hantée par les images de Joy qui avaient tourné en boucle dans sa tête.

N'avait-il pas été trop dur avec elle ?

Par moments, le doute s'insinuait, très vite remplacé par la certitude qu'il avait bien été trahi.

Tout à ses pensées, il monta sur le pèse-personne. Il avait pris deux kilos durant son séjour à Vail. Un surpoids dû aux délicieux gâteaux de Joy et au manque d'activités physiques.

Heureusement, sa maison était équipée d'une salle de gym où il allait pouvoir se reprendre en main. Quelques séances sur son tapis de marche et ses appareils de musculation suffiraient à lui faire perdre les kilos superflus. Cela lui permettrait également d'évacuer toute la colère et la rancœur qu'il ressentait encore.

Fort de cette bonne résolution, il s'adonna à sa première séance, ne s'accordant aucun répit. Pourtant, au bout de quelques heures et malgré tous ses efforts, il ne se sentait pas mieux.

Ses pensées dérivaient sans cesse vers Joy. Son visage le hantait toujours. Que faisait-elle ? Éprouvait-elle, pour d'autres raisons que lui, le même mal-être ?

Après avoir pris une douche revigorante, il se rendit à son bureau pour préparer l'entretien prévu avec son père qui devait avoir lieu le lendemain. Travailler était la seule manière de l'empêcher de penser. Se perdre dans les chiffres, continuer à gérer la Townsend & Associates Investments d'une main de fer sans tenir compte des objections de son père, voilà qui était le seul remède valable à la fixation qu'il faisait sur Joy.

Et dans quelques mois, lorsque la douleur se serait un peu atténuée et qu'il aurait enfin remporté la bataille qui l'opposait à son père, les derniers sceptiques diraient de lui qu'il était à la bonne place.

Personne ne saurait jamais qu'il devait cette efficacité redoutable à une peine de cœur.

— Bonjour, Barb, dit-il à la jeune femme chargée de l'accueil.

Occupée au téléphone, celle-ci lui répondit d'un signe de tête accompagné du sourire de rigueur.

Il n'était pas dupe. La plupart de ses employés le craignaient. Cette image qu'il leur renvoyait, du jeune loup aux dents bien aiguisées, impitoyable et inaccessible, était si éloignée de ce qu'il était vraiment qu'il se fit la promesse de changer cet état de choses. En créant un rapprochement avec ceux qui se trouvaient au bas de l'échelle, peut-être ; ou en resserrant les liens déjà existants mais trop convenus. Son père ne s'en remettrait pas, mais au diable son père ! C'était lui, Alex, qui était à la tête de cette société désormais.

Les bureaux étaient presque tous déserts en cette période de fêtes, de nombreux employés ayant choisi de la passer en famille. Mais peu importait. De toute façon, tout tournait au ralenti aux alentours de Noël.

Il alla s'asseoir directement à sa table de travail et se mit sans attendre à répondre à ses e-mails. Peu avant 10 heures, Paul pointa la tête par la porte restée entrebâillée.

— Bonjour, Alex, salua-t-il du ton jovial qui lui était coutumier.

— Oh ! bonjour, Paul, répondit-il en se calant contre son dossier. Viens t'asseoir un instant. Comment s'est passé Noël ?

En guise de réponse, le visage de Paul se fendit d'un large sourire.

— On ne peut mieux, répondit-il. Grâce à toi, j'ai réussi à trouver cette figurine dont rêvait mon petit-fils. Je crois bien qu'aucun enfant n'a jamais été aussi heureux. Quant à ma femme, elle irradiait de bonheur d'avoir ses deux filles à la maison. Toutes les trois ont passé beaucoup de temps en cuisine ; elles nous ont particulièrement régalés avec un gâteau que ma femme avait l'habitude de préparer lorsque les filles étaient petites : le fameux *Swedish tea ring.* Tu connais ?

Il secoua la tête tandis qu'il revoyait les délicieux scones et muffins que lui préparait Joy.

— Non, je ne connais pas, répondit-il sans donner plus de détails.

— C'est vraiment délicieux. C'est une sorte de beignet géant à la cannelle.

Puis il se mit à rire gaiement, se rappelant sans doute les bons moments partagés en famille.

— Et toi ? Comment se sont passées ces fêtes ? As-tu donné suite à ta rencontre avec cette femme sur qui tu m'as demandé d'enquêter ? Cette Joy Baker ?

Il connaissait suffisamment Paul pour savoir qu'il était inutile de lui mentir. Le fin limier qu'il était aurait tôt fait de le confondre.

— Elle m'a menti sur son identité, répondit-il franchement. Elle ne s'appelle pas Baker mais McKinley. Et elle est originaire de l'Ohio, pas de Californie.

Paul afficha un air qu'il ne sut définir. Était-ce du remords ? Avait-il pressenti, encore une fois, ce qui allait se passer ?

— Je suis vraiment désolé, rétorqua-t-il. J'aurais dû creuser un peu plus. Je suppose qu'elle a aussi menti sur sa profession ?

— Non. Curieusement, cette partie de sa vie est vraie. Elle a travaillé pour un grand chef de Santa Barbara pendant quelque temps avant de démissionner.

— Comment as-tu découvert qu'elle avait menti ? Tu as vu son permis de conduire ou un autre de ses papiers ?

— Non. C'est elle qui me l'a dit. Le jour de Noël. Tu parles d'un cadeau ! Je venais de lui offrir un billet pour les îles Fidji. C'est ce qui est navrant dans cette histoire :

je tenais vraiment à elle. J'avais vraiment envie que nous partions en voyage ensemble. C'est lorsqu'elle a vu que le billet était établi au nom de Baker – forcément ! – qu'elle a craqué et qu'elle m'a tout raconté.

Paul laissa échapper un soupir qui disait toute la compassion qu'il ressentait.

— C'est rude, en effet. T'a-t-elle expliqué pourquoi elle ne t'en avait pas parlé avant ?

Il haussa les épaules.

— Je suppose que c'est parce qu'elle n'avait pas jugé utile de se dévoiler, puisque nous n'étions pas censés nous revoir. Et puis, comme elle n'a pas vraiment d'endroit stable où vivre, peut-être envisageait-elle déjà de partir ailleurs.

— Tu veux dire qu'elle est sans domicile ?

— En quelque sorte. Enfin… pas vraiment. Elle occupait la maison de son ex-employeuse. C'est pour cela qu'elle avait triché sur son identité ; pour que personne ne sache qu'elle vivait là. Pour tout te dire, elle n'a même pas assez d'argent pour se loger ailleurs.

— Cela semble compliqué, en effet.

— C'est le moins qu'on puisse dire. Un mensonge en entraînant un autre, elle a fini par se retrouver dans une situation inextricable. Bref, cette expérience a été désastreuse et m'a ramené ici plus tôt que prévu. Tu comprends ce que je veux dire.

Paul acquiesça de la tête d'un air cependant peu convaincu.

— Puis-je te dire le fond de ma pensée ? demanda-t-il finalement.

— Évidemment. Tu sais bien que je te voue une confiance absolue. Vas-y. Je t'écoute.

— Je sais bien que tu n'as aucune idée de ce que c'est que d'être pauvre. Je ne t'en blâme pas, loin de là ; mais moi, je connais le sens du mot pauvreté. J'ai toujours vu mes parents se battre pour survivre et moi-même, à vingt ans, je n'arrivais que difficilement à joindre les deux bouts.

Comme d'habitude, Paul s'exprimait d'un ton neutre, mais Alex devina néanmoins une pointe d'émotion derrière la sobriété de son attitude.

— Crois-moi, ce n'est pas drôle de vivre sans arrêt en équilibre sur un fil, avec la hantise de chuter au fond d'un précipice duquel peu savent remonter. C'est ce qu'on appelle l'instinct de survie.

— Que cherches-tu à me dire, exactement ? Que j'ai fait une montagne des mensonges de Joy ?

Paul secoua la tête.

— Absolument pas. Tu as toutes les raisons d'être bouleversé. J'essaie juste de te faire voir les choses sous un autre angle. Car j'imagine que, lorsque Joy t'a enfin dit la vérité, tu n'as pas fait la différence avec Sharon.

— C'est bien le cas, non ? Toutes les deux ont trahi la confiance que j'avais en elles.

— Oui, mais tu n'aurais jamais su la vérité sur Sharon si je n'avais pas enquêté sur elle. Et lorsque je t'ai mis au courant et que tu t'es confronté à elle, quelle a été sa réaction ?

— Elle a tout nié en bloc.

Il voyait bien où Paul voulait en venir, maintenant, mais il n'était pas pour autant convaincu. Dans les deux cas, même si les circonstances étaient différentes, il avait subi une trahison que, à ses yeux, rien ne pouvait justifier.

— Et ensuite ? insista Paul.

— Ensuite, elle s'est débrouillée pour me voler des objets de valeur avant de disparaître de ma vie.

— Avec Joy, cela s'est-il passé de la même manière ?

— Non. Elle s'est même excusée. Mais cela ne change rien à ce que je ressens ni à ce qu'elle m'a fait.

— Je suis d'accord avec toi et je te le répète, tu as

toutes les raisons d'être bouleversé. Mais maintenant que ta colère est un peu retombée, tu devrais essayer de reconsidérer les choses sous un angle plus objectif.

Paul marqua une pause avant de reprendre :

— Je ne connais pas cette femme, bien sûr, mais laisse-moi te dire ceci : la dernière fois que je t'ai eu au téléphone, tu avais l'air heureux. Je l'ai senti dans ta voix. Je ne t'avais jamais vu comme cela avec Sharon. Jamais.

— Parce que je vivais une situation professionnellement stressante. Mais j'étais heureux avec elle avant d'apprendre qu'elle n'était qu'une intrigante.

— Parce que depuis que tu es à la tête de la société, tu n'as pas de raison d'être stressé, peut-être ? Pourtant, tu as su éteindre ton téléphone pendant vingt-quatre heures. Tu veux que je te dise ce que j'en pense ? Tu as rencontré une femme capable de te sortir la tête de tes soucis. Et ça, Alex, ça n'a pas de prix.

Ces mots le firent réfléchir. La vérité, c'était qu'il aurait aimé lui présenter Joy. Et dans sa grande sagesse, Paul lui aurait dit qu'il n'était pas fou, qu'il n'avait pas imaginé la complicité presque palpable qui existait entre eux.

— Je peux me tromper comme je peux aussi avoir raison, ajouta Paul au bout de quelques instants.

Sur ces mots, il se leva.

— Merci. Cela m'aide beaucoup.

— Sans vouloir faire de la psychologie de comptoir, je pense que tu restes marqué par ta triste expérience avec Sharon. Et je trouve injuste que tu fasses payer à Joy le comportement d'une autre. D'après ce que tu m'as dit, Joy, elle, n'a pas agi dans le but de te nuire ou de profiter de toi.

Les mots de Paul commencèrent à pénétrer lentement son esprit. Que se cachait-il vraiment derrière les mensonges de Joy ? Cherchait-elle uniquement à se protéger ? À survivre dans un monde sans pitié, qu'il n'avait jamais connu ?

— À ton avis, que devrais-je faire ? Je lui ai dit des choses horribles. Je l'ai même traitée de voleuse. Ce n'est même pas sûr qu'elle me pardonne.

— Tu es un grand garçon. Je te fais confiance. Tu trouveras bien les mots qu'il faut.

— Un grand garçon de bientôt trente-cinq ans qui a besoin qu'on l'aide.

— Pour moi, tu auras toujours treize ans, l'âge que tu avais quand j'ai commencé à travailler pour la Townsend & Associates Investments. Je serai toujours là pour toi, Alex.

Dire que son père ne lui avait jamais dit ces paroles… Ému, incapable d'exprimer ce qu'il ressentait, il remercia Paul d'un hochement de tête.

Le moment était venu d'agir.

Joy s'était donné une journée pour évacuer sa tristesse, mais visiblement, cela ne suffisait pas. Vingt-quatre heures après le départ d'Alex, elle subissait le contrecoup de la séparation.

Comme elle s'en voulait ! Pourquoi s'acharnait-elle à toujours faire les mauvais choix ? À creuser le sillon de son propre malheur ?

Elle l'ignorait.

Mais cette fois lui servirait à jamais de leçon, elle s'en faisait la promesse formelle.

Par sa faute, elle avait laissé passer son unique chance d'être enfin heureuse avec un homme. Cette bêtise la hanterait jusqu'à la fin de ses jours, c'était certain. Tant pis pour elle ! L'heure était venue de cesser de se complaire dans le malheur pour prendre sa vie en main et essayer de changer les choses.

Pour commencer, elle allait appeler Natalie. Ce qu'elle fit sans attendre.

— Joy ? lui répondit son amie d'une voix ensommeillée.

— Natalie, je suis désolée. J'ai l'impression que je te réveille.

— Ce n'est pas grave. De toute façon, j'ai une journée très chargée qui m'attend aujourd'hui. Que se passe-t-il ?

— Il faudra que je te parle, mais d'abord peux-tu m'héberger chez toi quelque temps ?

Puis, sans attendre la réponse, elle se lança dans le récit des événements qui l'avaient conduite à Vail. Elle n'omit aucun détail. Ni où elle vivait vraiment, ni les raisons qui la poussaient à vouloir quitter très vite cette maison.

— J'appellerai mon frère dans la matinée pour qu'il aille jeter un coup d'œil à ta voiture, décida Natalie aussitôt qu'elle eut fini de parler. Je lui demanderai de ne rien te faire payer. Quant à t'héberger, tu peux venir dormir chez moi dès ce soir et pour le temps que tu voudras.

— Tu ne m'en veux pas de t'avoir raconté tous ces bobards ? Je t'ai même caché l'endroit où je vivais véritablement. Je me sens tellement mal !

— Non, je ne t'en veux pas. Je n'ai pas pour habitude de juger les gens et tu avais sans doute tes raisons pour agir de la sorte. Dans les moments difficiles, nous faisons tous de notre mieux pour nous en sortir. Et puis, je te connais un peu. Je sais que tu es une bosseuse, que tu aimes ce que tu fais et que tu es une chic fille. Sans compter que nous nous entendons bien toutes les deux, n'est-ce pas ?

À ces mots, elle sentit une douce chaleur se répandre dans sa poitrine. La compréhension et la générosité de son amie lui faisaient un bien fou. Et la soulageaient du poids qui pesait sur elle.

— C'est vrai, acquiesça-t-elle en souriant, reconnaissante. Nous passons de bons moments ensemble.

— Laisse-moi le temps de prendre un café et je passe te chercher. Envoie-moi juste l'adresse par texto.

— Tout de suite. Tu ne peux pas te tromper. La maison est à couper le souffle.

Sur ces mots, elle raccrocha et commença à rassembler ses affaires. Ensuite, elle refit les lits, nettoya la cuisine et les salles de bains et pensa même à débarrasser la cheminée de ses cendres. Elle veilla à remettre chaque chose à l'exacte place où elle les avait trouvées en arrivant, soucieuse de ne pas éveiller les soupçons de Mariella Marshall lorsque celle-ci viendrait reprendre possession de sa maison.

Ces tâches ménagères accomplies, elle pensait être enfin capable de tourner la page. Il n'en fut rien. Elle se mit à pleurer comme une enfant en voyant les décorations de Noël toujours en place, qui lui rappelaient avec trop d'acuité le souvenir des moments de complicité passés avec Alex.

Toujours en larmes, elle remit dans leurs boîtes les guirlandes et les boules de cristal, puis elle replia le sapin et le rangea à son tour dans son étui cartonné.

Elle pleurait sur ses souvenirs heureux mais surtout sur le gâchis qu'avaient occasionné ses mensonges. Elle pleurait, pleurait sur son bonheur perdu.

Elle aimait Alex et il ne faisait aucun doute maintenant qu'il aurait fini par tomber amoureux d'elle, s'il ne l'était pas déjà avant qu'elle gâche tout.

À sa décharge, elle ne s'attendait pas du tout à ce qu'il veuille jouer les prolongations. Pourquoi ? Pourquoi avait-elle si peu confiance en elle qu'elle ne pouvait imaginer être aimée d'un homme comme Alex Townsend ?

La réponse, elle l'avait.

Si elle n'avait pas menti à Alex dès le début de leur rencontre, elle aurait donné une chance à leur relation de s'épanouir. Seulement, en le voyant arborer les signes extérieurs d'une grande richesse – manteau à la coupe impeccable, montre et voiture hors de prix –, elle avait préféré se persuader que, issus d'un monde radicalement différent, ils ne pouvaient que vivre une aventure sans lendemain.

Par peur de le voir lui tourner le dos, elle s'était enfermée dans ses mensonges, se faisant passer pour quelqu'un qu'elle n'était pas. Elle n'était qu'une menteuse. Une usurpatrice. Dans ces conditions, il n'y avait rien d'étonnant à ce qu'il ait pris la fuite.

En fait, elle se sentait misérable, pas loin de donner raison à Ben et Mariella lorsqu'ils la rabaissaient.

Non, décida-t-elle en séchant ses larmes du revers de la main. Elle n'était pas si mauvaise. Tout le monde avait des obstacles à franchir et tout le monde n'essayait pas de s'en sortir en vivant dans le mensonge. Il ne tenait qu'à elle de changer les choses.

Quant à Alex, il vivrait toujours dans son cœur.

Ce soir-là, elle passa sa première nuit chez Natalie. Le canapé n'était pas aussi confortable que le lit king size de Mariella Marshall mais, au moins, elle ne vivait pas dans la terreur permanente d'être découverte.

La tranquillité d'esprit était un luxe qu'elle se promettait bien de ne jamais plus mettre en péril. Cependant, avant d'en arriver là, elle avait encore des comptes à rendre.

Elle ne voulait pas en rester là avec Alex. Ils méritaient une rupture accomplie dans le respect mutuel. Certes, elle lui avait menti mais lui, de son côté, avait fait mener une enquête sur elle. Ce qu'elle pouvait comprendre dans la mesure où il avait dû sentir en elle de mauvaises vibrations. Et pour cause !

Voilà pourquoi elle allait lui téléphoner et lui renouveler ses excuses de manière calme et civilisée. Ensuite seulement, les choses seraient en ordre et elle pourrait se lancer dans une vie sans mensonges.

Elle tomba directement sur sa boîte vocale. Elle n'en fut pas étonnée. Il avait toutes les raisons de la détester. Et encore, elle avait de la chance qu'il n'ait pas bloqué son numéro.

« Vous êtes bien sur la boîte vocale d'Alexander Townsend, de la Townsend & Associates Investments. Merci de me laisser un message. Je vous rappellerai aussitôt que possible. »

— Bonjour, Alex, commença-t-elle, le cœur battant. C'est Joy. Je t'appelle parce que j'éprouve le besoin de m'excuser, calmement, cette fois. Mon intention n'était pas de te mentir mais je me trouvais dans une situation difficile qui m'a poussée à faire des choses dont je ne suis pas fière. Je voulais te dire que j'ai quitté la maison des Marshall et que je travaille à plein temps au salon de thé, pour me remettre à flot.

Elle s'interrompit net. Ces détails de sa vie ne l'intéresseraient sans doute pas mais elle avait besoin de se libérer de ce poids qui lui comprimait la poitrine. Et surtout, de lui confier ce qu'elle avait dans le cœur.

— Je veux que tu saches, reprit-elle d'une voix tremblante d'émotion, que je chérirai à jamais les moments que nous avons passés ensemble. Tu es un homme formidable et la femme qui partagera ta vie aura beaucoup de chance. Je te souhaite une belle vie, Alex. Je te souhaite d'être très heureux.

Je t'aime.

Ces trois petits mots restèrent coincés dans sa gorge. À quoi bon charger Alex d'un tel fardeau ? D'une déclaration d'amour dont il ne saurait que faire et qui ne pourrait que le mettre dans l'embarras ?

— Au revoir, Alex.

Elle mit fin à l'appel et, après avoir éteint son téléphone, le fourra sous son oreiller. Elle se recroquevilla sous sa couette, ferma ses yeux débordants de larmes et appela le sommeil de toutes ses forces.

En vain.

Le lendemain, au travail, Natalie prit sa pause à 11 h 30, elle, trente minutes plus tard. Elle avait quelque chose d'important à faire. Accepter la générosité de Natalie lui permettait de souffler un peu et donc, d'utiliser l'argent de ses heures supplémentaires pour récupérer le médaillon de sa grand-mère.

Tout comme la première fois, le carillon de l'entrée tinta, annonçant sa venue. Quelques jours à peine s'étaient écoulés depuis, mais elle avait l'impression que cela faisait une éternité.

— Puis-je vous aider ? demanda l'homme depuis son comptoir, sans daigner lever les yeux de la montre qu'il était en train d'astiquer.

Elle sortit le ticket de retrait de son portefeuille et le posa devant lui.

— Je viens récupérer un médaillon que je vous ai laissé en gage, répondit-elle.

Elle passa en revue les bijoux qui se trouvaient dans la vitrine. Aucune trace de son médaillon. Peut-être qu'il avait été placé dans une autre vitrine, dédiée aux bijoux anciens ? Elle regarda autour d'elle mais ne repéra aucune autre vitrine. Son cœur se mit à battre la chamade en même temps qu'elle était saisie d'une vive inquiétude.

— Ah oui, je vous reconnais, dit le prêteur sur gages après avoir enfin levé les yeux sur elle. Une femme l'a acheté il y a environ une demi-heure.

— Quoi ? s'exclama-t-elle, mi-affolée, mi-furieuse. Une demi-heure ? Vous aviez dit que vous m'appelleriez avant ! Nous en avions pourtant discuté !

L'homme haussa les épaules, visiblement indifférent à sa détresse.

— Désolé. J'ai oublié.

Elle ferma les yeux, cherchant à se fermer en même temps à la vague de désespoir qui la submergeait. Elle avait tout perdu. Alex. Sa fierté. Son collier. Quoi d'autre, encore, allait-elle perdre ?

— Auriez-vous par hasard des renseignements sur cette femme ? Comment était-elle ? Auriez-vous son nom ou son adresse ?

— Elle était blonde, répondit l'homme de mauvaise grâce. Et elle a dit quelque chose au sujet d'un salon de thé.

— Vraiment ?

L'espoir pointa de retrouver cette inconnue qui lui avait pris son bien.

— Oui.

Sans perdre une seconde, elle ressortit du crédit municipal. Dès qu'elle eut tourné l'angle de la rue, elle se mit à courir aussi vite que ses vieilles bottes à talons le lui permettaient. Elle arriva essoufflée et franchit la porte du salon de thé, le cœur palpitant d'espoir.

Malheureusement, la seule personne qui se trouvait là était un homme en train de payer sa commande.

Zut !

Elle ressortit et, plantée sur le trottoir, balaya les alentours du regard. Aucune femme blonde à l'horizon. Elle rentra de nouveau, abattue, défaite, mais se ressaisit très vite. Ce n'est pas ce que sa grand-mère attendrait d'elle. Elle la voudrait combative.

Pour commencer, dès le lendemain, elle retournerait chez le prêteur sur gages et lui demanderait de la contacter si, toutefois, la mystérieuse acheteuse refaisait son apparition. Il arrivait parfois que des clients reviennent pour remettre en vente ce qu'ils avaient acheté.

Elle en était là de ses réflexions lorsqu'une voix d'homme lui parvint. Une voix familière qui la fit frissonner de la tête aux pieds. Elle ne pouvait pas se tromper à ce point.

Il ne pouvait pas s'agir de livreurs ; à cette heure-là, il n'y avait aucune livraison prévue.

Le cœur battant la chamade, elle partit à la recherche de Natalie dont les éclats de rire joyeux lui parvenaient depuis la cuisine.

Elle s'en approcha, intriguée.

Ce qu'elle vit, lorsqu'elle poussa les portes battantes, la cloua sur place : Alex, en tablier de cuisine, les manches de sa chemise retroussées jusqu'aux coudes, un bandana retenant sa frange en arrière, devisait gaiement avec Natalie.

Lorsqu'il se retourna et que leurs regards se croisèrent, elle comprit que son rêve n'était pas totalement perdu. Qu'il y avait une chance pour qu'il lui donne l'occasion de réparer ses erreurs.

— Bonjour, Joy, la salua-t-il de sa belle voix chaude.

— Alex… Que fais-tu ici ?

En guise de réponse, il lui montra le rouleau à pâtisserie qu'il avait à la main.

— J'apprends à faire des scones.

— Il est arrivé il y a peu, précisa Natalie, un sourire de connivence aux lèvres. Je lui ai dit que tu prenais ta pause, alors il a décidé de t'attendre.

— J'ai essayé de t'appeler, dit-il.

— Vraiment ? Pourtant, je n'ai aucun signal d'appel.

Puis elle se souvint : la veille, elle avait éteint son téléphone et, depuis, elle avait oublié de le rallumer.

Elle sortit l'appareil de son sac pour vérifier. Elle avait raté cinq appels. Tous provenaient d'Alex.

— Je suis désolée. Au moment de me coucher, j'ai éteint mon smartphone et j'ai complètement oublié de le rallumer ce matin.

Ils avancèrent lentement l'un vers l'autre jusqu'à ne laisser qu'une distance infime les séparer.

— Pouvons-nous nous parler ? demanda-t-il.

— Je peux vous laisser seuls, si vous voulez, proposa Natalie.

— Non, ce n'est pas la peine, répondit-elle. Je sais que tu as encore beaucoup de travail à faire. Nous allons discuter ailleurs.

Elle sortit de la cuisine la première, Alex sur les talons. À vrai dire, elle ne savait trop quoi penser. Avait-il écouté son message ? Était-il prêt à lui pardonner ?

Sans un mot, il retira son tablier et le suspendit au crochet prévu à cet effet puis il enleva son bandana.

— Tes cheveux sont pleins de farine, dit-elle avec tendresse.

Elle se hissa sur la pointe des pieds puis l'ébouriffa d'un geste empli de douceur. Leurs visages étaient si proches l'un de l'autre qu'elle sentait son souffle tiède sur sa joue.

— Je n'arrive pas à croire que tu sois là, dit-elle, le cœur battant.

— Il fallait que je revienne. J'ai détesté la manière dont nous nous sommes séparés, ce matin de Noël.

Elle secoua farouchement la tête.

— Tu n'as pas à t'excuser, Alex. C'est toi qui avais raison. Je n'aurais jamais dû m'enliser dans les mensonges. J'aurais dû te dire la vérité dès que j'ai compris que je risquais de tomber amoureuse de toi.

— Le soir où nous nous sommes baignés dans le jacuzzi ?

— Lorsque nous nous sommes embrassés pour la première fois. J'aurais dû te dire que je n'étais pas Joy Baker.

— Qu'est-ce qui t'a soufflé ce nom d'emprunt ? s'enquit-il avec un sourire en coin. Tu n'aurais pas pu mieux choisir.

— C'était stupide, j'en ai bien conscience maintenant. Mais j'étais paniquée. J'ai dit la première chose qui me passait par la tête.

Elle marqua une courte pause durant laquelle elle glissa sa main dans la sienne.

— Je m'en voudrais toute ma vie si tu ne me donnais pas une nouvelle chance de me faire pardonner, Alex. Même le temps d'un dîner.

— Que dirais-tu d'un baiser, plutôt ?

Elle ne rêvait pas ? Il voulait vraiment qu'elle l'embrasse ? Mais ensuite ? Ensuite… Peu importait. Elle allait prendre ce qu'il voulait bien lui donner.

À la seconde où leurs bouches se joignirent et où leurs langues s'enroulèrent l'une autour de l'autre, elle se plaqua étroitement contre lui, lui faisant sentir son corps frémissant de désir.

— Waouh, dit-il dans un souffle lorsqu'ils mirent fin à ce baiser passionné.

— Désolée, rétorqua-t-elle d'un ton peu convaincu. Je me suis laissé emporter.

Elle leva les yeux sur lui, sachant le moment venu de jouer cartes sur table.

— Mais je n'y peux rien. C'est l'effet que tu me fais. Aucun homme avant toi n'a eu ce pouvoir sur moi. Je ne connais pas encore la véritable raison qui t'a poussé à revenir ici, mais ce que je sais avec certitude, c'est que je ne veux pas te voir repartir. En tout cas, pas avant que nous ayons abordé tous les aspects du problème.

— Dois-je comprendre que tu me parles d'un nouveau départ ?

Il avait rivé sur elle un regard si plein d'espoir que son cœur se mit à battre la chamade.

— J'adorerais, avoua-t-elle humblement. Mais dis-moi, pourquoi tu es revenu ?

— Tout d'abord, j'avais besoin de reprendre mes esprits, ici même. Ensuite, j'avais une course importante à faire.

Il plongea alors la main dans la poche de son pantalon et en sortit un bijou qu'il plaça dans sa paume.

— Le médaillon de ma grand-mère, dit-elle dans un souffle, tout émue. Pourtant, le prêteur sur gages m'a affirmé que c'était une femme blonde qui l'avait acheté.

À ce moment-là, Natalie pointa la tête par la porte et lui adressa un petit signe de la main.

— Je ne te l'ai pas dit, mais je suis passée là-bas juste avant toi, dit-elle d'un ton espiègle. Surtout, ne va pas croire que je t'ai espionnée.

Puis, sur ces mots, elle s'esquiva aussi vite qu'elle était apparue.

— J'ai appelé le prêteur sur gages hier et je lui ai donné le numéro de ma carte bancaire, expliqua-t-il à son tour. Puis, comme je n'arrivais pas à te joindre sur ton téléphone, j'ai passé un coup de fil ici. Comme c'est Natalie qui m'a répondu, je l'ai mise dans la confidence et lui ai demandé d'aller récupérer ton bien pour moi.

Elle secoua la tête, interdite.

— Tu as vraiment fait ça pour moi ?

— J'ai fait ça pour la femme que j'aime, dit-il en coinçant dans un geste tendre une mèche de cheveux derrière son oreille. Car je t'aime, Joy. C'est la vérité. Je suis parti la mort dans l'âme. À la seconde où j'ai franchi le seuil de la maison des Marshall, je n'ai eu qu'une envie : venir te retrouver. J'avais besoin de prendre un peu de distance pour savoir où j'en étais réellement mais il ne m'a pas fallu longtemps pour comprendre que tu es la femme de ma vie.

Ivre d'un bonheur qu'elle avait du mal à contenir, elle prit ses mains et les pressa longuement dans les siennes.

— Je t'aime aussi, Alex. Je t'aime tant.

— Eh bien, dans ce cas, nous avons des décisions à prendre. Je ne te demanderai pas de renoncer à ton travail ici mais je ne peux pas non plus quitter mon poste de dirigeant à la Townsend & Associates Investments. Dans un premier temps, nous pouvons essayer une relation à distance.

Elle le regarda amoureusement. Le moment était crucial. Il était temps qu'elle fasse les bons choix.

— J'aime mon travail, c'est vrai, dit-elle. Mais je t'aime plus encore.

— Et… ?

— Et votre cours de pâtisserie est terminé, monsieur Townsend. L'heure est venue de prendre la direction de Chicago.

Épilogue

Joy foula avec bonheur le sable encore chaud de la plage des îles Fidji où Alex et elle flânaient comme à leur habitude, main dans la main, pour assister au coucher de soleil flamboyant que seules connaissent les régions tropicales.

— C'est un endroit vraiment paradisiaque, dit-elle.

— Je suis d'accord. J'aimerais que nous n'en partions jamais.

— Je me trompe ou cette soirée est particulièrement magique ?

— Ce qui est sûr, c'est qu'elle ne pourrait être plus parfaite.

À croire que les dieux étaient avec eux et que dans leur grande clémence ils avaient commandé cette symphonie magistrale de rose et d'orangé tout spécialement pour eux.

Depuis leur arrivée ici, elle vivait le bonheur ultime. Elle ne se souvenait pas d'avoir été un jour aussi heureuse, même pas le jour où elle avait été embauchée chez les Marshall pour vivre sa passion de la cuisine.

Cette période de sa vie lui semblait loin derrière elle à présent. Dire qu'elle avait quitté le Californie pour Vail et qu'elle y avait trouvé l'amour de sa vie ! Elle n'en revenait toujours pas.

— En tout cas, Chicago ne me manque pas, ajouta-t-il.

— À moi non plus ; mais je sais que lorsque le moment de partir sera venu, je serai ravie de rentrer à la maison.

La maison.

Un concept qu'elle s'était si souvent plu à imaginer sans trop y croire. Pourtant, aujourd'hui, elle vivait avec Alex, dans le magnifique penthouse qu'il possédait dans le quartier River North de la ville. Depuis qu'elle y avait ajouté sa touche personnelle, elle s'y sentait parfaitement chez elle.

Tous les soirs, elle expérimentait une nouvelle recette qu'ils testaient ensemble, dans une belle complicité. Tous les soirs, ils finissaient par faire l'amour dans l'une ou l'autre des nombreuses chambres de ce luxueux appartement.

Vivre avec Alex l'avait conduite à être présentée à sa famille. Son père, sans s'être montré franchement hostile, ne leur avait pas manifesté la chaleur et la bienveillance qu'ils auraient été en droit d'attendre de lui.

Heureusement, ses frères, Matthew et Jonathan, avaient aidé un peu à combler ce vide affectif. Aussi beaux et séduisants que leur frère aîné, ils vouaient à ce dernier une admiration sans borne qu'Alex leur rendait à grands coups de conseils aussi avisés qu'empreints d'amour fraternel.

Ce lien très fort qui les unissait tous les trois lui laissait à penser qu'Alex ne quitterait pas Chicago de sitôt. Elle s'était alors mise en quête d'un travail. Il avait beau avoir beaucoup d'argent, elle ne se voyait pas en femme entretenue. Et puis, on ne savait jamais ce que la vie pouvait vous réserver.

C'est ainsi qu'il l'avait présentée à plusieurs de ses amis, patrons de restaurants. Un entretien était prévu avec l'un d'eux dès leur retour de vacances, dans quelques jours. Il l'avait également mise en contact avec un éditeur, pour le cas où elle aurait envie de donner vie à son idée de réaliser un recueil de recettes.

Il avait aussi insisté pour rencontrer ses parents, désir auquel elle s'était pliée sans la moindre appréhension. Elle connaissait suffisamment son père et sa mère pour savoir qu'ils accueilleraient à bras ouverts le nouvel homme de sa vie. D'autant qu'il s'était montré particulièrement coopératif, allant jusqu'à regarder avec son père un match de foot à la télé, en éclusant quelques bières.

Il s'était montré très courtois avec sa mère qui était tombée sous le charme à la seconde où il lui avait dit comprendre à présent d'où Joy tenait sa magnifique chevelure et ses non moins magnifiques jambes.

Par bonheur, Ben n'avait pas cherché à faire intrusion dans sa vie. Là encore, elle soupçonnait Alex d'avoir fait le nécessaire. Elle n'avait pas cherché à savoir tant que ce risque écarté lui avait permis de vivre un séjour de rêve, entourée des trois personnes auxquelles elle tenait le plus au monde.

Pourtant, une inquiétude subsistait. Elle avait une grande nouvelle à annoncer à Alex et elle ignorait comment il allait prendre la chose. Garder ce secret n'était pas envisageable, bien sûr. Restait à trouver le bon moment pour le lui révéler.

— Si nous marchions dans l'eau ? proposa-t-elle.

Aussitôt, il se pencha en avant pour rouler le bas de son pantalon car malgré ses demandes réitérées, il persistait à ne pas vouloir porter de short, ni même de bermuda, tenues jugées trop décontractées à son goût.

— Très bonne idée.

Elle émit un petit soupir d'aise lorsque l'eau vint lui lécher les pieds.

— Nous pourrions même nous baigner, suggéra-t-elle. Il fait si bon.

Elle se rapprocha de lui et l'embrassa tendrement.

— Personne ne verrait que nous rentrons nus, ajouta-t-elle.

En effet, le complexe hôtelier dans lequel ils logeaient avait été pensé pour préserver l'intimité de chacun.

— Peut-être plus tard, si cela ne te dérange pas,

répondit-il d'un air distrait qui l'alerta, car il n'était pas homme à refuser de la voir nue.

— Tout va bien ? Tu n'as pas l'air dans ton assiette.

— Tout va bien. J'ai juste plusieurs choses en tête.

— Tu as eu ton père au téléphone et il t'a contrarié ? insista-t-elle.

Il secoua la tête et ils reprirent leur marche tranquille dans l'eau tiède des vagues tandis que la lune entamait sa lente ascension.

— Je n'ai même pas allumé mon téléphone. Je suis ici en vacances et j'entends bien en profiter jusqu'au bout.

— Tant mieux. Tu as bien fait.

Un silence pesant s'ensuivit, qui ne leur était pas coutumier. D'habitude, la parole leur venait librement sans qu'ils aient à se poser la moindre question. Était-ce elle qui, une fois encore, inconsciemment ou pas, suscitait ce malaise ?

— J'ai quelque chose à te dire, déclara-t-elle d'un ton ferme.

— Moi aussi, j'ai quelque chose à te dire.

Son cœur se mit à battre la chamade. Était-ce bon signe ? Ou, au contraire, devait-elle s'inquiéter de ce qu'il s'apprêtait à lui révéler ?

— Veux-tu commencer ? proposa-t-elle d'une voix qu'elle voulait neutre.

— Tu l'as dit en premier. Vas-y, je t'écoute.

Elle inspira profondément pour se donner le courage qui, tout à coup, lui manquait.

— D'accord.

— Attends…

Il secoua la tête.

— Je suis vraiment désolé, mais ce que j'ai à te dire me trotte dans la tête depuis cette nuit et je ne peux pas attendre une minute de plus.

Elle s'arrêta de marcher, ne sachant comment réagir

à cette brusque interruption. Cela ressemblait si peu à Alex de lui couper la parole comme il venait de le faire.

— Dans ce cas…

Il s'éclaircit la gorge puis accrocha son regard. Un regard tourmenté qui la fit paniquer.

— Tu me rends très heureux, Joy, commença-t-il. Et moi, est-ce que je te rends heureuse ?

La réponse n'était-elle pas évidente ? Elle sentit pourtant que l'heure était grave et qu'il avait besoin de l'entendre formuler sa réponse tout haut.

— Oui, Alex. Tu me rends infiniment heureuse.

— Parfait.

Il eut alors un geste qui la laissa pantoise : il prit une de ses mains dans la sienne et mit un genou à terre. Ou plutôt dans l'eau, ce qui rendit la posture encore plus surprenante.

— Je t'aime, Joy. Je sais que la raison voudrait que nous attendions encore quelque temps avant de franchir le pas et de nous lancer dans la grande aventure du mariage mais moi, je ne veux pas attendre.

Il marqua une courte pause, visiblement très ému.

— Le veux-tu, Joy ? Veux-tu m'épouser ?

Elle crut que son cœur allait exploser de joie. Sa demande tombait si bien à propos !

— Je me fiche bien de ce que la raison voudrait nous voir faire, Alexander Townsend. Je t'aime. Alors, oui, j'accepte avec joie de devenir ta femme.

Il se mit à rayonner d'un bonheur qu'elle ne lui avait jamais vu. Tout à sa joie, il plongea la main dans la poche de son pantalon et en sortit un écrin qu'il ouvrit avant de le lui présenter.

Il contenait un anneau en platine surmonté d'un diamant scintillant de mille feux.

— Pourrais-je essayer ma bague sur la terre ferme ?

dit-elle en riant à travers ses larmes. Je crains trop qu'elle ne soit emportée par une vague.

— Vos désirs sont des ordres, mademoiselle McKinley, répondit-il en se redressant d'un bond.

Puis, dans un silence religieux, il prit sa main dans la sienne et glissa la bague à son annulaire gauche.

— Elle te plaît ?

Elle opina de la tête, encore trop émue pour pouvoir parler. Il était arrivé comme un miracle dans sa vie, faisant d'elle la plus heureuse des femmes.

— Je l'adore, finit-elle par répondre.

— Maintenant, à toi, dit-il en souriant. Qu'avais-tu à me dire ?

En guise de réponse, elle prit sa main et la posa sur son ventre encore plat. Nul besoin de mots. Il comprit tout de suite. Le bonheur se lisait si clairement sur son visage, un bonheur si pur et sincère qu'elle sentit de nouveau ses yeux se brouiller de larmes.

— Tu es enceinte ? s'enquit-il pour la forme.

Elle opina une nouvelle fois, consciente de la perfection de ce moment.

— Mais comment est-ce possible ? Nous avons pourtant pris nos précautions.

— Je pense que nous avons conçu ce bébé la nuit où ton préservatif s'est déchiré.

— J'en suis tellement heureux, ma chérie.

— Je ne suis enceinte que de six semaines. C'est un peu tôt. Mais j'ai ressenti le besoin de te le dire aussitôt que j'en ai eu la confirmation.

Sans un mot, il l'attira à lui et l'enveloppa de ses bras puissants et rassurants ; puis, il chercha ses lèvres où il déposa un baiser plcin d'une tendresse infinie.

— Un bébé, dit-il dans un souffle. Nous allons avoir un bébé. Nous allons être parents.

Il marqua une courte pause avant d'ajouter, un sourire ravi aux lèvres :

— Tu sais quoi ? Tu vas être la meilleure des mamans.

— Et toi, le meilleur des papas.

Il resserra son étreinte et ils reprirent leur marche vers leur bungalow, guidés par le disque parfait de la lune, chacun de leur pas les rapprochant un peu plus d'un avenir qui s'annonçait radieux.

— J'ai encore une question à te poser, Joy. À partir de quel âge pourra-t-on apprendre à notre enfant à confectionner des scones ?

Vengeance et plus si affinité, de Cat Schield - N°839

La mission de Zoe pour honorer le pacte qu'elle a conclu avec deux amies : faire souffrir le sulfureux Ryan Dailey en sabotant la campagne politique de sa sœur jumelle. Aussi Zoe est-elle troublée lorsque Ryan l'invite au restaurant, alors qu'ils viennent à peine de se rencontrer dans l'antichambre du quartier général du parti de sa sœur. Refuser ferait échouer son plan, mais risquer d'être séduite ne serait-il pas pire encore ?

Une affaire d'amour, de Rochelle Alers

Fermer temporairement son bed & breakfast ? Viviana ne décolère pas en apprenant de la bouche si tentatrice de Noah Wainwright que son avenir est compromis. Si elle s'est résolue à vendre une partie de son domaine à ce promoteur immobilier, c'était parce qu'elle avait urgemment besoin d'argent. Et non pour que ce fils à papa pourtant si charmant lui dicte sa loi.

Un bébé dans le Colorado, de Michelle Major - N°840

Alors qu'elle s'était préparée à haïr de tout son être Shep Bennett, l'homme à qui sa mère a vendu l'hôtel familial qu'elle voulait restaurer, Paige est décontenancée par le marché qu'il lui propose. Emménager sous le même toit durant un mois pour lui apprendre à s'occuper de Rosie, sa fille d'un an, dont il vient de découvrir l'existence. En échange de quoi, Paige pourrait continuer à gérer l'hôtel familial, même s'il ne lui appartient plus…

Retrouvailles mouvementées, de Joss Wood

Vivi manque de faire un malaise en apercevant Camden McNeal à son chevet. Comme si survivre à un accident de voiture au cœur d'une tempête ne suffisait pas… Bien sûr, Vivi n'avait d'autre choix que de le désigner comme contact en cas d'urgence. Mais, désormais qu'il lui fait face, comment peut-elle lui annoncer après trois ans de silence, qu'il est le père de son enfant ?

Impossible adieu, de Catherine Mann - N°841

Naomi tient pour la première fois ses adorables jumelles dans ses bras. Un sentiment inédit gonfle son cœur. Tout cela, elle le doit à Royce Miller, l'éminent scientifique qui l'a aidée à accoucher dans sa voiture alors qu'elle était bloquée au cœur d'une tempête en Alaska. Royce, l'homme torturé avec qui elle a vécu une passion dévastatrice quelques mois plus tôt. Un impossible amour, alors qu'elle le voudrait pour époux et père de ses petites filles.

Sulfureux arrangement de Joanne Rock

Lorsque James Harris, le président du club des éleveurs du Texas, lui a proposé un accord, Lydia n'était pas en mesure de refuser. Pour effacer l'ardoise de sa sœur – qui a enchéri 100 000 dollars pour passer la soirée avec un homme lors d'une vente caritative organisée par ce club –, elle accepte de garder à titre gracieux le bambin dont James est devenu tuteur. Un marché qui lui permettra d'annuler la note familiale tout en côtoyant le séduisant célibataire...

Un héros pour elles, de Sarah M. Anderson - N°842

Jeannie est abasourdie. Non seulement le Dr Robert Wyatt – un client régulier du bar où elle exerçait – vient de lui dérober un baiser, mais encore semble-t-il déçu par cette parenthèse voluptueuse. Comment a-t-il trouvé son adresse et pourquoi, alors qu'elle le connaît à peine, se propose-t-il de l'aider à assumer la garde de sa nièce, depuis peu orpheline ?

Leçon de séduction, de Marie Ferrarella

Bourru, têtu, désagréable, Clint Washburn a tout pour déplaire au point que leur première rencontre est explosive. Car, de son côté, Wynona est déterminée à protéger son élève contre le cow-boy qui lui sert de père. Peut-être pourrait-elle aussi mettre à profit ses compétences pour sauver Clint des démons qui semblent l'habiter, même s'il s'en défend ?

Un patron pour amant, de Teri Wilson - N°843

SÉRIE: IDYLLES À NEW YORK

Entre luxe et volupté, l'incroyable destin d'une famille...

Oublie ta nuit de passion avec Ryan. Evangeline n'a de cesse de se le répéter en passant l'examen pour devenir sommelière dans l'hôtel de luxe Bennigton. Pourtant, être de nouveau sous le regard de Ryan, directeur financier de l'établissement, la déstabilise au plus haut point. Décrocher ce travail serait pour elle salvateur même si cela implique d'avoir Ryan pour nouveau patron, alors qu'elle lui cache un terrible secret...

Un Fortune pour espoir, de Nancy Robards Thompson

Felicity doit partir. Remettre sa démission aujourd'hui. Pour son propre bien, elle ne peut plus fantasmer sur son séduisant patron, Austin Fortune, et gaspiller ainsi son temps. Cela fait cinq ans qu'elle le seconde et met sa vie en pause en espérant secrètement qu'il la considère davantage que comme une simple secrétaire. Alors, quoi qu'Austin puisse lui proposer, sa décision sera sans appel...

La tentation d'un homme, de Emily McKay - N°844

Cooper Larson pensait ne jamais plus avoir affaire aux Cain – en tant que fils illégitime de cette illustre et richissime famille, il n'y a jamais été le bienvenu. Pourtant, quand Portia, son ex-belle-sœur, sollicite son aide pour tirer au clair un secret de famille, il accepte de lui prêter secours. Non pas en raison de son attachement pour les Cain, mais bien de l'intérêt qu'il porte à Portia, cette reine de glace de la haute société qui, depuis qu'ils se sont rencontrés, éveille en lui un désir brûlant...

Le plus précieux des secrets, de Tracy Madison

Nous nous marierons, que tu le veuilles ou non. Face à la colère de Seth Foster, Rebecca frémit. Certes, elle n'avait pas imaginé revoir celui à qui elle s'est offerte, quelques mois plus tôt, et encore moins recevoir une telle injonction de sa part. Mais, au fond, comment pourrait-elle lui en vouloir ? Si Seth s'est présenté chez elle aujourd'hui, c'est qu'elle a brutalement rompu tout contact avec lui. S'il lui en veut tant, c'est qu'elle lui a caché son précieux secret...

Composé et édité par HarperCollins France.

Achevé d'imprimer en novembre 2019.

CPI
BLACK PRINT

Barcelone

Dépôt légal : décembre 2019.

FSC
www.fsc.org
MIXTE
Papier issu de sources responsables
FSC® C108412

Pour limiter l'empreinte environnementale de ses livres, HarperCollins France s'engage à n'utiliser que du papier fabriqué à partir de bois provenant de forêts gérées durablement et de manière responsable.

Imprimé en Espagne.